读客® 知识小说文库

读小说，学知识

长篇悬疑小说

罪案迷城

消失的女高中生

一场校园霸凌引发的连环血案

3个高中少女，7种命运抉择，14次人性反转……

张瑞兴 著

上海文艺出版社

图书在版编目（CIP）数据

罪案迷城：消失的女高中生 / 张瑞兴著 . -- 上海：上海文艺出版社，2019.1

（读客知识小说文库）

ISBN 978-7-5321-6781-4

Ⅰ . ①罪… Ⅱ . ①张… Ⅲ . ①长篇小说－中国－当代 Ⅳ . ① I247.5

中国版本图书馆 CIP 数据核字 (2018) 第 181314 号

责任编辑：毛静彦
特邀编辑：刘兆兰
封面设计：蒋咪咪

罪案迷城：消失的女高中生
张瑞兴　著
上海文艺出版社出版、发行
地址：上海绍兴路7号
电子信箱：cslcm@publicl.sta.net.cn
网址：www.slcm.com
新華書店经销　三河市龙大印装有限公司印刷
开本 680毫米×990毫米　1/16　22.75印张　字数 342千字
2019年1月第1版　2019年1月第1次印刷
ISBN 978-7-5321-6781-4/I.5413
定价：56.00元

如有印刷、装订质量问题，
请致电 010-87681002（免费更换，邮寄到付）

目 录

第一章 少女残尸

“她不是凶手，放她走吧。”

路彦看了看完好的防盗门，笑呵呵地说道。面前的妙龄女郎王倩眼睛一亮，回过身对室内那个中年女人李秀琴喊道：“我就说我没杀你儿子吧！你个老太婆纯粹就是污蔑！”

“你！”李秀琴手指颤抖地指着她，气急败坏道，“除了你，谁会去杀安比？”

“可是我没你家钥匙，怎么可能走进你家把你儿子剁成几块？”

两个女人在充满血腥味的客厅争吵着。

路彦小心地避开地上的血，上前瞅了瞅安比的碎尸。只见安比被肢解成了几大块，腿和头被切断，分散在客厅的餐桌和地面上。尸体还温热着，凶杀案明显是刚发生不久。

路彦抬头看了看房子，这是个只有一层的老式平房。除了客厅之外，其他房间的窗户都是从里面锁紧的，防盗门也没有被撬开过的痕迹。客厅有个装着防盗窗的小窗户，天花板上有个对外开着的排气口，但小窗户和排气口都小得只能让二十厘米以内宽的东西通过，一个成年人是不可能从那里进出的。

这家女主人叫李秀琴，年逾五旬，一脸凶悍。她下午回家发现独自在家的安比被人杀死了，就立马报了警。

路彦又看了看王倩，她是住在李秀琴对面的邻居，身姿窈窕，相貌妩媚，十分美艳。李秀琴认为王倩平日就很讨厌安比，所以路彦和同事把她带到现场来问话。

“哎呀呀，人家没你家的钥匙，你家门又没有被撬的痕迹，她怎么可能走进你家杀了安比呢？”看着怒不可遏的李秀琴，路彦忍不住劝道。

他看向王倩，这才发现她看起来颇有些面熟，顿了顿，又继续对李秀琴说道：“估计是有你家钥匙的人下的手吧？”

“怎么可能！”李秀琴怒了。

“怎么都比她可能！”路彦笑着走到王倩的旁边，“你怎么能污蔑这位美丽动人的小姐干这么残忍的事呢？”

王倩笑了。她把手搭到路彦的肩头，笑得花枝乱颤：“哎呀呀，路警官，你真是太会……”

“你们！”看到警察和嫌疑人打情骂俏沆瀣一气，李秀琴气得抄起桌子上的擀面棍就朝王倩冲去。

“住手！”路彦及时伸出手，挡住了李秀琴的胳膊。

旁边的同事也急忙赶过来，把李秀琴带到室外，进行开导工作。

客厅里很安静，只剩路彦和王倩两人。

“没事了！”路彦上前一步拉起王倩的手，在手背上轻轻地吻了一下，“不好意思，让你受惊了！”

王倩脸上闪过红晕。她看着路彦的眼睛，轻声道：“路警官，什么时候有空出来喝点东西？”

“有佳人做伴，我看不如今日。”路彦拽着王倩的手还没松开。

“好！那就今晚！”

“嗯，一言为定。”路彦注视着她的眼睛，“还不知道小姐的职业？”

“我是法医。”

路彦把王倩的手拉到眼前仔细端详，慢悠悠道：“难怪这么纤美的手，切起安比来毫不手软啊！”

“你说什么？”王倩连忙抽回了手。看到路彦似笑非笑的眼神，她不由得有些生气：“你不是说我不可能走进这个房子的吗？”

“你根本不需要走进这个房子，因为这里压根儿就不是犯罪现场。”路彦抬头看看天花板上的排气口，笑道，“你从防盗窗外把安比引诱出去，杀了以后分尸，再用梯子爬上楼顶，用绳子吊着托盘，把肢体通过那个排气口慢慢放到客厅的餐桌和地上。”

路彦看着笑容逐渐消失的王倩：“刚刚我闻过你的手，洗洁剂的味道还在，想必你洗手洗了很久吧？如果让痕检师到楼顶上查一查，应该很快就能找到你的脚印。”

“你这么做，是因为安比老是骚扰你？”路彦看了看王倩修长的小腿，那上面满是抓痕，“你故意制造个密室来杀掉它，就是想排除自己的嫌疑，并对这个讨厌的邻居进行心理恐吓？”

“哈哈，你还真有两下子……”王倩表情风云变幻，盯着路彦的眼睛，“我告诉你一个你早就想知道的秘密，作为交换，你放过我怎么样？”

“嗯？”路彦摸不着头脑。

“你不记得我了吗？”王倩从包里摸出一包女士香烟，点燃一支，轻笑道，“六年前，你可是天天来找我。”

“什么？”路彦不敢置信。

“我父亲也是法医，六年前，是他为那个女孩做的尸检。”王倩意味深长地说，“那时我大学还没毕业，在他办公室见过你好多次。”

路彦想起来了！原来她是王法医的女儿，难怪觉得颇为眼熟。

“前段时间我爸去世了，临走前曾跟我说，”王倩吸了一口烟，在路彦面前轻轻吐出，“那女孩的尸检中，有很多不能写进报告里的问题。”

什么？一道惊雷从路彦心中响起。六年前他求着王法医确认过很多次，怎么还会有问题，还是不能写进报告的问题？

“啧啧啧，一提到前女友，你表情就凝重了这么多。”王倩吃吃地笑了，“想知道是什么问题吗？交换吧，用你的心头肉交换这杀狗的小罪，很划算啊。”

路彦沉思了半晌，忽然笑了。

“虽然我匆匆忙忙地赶到现场，才发现报警人所说的碎尸案的受害者不是人，而是一只泰迪，但你做了这么残忍的事情，也应该受到惩罚。”他歪了歪脑袋，冲着王倩勾起嘴唇，“更何况，我还挺喜欢小动物。”

路彦一边朝门外的警察招手，一边道：“至于你说的这个秘密，我自己会去查的。”

两个警察走了进来，带着王倩往外走去。王倩却毫不慌乱，冲着路彦笑骂道：“说好的今晚出来喝东西呢！言而无信的家伙！”

“说到我一定做到！今晚在局里陪你好好喝！”

看着他们上了警车，路彦心头却愈发沉重。她说尸检有问题，到底是怎么回事？看来不管最近的工作多忙，都要去查一查了。

正沉思着，忽然手机传来一阵振动，路彦打开一看，是一条简短的短信：

我女朋友林依芸被人杀害，贺县警方怀疑我是凶手。来帮我找到真相。

贺县警方？路彦回想起自己认识的人，其中只有一个人是贺县的，那人叫张霖。他本是路彦大学四年最好的朋友，但两人在本科毕业时发生了不可调和的矛盾，自此之后分道扬镳天各一方。几年来，路彦想起往事，时常会感到后悔，但是他和张霖谁也没有主动联系对方。

路彦盯着屏幕上这没头没脑的一句话，良久不言。周围的世界寂静下来，往事的画面一帧帧在脑海中闪回。

是你，绝对是你！张霖，你终于联系我了！

省公安厅刑事侦查总队。

路彦走进队长老陈的办公室。正伏在办公桌上看文件的老陈，看到他走进来，一脸惊愕：“有事吗？”

“我们省的贺县发生了一桩命案，”路彦顿了顿，“我想去调查一下。”

“你是说贺县的那个命案？”老陈在桌上的卷宗里翻了一阵，拿起一份文件看了看，皱起眉头，“他们地方上不是已经锁定了一个重要嫌疑人吗？”

“这个案子还要再查查，我看了那边的情况，还有两个失踪的女高中生至今没有找到。”

“你怀疑跟这个命案有关？”

“对，可能是连环命案。”

“不排除有这个可能……”老陈放下卷宗，手扶着额头，“我想他们地方上公安会注意到这一点的。”

“嗯，但我还是想过去一趟。”

听到路彦干脆的回答，老陈却失望地摇头：“你刚拿了一等功，符合提前两年晋升的条件，现在组织正在对你进行考核，你就不想抓住这个机会再升一级？”他顿了顿，看着路彦接着说，“你现在去贺县协助查案，成功侦破你也立不了什么大功，稍有差池反而会影响你的晋升，这其中利害我想你是懂的。”

提到晋升，路彦脸上肌肉抽搐了几下。他要是再升一级，就能接触到更多案件的机密材料，这样就更有利于查清六年前她的死到底是怎么回事……可是贺县的案子怎么办呢？路彦心里一阵挣扎。

老陈加重了语气，严肃地说：“地方上很多事情牵一发而动全身，查起案来没你想的那么简单。你的晋升审核现在正到了关键的时候，如果出了什么幺蛾子，这次提前晋升可就没戏了，明白吗？”

办公室里静悄悄的。两人对视良久，路彦的眼神还是坚定得没有一丝退缩。

“这样吧，我跟厅里沟通一下，让你去贺县协助调查。”老陈手指敲击着桌面，带着不容商量的语气，“一个星期，给你一个星期的时间，如果一个星期之后没有破案，你就给我老实回来！”

路彦深吸一口气：“好！”

贺县以山地、丘陵地形为主，湖泊河流众多，水资源长年都很丰富。八月的贺县，下午时分，烈日炙烤着大地，街上暑气逼人。

李茵把警车停在贺县汽车站的停车场，汗流浃背地从车上走下来。

她走到不远处的树荫下向四周探望，并没有看到要接的那个人。她低头看了看手表，不禁有些失望。

省厅突然下来消息，说要派一个警察来贺县协助调查林依芸遇害的案子，那人今天下午就到贺县汽车站。队里把这个接人的任务交给她的时候，还美其名曰她作为刑警队的门面才降此大任，其实李茵觉得他们只是不愿意在烈日下多跑一趟罢了。

时间一分一秒地过去，头顶上的烈日仍在炙热地煎烤着，李茵全身汗如雨下，衣服很快就浸满了汗水。她双手举在头顶，舔了下有些干裂的嘴唇，等得越来越不耐烦了。

“渴了吧？来，给你。”

身后传来一个男人的声音，有人轻轻地拍了下她的肩膀。李茵连忙回头看去，只见一个一米八几的年轻男人站在自己身旁。

他上身穿着整齐的白衬衫，衬衫衣领有着一块红点，下身配着笔直的黑色西裤，身材伟岸。他的鼻梁高挺，一双卧蚕眼笑起来很亲切，下巴中间有一条沟，看上去硬朗阳刚。美中不足的是，他的左脸脸颊上贴了一块创可贴，让他英俊的面容看起来有点滑稽。此时的他一手拿着伞，另一只手正拿着一瓶未开封的矿泉水递向自己。

看着眼前这英俊男人的笑容，李茵不禁脸红了起来，她愣了愣，下意识地接过对方手中的矿泉水。

“呃……谢谢！”李茵微微低下头。

“这么漂亮的女孩子，可别被太阳晒黑了。”男人笑了笑，在阳光下撑开手中的黑伞。

李茵正在拧矿泉水的瓶盖，听到男人的话，一道光从脑海中闪过：无事献殷勤，非奸即盗！陌生人的东西决不能喝，更何况是陌生男人的。

她停下动作，警惕地看着面前的英俊男人，他嘴角的笑容此时都显得不怀好意。正当她要开口盘问的时候，对方开口了。

“你不辞辛苦地来接我，送点水给你怎么了？快点喝吧，我们还要赶路呢。”

李茵拿着手中的矿泉水，惊呆了：“你就是省厅来的路彦？”

“是的，”路彦炫耀式地出示了一下自己的证件，“怎么称呼你？”

李茵连忙伸手跟路彦握手：“你好！我是贺县公安局刑警队的李茵，幸会。”

路彦握着李茵的手点点头。他打量着李茵，一米六八左右的身高，一双炯炯有神的大眼睛，干练的黑色短发，白皙的皮肤，整个人显得非常清爽干练。

李茵已经疑惑得忘记喝水了，她追问道：“你怎么知道我就是来接你的人？”

“我看到的啊！”路彦板起脸来，一脸认真严肃的表情，“我刚买完水回来，看到你站在停车场上，站姿笔直，明显是受过一些训练。虽然穿的便装，但我也能看出来你身材出挑，肌肉线条匀称，应该定期健身练习力量。你的眼神坚定果断，眉宇间透着一丝英气，明显心理素质比一般女生强悍。给你递水的时候，我还看到你右手虎口处的皮肤要比左手更粗糙一点，应该是右手握枪的缘故。你一直在朝四周探望，说明你是在等人或是找人。所以，我敢断定，你就是贺县公安局刑警队派来接我的那个女警察。”

李茵仰着头，愣愣地看着路彦。这个警察对细节的观察能力超乎她的想象，她像是遇到了现实中的福尔摩斯，一股崇拜感油然而生。

“你……”

“逗你玩的啦！”看到李茵中计，路彦脸上露出狡黠的坏笑，“我早到一会儿，看到你从警车下来的！”

李茵忙朝远处看过去，自己的那辆警车正安安静静地停在停车场。她没好气地瞪向路彦，心里刚刚萌生的崇拜之意转眼间就荡然无存。

路彦收起笑容，走向自己的桑塔纳。李茵没想到路彦这么心急，连忙坐回自己的警车，在前方给他领路。

一阵奔驰，两人很快就赶到目的地。路彦走下汽车，抬起头看向面前的高大建筑，“贺县公安局”几个大字赫然入目。

路彦跟着李茵走进刑警队办公室，跟早已等待多时的贺县刑警队成员一一见面。一阵寒暄之后，路彦也渐渐熟悉了贺县公安局刑警队的成员们。

五十左右的李正，是贺县公安局刑警队队长，穿着一身制服，笔挺正直。他不仅是刑警队队长，也是李茵的父亲。

年近四十的高伟诚，是贺县公安局刑警队副队长，一米八几的大高个儿，气宇轩昂，为人热情健谈。

负责调查林依芸遇害案的刑警张进和蒋旭飞，给路彦留下的印象也比较深刻。

“路彦，公安大学研究生毕业，还去美国研习过！”寒暄之后，李正紧握着路彦的手不停地称赞，“你这二十八岁的省厅刑警，真是年少有为，后生可畏啊！”

路彦微微一愣，连忙挤出笑容，握着李正的手微微躬身道：“哪里哪里，在各位前辈面前，那是明月之下，萤火无辉！”

一旁的高伟诚也笑道：“你舟车劳顿地赶来也累了吧，待会儿下班后我们在酒店给你接风洗尘！”

“好！晚上不醉不归！”路彦凑近高伟诚，神秘地笑着说，“然后高哥再安排个下半场？”

高伟诚暧昧地笑起来。一旁的李茵看着路彦不禁皱起了眉头。眼前这个省公安厅来的警官虽然高大英俊，但是油腔滑调，显得很世故圆滑，一身的市侩气比小县城人更厉害，完全没有他履历上该有的精英范儿。李茵不禁感到很失望。

高伟诚拍了拍路彦：“那好，先让李茵带你去休息吧，待会儿下班了我们就出发。”

路彦笑着摇摇头：“不了，我想先看下林依芸案子的调查资料。”

李正一愣，朝高伟诚使了个眼色。一旁的高伟诚心领神会，把资料拿过来递给路彦。

路彦翻开头两页，一个十五六岁女孩的证件照映入眼帘。他皱了皱眉头，林依芸跟他想象中的样子完全不同。她有着秀气小巧的鼻子，鹅蛋脸，微蹙的柳叶眉下有着一双桃花眼，不过皮肤蜡黄，穿着和发型都很土气，整个人显得无精打采。

李正介绍道：“死者林依芸，性别女，半年前刚满十八周岁，就读于贺县二中高二。她本来有几个姐姐，但是为了躲避超生罚款，被父母送到外地人家抚养。林依芸八岁那年父母离异，她的抚养权归了父亲。由于父亲常年在外打工，她从小跟着奶奶长大。十七岁那年，她父亲遭遇车祸去世，三个月前她奶奶也生病去世了，她便独自生活，后来认识了嫌疑人张霖，两人建立恋爱关系开始同居……”

“张霖和她同居了？什么时候开始的？”路彦从资料上抬起头，一脸震惊。

“对，嫌疑人张霖自己交代的。我们走访了周边的一些邻居，也证实了这个情况，林依芸从今年5月份就开始住在张霖家。”高伟诚在一旁回答道。

李茵在一旁，看着路彦低头看报告的样子。这个路彦虽然油腔滑调，但是进入工作状态的速度特别快，此时认真起来的样子，倒确实有些吸引人。

路彦面无表情地看着报告，心里却早已是惊涛骇浪：好一个张霖，竟然和比自己小十岁的女高中生同居，这还是以前他认识的那个张霖吗？

高伟诚接着介绍道："这个叫张霖的嫌疑人，现年二十八岁，贺县本地人，自六年前公安大学毕业后就一直住在贺县，职业作家，出版过五本小说，与死者同居前一直都是独自生活。"

想不到张霖这六年里就一直住在贺县，路彦晃晃脑袋，把手上的材料往后面翻去。

一旁的高伟诚接着补充道："林依芸是7月26日中午失踪的，当日上午，她还在参加学校的暑期辅导班，但是中午放学就不见了踪影。因为前些天已经有两个女高中生失踪了，她的班主任刘建华很上心，就赶紧报了警。我们和刘建华赶到张霖的家中想找人询问，他家并没有人。

"傍晚6点，守在张霖家门口的刘建华才等到他回来。我们再次赶到张霖家，询问林依芸失联的情况，张霖表示对林依芸的下落毫不知情。我们准备再问，张霖却说他要去找林依芸，然后就不知踪影了。

"7月26日晚上9点半左右，天上下着大雨。张霖的一个邻居回家路过松树林，见张霖一个人奇怪地站在里面，走进树林一看，发现张霖的脚边躺着一个浑身赤裸的尸体。那个邻居连忙报了警。我们赶到现场，发现躺在泥坑里的林依芸已经死亡了，而且，她的尸体还遭遇到了一定程度的损坏。"

"张霖是怎么说的？"

"他表现得很悲痛，不停地哭。等他稍微平复了一下心情，我们问他怎么在这里，他说他回家路上意外发现林依芸死在这里，所以才走过来的。"

"但后来你们认为张霖具备重大作案嫌疑，把他抓了起来？"

"是的。"

"为什么？"

"第一，现场的脚印虽然遭到破坏，但我们还是找到了死者和张霖两人的脚印。第二，我们在林依芸身体上找到了一些指纹，分析之后确认都是张霖的指纹。第三，他没有不在场证明。当时我问他7月26日当天的行踪，他说他白天单独在渡仁湖边构思故事，没有人能为他做不在场证明。至于晚上，他说他一直在到处寻找林依芸，也找不到人能够为他做不在场证明。"

路彦点点头："对于林依芸的死，张霖跟警方交代过什么？"

“我们处理案发现场时，他表现得很悲痛。事发当晚我们也跟他聊过，他交代了一些事情，但是拒不承认他是凶手。奇怪的是，第三天我们把他抓过来之后，无论问什么，他从始至终都一言不发，但是偶尔会一个人痛哭。”

路彦低下头想了想，觉得李正和高伟诚所说的一切还不能算铁证，这个案子还需要进一步调查。

“在林依芸被害前，还有两个女高中生失踪，对吗？”路彦想到之前他了解到的情况。

李正愣了愣，沉声答道：“不错，不过目前没有证据证明她们可能遭遇危险，家属也没有申请刑事立案，所以现在还不归我们管。”

“有她们的详细资料吗？”

“有，以防万一，我们特地要了备份材料。”高伟诚又递过来一沓资料。

路彦翻开，先映入眼帘的是一个脸蛋较圆肤色偏黑的女孩的照片，照片旁边写着“陈怡”两字，然后是一个梳着齐刘海儿一脸文静的女孩的照片，旁边则写着“吴蝉”。

“陈怡，贺县二中高二年级（1）班学生，7 月 19 日傍晚从家里出门后失踪，目前仍下落不明。吴蝉，贺县二中高三年级（2）班学生，7 月 22 日中午从家里出门后失踪，目前也下落不明。家属和派出所一直在找，暂时还没有什么结果。”李正介绍道。

“她们三个有哪些共同点？”

“三个人都是贺县二中的学生，都是女性，年龄也都在十八岁到二十岁之间。”

“三个人之间有什么联系吗？”

“陈怡和林依芸是同班同学，但通过走访发现，她们两人交流很少，基本没讲过几句话。至于吴蝉，刚刚高考结束，比她们高一个年级。”

路彦合上文件。听完案子的基本介绍，他心情变得沉甸甸的。走到窗边，他抬头看向窗外，毒辣的太阳刺得他睁不开眼睛。知了在树上不停地叫，燥热的暑气把街上的行人烤得快要冒油。

路彦想起美国人曾总结出一个公式：在美国，气温每升高 5.4 华氏度，暴力犯罪的发生率就会上升两个百分点。他不禁苦笑，看来在闷热的暑季，无论哪里都是重案犯罪发生的温床。

路彦扭过脑袋看向李正等人：“林依芸的尸体在哪儿？我想去看看。”

高伟诚带着路彦走进停尸房，李茵跟在他们身后。

高伟诚对路彦说道：“要看现在就抓紧看吧，明天上午她就要被亲属领走了，说明天就要给她安葬。”

“这么快？”

“这不能算快了，该走的程序已经走完，家属要人我们肯定得转交了。”

“林依芸还有什么家属？”

“她那亲生母亲回来了，等给她办完葬礼就走。听说还有一些别的亲属，明天你可以和小茵去看看。”

高伟诚拉开一扇冰柜的门，里面躺着一具蒙着白布的尸体。路彦揭开白布，仔细查看着尸体：林依芸面色青紫，脸部肿胀，嘴唇发绀，眉宇之间似乎带着一丝凄怨；一双细长的手臂，到了手腕处就空空如也，双手都被砍掉了，只剩下触目惊心的断裂伤痕。

路彦阴着脸，努力让自己平复心神：“这种脸……林依芸是窒息死的？”

“不错！”高伟诚看着路彦赞许地点点头，拿出法医的鉴定报告看了看，“经法医鉴定，死者心、肺表面浆膜下有大小不等的出血点，内脏有淤血现象，推测是呼吸困难造成胸腔负压增高，使肺部毛细血管充血，内脏各器官血液与心脏不好交流，导致了各脏器的淤血。”

路彦点点头：“死亡时间呢？”

高伟诚往后翻了下报告：“法医鉴定后推测，死亡时间应该是 7 月 26 日下午 5 点至晚上 9 点之间。”

路彦看着林依芸，只见尸体脖子有几处黑色的挫伤，手臂上还有个红色的图案。

尽管见过很多各种死法的尸体，但是林依芸的惨状还是令路彦难以直视。血淋淋的伤口粉碎了她身体那种摄人心魄的美，极美和极恶交融在一起，冲击着人的视觉神经。路彦忍不住感到一阵痛心，这个女孩子究竟遭到了什么样的折磨和杀戮？

“这里是什么伤？”路彦强压心绪，指着林依芸脖子上的挫伤问道。

“法医认为是电击伤。凶手应该是先用电棒一类的东西袭击了林依芸，导致她失去反抗能力，再用毛巾或者手帕捂住她的口鼻，使其窒息而死的。”高伟诚顿了顿接着说，“法医还在死者口腔和鼻腔的提取物中检测出了乙醚……”

路彦站直了腰，看向高伟诚：“凶手使用了具有强烈麻醉效果的乙醚？”

“对，凶手应该是用涂满乙醚的毛巾或手帕捂住了林依芸，使其陷入昏迷，所以林依芸没有办法呼救。这也可以解释为什么林依芸身上连反抗扭打的擦伤都找不到。”

路彦又望向林依芸断裂的手腕处，问道：“她的手是死前被砍断的还是死后？”

“法医鉴定是死后被砍断的。”

“那两只断手找到没？”

“没有。我们在现场搜查了很久，还带上了警犬，但是一无所获，把张霖家搜了两遍也没有找到，问张霖，他说完全不知道。”

看来凶手应该把林依芸的断手带走了，路彦沉思着，可是带走她的一双断手有什么用呢？一般来说大概有两种情况：一种是林依芸的手上有能够证明凶手身份的证据，比如说她在反抗时抓到凶手，指甲里有凶手的皮肤碎屑；还有一种情况就是凶手有虐杀女性和收藏人体器官的爱好。世界上的连环杀人大案中，不乏这样心理变态的凶手。

想到这里，路彦觉得一阵苦闷。他觉得张霖肯定不会是心理变态，不过以张霖平时做事的谨慎态度，难道会是第一种情况？

路彦查看着林依芸的下半身：“林依芸尸体被发现时是赤裸的？”

“对，我们赶到现场的时候，她身上的衣服都不见了，我们带上警犬搜了很久都没有找到。”

“有没有被性侵的痕迹？”

“处女膜呈陈旧性损伤，但没有发现当日有性行为的痕迹。”高伟诚想了想，又道，“不过，也有可能是凶手保护措施做得好，事后又完美地做了清除，加上下了大雨，所以找不到这类痕迹。”

路彦点点头，盯着林依芸惨白的右臂上那个刺眼的红色图案，问道："这个是文身？"

"是的。据林依芸班上的同学和老师讲，她这个花朵形状的文身已经文了几个月。青春期的孩子都有些叛逆吧！"

路彦仔细端详那个花朵文身，觉得这个图案有些眼熟，但一时又想不起来在哪里见过。沉思了会儿，他拉上白布，问高伟诚："她身上有没有发现第三者的指纹？"

"只发现一两个张霖的指纹，其他人的指纹都没有找到。张霖说这是他发现林依芸，情绪失控，抱住她的尸体时留下的。但是没有证据和证人能够证明他的话，所以他仍然存在嫌疑。"

"现场连别人的毛发和衣服纤维也没有？"

高伟诚摇头："都没有。"

难道张霖真的是凶手？在路彦的记忆里，张霖是那么嫉恶如仇，那么正气凛然。虽然本科毕业后他并没有做警察，而是回到了老家当了一个作家，但路彦不相信他的本性在几年之间会改变这么大。

张霖毕业后的六年里一共写了五本书，路彦都买来看了，虽然文采斐然，但都不算畅销。通过文字里渗透出的价值观，路彦并没有发现张霖思想上和大学时代有任何不同。张霖的书里有两本都写了一个警察追查凶手的故事，里面涉及一些刑侦知识，但路彦绝对不敢想象，张霖会拿着那些刑侦知识去犯罪。

不对！即使不看人品，如果是张霖杀的人，以他的头脑和能力，他怎么会在杀人后还留在现场，以至于让经过的邻居发现呢?

就算真是他杀的人，他也一定有办法不让自己的指纹和脚印留在现场，他不会犯这么低级的错误。

路彦揉揉太阳穴："这个凶手通过破坏现场来躲避侦查，很有可能是因为与死者相熟，害怕警方通过现场留下的痕迹找到他。"

一旁沉默了半天的李茵开口了："为什么陌生人不会这样？"

"我国还没有 DNA 数据库，即使有人在现场遗落了携带 DNA 的毛发一类的东西，只要他没有前科，我们就无法通过 DNA 确定他的身份，对破案的帮助也很有限。如果这是陌生人流窜作案，凶手不会煞费苦心在现场消除痕迹。他只需要离开这里，离开贺县，我们就很难找到他。所以我认为林依芸被害，很可能是熟人犯罪。”

高伟诚拍拍脑袋：“我觉得路彦说得很有道理，这个凶手应该是林依芸认识的人，而且这人不能轻易离开贺县，他应该也知道警察可能会去调查他，所以尽力在现场做到不留痕迹。”

“噢，原来是这样！”李茵恍然大悟。

“还有一点，”路彦接着说，“林依芸是中午消失的，可是她傍晚之后才死亡，这中间发生了什么？为什么她会从学校到了松树林里？为什么身体上没有挣扎扭打的痕迹？即使电击和迷药让她丧失了反抗能力，那么在此之前，如果她碰到的是陌生人，最起码的反抗挣扎也会有的吧。所以说，凶手很有可能是林依芸的熟人！只有熟人，才能获得她的信任，才能在没有反抗的情况下攻击她，令她失去行动能力。”

“那不就是张霖的嫌疑最大了吗？”李茵脱口而出。高伟诚在一旁也连连点头。

“可是张霖有什么动机？”路彦提醒高伟诚和李茵，“他们是情侣，两个人都亲密无间地同居了，有什么理由让他扒光自己的女朋友再杀了她？”

“你有所不知，”高伟诚摇摇头，“林依芸出事后，我们在张霖家里搜查时，发现他们是分房睡的，一人住一个房间。所以我们觉得有可能是林依芸一直不同意跟张霖上床，所以他才恼羞成怒，动了杀机。”

“他们之间竟然是这样？”路彦的笑容凝固了。

“对，我当时还问他为什么没有和林依芸睡一个房间，他说他们是柏拉图式的恋爱，不追求任何的肉欲。”李茵在一旁补充道，“说实话，从一个男人嘴里听到这话，我觉得挺假的。”

路彦想了想，只能摇头苦笑。

张霖啊张霖，你到底是真清高还是假清高啊？还柏拉图式的恋爱，如今因为你和人家姑娘分房睡觉，警方都怀疑你为了性而杀人了。

路彦还不太死心，看向高伟诚：“林依芸的社会关系调查过吗？除了张霖，她还有没有别的熟人？”

“她一个高中生能有什么社会关系啊，无非就是学校的老师、同学和自己家里人。自从她奶奶去世，她就没什么家人，我们问过她的同学和老师，都说她性格内向孤僻，在学校也没有什么朋友。”

“案发当日，林依芸的同学和老师都在学校？”

“对，他们学校为了抓升学率，把所有高二升高三的学生都安排在学校里补课。”

路彦点点头：“那当时辅导班的学生都没有缺席吗？”

“我们当天就统计过了，除了失踪的陈怡和吴蝉，其他所有学生都在学校，无一缺席。至于老师，除了两个在外地出差的，其他有课没课的也都在学校。”

路彦低头想了想：“我明天去一趟贺县二中，看看能不能发现些什么。”

李茵说道：“我陪你一起吧，给你做向导。”

路彦点头，视线又回到盖着白布的林依芸尸体上，沉默片刻，才道：“高队长，我还想跟张霖谈谈。”

“现在？”高伟诚看了看手表，“都快下午 5 点了，要不明天再见吧？你先去酒店休息会儿，我们晚上的任务还重着呢！”

“不，我想现在见。”

高伟诚惊讶地抬头，看到的是路彦坚决的眼神。

一旁的李茵则皱起了眉头。这个路彦工作起来就像一个运转不停的机器，整个人认真又严肃，丝毫没有之前的油腔滑调。他到底是个什么样的人呢？

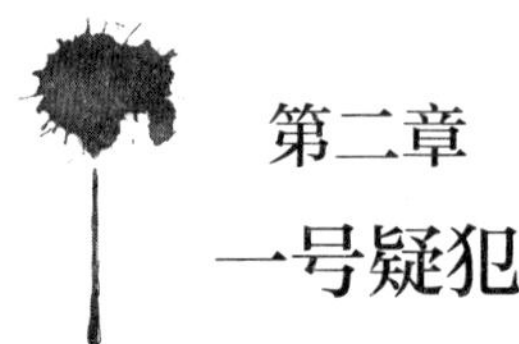

第二章

一号疑犯

审讯室里空荡荡的，门外的走廊传来了脚步声。路彦坐在椅子上，神情焦急地看看手表，又看向声音的方向，搁在审讯桌上的手指忍不住咚咚地敲击着桌面。

张霖，我曾经最好的兄弟，终于又见面了！六年前惨烈命案后的不欢而散，六年后身陷囹圄后的故人重逢，你，真的变成了一个杀人凶手了吗？

想到这里，烦躁如潮汐般滚滚而至，路彦觉得心里有很多事情被搅成一堆乱麻。门被推开，地上出现三个长长的影子，张霖在两个警察的陪同下走进了审讯室。看见张霖，路彦觉得世界一瞬间静止了下来，几年前的回忆闪烁着耀眼白光纷纷在眼前乍现，刚刚的心烦气躁又如潮汐般退去了。

路彦端详着张霖。与六年前飘逸的长发不同，如今他留着土气又油腻的中分，鼻翼两边布着深深的法令纹，面容枯槁。他的身材消瘦了很多，浑身上下满是沧桑和抑郁。

张霖身体晃了晃，虚弱地咳嗽了两声，才浑身僵硬地坐到椅子上，板着脸看着脚下的地面。警察解开他的手铐后，退出了房间。

路彦动了动嘴唇，想说些什么，却没有说出口。他五味杂陈地看着张霖，只觉得自己内心此时混杂着一万种心情，一时间竟然难以表达，想了半天才开口一句："好久不见。"

张霖倒是轻松得多，哼了一声，道："你还穿着这白衬衫？"

路彦点点头，端详着张霖说："你的脸色看起来好差。"

张霖看着路彦脸上的创可贴，冷笑道：“你也没好到哪里去。”

说得也是，路彦一阵哂笑。张霖歪了歪脖子，脸上挤出一丝惨淡的笑容：“她不在了……”

一个故人的名字蹦入路彦脑海中，不过他很快反应过来，张霖说的应该是林依芸。

“逝者已去，生者坚强。振作点吧，以后你还会遇见别的好姑娘……”路彦笑着安慰道，刚抬头，就看到张霖怒视的眼神。

“还会有别的好姑娘？”

“对啊，我们人生那么长。”

“别的好姑娘？”张霖像是没听懂路彦的话。

“对，别的年轻、漂亮、身材好的姑娘。”路彦顿了顿，又笑了笑，“毕竟，虽然没人一直十八岁，但是一直有人十八岁。”

“你以为所有人都像你一样拈花惹草，朝三暮四？”

“我……”

“吴思凉死的时候……”

“够了！”

路彦低声喝道，脸上的笑容消失殆尽。他阴沉着脸死死抠着桌子角，十个指甲都在发白。

“不要再提那件事了！”路彦努力地使自己的声音放平缓，“我来这儿是办案的，不是来为陈年旧事跟你吵架的。”

张霖僵着脖子。

路彦平静下来，接着说道：“这些天你在贺县警方面前死活不肯开口，不就是想等我来吗，现在开始吧！7 月 26 日的下午，你做什么去了？”

张霖皱了皱眉，回答道：“我在渡仁湖边构思小说故事。”

“谁能证明？”

“没有人能证明，”张霖阴沉着脸说，“每天下午我都会去渡仁湖边坐坐，这是我的习惯。”

“你在湖边没有遇见什么人？”

“那边路人稀少，遇见了也只是擦肩而过，哪儿还记得我的脸？更何况我也找不到他们为自己作证。”

“你在渡仁湖边的一整个下午，贺县警方都联系不上你？”

“是的，我都是下午构思，晚上写作。而且为了不受外界影响，我在湖边都不带手机的。”

“然后呢？”

“那天傍晚回到家，我见到依芸的班主任在我家门口等我，他问我知不知道依芸去哪儿了，直到这时候我才知道依芸出事了。随后，那个班主任联系了贺县警方，警方来到我家，问我依芸的行踪，可我完全不知道。我当时很担心，而且那会儿就觉得警方的态度有些古怪，但这不是最重要的，重要的是……”

“是什么？”路彦屏住了呼吸。

“警察和那个班主任离开之后，我在卧室的窗缝里发现了一封匿名信，上面只有一句话——

“想要林依芸，来渡仁湖柳亭边找她，如果报警，她必死无疑。”

“你没跟贺县警方说过？”路彦瞪大了眼睛。

“我不想跟那些庸才警察说这些。”张霖平淡地说，声音和眼神里带着不屑。

“可是那封信能证明你的清白！”路彦还是难以理解。

“现在说不也一样吗？”张霖僵着脖子，仰头看着天花板。

路彦无奈地摇头：“那封匿名信现在在哪儿？”

“在我家。”

“警方搜查时没有找到？”

“他们找不到的。”张霖嘴角露出一丝讥笑。

“你看到匿名信之后，是怎么做的？”

“当时我想，贺县警方都主动找上门了，还算不算我报警？为了保证依芸的安全，我还是没有告诉任何人，带上一把弹簧刀就独自去了渡仁湖。我在柳亭边等了很久，也找了很久，可是根本没有半个人影。到了晚上，天上下起了大雨，我开始意识到我上当受骗了。

“于是，我连忙起身回家，准备把匿名信的事情告诉警方，让他们帮我调查。结果路过附近的松树林时，我鬼使神差地走了进去，就看到依芸在那个坑里躺着……”张霖说到了伤心处，痛苦地捂住自己的脸。

路彦有些同情张霖。看来在深陷情网后，他的判断和决定，都没有局外人那么冷静理智了。

路彦想了想说："但是痕检师在现场勘察的情况，并不太支持你的说法。地上能够清晰提取到你和林依芸的脚印，林依芸的尸体上也只发现了你的指纹……"

"我早就跟他们解释过了，指纹和脚印都是我发现依芸尸体时留下的，他们偏偏不信！"

"这很正常。林依芸是死于他杀，既然你不是凶手，那为什么现场除了你和林依芸，就没有发现第三人存在的痕迹？脚印、指纹、毛发、皮屑、衣服纤维，这些全都没有发现。"

"这还用我跟你解释？如果凶手有一定的反侦查能力，完全可以做到在现场不留痕迹，加上那天晚上下了那么大的雨，即使留下了痕迹，也很容易被大雨冲刷得干干净净。拿这个作为我犯罪的证据真是太可笑了。"

路彦点点头。谨慎一点来考虑，张霖也是有道理的。沉思了一会儿，路彦想到了一种可能。

"这么看来，会不会是凶手故意用匿名信把你引开，然后杀了林依芸，并把现场布置得完美无缺不留任何痕迹，等着你走进现场，把所有的一切都嫁祸到你身上？"

张霖没有说话。

"你在贺县有什么仇人吗？"

张霖捂住眼睛摇摇头。

"林依芸有什么仇人吗？"

"我不知道！"张霖猛地捶了下桌子，"我在贺县的生活很简单，没有什么交际，而依芸她不过是一个高中生而已，我想不到我们有什么仇人！"

路彦沉思了一会儿，说："贺县警方是什么时候带走你的？"

"出事后的第三天。当晚我就觉得警方很怀疑我了，毕竟我没有不在场证明，而且还在案发现场被人发现。"

"于是，你就联系了我，然后第三天警方果然上门把你带走了对吧？"

张霖点了点头。

路彦寻思着，现有的条件下，所有的证据对张霖都很不利。路彦觉得直接证明张霖无罪很难，倒不如努力地去找到杀害林依芸的真凶，一旦真凶服法，张霖自然就清白了。

可现在怎么找到真凶呢？虽然张霖公安大学毕业后没有做警察，但是能让他蒙上这不白之冤，凶手肯定也不是一般的人物。路彦还是决定先从林依芸身上找到突破口。

“你……你跟林依芸发生过性关系吗？”路彦想了想，还是问了出来。

张霖一脸诧异：“你问这个干什么？”

“跟案件有关，请你回答一下。”

张霖没好气地瞪了瞪路彦，憋着气说：“没有！”

“你是什么时候跟她同居的？”

“今年5月。”

“同居了快三个月都没有……”路彦的神情有些惊讶。

“她奶奶在4月份已经去世了，她家除了她也没有别人，我家除了我也没有别人，然后我们俩相爱了……”张霖自顾自地说道。

“你们真的没有发生性关系吗？”

“没有！我说没有就是没有！”张霖神情很激动，“我们是柏拉图式的恋爱懂不懂！”

路彦苦笑着，瞥了瞥身后的监控摄像头。其实从内心里，他是希望张霖说有的。正是因为他否认和林依芸发生过性关系，贺县警方才把性考虑成他犯罪的动机，毕竟，得不到的东西才会逼人铤而走险。

不过，如果张霖说的是实话，那么林依芸的处女膜陈旧性损伤又是怎么回事呢？难道说，张霖说没有和林依芸发生性关系是假话，或者林依芸之前就已经……这件事情，要不要现在就告诉张霖？

如果张霖说的是假话，说出这个或许可以逼他承认事实，这样对他洗脱嫌疑反而是有利的。但如果他说的是实话，这件事或许会给他精神上带来不小的打击吧？路彦寻思一会儿，选择相信张霖，而且也不愿意再给他精神上造成打击了。

路彦换了一个方式，开口问道：“林依芸认识你之前谈过恋爱吗？”

“你又问这个干什么？”

“你回答我就是了！”

“我没问过，她也没说过，不过我想肯定是没有的。”

“为什么这么肯定？”

“她过十八也还不久吧，怎么可能之前就谈过恋爱？”

路彦摇头。他觉得张霖的说法太片面，现在的孩子都早熟得很，初中生早恋就不是什么稀奇的事情了，更何况她还是高中生。林依芸可能没有张霖描述的那么单纯，看来还要好好调查一下她的情况。

“行，你跟我说说你和林依芸是怎么认识的吧。”

“你把我对她的感情想象得跟遵从生物本能那样肤浅庸俗，以至于让我感到非常非常恶心，恶心到我不愿把这份经历跟你分享让你亵渎。”

路彦看着桀骜不驯的张霖，觉得一面无形而巨大的墙竖立在他们之间。

“那你找我，不会是想让我来跟你吵架的吧？”路彦捏了捏眉心，“你不告诉我事实，我怎么还你清白？”

“别以为我是求你来救我的！我找你来是因为起码你智商跟我在同一水平线上，不像贺县的这些警察，跟他们沟通就是对牛弹琴！”张霖愤懑地说。

“听着！”路彦敲了敲桌子，一脸严峻地说，“如果杀害林依芸的凶手不是你，那么真凶能在死亡现场不留线索，还完美地把罪行嫁祸于你，这个人，我不确定我能否打败他，我也不知道什么时候能找到他。”

路彦顿了顿，闭上眼睛：“而且省厅给我的查案时间，只有 7 天。”

见到路彦的表情，张霖眼里的光芒黯淡了很多：“你刚才，应该听贺县警方说了不少怀疑我的证据吧，你也觉得我是凶手吗？”

“我觉得你是不是凶手不重要，找到证据才重要。”路彦沉声回答，“所以你必须告诉我所有的实情！”

“其实她死后我就觉得活着好没意思，警方说我是凶手我也无所谓。我只是不甘心杀害她的凶手逃脱惩罚。”张霖表情越来越悲伤冰冷，“我找你来是要你找到杀害她的凶手，这个人并不一般，记得帮我送他下地狱。”

路彦点点头：“一定！”

张霖沉默了一会儿，终于开口了，带着沉重的悲怆。

三个月前的一个午后，贺县的菱湖公园正是阳光温淡，岁月静好。我吃饱了躺在湖边的草坪上晒太阳，一边捧着我的《最长的离别》看着，一边为新书构思人物和情节。

随后，我发现有个女孩蹲在湖边，已经盯着湖面看了好久好久，不禁有些担心。于是我放下书，对她试探地喊了一句："喂！孩子，你该不是要寻短见吧？"

女孩站起身，回过头看着我，我这才看到她的全貌。不得不承认她长得很美，白皙的皮肤，小巧的鼻子配上一双略带哀怨的桃花眼。她身高一米六五左右，高挑又瘦弱。虽然还只是春暖花开的四月，但是她已经穿上过膝的蓝裙，一阵风吹来，看上去造价不菲的丝质连衣裙随风飘扬，拂动着她外露的娇嫩皮肤，整个人就像是从画里走出来的一样。

我正看得出神的时候，她却慢慢地走到我跟前，视线落在我手中的书上。

"我也看过这本书。"她轻声说。

我不由得一阵激动。想不到销售惨淡的《最长的离别》，在这个小县城里还有人看过！

我举起手中的书，确认道："你看过这本书？"

"嗯，我对里面的一段话记忆特别深刻。"她的声音很平静。

"哪……哪一段？"

"我看见命运突然无理取闹，张开大嘴嘲笑着我的踟蹰不前和诘屈聱牙，青娥影慢慢遥远，噌吰（chēng hóng）声缓缓响起，那紫红色的天空，布满了回忆的罅隙……不舍四处弥漫，青春转眼开到荼蘼，那些漫漶的回忆，终将在沦落与失意里，照亮踽踽独行的身影。"她迎着阳光，轻轻地说，"我没背错吧？"

天啊！她竟然把我书里的话一字不差地背了下来。我压抑着欣喜追问道："那你喜欢这本书吗？"

"还行吧，我喜欢里面断案推理的内容。你也是它的粉丝？"

"不，我是它的作者。"

女孩看着我，语气中有些惊讶："你是作家雨林？"

我连忙点头："那是我的笔名，我的真名叫张霖！"

"你怎么证明你是他？"

我一阵语塞，翻开扉页找自己的照片，才想起自己当初因为对形象没信心，所以婉拒了出版社贴照片的要求。面对女孩的目光，我不由得挠挠头："要不你去我家，我那里有《最长的离别》的手稿，还有《无尽之地》《长生》《云罅》《罅隙》……"

"不用了，我信你了。在贺县这种地方，除了我和作者，我想不出还有谁能把雨林所有书的书名都说出来……"

本来听到这种话，我心里应该是有些失落的，但是此时我心里只剩一阵激荡："你叫什么名字？"

"我叫林依芸。"那个女孩脸上带着淡淡的笑，眼里闪烁着一点崇拜的光芒。她伸出冰凉的五指和我握手，说道："您好！真没想到，雨林就住在贺县。"

就这样，我认识了依芸。我知道她刚满十八岁，是贺县二中读理科的高二学生，不仅成绩年级第一，还喜爱文学。在我心中，她简直就是个未出世的天才、待雕琢的瑰宝。尤其是我得知她的身世和经历后，更为她的命运感到痛心惋惜，我决定要尽我所能改变她的命运，我想带她去看看更大的世界。

她是一个对世界有着强烈好奇心的孩子，问了我很多问题，我没日没夜地给她解答着。就这样，慢慢地，我开始走进她的内心世界。很快，我们就顺理成章地在一起了……

一阵急促的铃声打断了张霖的叙述，也惊醒了倾听状态下的路彦。他不情愿地看了看手表："时间到了，我们今天就先到这里吧。"

张霖一脸失望："你接下来有什么打算？"

路彦笑笑："先去你那里把你说的那匿名信拿到，明天去林依芸的学校，还要去她家里参加葬礼。"

"她的葬礼？"

"对，贺县警方说她的生母明天下午要给她办葬礼。"

"我要出去！"张霖忽然大喊一声，"最后一面，我要见她！"

"等你出去了，我带你去见她。"路彦起身，收拾起本子和笔，"贺县还有两个女孩失踪，不知道跟林依芸的死有没有联系。我迟早会抓住他的，相信我！"

张霖一脸痛苦和失望，抱着脑袋点点头。

路彦稍微放心了点。他转身向外走去，刚拉住门把手，身后又传来张霖的声音——

“贺县警方有我家的钥匙，我卧室里有个密码箱，密码是978634，箱子里放着我以往那些书的底稿，还有我那本绿色记事本和一些刑侦笔记。把我的床挪开，靠床头的墙上有一块砖可以抽出来，那封匿名信就放在里面。”

“好，”路彦停下脚步，转过身，犹豫道，“那个……你的处女作《最长的离别》，故事原型出自哪儿？”

张霖的身体似乎晃了晃，没有抬头：“都是我瞎编的！”

路彦沉默了一会儿，转身大步踏出了门外。

李茵开车带着路彦穿过贺县大街。她瞥了一眼面色沉峻的路彦，找了个轻松点的话题：“你脸上的创可贴是怎么回事？在‘下半场’被人挠伤的？”

路彦嘿嘿一笑，并没有回答，只是把头转向窗外。

贺县坑坑洼洼的马路上行人稀少，视线所及，大多都是拉着板车踽踽独行的老农、噪声很大的冒着黑烟的拖拉机、衣服破旧追逐打闹的小孩。路边的电线杆上挂着当地知名企业的广告牌，透过厚厚的灰尘，依稀能辨认出“辰风能源”几个字。县城主干道的远端是一排青山，轮廓起伏如少女的身体曲线。青山上方此时正乌云密布，隐隐有雷声暗响。

“我们现在去哪里？”李茵打破了沉默。

“去林依芸的遇害现场吧。”

“去了遇害现场之后呢？”

“再去张霖家，他留了一些线索在那儿等着我。”

“就是他说的那个匿名信？”

“你看了监控？”

“我在监控里听了下。我也是服了那个大作家，两句话能说完的事硬说了那么久。”李茵嗤之以鼻。

“文人嘛，本来对世界就比一般人更敏感。”路彦笑笑。

“你也真有耐心。”李茵白了路彦一眼，“我想打那个家伙，你明白为什么吧？”

“那只是他用来掩盖真实目的的借口罢了，”路彦笑笑，“他故意对你们什么都不说，让自己嫌疑加重，好让我帮他破这个案子。”

“你跟他以前是老同学吧？”

“这你都知道？”路彦故作惊讶。

“傻子都能听出来！”李茵看着路彦，“而且在你来之前，我爸就告诉我了！”

“你爸要是知道你这么诚实估计要气死……”路彦哈哈笑道。

两人不再言语，警车沉默地朝前行驶着。残阳在地平线上摇摇欲坠，天际的流云也燃烧出红光。两人赶到了目的地，李茵将警车停在一片松树林边，和路彦一起走了下来。

“喏，这里就是现场了，想看你就仔细看吧！离这里不远就是张霖家，你看完了这里我再带你过去。”李茵把路彦领到松树林里的一个角落，“不过别失望啊！我们检查了之后，又下了几天的大雨，现场不太可能还有有用的东西了。”

路彦走进已经落下阴影的松树林。他四处仔细查看，目光扫过整齐平整的地面、黄黑混合的泥土、青翠欲滴的杂草、沉默无声的松树，以及松树林边一条潺潺溪流。确实如李茵所说，现场很难找出有价值的痕迹了。

傍晚晕黄的光线透过树叶的罅隙洒在他的脸上，昏暗的树林里，斑驳的光影下，路彦站在原地，听着风的声音慢慢闭上了眼睛。那天晚上，这里到底发生了什么？

路彦看着松树林边那条小腿深的溪流，轻声道：“如果凶手杀了人，再顺着这条小河逃走，不就没有脚印了吗？”

“可是他走进树林的脚印呢？”跟在他身后的李茵摇摇头，“虽然那晚的脚印被雨水破坏了不少，但我们只找到死者和张霖的脚印也是事实。”

路彦不禁陷入了沉默。就算凶手从溪流里离去，可是他走进松树林的脚印去哪儿了？难道凶手真的是张霖？路彦甩甩脑袋，那晚的脚印被破坏了，还不能拿来做铁证。

李茵看了看四周的松树，问路彦：“你觉得那两个女孩的失踪和林依芸被害，是同一个人作案吗？”

“很有可能，遇害人都有着鲜明的共同特征——十八岁到二十岁间的高中少女。”

“我跟我爸讨论过，他也说确实有这可能。如果是连环杀人案，那这案子的影响就太坏了。说来也怪，我们贺县这地方也不大，怎么就一直找不到她们呢？”

“所以，这个案子可能比我们想象的要复杂得多。如果让这两个女孩消失的人和杀害林依芸的是同一个人，那么他肯定有着很强的……”路彦刚想说“反侦查能力”，话到嘴边又吞了回去。

在他的记忆里，张霖就是一个具备极强反侦查能力的人。当年在警校的各种竞赛里，他模拟出的完美犯罪常常使别的同学束手无策……

“很强的什么？”李茵好奇地追问。

“没什么。”

“我知道你想说什么。我们也想到了张霖的教育背景，可是他不承认跟陈怡和吴蝉的失踪有关系，还说完全不认识她们。”李茵扫了一眼路彦，“可是，这三个女孩失踪的那段时间，他都没有不在场证明。而且自从他被捕后，贺县就再也没有发生少女失踪案了，所以我觉得他的嫌疑还是很大的。你觉得呢？”

“我不知道。”

路彦的心情突然变得很差。他沉默地蹲了下来，近距离地感受到土地的气息。幽深静谧的树林里，凉风躲在了树梢之后，一切都安安静静的，大地、树林、草地，都一起沉默着，什么也没告诉他。

残阳被晓月代替，黄昏消失在无言中。昏暗的穹隆上，爬上几颗晶莹的星星，白天的热气已经消弭无踪。农村小路上的一排民房前，李茵带着路彦停下脚步。

李茵举起手电，照向黑暗中一个被院子围绕的两层民房：“张霖家，我们到了。”

路彦也摸索出一个手电，顺着民房一路看了过去。这排民房都有自己的院子，楼层普遍两层或者三层，虽然才晚上九点，但不少房子里已经没有了灯光，少数几间还亮着光的房屋传来电视剧的声音。

"好一个世外桃源啊！"路彦感慨道。

"这死气沉沉的农村有什么桃源，你是在大城市待久了突然有些新鲜感罢了。"

"这里的空气很棒！"路彦想了想，"对了，我不想每天住酒店和招待所，贺县有没有像这样的农家房子能让我借住几天？"

"别人家的房子，是你想住就能住的吗？"

"所以我这不是拜托你帮我安排嘛！"路彦坏笑道，"你看你这么聪明美丽，肯定有办法的！"

"油嘴滑舌！"李茵瞪了一眼路彦，她发现这个省厅来的警察脸皮很厚，完全没个正经样子，"我有个远房亲戚，老人家里有不少空房间，明天我带你过去吧。"

路彦连连道谢。

李茵带着路彦走到张霖家的院门口，她的手电照亮了院子里破旧褪色的水泥墙，以及生了锈的红铜色铁门。

"其实我一直挺奇怪的，张霖也算一个有点名气的作家，怎么住得这么寒酸？"

"人家是当代嵇康、陶潜。"路彦笑呵呵道。

李茵拿着钥匙打开了门，和路彦一起走进院子。路彦努力地让自己走得静悄悄的，院子里铺着水泥路，在手电光之下显得格外惨白。

李茵打开大门，带着路彦走进客厅，摸索到灯的开关按下去，客厅猛然一亮。路彦一惊，倒不是因为突然而至的光亮，而是看到客厅里白漆粉刷的墙上贴满了电影的海报。

"我上次来就看到了，可能作家对房子装饰的理解跟我们不一样吧。"李茵看了看震惊的路彦。

路彦走到墙壁前，仔细端详着墙壁上密密麻麻的海报，很多都是他熟悉的经典电影海报，《沉默的羔羊》《美国往事》《非常嫌疑犯》《假面》《地下》……路彦记得张霖当年经常和自己讨论这些电影。

路彦移开目光，环视着客厅内部，偌大的屋子里只摆着一张木桌和一辆电动车，房间里极简单的物品和墙上极多的海报形成强烈的对比。

路彦掏出钥匙打开卧室的门。张霖的卧室与其说是卧室，倒不如说是书房，里面摆着三个书架，占据着卧室里除了床和一张写字桌外的所有空间。书架和桌子上杂乱地摆满了各种书，地上也散落着好多书。衣柜的门敞开着，床上被单更是一团乱。

“怎么这么乱？你们搜查后就留着这个样子走了？”路彦皱起眉头。

“奇怪，第一次搜查时我在的，当时没有弄得这么乱！第二次搜查虽然我不在，但我想他们也不会这么干的啊！”李茵迷惑不解。

路彦突然想到一种更糟糕的可能性：“难道说，在警方来这里搜查之后，又有人曾来过这里？”

“可是张霖这儿有什么好找的啊？我们警方找了两遍都没有找到有价值的东西。”李茵摇了摇头。

“难道是找张霖说的那封匿名信？”路彦开始担心那张纸的下落，他小心翼翼避开地上的书走到床边，把床头边的一堆书推到旁边，在床头附近找到一个紫黑色的小保险柜。

路彦抬起了手中的保险柜，输入张霖所说的密码，手在圆环开关上轻轻一拧，开了。

路彦感觉心脏狂跳了起来，他戴上皮手套，忐忑地拿出保险箱里的东西，先是一沓厚厚的手稿，封面上潦草地写着“最长的离别”几个字，路彦轻轻放下它，接着找到了手稿的第二本、第三本、第四本，最后是一个淡绿色的日记本，路彦拿着它小心地放到床上，手继续在保险箱里摸索，却空无一物。路彦拿起保险箱，朝里面一看，里面空荡荡的什么都没有。

“怪了，怎么没有他说的那本刑侦笔记？”路彦皱起眉头。

“没有找到？他骗你的？”李茵注意到路彦的表情。

“不会的。”路彦放下了保险箱，来到床头柜边，奋力地把床挪动了下位置，让床头的白色墙壁露了出来。

路彦弯着食指和中指，对着白色墙壁敲动着，他仔细听着那敲击的声音，一边敲一边移动着自己的手指。敲击了一会儿，路彦的手指来到了墙壁的中下方部位，他终于听到指节撞击墙壁发出的声音有所不同。

路彦蹲下身子，仔细在那块墙壁上寻找着，却找不到任何裂缝的蛛丝马迹。想了想，路彦手上一使劲，努力一推，手下的墙壁砖头竟然直接陷入墙壁里，然后弹了出来。

那是一个带着机关的空心盒子，安装在墙壁里面，外表涂抹着白色的漆，关上时跟墙壁没有任何区别。路彦想着这应该是张霖制作的机关把戏，要不是他主动交代，任谁来了也不会想到这里还暗藏玄机。

盒子里安静地躺着一张厚白纸，在李茵惊奇的目光中，路彦把它拿到手上看了起来，正如张霖所说，它上面印刷着一行黑色的楷体字：想要林依芸，来渡仁湖柳亭边找她，如果报警，她必死无疑。

“真是个怪人，如果这是别人写给他的匿名威胁信，那他为什么一开始不跟我们交代呢？”李茵很费解。

“他应该是只想让我来查。”路彦苦笑着。

“那他会不会自己伪造一封所谓的匿名威胁信，然后骗你说这是别人拿给他的，借此证明自己是无辜的呢？”

路彦盯着那一行字，没有说话。

“如果林依芸被寄这封信的人劫持了，正常情况下，她的身体上肯定会有挣扎或搏斗的痕迹，可是法医对尸体的检测结果不支持这个说法。”

路彦摇摇头，从衣兜里掏出一个透明的密封袋，小心翼翼地把匿名信装进里面：“先把这个带回去，明天在局里验一下上面有哪些人的指纹，再看看这纸张的化学成分。运气好的话，马上就能找到这纸的来处。”

“好。”

装好了匿名信，路彦又翻开了《无尽之地》和《最长的离别》的手稿，粗略地翻完，路彦翻开那个日记本，他哗啦啦地快速翻阅，大段涂抹很厉害的黄纸页面在眼前划过，六年前的那段时光的气息跨越时间扑面而来。

“喂，东西找到了，我们该走啦！”李茵的声音似乎是从遥远的地方传来，惊醒了沉思中的路彦。

“嗯。”路彦把《最长的离别》底稿放回了保险柜，然后把日记本揣进兜里，拿着密封袋和李茵一起离开。

刚回到公安局，路彦又被李正、高伟诚等人拉到酒店里给他接风洗尘。一番觥筹交错之后，高伟诚拉着路彦准备赶赴他们的“下半场”，不料路彦酒后吐得不省人事。高伟诚只好作罢，让李茵开车送路彦去酒店休息。

车停在酒店门前，李茵扶着摇摇晃晃的路彦走下汽车，高大的建筑霓虹灯光洒在他们脸上，路彦抬头，眯着醉眼一看，面前建筑的旋转玻璃大门上，写着“恒佳酒店”四个大字。

“这是我们县城最好的酒店了，安保卫生都很好，你今晚就在这里住下吧。”李茵说着，扶着路彦走进了酒店。

一到房间，路彦就瘫倒在柔软的沙发上，他英俊的脸上此时满是醉意，那双卧蚕眼在房间的灯光下看起来像是在笑一样，别有一番魅力。李茵看着路彦出神，脑子里却忽然跳出了他刚才在饭桌上和高伟诚谈起“下半场”那狡黠暧昧的样子，不禁感到失望。看来天下乌鸦真是一般黑，连这个大城市来的所谓的高才生也不例外。

“你说你只有 7 天的查案时间，还大吃大喝？”李茵开口说道。

“人生得意须尽欢！”路彦躺在沙发上迷迷糊糊地笑着。

“真是没心没肺！”李茵摇头感叹道。灯光下，她再一次看到路彦白衬衫衣领上那鲜红的红点，不由得问道：“这红点是在‘下半场’被人亲上去的？”

路彦摇摇晃晃地站起来，含糊不清地嘟囔：“莫……使金樽空对月……”

“酒鬼……你到底是来干什么的？”李茵在鼻子前挥挥手，努力地扇掉那扑面而来的酒气，“对了，我明早带你去我亲戚家，早上起得来吧？”

“当……然。”

“好，那我走了！”

李茵转身向门外走去，不料路彦晃晃悠悠地跟了上来，不顾她的阻拦，坚持要把她送到门口。路彦跟着李茵穿过环境暧昧的酒店走廊，走过光线妖娆的前台大厅，又把她送到路边。

“拜拜，你赶快回去睡觉吧！”李茵冲着路彦挥挥手，钻进了汽车，逃一样地飞驰而去。

看着李茵的车在夜色中慢慢远去，路彦转过身，佝偻的后背慢慢地直了起来，眼睛里的迷离渐渐消失，刚才还摇晃的双腿此刻坚实有力地踏在地上。深夜时分，县城街上已经没有了多少车辆和行人，马路上安安静静，路灯形单影只。路彦沐浴在昏黄的灯光下，尽情地呼吸难得的清新空气。白天的情景浮现在他的脑海中，在他的努力融入之下，贺县公安局的人对他似乎印象不错，但李正对自己的了解倒是远远超乎想象，这真的挺意味深长的。

他拿起手机端详着，那上面的时间从8月3日跳到了8月4日，而8月11日自己必须回省厅报到。倒计时开始了，从现在开始的7天里，自己若不能破案还张霖清白，这个案件也只能交给别人了，这次跟时间赛跑，自己能赢吗?

路彦想着，慢慢挪着脚步走到大门前，旋转的玻璃门转出空间，他正要迈开脚步，忽然听到身后不远处传来窸窣的脚步声。

他警觉地停下脚步，侧耳倾听，四周一片安静。玻璃门里面大厅里空荡荡的，酒店前台人员正戴着耳机安静地对着电脑，声音肯定不是酒店里的，走在地板砖上不是那种声音。如果刚才那声音不是自己鞋底摩擦地面的声音，那么一定是对方也停下了脚步。

路彦伫立在门口，玻璃门缓缓地转过去，透过光洁的玻璃表面，他看到身后不远处的一个角落，站着一个模糊的人影，似乎正看向自己。

像是一盆冷水从头顶上浇下，他感觉体内的酒精瞬间蒸发殆尽。

“什么人！”路彦转过身，一声厉喝撕裂了夜晚的宁静。

那人影赶紧转身退去，无声无息遁入了黑暗，很快就消失得无影无踪。

幽灵，一定是幽灵！只有幽灵才能移动得那么迅速，那么无声无息。

路彦想迈开双脚去追，但已经完全来不及了。

第三章 葬礼疑云

8月4日，早上天色才亮，路彦就催着李茵把自己的行李拎进她亲戚的房子里。那亲戚是个六十出头的老汉，姓吴，路彦跟着李茵喊他吴老伯。

吴老伯为人热情亲切，他独身住着三层楼房，路彦付了一些费用，选择了一个三楼的房间后，就带着李茵快马加鞭赶回公安局。他现在每分每秒都很珍贵，一刻也都浪费不得。

路彦站在刑警队办公室窗前，焦急地等待着。很快，门口传来脚步声，李茵快步走进办公室，手里拿着一个报告递过来。

“鉴定中心的指纹鉴定结果出来了，那张匿名信上只有一个人的指纹，经过比对，是张霖的。”

路彦把报告放在手上看了看：“果然如我所料，那个绑架者没把自己的指纹留在上面。”

“为什么不能是张霖自己制作了这封信，编造出一个根本不存在的绑架者，再让你努力去证明他无罪呢？”李茵提出质疑。

“我认为以张霖的智商和能力，如果要用一张纸来编造不存在的绑架者，肯定不会只在上面留下自己的指纹。”

“可这都是你根据自己的生活经历进行的猜测，我们办案需要证据！”李茵看着路彦摇摇头。

“我知道，接下来我们的工作就是寻找证据嘛！”路彦把报告还给李茵，“这封匿名信的墨水和纸张的成分构成查了吗？”

“这个不行，查这个纸张的成分构成，县里面的鉴定中心暂时还没有这个技术条件。”

路彦低头沉思，李茵接着说道：“不过我觉得那张纸摸起来就跟一般的纸很不一样，明显是一种质量很好的纸张。”

“要不送到省厅那边去化验吧，能查出它是什么纸，或许就能找到使用它的人。”

李茵点点头：“好，那今天调查是什么安排？”

“我们上午去林依芸的学校，下午去她葬礼。”

“嗯，我去准备下，待会儿给你带路！”李茵转身离去。

看着李茵的背影消失在视线里，路彦走到窗户边，迎着窗外刺眼的朝阳，把手机放到了耳边低声道：“喂，萧瑶？我路彦，这边有一张纸要送去省厅，你帮我注意一下……”

贺县二中大门前的泥洼路上，毒辣的太阳直射着大地，知了躲在树叶后颤动嘶鸣着。一辆白色的桑塔纳颠颠簸簸地行驶过来，车身被飞扬起的灰尘涂抹成了土黄色，它停靠在大门边后，路彦和李茵走了下来。

“啧啧，这路多久没修了？我的坐骑都要散架了！”路彦站在路边放眼望去，黄色的泥洼路上到处散落着石头和石子，道路崎岖不平，烟尘四起。

“我看是你的车不行吧，为什么不让我开警车来？”

“这不是帮你省点油吗？”

“那为什么也不让我穿警服来？”

“这不是觉得你穿便衣更好看吗？”路彦看着李茵的休闲装，一脸坏笑，“更显你美好曼妙的身材！”

“少来！”李茵瞪了路彦一眼，“原本在我的印象里，省厅来的警察都有着非常崇高的形象，但是现在我只觉得你没个正经……”

“什么啊！我告诉你吧，这里面都是中学生，林依芸的案子之前已经找他们调查过，如今我们再来问，穿着警服可能会给他们增加心理负担。”路彦收起坏笑，抬头看了看贺县二中的牌子，朝校门里走去，“我希望便衣能够拉近我和他们之间的距离，这样说不定他们能说出比上次更多、更有用的信息。”

“看不出啊！你还能换位想问题。”

李茵跟在路彦身后讥讽着，忽然发现路彦还是穿着跟昨天一样的白衬衫，顿时嫌弃地皱眉：“你为了穿平易近人的便衣，就把昨天的白衬衫一直穿到今天吗？”

“你会发现，到了明天、后天、大后天……”路彦停下脚步，回头看着李茵笑道，“我还是这件衣服。”

“你买了很多件同款白衬衫？”李茵奇怪地问道。

“对，只要是去查案，我都会穿着它。”路彦轻轻地说道，“就算是在冬天，我也会把它穿在外套里面。”

“为什么？”李茵满心疑惑，难道这个人为了装帅不惜费这么大劲？

“回头再细说，现在赶紧查案。”路彦说着，快步朝着教学楼走去。

烈日当空，照射着整个校园，暑气在沙地上蒸腾着。路彦伸手放在额头挡着烈日，看着人来人往人声鼎沸的教学楼，眉头紧皱。

“整个学校暑假都在上辅导班吗？”

“不是，上辅导班的是9月份升高三的班级，就是林依芸所在的年级。”

“法定的节假日，孩子们需要一点自由时间！”路彦难以置信地看着李茵，“城市里的学校从来没有敢这样的！”

“学校要升学率，家长愿意孩子多学点，整个社会都默许……”

路彦停下了脚步：“可……可这是违法的啊，贺县其他高中也是这样的？”

李茵抹了抹额上的汗水，眼神里多了一丝沉重：“路彦，你是出生在大城市的人，当你指责别人的时候，也想想别人有没有跟你一样的好条件。贺县这些孩子，拥有的教育资源本来就差，他们想要考上大学，就必须比城里孩子付出更多努力。这些农村的孩子，倘若连大学都考不上，就连和城里孩子竞争的资格都没有了，家里条件再差一点的，只能困在贺县这个破败的小地方，从事着低端的体力劳动，跟体制内的安稳工作说再见，跟大城市的美好繁华绝缘。”

路彦停在教学楼前仔细思索李茵的话，李茵却换了种轻快的语气：“吃得苦中苦，方为人上人嘛！”

“走吧，”路彦不想再继续这个话题了，朝教学楼重新迈开脚步，“带我去林依芸的班上吧。”

“嗯……我爸叮嘱我，要是再到这儿来要先跟这里的李校长打个招呼……”

“这样啊，”路彦皱了皱眉头，“那你带路。”

李茵带着路彦往校长办公室走去。

正值下课期间，走廊上的学生们好奇地打量着他们俩。路彦看向教室，成群的学生和成堆的书挤在一起，让教室里显得更加热气腾腾，两个吊扇在上面吱啦吱啦地晃着，学生们都面容憔悴无精打采，很像自己当年刚到美国倒时差的样子。一些学生来到走廊上，吹着外面的自然风，或者在卫生间接把水洗脸，另外一些学生干脆趁课间的工夫趴在桌子上呼呼大睡，脸上的汗水流到嘴里仍浑然不觉。

路彦静静地看了他们一会儿，感觉岁月似乎在教室里这种令人崩溃的炎热中黏了起来，学生们过着沉闷而无奈的日子，熬着汗渍渍的时光。

在一群年轻稚嫩的面孔中，路彦注意到几个黄头发的男生女生，有的身上还有文身，他们蹲在走廊的拐角处，闷头抽着烟，望向路彦的目光里充满了阴郁。

路彦感觉自己脑子里乱糟糟的，不知不觉间，李茵已经带着他走到了校长办公室的门口。

“待会儿我先打招呼。”李茵小声嘱咐了一句，路彦点点头，李茵带着他推门而入。

宽大的校长办公室里正开着空调，胖乎乎的李校长正在办公桌上玩电脑，他略有些秃顶，肥而结实的脸庞像没有发酵的黄面馒头，穿着一件横条纹的衬衫，衣服绷得紧紧的，仿佛要裂开。

“您好？”李茵试探性地问了一句。

“嗯？”李校长从电脑屏幕上移开目光，一脸诧异地看着李茵和路彦两个人。

“李校长，我们是为了林依芸的案子来的，还是想找林依芸班上老师和同学了解下情况。”李茵微笑着说。

“你们上次不是已经来过了吗？当时我记得还把老师带回警局做笔录，你也知道，虽然我和你爸很熟，但现在我们的教学工作压力也很大，老师们时间都很紧……”李校长脸上的皱纹都堆积到一起，像一块被烫皱的肉皮。

“今天我们来只是想找几位老师同学再聊聊，不用做笔录。”李茵解释道。

李校长还想说话，一旁的路彦上前一步，掏出了自己的工作证件笑眯眯地说：“省公安厅的路彦，协助贺县公安局调查这个案件，所以需要再来了解下情况。”

李校长看到工作证后神情一愣，脸上瞬间挤满了笑容，那速度比变色龙还快。

“原来是省厅的同志！哎呀，幸会幸会啊，请坐请坐。”李校长连忙起身，把路彦两人请到沙发上坐下。

门外的走廊上传来上课铃的声音，李校长快步走到门边，拉开门，对着走廊上大声喊道：“小刘！来办公室倒茶！”

学生们已经进了教室，安静的走廊上回响着李校长的声音，没多久，走廊中间的教师办公室里，跑出一个文弱的男青年。

李校长等他来到面前，才说道：“去，把主任的那个龙井拿来！”

男青年急忙转身跑上三楼，不一会儿就拿着一个茶叶盒过来，李校长已经在路彦和李茵对面的椅子上坐下了，看着气喘吁吁的他招呼道：“壶里有刚开的水。”

男青年点点头，麻溜儿地拿出一次性纸杯倒好三杯茶，端到三人手边。一旁的李校长笑容可掬地看着路彦：“路警官，你打算从哪些人问起啊？”

路彦道了谢，接过茶，想了想说：“我记得林依芸失踪那天是她的班主任报警的吧，那我先跟他聊聊吧！”

倒好茶的文弱青年正转身向外走去，听到路彦的话身体一顿。一旁的李校长笑得更加灿烂了，伸出手招呼着文弱青年：“那可巧了，他就是林依芸的班主任，叫刘建华，有什么话就直接问吧！”

路彦惊讶地打量着刘建华，他二十七八的样子，一米七五的个子，穿着一件蓝色衬衫配着休闲裤。白白净净的脸上戴着一个斯斯文文的眼镜，倒是有些英俊，但整个人非常瘦弱，袖管里伸出的手臂像弱不禁风的树枝。

刘建华尴尬地站在原地。旁边的李校长介绍道："这是省公安厅来的路彦，是来协助调查林依芸案件的，你有什么知道的都好好地跟路警官说说吧。"刘建华赶紧点点头。

路彦很诧异，一个班主任竟然被李校长呼来喝去地端茶倒水。

李校长显然读懂了路彦脸上的惊愕，主动解释道："建华呢，来我们二中没几年，还是在实习期，做了一段时间的代课老师，正好林依芸班上的班主任回家生孩子了，我想着给年轻人一个机会，就让他代了班主任。"

路彦想了想问道："您这儿有比较安静的地方吗？我想就我们俩单独聊聊。"

李校长拍了拍光亮的脑袋："要不路警官你就在这儿问吧，这儿就挺安静的，还有空调，我回避，我回避。"

路彦扭头看向李茵。李茵会意，起身和李校长一同走到门外。门被带上后，办公室里瞬间安静了下来，只听见空调的冷气声和人的呼吸声。

刘建华仍旧尴尬地站在原地。路彦热情地招呼他坐下。

"刘老师，你这身体不太好啊！"路彦打量着坐在椅子上的刘建华，他从进门后就一直汗流不止，白净的脸上蒙着一层密密的汗珠，额头上大颗汗珠往下落着，蓝色的衬衫黏在身上。

刘建华低着头没敢说话。

"别紧张，我就是来了解情况的。"路彦笑了笑，"看看有没有东西被遗漏了。"

"好，我们从哪儿开始？"刘建华一脸认真。

"不用这么正式，就随便聊聊吧！"路彦端起纸杯喝了一口水，"林依芸平时在你眼中是个什么样的学生？"

"她啊，成绩优秀，每次考试都是第一名，性格很内向，平时不太喜欢跟人说话，听说她从小就跟奶奶一块生活，也挺独立自强。"

"还有别的吗，比如说跟哪些同学关系比较好之类的？"

"她平时很少跟同学们交流，而且都独来独往的，我这一时还真想不起来她跟谁关系比较好。"刘建华想了想，"对了，班上有一些不爱学习天天鬼混的男生喜欢她，给她买了很多吃的，写了很多情书，但她全部转交给我了。"

"这样啊……"路彦若有所思，"那陈怡呢，她是一个什么样的学生？"

刘建华的眼角抽动了一下，好像听到了一个让他不自在的名字："陈怡她不太喜欢学习，成绩不好，喜欢跟班上那些天天鬼混的男生一起玩。"

"陈怡和林依芸关系怎么样？"

"不熟！她们互相应该没有什么联系！"刘建华肯定地说。

路彦眨眨眼睛，刘建华的反应让他有些惊讶："陈怡失踪那天是什么个情况？"

"那天陈怡在学校里一切正常，放学后和同学一起回家的，第二天上课却没见到她人。我们联系她的家长，她家里说她头一天放学回了家，但是傍晚又出门了，然后就再也没有回来。我一开始以为她只是跟哪个男孩子去游戏厅鬼混去了，但是没想第三天仍不见踪影……幸好她是从家里出门之后才失踪的，要是放学后就不见了，估计她家里都要来找学校的麻烦……"

路彦皱眉思索道："你觉得陈怡的失踪跟林依芸的命案有联系吗？"

"没有吧……陈怡经常跟一些社会上的不良青年打交道，我觉得她的失踪可能和这个有关，至于林依芸，公安不是已经抓了那个作家了吗？"

"7 月 26 日当天，你是什么时候发现林依芸不见的？"

"那天下午两点，我上我的物理课，发现林依芸座位上没人，问同学们，他们也都不知道。因为之前已经有两个女孩失踪了，当时我特别担心，就马上去报警了。"

"当天上午上的什么课，林依芸表现正常吗？"

"据同学们和上课老师说，她表现一切正常。"

"贺县二中有住校的学生吗？学生中午在哪里吃饭？"

"没有宿舍，所以没安排住校，学生们中午有的回家吃饭，有的就在学校食堂吃。"

"那林依芸呢？"

"据我所知，她之前大部分时候都在学校食堂吃，而最近一段时间都回家吃，因为之前两个女生的失踪，学校让每个学生以书面形式介绍了各自的情况，并且和学校签了免责协议，如果回家吃饭，其间发生的一切情况学校不负责任。当时我把那张表发给林依芸的时候，她写的中午回家吃饭。”

“也就是说，林依芸26日中午可能是离校回家吃饭去了，然后就再也没回来过对吗？”

“嗯。”

路彦皱了皱眉头：“她以前住自己奶奶家，后来住在别人家，你知道她回的是哪个家，对吗？”

刘建华看着路彦的眼睛：“嗯，我知道。”

“你知道林依芸和作家张霖的关系吗？”

“你说那个……不，我不知道。”刘建华赶紧摇头，“之前两个女生失踪，学校跟学生签免责协议时，让每个学生都填了自己的住址，那天发现她不见了，我就是带着警察去她填的那个住址找她的。她没跟我说过同居的事情，而且，我觉得老师也没有权力去管这个……”

路彦的眼神锐利起来：“那天下午你和警察去了张霖家，然后呢？”

“我们到了之后发现家里没人，问旁边的邻居也都不知道，公安局的人联系不上他，让我留在他家门口等着，一有情况就立即通知警方。”

“再然后？”

“傍晚的时候，我看到一个人走回来开门，上去打招呼才知道他是那个作家张霖，然后我就告诉他林依芸不见了。”

“他什么反应？”

“他很惊讶，他说他完全不知道林依芸的下落。”

“你什么时候离开他家的，离开后你又去了哪儿，做了什么？”

“公安局的人来他家问话不久吧，我就回学校了，我想毕竟这个事情已经报了警，接下来就交给警察吧。回到学校后我还看了下时间，已经是晚上7点半了，我在学校办公室改物理试卷，一直到10点多才回家休息。”

“噢，”路彦低头沉思了下，然后抬起头，“有人可以证明你26日晚上10点之前一直在学校办公室吗？”

“学校的门卫可以证明！”刘建华脸上闪过一丝慌乱，声音里带了些急躁，“警官，你不会怀疑我是凶手吧？这怎么可能呢？”

路彦笑了：“别紧张，我也只是随便问问而已，对了，林依芸同桌是谁？”

“她的同桌叫陈玲，跟她一块坐了一学期了，学习也很不错。”

“嗯，把她也喊来吧，我想跟她聊聊。”路彦微笑着说。

“她今天请假了，在家休息。”刘建华挠挠头，无奈地说。

路彦想了想，找刘建华要了陈玲家的地址，就告辞离去。

中午放学的铃声在校园里回响着，路彦找到李茵。刚走出贺县二中校门，就听见李茵问道：“你去查了林依芸的课桌？”

“都是一些教科书，没有日记之类的东西，没发现什么线索。”

路彦走到桑塔纳旁边，和李茵打开车门坐了进去。

“她的课桌我之前就仔细翻过了，就算有什么有用的东西，也轮不到你来发现了。”李茵坐在副驾驶座上轻笑着，“林依芸的老师问得怎么样？”

“没问出什么有用的东西，”路彦摸摸方向盘，“看来林依芸是个内心很封闭，没有什么朋友的人。不过，我觉得刘建华对我隐瞒了什么。”

“怎么说？”李茵追问。

“我跟他谈话的时候，他的眼神一直躲躲闪闪，不敢直视我，而且当我试探他有没有作案时间的时候，他的反应过于激动。”

“一个人被冤枉、被怀疑了，不应该激动吗？”

“不，更多时候，激动是因为要遮掩心虚。”

“可是我之前也调查了，他应该是没有作案时间的，学校门卫可以证明他 26 日晚上在学校。”

路彦没有说话，陷入沉思中。李茵则催促道：“我们走吧！”

发动机不甘地发出轰鸣，桑塔纳卷起尘土飞驰而去。

下午时分，路彦的桑塔纳在一排树荫下停了下来，一座老房子在树荫后面忽隐忽现，屋子墙角的飞檐看起来下一秒就会腐烂，白色的墙早已发黄发黑，墙边爬藤的植物显得特别青翠，攀着墙努力地伸展着。墙边积着一丛丛茂盛的灌木，灌木下闲逛着两只野猫。

绕过生锈的铁门，便是大大的院子，空荡荡的，只种了一棵木槿树。院子左手边有一个专门洗衣服的天井，右手边是房屋，里面传来人语声和哭泣声。

路彦和李茵一起站在门口，打量着生锈的铁栅栏，似乎轻轻一碰就要坍塌。

“这就是林依芸的家？”

“准确地说，是她奶奶的家。”李茵打量着四周，视线在院子门口不远处的黑色奔驰车上停下，“几个月前她奶奶去世，这里应该就没住人了。”

“张霖家林依芸的物品并不多，是不是还有一部分在这儿？”路彦问道。

“我们搜查过了，也没有发现什么有价值的东西。”

路彦轻轻推开生锈的院子铁门，看见屋子里飘出一缕缕黄烟，沉声道：“看来我们来得正是时候。”

路彦和李茵站在正厅的门口向里探望。正厅中，一张破旧的桌子上摆放着一个木质相框，里面是林依芸的遗照，旁边摆了两个布满蜡油的烛台。桌后放着一副棺材，桌边则围着五男三女。

路彦打量着五个中年男人，他们背上的汗水浸出衣衫，一脸的灰土，眼睛和牙齿显得格外亮白，黑褐色或古铜色的皮肤，瘦削如弓的身架，肩上各自搭着条白布，手上有着被勒过的红印。他们卷起的裤脚下，每一双鞋都沾满了泥土。

“他们是请来帮忙安排今天的土葬的。”李茵很了解贺县的风俗，她悄声在路彦的耳边说道。

路彦颔首，把目光投向了屋内剩余的三个女人。棺材边跪伏着一个中年女人，一身朴素的黑衣，脸上满是皱纹，皮肤粗糙得像没有上釉的陶器，一边抽泣，一边用黑手帕擦着眼泪。

靠门边站着一个穿职业装的中年女人，眼角有着浅浅的鱼尾纹，一头浓密油亮的短发，高高的鼻梁下嘴唇紧抿着。她的身材健美，胸脯结实，穿着细跟的高跟鞋。此时的她站在房间里一个不起眼的角落，远离屋内其他的人，正不耐烦地翻着手机。

正对着棺材跪着一个穿白色连衣裙的少女，她的面前堆着燃烧的黄纸。她留着一头乌黑长直的披肩发，头垂得很低，两边衣袖伸出一双修长白皙的手，正在往火里添纸，浓烟时不时地从她的脸上飘过。

那个少女背对着门口，路彦看不见她的正脸，只看见她的身体在轻微颤抖着。

屋内的人显然注意到了路彦和李茵，没有人说话，他们投来疑问的目光，路彦抬脚，轻轻地朝里面迈了一步。

“你找谁？”职业装女人开口问道，声音干干脆脆。

“我叫路彦，是来调查林依芸命案的警察，我想向她的家人了解下情况。”路彦亮出了工作证。

路彦的话音刚落，屋内就陷入死一般的沉静，沉静到只有白裙少女手上一沓厚黄纸落入火堆的声音。

没有人回应，路彦好奇地望向职业装女人，她则看向伏在棺材边抽泣的黑衣女人，不耐烦地说：“她是！我不是！”

黑衣女人拿掉脸上的手帕，泪蒙蒙的眼睛朝路彦看来。路彦终于看到了她的正脸，她有着跟林依芸相似的眼睛，相似的眉骨，脸部轮廓也比较接近，但是她皮肤很灰暗，常年的劳作早已使她的美丽荡然无存，一双无神的眼睛里满是沧桑和无奈，仿佛早已习惯了苦难。

从贺县公安局那里了解到，林依芸改嫁了的生母名叫张丽，那她应该就是那个张丽了吧。

路彦不由得想着，迈开脚走近了几步，正要跟她打招呼，这时跪在棺材前的少女站了起来，转过身来面对着路彦，相隔只有两三米的距离，路彦清楚地看到了她的正脸。

路彦瞪大双眼，眼前的女孩跟照片上的林依芸颇为相像，也是小巧的鼻子，一双桃花眼，但她有着修长优雅的天鹅颈，皮肤也比林依芸要更白一些。

一旁的李茵看着路彦盯着这个女孩出神的样子，不禁失望地摇摇头，看来真是个伪精英。

路彦看着女孩有些迟疑：“林依芸……”

“什么林依芸？她是我女儿陈依梦！”职业装女人的喝声如醍醐灌顶，瞬间把路彦惊醒。

路彦苦笑地甩了甩脑袋，想起高伟诚曾跟他说过，林依芸有个双胞胎姐姐，几岁的时候就被放到孤儿院里，后来被人领养走，一直生活在外省，跟林依芸这边也一直没有什么联系。路彦想不到的是，她竟然来参加她的葬礼了，看来这个穿着职业装的女人应该就是她现在家庭的母亲了。

这个叫陈依梦的女孩，一米六五左右的身高，发梢处还挑染过，而且脸颊白里透红，站姿笔挺，浑身上下散发着一股矜持中的自信。

路彦收回目光，看着面前的职业装女人："您贵姓？"

"我姓王。"

张丽已经走到路彦的面前，用略带嘶哑的声音说："警察先生你好，我叫张丽，是林依芸的妈妈……"

路彦还未说话，旁边的职业装女人尖锐的声音传来："还好意思说是她妈妈，孩子十几年从来不管不问，现在出事了哭有什么用？"

路彦望着一脸愤愤不平的王女士，又看看局促不安的张丽，朝李茵示意了一下，两人带着张丽走出屋子来到院子里。

院子里没有屋里的烟雾，空气清新很多，路彦松了口气，开口道："今天就给林依芸办葬礼吗？"

"是啊，待会儿就要下土了……"张丽局促不安地搓动着布满老茧的双手。

"你特地从外地赶来的？"李茵在一旁问道。

"接到公安局的电话，我就坐火车来了，好多天了，今天给她下葬之后就回去……"

路彦忍不住叹气。他感觉自己的内心深处，也不愿意看到林依芸就这么被黄土埋葬："她遇害的案子我们还在调查当中，有一些问题想找你了解一下。"

"想问什么你们就问吧。"

"林依芸遇害前的一段时间里，有跟你联系过吗？"路彦开口问道。

张丽摇摇头："没有。"

"她和张霖同居有跟你说过吗？"

"没有。"

"她奶奶去世的时候，你们有联系吧？"

张丽还是摇摇头："没有。"

路彦看着一问三不知的她，有些难以置信："她奶奶去世了，你们都没有联系？那你们什么时候联系过？"

"我们有好长时间没联系过了，这次也是贺县公安局找到我，告诉我她的消息，我才知道……"

“你不关心她的近况吗？她才刚满十八岁啊！”

“她爸爸去世赔了一些钱，她奶奶都留给她了……”

“这根本不是钱的事！”路彦提高音量，他没想到自己会变得这么恼怒，“你作为一个母亲，对女儿几乎不管不问，你知道这样会给她的成长带来多大的伤害吗？”

李茵没想到玩世不恭的路彦也会这么激动，不得不拽住他提醒道：“你小声点！”

张丽并没有被路彦吓到，还是平静地低着头，声音压得很低很低：“她本来就不是我想生的孩子，是她爸爸逼我生的。”

路彦和李茵愣了愣，不知道该说什么，一旁的张丽继续述说着。

“我有五六个兄弟姐妹，从小父母都不怎么管我，收了点彩礼就把我嫁到他家，先给他生了两个孩子都是女儿，他很不高兴，不管我怎么求他，他还是把那两个女孩送给别人养，到现在我都不知道那两个孩子在哪儿……为了生个男孩，他又逼着我生了第三胎，那是一对双胞胎女孩，生产之后医生说我的身体再接着生育就危险了，他才勉强算了，我把双胞胎养到三岁的时候，他说养两个女孩太辛苦，而且如果不送走，以后再生男孩的话，计划生育的人就要罚他的钱。”

张丽面无表情地说着，脸上已经没有了悲哀和绝望，仿佛这些事情发生在别人身上，她只是个目击者。

“我死活不同意再把孩子送走，但后来他还是在市里找了一个孤儿院，瞒着我把双胞胎的老大放到了那里，然后他又开始逼我生男孩，还对我又踢又打，说我没用，生不了男娃……

“不过这次我还是没能给他怀上男娃，医生说我的身体需要再调养几年才能生育。后来我们就离婚了，我听了父母的话，找了个人嫁了，把双胞胎的老小留给了他，他也是把孩子扔给自己父母带。后来，还好，我在现在这个家里头一胎生的就是男娃，现在家里的人不要我再跟他们联系了，所以我……”

头顶上的木槿花瓣凄凉掉落，落到张丽的头上。她平静地讲述着，眼里没有光芒，好像那些往事已经抽干了她所有的生命力。

“我想两个小孩都是怪我的，大孩十几年了我还是今天头一次见……小孩小时候我还见过不少次，长大后她也不想见我了……”

她的声音忽然变得哽咽，眼泪汹涌而出，大颗大颗地落了下来，她赶紧又拿出那块黑手帕。

“你们问我什么时候联系过她的，给她奶奶家打电话永远都是不接，上一次见她时还是一年前，我瞒着家里偷偷来贺县给她送钱，结果她把我的钱全扔了，指着我一边哭一边骂为什么要把她生下来，她说她恨我……”

为何要把她生下来，不是为何不要她、不管她。什么时候，连活着都是一种苦难了？什么时候，连出生都成了一种罪过了？

路彦看了看阴沉的天上，刚才的万里晴空眨眼消失了，此刻天空乌云密布，暗雷乍响。

他觉得自己的胸口落上了一块巨石，压得他透不过气来。他不由得想起张霖在他的那本《无尽之地》里描述的那个农村，女性没有多少机会接受教育，从小在贫穷中长大，被男权所压迫，被愚昧所洗脑。她们只是被当成生育机器，对自己的命运没有多少选择权，像是只为繁衍下一代而活的移动子宫。

路彦苦闷地点燃一根烟，狠狠地抽了起来。上一代对自己的命运都无法掌控，怎么还能管好下一代的命运？林依芸身世的悲剧追溯起来，只会是上一代更大的悲剧。

屋里客厅的黄纸已经燃尽，浓烟弥散在空气之中，几个男人缓缓抬起了黑漆漆的棺木，慢慢地从屋里走到了院子，路彦和李茵机械地站到旁边为其让行。

离院子数百米远的松树林里，已经有个刚挖好的土坑，旁边摆着个刻好的小石碑，一行人缓缓地把棺材抬入土坑旁边。天色阴沉沉的，人们加快着下土安葬的动作。

“我猜你应该很失望吧，林依芸死前都没跟她母亲联系过，她的社会关系里，熟人看来就张霖一个……”李茵看着路彦开口道。

“可偏偏他就被怀疑成凶手了。”路彦接过了李茵的话，“看来从她身边的熟人里，是很难查出线索了。”

路彦又点起一根烟，眼神阴郁地看着前方。

李茵看着路彦皱起眉头："别抽了，这松树林里容易走火。"

路彦没有理会李茵，他仰头看了看天空，霹雳一声，一个惊雷在半空中炸开。差不多下午两点了，路彦看向幽暗的树林，棺材已经平平稳稳地放入土坑，一行人正在快速用铁锹往坑里填土。

"我偏不信邪！"路彦把烟头甩到脚下狠狠踩了踩，拔腿朝前走去。

陈依梦伫立在松树下，沉默地看着一锹锹的黄土逐渐掩盖了黑色的棺木，旁边的王女士看了一下时间，开口道："好了，天快下雨了，我们也该回去了。"

陈依梦恐惧地盯着棺材，身体似乎有些颤抖，对她的话毫无反应。王女士提高了音量："依梦！我们该走了！"

路彦此时走了过来，朝王女士出示了自己的工作证件："您好！我是警察，请问我能跟你女儿聊聊吗？"

王女士瞪了一眼路彦："聊什么聊，我女儿怎么会跟他们有瓜葛？"

"不管有没有瓜葛，我的工作还是要做的。"路彦微笑着说。

陈依梦睁大眼睛看着路彦，王女士则惊讶地问："这个小地方，还有个吃皇粮的人这么认真负责？"

"那可说不准。"路彦摇摇头，又道，"何况我是省厅的，不是贺县的。"

王女士微微一惊，放平了口气："好吧，想不到这个案子还有省厅的人来查，她要想说，你就问吧。"

路彦朝陈依梦投向询问的目光，她轻轻地点点头，路彦示意她跟自己单独谈话，她很快会意，跟着路彦往人群的反方向走去。王女士在身后喊道："抓紧时间，我们马上就要回去了！"

路彦和陈依梦穿越松树林，离人群远了一些，两人的脚踩过松树叶，发出窸窸窣窣的声音。路彦看着陈依梦光鲜的衣着，心里不由得有些发憷：她和林依芸那么小就已经分开，后来生活的环境也大不相同，真的还会有联系吗？

感觉距离差不多了，路彦带着陈依梦在一棵大松树下停下脚步。

路彦低着头，看着陈依梦清澈的黑色眼眸："你好，我叫路彦，负责协助调查林依芸遇害案，有一些情况想找你了解下。"

陈依梦静静地打量着路彦，目光在他脸上的创可贴处和衣领上的红点处停留了下，轻轻地点了点头。

“你妹妹林依芸遇害前有跟你联系过吗？”

陈依梦摇摇头。

“你们上一次联系是什么时候？”

陈依梦皱着眉头，无声地摇了摇头。

路彦一阵莫名其妙：“你摇头是什么意思？从没有联系过？”

陈依梦依旧一言不发地盯着路彦。在她黑色的眸子里，路彦看到了自己的身影，这个女孩似乎要用尽全身力气把他看个通通透透。

“我可以相信你吗？”陈依梦终于开口了，开口的第一句话，就让路彦张口结舌，难以回答。

路彦愣了一下，说道：“你……你当然可以相信我。”

“怎么证明？”

路彦挠挠脑袋，一脸不解：“为什么要我证明？”

“依芸以前跟我说过，贺县没有好人，所以我不敢把她的情况随便告诉任何人。”

“我是警察，你可以告诉我，没关系的。”

“又不是每个警察都会很负责地去主持正义。”

路彦被这个女孩冷冰冰的话难倒了。怎么让她相信自己会很负责地去寻找真相、主持正义呢？路彦寻思着，觉得有团火在心中燃烧起来。

他看着陈依梦，转过身，指着远处已被黄土掩埋大半的棺材：“你想抓住杀害你妹妹的那个凶手吗？”

陈依梦还是盯着路彦，没有说话。

“不管你想不想，我想。我曾经的朋友现在被怀疑成凶手了，但我觉得他不是，我想抓住真正的凶手。

“看到那个棺材没？那里躺着一个女孩，原本她的青春才刚刚开始，原本她有希望考出这里去拥抱外面的世界，原本她有机会改变自己被上一代连累的命运，可是现在她被黑暗吞噬，跟着泥土一起腐烂。那个剥夺花季少女青春的恶魔，我一定要亲手把他送进监狱！为了达成这个目标，我可以不惜一切代价！不管遇到什么，我都会竭尽全力去寻找凶手，我一定要为林依芸主持公道！”

路彦顿了顿接着说道：“所以，如果你知道些什么，如果你知道她的一些有用的信息，请告诉我，好吗？”

倾盆大雨再也克制不住，从天上倾泄而下。远处响起了人们的呼喊声，几个中年男子匆匆填埋好了棺材后，在雨中焦急地竖起了墓碑。王女士钻进车内发动了汽车，朝陈依梦的方向驶来。

“我和我妹妹最近一次联系，是五个月前。”陈依梦一动不动，看着路彦平静地说道，好像雨水没有打湿她的身体。

“还有吗？”

“再远点的一次联系是两年前。”

“那说说5个月前你们是怎么联系的。”路彦焦急地追问道。

“她有事，坐火车来临港市找我，我们就聚了一次。”

“什么事找你？”

“借钱看病。”

“是什么病？”

陈依梦刚要回答，汽车已经行驶到了他们附近，车里响起了王女士的声音：“依梦，快上车，我们该回去了！”

陈依梦没有回头，神色有些焦急地说道：“把你的手机给我。”

路彦迅速掏出手机递给她，她接过去以后，拇指快速地输入了一串数字，然后上前一步，用身体挡住了她母亲的目光，把手机飞快地塞回路彦怀里。

奔驰车已经到了身边，陈依梦转身踏上车，头也不回地离去。

倾盆大雨中，路彦愕然地看着手机屏幕上的那串号码，又抬头看着那辆奔驰车，它撞破雨幕慢慢远去，渐渐消失在路彦的视线里。

暴雨倾盆，那群男人正手脚麻利地用泥土和石块修葺着林依芸的土坟。

李茵极力避开松树林地上的烂泥，小跑到路彦身边：“问到什么了吗？”

路彦摇了摇头，看了一眼不远处朝着房子的方向走去的张丽：“我们回屋里去，看看她们家还有没有什么线索。”

做完下葬工作的男人们很快离开了，只剩下张丽和路彦、李茵三人回到房子里。

张丽和李茵聊了一会儿，也收拾东西告辞了。

李茵看着张丽撑着伞在雨中渐行渐远的身影，问路彦：“她觉得林依芸和别的男人同居，可能是被强迫的，你怎么看？”

“她和林依芸之间形同陌路，对自己的女儿一点也不了解，这种推测也没有依据。”路彦摇摇头。

李茵看着路彦：“也就是说，无论怎样，你都不相信张霖会做坏事吧？”

“是你们不相信一个少女会真心跟一个比自己大十岁的男人谈恋爱。”路彦转身朝林依芸卧室走去，“看过《洛丽塔》吗？我觉得张霖和林依芸有可能是真心相爱的。”

李茵没说话，跟在路彦身后。这么一折腾，他本来一尘不染的白衬衫沾上了雨水和灰尘，看起来分外狼狈。

“你为什么每次查案都要穿着白衬衫？”李茵不解地问道，“现在能说了吧。”

“白衬衫，刚正笔直，棱角分明，正如这法律，是非公正，容不得半点褶皱曲折。它洁白无瑕，简约整齐，沾上任何黑点脏污，都纤毫毕现……”路彦指着自己衬衫衣领上那处红色对李茵说道，一双眼睛笑出了两条卧蚕，“穿上它，也是为了提醒自己，在办案时不能忽视任何可能是线索的地方，没准真相就隐藏在被我们忽视的细节里。”

李茵看着路彦摇着头：“这么有水平的话，不像是你说出来的啊！”她顿了顿接着说，“那你每件白衬衫的衣领上都有个红点，又是为什么？”

路彦没有回答，径直推开了林依芸卧室的房门，感觉到一股刺骨的清冷迎面而来。

路彦环视着整个卧室，房间里靠墙放置着一张矮小的木板床，床下紧贴墙壁放着两个纸箱子，床边摆着一张小桌，桌上有一些小的瓶瓶罐罐。一个贴墙放置的木衣柜，衣柜门上镶着一块镜子，靠近门边的地方，还孤零零地摆放着一只小凳，凳子下同样也有个未封口的纸箱。卧室上方吊着一只布满灰尘的钨丝灯，床的对面，有个老旧生锈的钢窗。

路彦疑惑道：“奇怪，明明这个房间的东西很多，但感觉比那个老人住的房间更没人气。”

“林依芸的卧室虽然东西多，但我们也没发现什么线索，”李茵站在门口说道，“毕竟三个月前她就在张霖那里住了。”

路彦点点头，打量着房间：“所有的东西都是紧挨着别的东西摆放，住在这里的林依芸看来很缺乏安全感。”

路彦走到墙壁旁边，伸出手摸着发潮的墙壁。他沿着墙壁迈步，慢慢地闭上眼睛，手指抚摸过布满灰尘的墙壁、床铺、桌子……外面的风声、雨声，还有水滴拍打着窗子的声音都渐渐消失了。

他想象着林依芸十几年来在这间小屋子成长和生活，没有父母，没有朋友，没有呵护，没有生日里的欢歌和笑语，没有青春期的烂漫和幻想，有的只是这间屋子里的阴冷和潮湿，那个女孩是怎么度过的？那些无聊的节假日里，她是不是抱着腿坐在房间里透过生锈的铁窗仰望着外面的世界？每当夜幕降临，她是不是会拉下窗帘，蜷缩在床上的被单里？

路彦走到床边的桌子前，拿起上面的瓶瓶罐罐放到眼前。

“都是女孩子用的手霜之类的东西。”李茵在一旁开口道。

路彦一个个拧开瓶盖，把它们放在鼻子下嗅嗅，又陆续地放回去。接着，他又打开所有的纸箱，翻动着里面压扁的肥皂块、毛糙的内衣、空的洗发精盒、发黄的SHE海报、干硬的毛巾……林依芸残留在上面的气息，渐渐地在房间里弥漫开来。

路彦感觉自己在通过这些杂物触碰那个逝去的女孩，也许运气好的话，就能发现这个女孩更多的秘密。

然而他失败了。

路彦直起身子，看着脚下的三个纸箱，无可奈何地摇摇头。

他又把目光放到了林依芸的床上，翻开叠好的被子，一股淡淡的清香迎面而来，似乎依旧残留着那个女孩倔强顽强的生命力。他仔细地检查床单和被子，任何有稍微凹陷和凸起的地方都不放过，然而，还是没有发现任何蛛丝马迹。

路彦抬起头，大步走到衣柜前，伸手拉开门，一股木头发霉的腐朽味扑鼻而来，看来衣柜里某个区域的木头正在发霉腐烂。

路彦扫视着衣柜，里面放着叠得整整齐齐的海蓝色校服，校服上印着“贺县二中”四个字；校服的下面，放着几件较厚的棉袄和羽绒服，同样叠得整整齐齐。林依芸并没有带走冬天的衣服。

衣柜的另一边摆着几个黑色的发卡和粉红色蝴蝶结，在它们的下面，有一堆尺码很小的女孩内裤和内衣。路彦小心翼翼地伸出手，仔细地检查着它们，沾得满手灰尘。他再次失望了。

路彦环顾房间，感觉自己已经在慢慢靠近那个女孩内心的某个秘密了，但是仍旧茫然不得要领。

“我们上次也什么都没找到，这里看来是没有线索的。”李茵的声音在门边轻飘飘地响起。

空气中还停留着那种腐木的味道……腐木的味道，等等，为什么会有腐木的味道？

李茵走到路彦身边，拉了拉他的袖子说：“我们该走啦！”

路彦紧盯着衣柜，对李茵的声音浑然不觉。

衣柜里某些区域的木头在发霉发烂，是因为受潮了，可是为什么会受潮呢？

衣柜，衣柜……路彦绞尽脑汁地想着，忽然看到不太严实的窗缝间，有几滴雨飘了进来，溅到了衣柜上。

“等等！”路彦的心里响起了一声惊雷。

一切都想通了！衣柜因为靠近窗子溅到雨水而受潮腐烂，但是并没有烂透，远没有达到长年累月雨水侵蚀的腐烂程度，说明这个衣柜是近几个月才被移到窗边的。

这么高大笨重的柜子，远非一般人能抬动，更不会没有理由地移动。路彦趴下身体，脸贴地面观察着衣柜的底部，发现衣柜底部的边缘有一些奇怪的痕迹，分布很均匀。

这是什么？路彦皱眉思考着，忽然想到：这么笨重的柜子，如果在底部塞进合适大小的圆木，不就可以移动了吗？这些痕迹，正是木头和衣柜底部摩擦导致的。

林依芸是理科生，成绩又好，肯定能想到这个办法。如果是她移动了这个柜子，那一切都好解释了。只是林依芸为什么宁愿衣柜淋雨受潮也要挪动衣柜呢？

路彦抬起柜子的一侧，把柜子稍微挪开一些，然后蹲了下来，把视线投到地面上，只见衣柜下方的水泥地面上有一个凹陷，里面躺着一个小铁盒。

路彦把手伸进去，小心翼翼地取出小铁盒。他打开生锈的盒盖，看到边沿处粘着一些白色粉末，铁盒里面是一张叠起来的照片，照片紧贴着铁盒的拐角。路彦戴上手套，小心地把照片展开。

那是一张有些褶皱的照片，展开后也只跟身份证差不多大小，是两个人合影的上半身照——

林依芸穿着绿色的羽绒服，挽着旁边人的手臂，一脸笑容地偎依在对方身上；旁边的人看身形是个成年男性，穿着肥大的紫红色羽绒服，手臂搂在林依芸的腰上，脑袋的地方只留下一个黑漆漆的圆洞，看来是有人用烟头一类的东西烫掉了它；他们的身后，是一个凹凸不平的小山坡，山坡上铺满了雪。

照片上的男人只露出上半身，穿着肥大的羽绒服，只能看出大概的身形；他们合照的地方是野外的山坡，地面不平，即便有林依芸作为对比，也很难准确判断他的身高。唯一露出能够表明身份的就是脑袋，还被人烫掉，看来凭这照片很难确认这个男人的身份。

路彦端详着缺口边缘那一圈黑乎乎的焦痕，和林依芸开心的笑容，觉得诡异陡然而生。

她旁边的这个男人是张霖吗?

路彦记得张霖说过，他是三个月前开始与林依芸相识相爱的，可这张照片拍摄于冬天。如果张霖没有说谎，那么照片上这个男人会是谁呢?

第四章
诡异纸条

傍晚时分，路彦阔步走进审讯室，张霖已经坐在里面了。

“找我又要问什么？”张霖无精打采地看着路彦。

“我都快跑断了腿，找你问话你还这么不情愿？”路彦调侃了一句，坐了下来。

“看样子，你有了新发现？”

“今天林依芸下葬，我见到她的生母张丽了，还跟她聊了聊。”

张霖眼眸中的光芒黯淡下去了，他低下头，沉默了一会儿才低声问道：“葬在哪里？”

“她奶奶家旁边的松树林。”

张霖在桌子上撑起胳膊，十指掩住了脸，路彦看不见他的表情。

叹了口气，路彦再次打开话匣子：“我上午去了一趟林依芸的学校，她的老师和同学都说不知道你们的这份恋情，看来你们的关系完全是地下的？”

“我在贺县没什么朋友，难道要在大街上随便拽个路人告诉他我们在一起了？至于依芸有没有告诉别人，那是她的自由。”

“那好，那我再问一次，她有没有告诉过你，在跟你谈恋爱之前，她有过别的男朋友？”

“没有！”张霖从牙缝中蹦出两字。

“你确定你是从三个月前才开始跟林依芸认识谈恋爱的？”

“这种事情我有什么好骗你的！”

“那你看下这个是什么。”路彦起身，打开自己的包，把装有照片的透明包装袋递给张霖。

张霖一脸疑惑地盯着照片。渐渐地，乌云爬上了张霖的脸，原来苍白的肤色如今像抹上了一层灰，又暗又涩。捏着照片，他的手指在颤抖。

“好吧，看你的样子，我也算知道怎么回事了。”路彦返回到自己的座位，“看来这个女孩没有我们想象的那么简单。”

“这不可能！”张霖颤抖的手指带动着照片晃动，他看着那照片，脸上的五官都痛苦地绞在一起，仿佛看到一个令人恶心的顽渍，“这不可能！这不是真的，不是真的！”

“这是我从她奶奶家里搜出来的！这个照片也通过了防伪技术的检验！”路彦双指叩击着桌子，“认清现实吧！她在你之前就有别的男朋友！”

张霖低着头，沉默不语，房间里的气氛顿时沉重起来。路彦突然有些后悔，他觉得自己刚刚的话太过分了，可能会刺痛张霖。

张霖良久无言，正在路彦准备开口安慰他时，他率先开了口：“我也没问她之前有没有跟别人谈过恋爱，所以她没跟我说过也不算……”

“不算骗你？”

“我想她可能是怕我介意吧，想想也能理解……”

路彦苦笑了下：“你还是把她想象得那么美好。”

张霖瞪了一眼路彦：“她本来就有那么美好！”

路彦举手表示投降：“行行，我不跟你争，当务之急是你赶紧帮我想想，这个穿紫红色羽绒服的男人是谁？”

张霖不情愿地拿起照片看了看，摇了摇头：“凭这照片，我没办法判断。”

“你在贺县见没见过有人穿这种紫红色的羽绒服？”

张霖扬起脑袋看着天花板，想了一会儿还是摇头：“没印象。”

“那这个照片里的小山丘，你知道是哪里吗？”

张霖还是摇摇头。

“这个照片拍摄于冬天，很有可能就是六个月之前那段时间。这样算来，今年5月份林依芸跟你相识相恋时，与那个男人分开应该也没多久，不好说他们有没有完全断了联系。在平时和林依芸的生活里，你有发现她和别的男人接触或联系过吗？”

张霖想了想，再次摇摇头：“我没发现过。”

看来事情有些棘手，路彦沉思了一会儿，开口道：“我找到你说的那封匿名信了，但贺县公安检查后发现上面只有你的指纹。”

张霖一阵苦笑：“看来我真是跳进黄河都洗不清了！”

“你别急，”路彦端详着张霖毫无血色的脸庞，“你的脸色好苍白，在这里面你要注意照顾好身体！”

“我感觉我的生命在那个夜晚已经永远留在那个树林里了……你快点找到那个真凶吧。”张霖闭上了眼睛，仰起脖子，脸上满是生无可恋。

“我尽快。”路彦起身收拾东西，向外走去，“我想，找到林依芸的这个前男友，我们就离真相不远了。”

路彦刚走进刑警队办公室，李茵就从座位上起身，走到他面前问道：“怎么，不是张霖吗？”

“张霖说不是他。”

“那他知道是谁吗？”

“不知道。”

“会不会是他骗你的？其实他和林依芸早就开始谈恋爱了，故意跟我们说只是三个月前开始的？”李茵问道。

“那他这么做的意义是什么呢？”路彦皱紧眉头。

李茵想了一会儿，道：“借此隐瞒一些过去的事情，掩盖一些线索。”

路彦陷入了沉思。张霖真的会这样吗？林依芸被杀是熟人作案的可能性非常高，会不会这就是一个前男友在分手后报复寻仇的情杀案件呢？林依芸被杀的事情传得沸沸扬扬，满城风雨，可是她这个前男友却从来没有出现，一定有问题。

他拿起手中的照片仔细端详着。照片上，冬日的洁白雪地里，堆着积雪的树枝下，林依芸正对着镜头灿烂地笑着。不得不承认，她的笑容显得很阳光很温暖。

好可惜，这样的笑容再也不在了。路彦遗憾地想着，脑海里突然浮现出陈依梦的脸。该死，因为后来发现照片的事情，一时都没有再顾上跟陈依梦联系，她家住临港市，从贺县到那里有五个小时的车程，现在差不多快到家了。

他赶紧找到陈依梦留给他的那个号码，编辑一条短信发了过去：你好，我是路彦，请问你到家了吗？

看到屏幕上显示发送已成功，路彦才放心一些。今天大雨里匆忙离别之前，她到底想说些什么？

李茵的声音打断了路彦的思绪："我们下一步该怎么做？"

路彦把手中的照片递给了李茵："这照片，让人拿去贺县的照片洗印室挨家挨户地问，只要是在贺县洗出来的，他们店里就可能有人记得照片当事人，甚至还可能保留着底片。"

李茵拿起照片包装袋："这事你得找高队长，让他去安排啊！"

"行，那我去找他。"路彦说完就往外走，"你记得跟他们一起啊！"

"你不去？"李茵喊住路彦。

路彦转过身笑了笑："我再去调查一下别的，我们分头行动效率高。"

路灯的笼罩下，路彦打开手机收件箱看了看，依然没有新信息。或许陈依梦还没看到手机信息吧，路彦这么想着，钻进桑塔纳，车子的发动机发出一阵嘶哑的轰鸣，很快与街上的车水马龙融为一体。

找了点食物充饥之后，晚上 8 点多，路彦按照刘建华给的地址，一番舟车劳顿找到了陈玲家。

跟陈玲忧心忡忡的家长说明来意后，路彦在书房里见到了陈玲。她是一个扎马尾穿白 T 恤的女孩，鼻子上架着一副厚厚的眼镜，正一脸紧张和疑惑地打量路彦。

路彦一番自我介绍后，见陈玲打消了戒心，便开始了询问："你是她的同桌，说一说你眼中的林依芸吧！"

"她呢，成绩非常好，平时省吃俭用，不愿意和人多说话，笑得都很少，没有什么朋友，不过喜欢她的男生很多……"

"林依芸平时和哪些人关系比较好？"

"这个……还真没发现过她和谁走得近，她平时都是独来独往的，干什么都是一个人。"

“很多男生追她？”

“嗯，但是觉得她性格高冷，所以很多男生都只是暗恋而没有行动……”

“你觉得林依芸出事可能跟他们有关吗？”

陈玲摇摇头：“他们见林依芸不搭理，大多数都放弃了，平时也没见有别的什么瓜葛。虽然他们有些人我觉得挺皮的，但是我想不到谁会去杀人，而且警察之前也来问过我们了，依芸出事那天下午，我们班上别的同学一个都没少。”

“这样啊！”路彦想了想问道，“林依芸失踪的那天上午，你坐在旁边有发现什么反常吗？”

“没有，她跟往常没有任何区别，上课很认真地做着笔记。”

“那天中午放学之前，她有跟人说她中午要去做什么吗？”

陈玲皱着眉头想了想说：“没有。”

没有问到有用的信息，路彦并没有泄气，他换了个角度：“林依芸和你们班主任刘老师的关系怎么样？”

“刘老师人长得帅，班里很多女生都暗恋他，我们跟他关系都不错！”陈玲笑了笑，“至于林依芸，跟刘老师关系也很好啊，每次物理作业发下来，刘老师给她写的评语都是最长的！唉，老师也偏心啊！”

“说说你们刘老师是什么样的人。放心！有什么说什么，我不会告诉他的。”

“刘老师人特别好，有时候我们有什么不懂的题目去他家问，他都会额外跟我们开小灶讲得很清楚，不像别的老师要在校外开辅导班收费才肯讲，而且他对我们学生都挺关心的，跟我们之间都很亲切。

“嗯！对了！林依芸有时候也会去刘老师家问题目，有时候她跟别的同学一起，有时候她一个人。”

“她一个人？”路彦皱起眉头。

“对，我好几次见到她放学后一个人背着书包往刘老师家走，今年年初天冷的时候，也有不少同学看到她一个人去刘老师家。”

年初天冷？路彦猛地想起那张雪地里的照片。

“林依芸一个人去刘老师家，是去干什么呢？”

“应该是问问题吧，她成绩那么好，肯定想考重点大学。”

“那刘老师对林依芸怎么样？”

“这我就不知道了，刘老师对我们一直都是客客气气的，从来没表现过特别偏心谁。”

路彦若有所思道：“噢，那说说你们班的陈怡。”

“我跟她没有说过话，不太了解她，不过听别人说她妈妈是开娱乐会所的，所以有些同学会拿这个在背后议论她……”陈玲压低了声音，“不过，我听说她喜欢刘老师！”

“她喜欢刘建华？”路彦皱起眉头。

“只是听说啦……”陈玲笑了笑，“班上暗恋刘老师的女生不少，这也没什么吧。”

路彦寻思着，又问：“关于陈怡和林依芸，你还知道哪些比较重要的事吗？”

陈玲想了想，摇了摇头：“我一时想不起来了。”

路彦觉得问得也差不多了，想了想又掏出一支笔，找来纸把自己的号码写给陈玲，叮嘱她有什么线索记得告诉自己。

陈玲点点头，接过纸郑重地收好，又一脸认真地问道：“警察叔叔，那个跟她同居的作家不是凶手吗？”

“现在还不好断定。”

路彦拍了拍白衬衫，刚拉开门，又停了下来，转过身对陈玲微笑：“还有，我是哥哥，不是叔叔。”

在陈玲诧异的目光中，路彦踏出门外。

紫荆小区是个很老旧的公寓小区，所有楼盘都建于20世纪，如今都已经严重老化，近乎危楼。听说本来是要被拆掉重新开发的，但因为开发商的问题，一直搁置了好多年。

晚上10点，路彦离开陈玲家后就立马赶到了紫荆小区。他刚和李校长通了电话，获悉了刘建华在这个小区里的详细地址。小区里路灯寥寥无几，黑灯瞎火的什么都看不见，幸好还有车灯可以照明，路彦才能找到刘建华所住的第四栋楼。

上午和刘建华聊天，路彦就觉得此人有些不对劲，如今又听陈玲说林依芸之前经常一个人来刘建华家，就愈发觉得刘建华可疑了。

路彦停下车，抬头看了看 A 单元的第三层，那里的窗户漆黑一片。听李校长说，很多原来的住户都已经搬走了。在亮着光的窗户边，依稀能看见墙壁上挂着一些杂乱的工服，一阵夜风吹来，衣物随风飘舞。

路彦迈开脚登上了 A 单元的楼梯，来到了三楼刘建华家门口，敲了敲门却没有人回应。

路彦想了想，回到车里坐下。刚坐进车里，远处的黑暗里就传来说话声。路彦关掉了车内灯，竖起耳朵静静听着。

四周静悄悄的，两个黑影走了过来。一个中年男人沧桑的声音越来越近："你最近觉得有异常？"

"还是老样子。"旁边那个黑影开口了。

路彦立马发觉这是刘建华的声音，凝神继续听下去。

"那你还担心什么？"

"今天上午又有警察到学校找我问话了，据说还是省厅来的。"刘建华说道。

借着微弱的灯光，路彦看到站在他旁边的是一个身材矮胖的中年人。

"嗯？警方不是认为凶手是那个作家吗？"

"他们应该还没结案吧……"

刘建华说完这句话，两人陷入了长时间的沉默。散发着微弱灯光的楼道口，两个身影面对面无声地站立着。路彦屏住呼吸，生怕会惊动这两人。

矮胖的中年男人突然打破了沉默："谢谢你的酒，也不早了，我回去休息了。"刘建华默不作声点点头。

眼看中年男子转身就要离开，路彦觉得不能错过时机了，果断地推开车门，朝两人走去。

"嗨，刘老师你好啊！"

刘建华看着突然出现的路彦，吓了一跳，快速地眨了眨眼睛："路……路警官，你怎么在这儿？"

正转身要走的中年男人停下脚步，也看向路彦。

路彦笑呵呵道："刚吃过饭，就想来找你聊聊天，这不，总算等到你回来啦。”

刘建华神色尴尬地看着路彦：“哦……”

路彦打量着不远处的中年男人。他个子不高，一脸富态，额头上一层密密的汗珠，脸上戴着一副厚厚的眼镜，头上有些秃顶，脸色发红，身上散发着浓郁的酒气。

“这位是？”路彦指着中年男人，看向同样满身酒气的刘建华。

“噢，他是我的一个朋友，孙先生。”刘建华讪笑着。

“哦，你好。”路彦上前，朝中年男人伸出手，“孙先生，你是做什么的？”

孙先生神情愣愣地伸出手和路彦握住，路彦感觉到他手心正在出汗。

“我就一开店做生意的……”孙先生声音低低的。

“这样啊！”路彦恍然地点点头，松开了手。

孙先生看看路彦又看看刘建华，转身朝小区外走去：“那个，现在挺晚了，我再不回去老婆要跟我吵架了。”

刘建华赶紧点点头：“行，你先回吧。”

孙先生匆忙说了声再见，跟路彦点头示意之后，快步离去了。

看着孙先生颤巍巍的身影被黑暗吞噬，路彦转过头看着刘建华，笑呵呵道：“不请我上去坐坐？”

“请，请……”刘建华尴尬地伸手示意，路彦跟在他身后走进狭窄昏暗的楼道。

三楼，刘建华站在门前摸索着钥匙，路彦借着昏黄的灯光打量着四周，地上粘着很多变成黑色的口香糖，周围一圈墙壁贴满了各种各样的小广告，蜘蛛网布满了各个墙角。路彦皱眉看着，这时刘建华终于找到了钥匙打开门，路彦跟着他走了进去。

刘建华打开客厅的灯，这是一个两室一厅的结构简单的小房子，小小的客厅摆放着一个破了皮的沙发和一张餐桌。借着客厅的灯光，路彦一眼就看清了两个房间的内部设施：一个房间里放着一张矮床，床的对面有个衣柜；另一个房间里放着两排老旧的书柜和一个书桌，书柜里和书桌上都堆满了书。

路彦把目光从发黄的墙面、简陋破旧的家具、屈指可数的几件摆设上收回来，刘建华已经尴尬地捧着一杯水走到他面前。路彦接过水满口称谢，在刘建华的请坐声中，一屁股坐到沙发上。

“刘老师怎么住这种老房子啊？”路彦开口问道，他看着手中透明的玻璃杯，那上面似乎有些脏东西没洗掉。

“嗯，实习老师工资很低，只能租这样的房子住了。”刘建华挠了挠头。

“这房子是你租的？”路彦有些惊讶。

“对，我家在贺县下面的农村里，离县城有十几公里的路，在县城上班只能租房了。”

“你大学毕业几年了？”

“四年了。”

“怎么还是代课老师？没去考教师编制？”

“呃……”刘建华表情僵硬了起来，默不作声。

看刘建华不想回答，路彦也没有过多追问，他在意的是跟这个案子有关的事情。想了想，路彦放下手中的水杯，站起身来朝书房的方向看去：“你那房间里好多书啊，我能去看看吗？”

“当然！当然！”刘建华快步走进书房，打开房里的钨丝灯。

路彦跟着走进书房，站在油漆剥落的书架前，看到书架上挤满了各种各样的藏书，路彦伸出手，指尖轻轻地从书脊上划过：“好家伙，从苏格拉底到夸美纽斯，从洛克到杜威，从孔子到蔡元培，都是世界著名教育家的著作啊！”

刘建华不好意思地摸摸头：“都是大学时候看的书了，不舍得扔。”

“刘老师可以啊，身处泥泞仍不忘仰望星空，你跟我一个朋友挺像。”路彦冲刘建华笑笑，想起了张霖。

路彦自顾自地往前踱着步，来到另一个书架前：“嗯，这都是物理方面的书，《时间简史》《大学物理》《高中物理名师解读》……咦，这是毛姆的《月亮与六便士》？”

“是的！”刘建华难为情地笑了笑，满脸通红。

“我方便拿出来看看吗？”

“方便方便！”

闻言路彦不再客气，伸出手，小心翼翼地把那本泛黄破旧的《月亮与六便士》抽了出来，拿在手上翻了翻，沾了一手的灰。

“好家伙，你收藏这本书起码有十年了吧！”路彦感叹道。

“对，高中就看过了，但是那时候一直看不懂，呵呵。”

“满地都是六便士，他却抬头看见了月亮。”路彦从书的封面上移开目光，看着刘建华不禁笑了起来，“我还记得我有个朋友逼着我跟他一起看这本书，怎么，你也是在等待属于你的奋不顾身吗？”

刘建华斜对着昏黄的钨丝灯，一半脸在光线之下，一半脸又在阴影之中，他、继续尴尬地笑着：“啥奋不顾身啊，就是活着……活着呗。”

路彦默然，这本书显然有很长时间没人动过了，他又小心翼翼地把书塞回去，打量着书柜里的其他地方。

“咦，这是什么？”路彦发现书柜里有一沓厚厚的白纸。

“噢，那是过去几年里学生的试卷，我都保留着。”刘建华连忙解释道。

“看来刘老师对工作真的很认真。”路彦由衷地说，又望向了书桌，那上面也铺着一层层厚厚的资料和书。

刘建华察觉到路彦的视线，连忙解释道：“那是我给学生上课做的笔记，和我给他们讲题时画的东西。”

“这样啊！”路彦凑近瞧了瞧，确实如刘建华所说，草稿纸上写满了公式，刘建华的字很秀气很好看，并且不喜欢在稿纸上留空白，每一张纸上都涂写得满满的。

“刘老师对学生真是关心，你经常在家里给学生解答题目？”路彦捏起一张画满了公式的稿纸，随口问道。

“是啊，高中物理比较难，有些孩子没弄懂就会在放学后来我这里问问，我给他们再仔细讲讲。”

“嗯，那林依芸也经常来吗？”路彦笑着看向刘建华。

刘建华的笑容瞬间消失了，他脸部肌肉僵硬起来，眼神闪烁地说：“路警官，你……你这是认真的吗？”

“了解下情况嘛，你别想太多。”

他挠了挠头发：“她脑子聪明，上课就能全部弄懂，不怎么来我这儿问……”

“哦，也就是说，她没来过你家问题目是吗？”路彦说道。

“也不是没来过，就是很少。”刘建华轻微晃动着身体，脸上忽明忽暗。

“很少到底是多少呢？”路彦抬起头，直视着刘建华的眼睛。

“就一……一两次吧！”刘建华眼神闪烁着，低下头避开路彦的目光。

“哦，这样啊！”路彦收回意味深长的目光，把手中的稿纸轻飘飘地放在桌子上。

“路警官，你不会还是怀疑我吧？我跟林依芸遇害的事情真没关系，你一定要相信我啊！”

“别急别急，”路彦挥挥手，“不用解释，我……”

路彦的话被兜里一阵突然的振动打断了，他想着肯定是李茵那边有消息了，连忙掏出手机，看到的却是一条短信：嗯，我到家了。

原来是陈依梦的回信。路彦不假思索，连忙敲击着键盘回复着：方便请你把今天下午的话说完吗？

屏幕显示短信已发送成功，路彦从手机上抬起目光，看着一脸忧心忡忡的刘建华，笑了笑说：“刘老师，今晚我们就先聊到这里吧，我还有点事，先走了啊。”

见路彦突然要走，刘建华满是惊愕，连忙点头称是，点头哈腰地把路彦送到了门口。

路彦谢绝了刘建华的继续相送，只身走出楼道，大口呼吸着室外凉爽的新鲜空气。来刘建华家一趟，终于得到了自己想要的东西，看来是时候开始下一步的行动了。

路彦抬起手臂，裸露在外的皮肤感受着微风丝绸般拂过，四周飘荡着沙沙的风声，一股淡淡树叶气息在空气里萦绕。他挪动着脚步，虽然黑暗剥夺了他的一些视觉，但他还是凭着记忆找到了自己的桑塔纳。借助着手机的灯光，他给车门插上钥匙，转动一下，打开了车门。

忽然，一阵轻微的窸窣声传到路彦的耳朵里，车门开的一刹那，好像有什么东西从车门缝里掉下来了。

路彦弯下腰，蹲在地上借着手机光寻找着，满是灰土的地上，他看到了一张白色的纸条，路彦小心地伸出手，拿起了它。

钻进汽车后，路彦把纸条放到了车内的灯光下，纸条上面的一行字顿时清晰入目。

离开贺县，否则有生命危险。

阵阵阴森从天而降。这是谁塞的纸条？什么人要自己离开贺县？跟林依芸的案子有关系吗？心中升起无数个问号，路彦感到后脊背阵阵发凉，看来，贺县真是越来越不简单了。

路彦下意识地弯下腰，开始搜寻车上是否有窃听装备，忙碌之际，手机再一次的振动打断了他的搜查。路彦连忙拿出手机，屏幕上显示着陈依梦的新信息：当面跟你说可以吗？

路彦只思索了片刻，便开始敲字回复她，不承想，这时李茵的电话打了进来。路彦拿着手机下车走到路边，接通了它。

“喂？我们这儿刚刚结束走街串访的活动，累死我了……”

“结果怎样？”路彦急着追问。

“别说了，我们连夜把贺县各种照片洗印室、影楼、婚纱店都跑了，打烊了的，我们也让他们重新打开门，但没有一家认得这个照片，他们全部表示没有印象。”

“嗯……看来照片可能是在外地洗印的。”路彦看着手中的纸条，“暂时不用查照片了，我有两件事情要拜托你去办！”

“什么事？”李茵警觉地问。

“第一，我刚从刘建华家出来，发现刘建华在对我撒谎，有人能证明林依芸经常来他家，但是他却说很少很少。你通知下李队和高队，马上组织人员密切注意他的行踪。”

“好，那还有呢？”

“你去找陈玲……”路彦看了一下时间，“明天早上，在她上学之前就要赶到她家，把那张照片拿给她看，问她刘建华有没有穿过那件紫红色的羽绒服。”

“什么？我都快累死了，明天干吗要那么早？”

“陈玲和他们同学都喜欢刘建华，我担心在学校那个环境里，他们未必能说真话。”一阵风唰唰地刮过，夹在路彦手上的纸条随风飘动着。路彦接着说道：“再一个，我的时间只有 7 天，而今天快要结束了。”

其实路彦还有个原因并没有跟李茵说。之前他在酒店门边发现有个黑影跟在自己身后，现在看来不是错觉，也不是什么幽灵，而是有人在监视他在贺县的行动。在搞不清那双窥探的眼睛了解多少事情的情况下，当务之急还是要快速出击，不管刘建华有没有嫌疑，都必须马上查清楚。

“好吧，我这么累死累活，那你干什么呢？”李茵不情愿地说。

“我要去……去趟外地。”话到嘴边路彦硬是改口了，“今晚开车过去，明天就回来。”

“这么赶，去和外地的女朋友约会？”

“对啊！”路彦笑呵呵道，“春宵一刻值千金哟！”

“你昨天不是说你是单身吗？”

“春宵之后不就自然成了女朋友吗？”路彦嘿嘿笑道，“回来再跟你分享下细节？”

“去你的！真是下流！”李茵不满地说道，这个路彦一边口口声声说自己只有 7 天查案时间，一边又跑到外地去约会，真是个登徒浪子。

“我只风流，但不下流。”路彦顿了顿，又道，“不多说了，记得保持联系啊！”路彦挂掉电话，他回到刚才短信的界面，回复道：我今晚开车去临港市，明早能到，请把你家的详细地址发给我。

不消片刻，陈依梦的回信就来了：临港市宛平路 110 号。

路彦放下手机，回到车边继续检查车上有没有被安装窃听器和跟踪器。出了一身淋漓大汗后，他什么也没找到。

苦笑了一声，路彦系好安全带，拿出手机，看着时间从 8 月 4 日来到了 8 月 5 日。第一天就这么过去了，还剩下 6 天时间，不管是为了给张霖洗清嫌疑，还是为了自己心中燃烧的愤慨，接下来都必须争分夺秒。

路彦猛地踩上油门，汽车发出一声沉闷的吼叫，朝着高速公路的方向飞驰而去。

夜晚的高速公路上，路彦看着远处的山影幢幢，几点孤星闪烁在高而远的空中，高速公路的沿途都是黑黝黝的树影在陪伴着自己。夜晚的疲倦在侵袭他的身体，路彦发现自己的哈欠一个比一个大。他大口呼吸着咸咸的空气，集中精神看着前方的道路。林依芸躺在停尸房里的脸在眼前若隐若现，路彦觉得自己很快就要接近某个真相了。刘建华啊刘建华，你是不是就是照片上的那个林依芸的前男友呢？

第五章
少女往事

穿过车窗的风在幽怨地叹息，车内的挂坠在随风摇曳，在车内摆钟指针无数次的摇摆后，东方的天空渐渐浮起了鱼肚白。

5 日的清晨，路彦开车赶到了临港市，清晨的阳光透过玻璃窗照过来，歪歪斜斜洒在他的身上。路彦对着后视镜看了看，镜子里的人已经长出了一副熊猫眼，通宵之后，肚子饿得咕咕叫。他把车停在路边，在闹市里找了个饭馆吃东西。

从饭馆里走出来，路彦打开手机，却发现已经没电关机了。因为走得匆忙，车里并没有带备用电源。现在无法知晓李茵那边的情况了，路彦不禁感到懊悔。

坐回车里，按照车内导航，路彦找到了宛平路。

宛平路位于临港市郊区一个湖边。远处湖山相接，湖边竖立着一排蓝色的别墅，层层叠叠，鳞次栉比，统一的欧式设计，干净整齐，路彦顺着宛平路开车，一种在贺县没有的感觉迎面而来，那是一种庄严的秩序感。

路彦来到宛平路 110 号的门前。看着紫铜色的大门和拉着窗帘的高大落地窗，他推开车门走了下来，站在大门前，伸手按了按门铃。传呼机里没有回应，路彦低头，看到门口草坪上的露珠在晨光下闪着金色光辉，耀眼夺目。

片刻之后，门缝里传来细微的窸窣声，有人朝门边走来了，应该是陈依梦的妈妈王女士吧，路彦想着。

一声悠长的闷响，高大的大门从中间慢慢打开，露出里面那张年轻鲜活的脸。陈依梦穿着宽大的粉红色睡衣，趿着拖鞋站在门口，她披散着头发，头上别着一个粉红色的发卡。

她看到路彦，慵懒地伸着懒腰，金色的阳光勾勒出她天鹅颈的优美轮廓，皮肤在晨光下显得晶莹剔透，如朝霞映雪。

“你……怎么是你？”路彦看着陈依梦有点失神，可能是衣服和打扮的不同，陈依梦和昨天在葬礼上看起来有些不一样。

“你不是来找我的吗？”陈依梦皱着眉头，朝一边退了过去，给路彦让出了一条路。

路彦下意识地迈开脚踏入门厅，映入眼帘的是向南北舒展的门厅和客厅，地上铺着深色的大理石。路彦觉得自己的鞋会弄脏地面，他扭头看看身后的陈依梦，见到她刚拉上了门，正朝着自己走来。

“你爸妈还没起床？”路彦愣愣地看着陈依梦。

“不是，他们今天不在家。”陈依梦径直从路彦身边走过。

“不在家？”

陈依梦没有回答，走进客厅，踏上了上楼的楼梯，路彦跟进客厅，追问：“你干什么？”

“我先去洗个澡，你先在客厅等我一会儿吧。”

“大早上的洗澡？”路彦瞪大眼睛，猛地想起很多影视剧不良桥段里的套路，难道……

陈依梦清脆的声音从楼梯上方传了过来：“嗯，我喜欢起床洗澡。”

路彦抬着头，看着她睡衣背后印着的一个硕大的皮卡丘，正张着大嘴对着自己憨笑。路彦不禁暗暗苦笑：路彦啊路彦啊，人家还是个孩子啊！

陈依梦已经上楼，路彦一个人站在空旷的客厅里打量着四周。

顶上是紫色的高挂吊灯，地上铺着紫色的地毯，客厅里摆放着一张长长的紫色沙发，沙发边竖立着一座紫红色的镂空雕花，精致的玻璃柜子里摆放着一些西方油画。总体紫色的装修风格，整个空间散发着一种恰到好处的奢侈美。

站在客厅里，路彦掏出手机，看着它沉默的黑屏，不由得懊悔刚才忘记找陈依梦要个充电器。他在客厅里四处看了看，房子里很安静，空旷的楼道里和餐厅里弥漫着清冷，不由得想：这么大的房子，父母又不在家，一个人住应该挺孤独的吧？

路彦走到客厅的沙发旁边，那里的墙壁上挂着一张很大的全家福。全家福左边是陈依梦的父亲，他穿着整齐的西服，戴着眼镜，颇有几分儒雅。右边应该是王女士年轻时候的样子，那时候她没有现在这么丰满，高高瘦瘦显得特别干练，跟上次看到的样子完全不同。他们中间站着身穿白色公主裙的陈依梦，她才七八岁的样子，但大大的眼睛秀气的鼻子，早早就看得出是一副美人坯子。

路彦踱步到客厅的玻璃柜子前，精致的柜子里面摆放着四幅画，第一层三幅，第二层一幅，都是临摹的赝品。

第一层最左边的那幅油画里，一个裸女站在台上，伸出手挡住额头，一脸茫然地看着下面高举着手疯狂报价的男人。在她的身旁，还有一个裸女抱着腿蜷缩在地上。路彦认得这幅画，这是临摹热罗姆的《拍卖奴隶》。

中间的那幅油画上面，画着两个正在沐浴的年轻女孩，两个人在水池里互相洒水嬉闹着。浴室的装修很华丽，两个女孩洁白的胴体熠熠生光，整个画面其乐融融，欢乐异常。路彦想了一下，这是波因特的《出水芙蓉》。

最右边的那幅油画上，一个白人女性刚洗完澡，坐在树荫之下，腿上缠着白纱，银灰色的肌肤和深褐色的树形成了鲜明对比。在画面的拐角处，一个贼头贼脑的老头在树丛里伸出脑袋，正暗觑着那女人的裸体。路彦不认识这幅画，他试图在画框旁边找名称，但是没能找到。

路彦把目光移到第二层的那幅油画上，它位于《出水芙蓉》的正上方。画面中一个男人靠在浴缸里，胸口流着鲜血，一只手无力地垂落在缸外，另一只手拿着字条，头仰靠着，眼皮轻垂，毫无表情。这幅画路彦第一眼就认出它了，因为《马拉之死》名气实在太大了。这幅大卫画于法国大革命期间的名画，如今已经登上很多国家的历史教科书了。

路彦还沉浸在画里的世界，身后却传来陈依梦的声音："你很懂油画吗？"

路彦转过身，看到陈依梦正站在自己身后。她穿着一件白色的无袖 T 恤，披着湿漉漉的头发，脸蛋红彤彤的，白皙的手臂和修长的天鹅颈都在蒸腾着热气。

“只能说略知一二，你很了解这个吗？”路彦歪了歪脑袋，目光停留在她裸露在外的两条纤细白嫩的手臂上。

“不，我只学过素描。”

“原来你还是个小才女。”路彦笑了。

“谢谢，”陈依梦面露笑容，看着路彦脸上的创可贴问道，“你的脸是怎么了？”

“前些天遇到了一个小事故……”路彦随意笑笑，“你爸妈去哪儿了，怎么一大早就不在？”

“前段时间我爸去非洲做项目去了，我妈去上海谈一笔外贸单子，昨晚从贺县回来就急忙出发了。”

“这么忙，你爸妈都是做什么的？”

“我爸是一家援非基建公司的总工程师，我妈开着一个外贸公司，他们平时最大的爱好就是工作和赚钱。”陈依梦不满地撇撇嘴。

路彦环视着大堂客厅的四周，看到陈依梦不满的神情不禁暗自苦笑：知足吧孩子，跟林依芸比起来，你真是掉到蜜罐里去了。

“对了，你这有我这种手机的充电器吗？”路彦从怀里掏出了手机。

陈依梦接过路彦的手机，看了看，回身找到一个充电器，放在茶几边的插座上充起电来。

“谢谢了，开了一夜的车，手机没电真要命。”路彦走过去，拿起手机，看到它的屏幕闪起了开机时的白光。

“你来这里开了一夜的车？”

“是啊，我通宵不睡，就是为了来听你讲昨天没讲完的事情。”路彦摊摊手，走到旁边的沙发上坐下，摆出一副洗耳恭听的样子。

“这么急！”陈依梦在路彦对面的沙发坐下。

“林依芸的案子，我这里初步有了一个嫌疑人，我觉得就快接近真相了。”

“真的吗？”刚坐下的陈依梦腾的一下站了起来，“那个凶手是谁？不是那个作家吗？”

“我现在还不能说，反正不是那个作家。”

陈依梦坐了回去，脸上的表情风云变幻：“难道会是……”

“谁？把你知道的告诉我！”

陈依梦略带迟疑地看着路彦，轻轻咬着下嘴唇。

“我们办案需要更多的线索，没准你说的就是很关键的东西！”路彦神情焦急。

“好，那如果我说了，你得答应我两个条件。”陈依梦一脸严肃。

“什么？还有条件？”路彦目瞪口呆。

有那么一瞬间，路彦想编个不配合警察办案的惩罚条例吓唬陈依梦，但是转念一想，跟一个小女孩那么较真干什么呢？

“好，你说下条件，能做到我都答应你。”

“第一，不管遇到什么困难，你都一定要帮我找到那个杀害我妹妹林依芸的凶手。”

路彦不假思索道：“没问题！这是我本职工作。还有什么？”

“第二，案情如果有了最新进展，要通知我让我知道。”

路彦犹豫了下，才道：“只要是不涉及保密的，我可以告诉你！好了，你快说吧！”

“等等，除了这两个之外我还有一个附加条件……”

“什么？”路彦一阵头大，“你说说看？”

“无论我跟你说了什么，你都别把我妹妹林依芸当成个坏女孩好吗？”陈依梦一脸郑重地说道。

“呃……什么？”陈依梦的话让路彦顿觉一阵语塞，调查案子这么重要严肃的事情，这个小女孩在想什么呢？

尽管不是很能理解，但是路彦还是马上点点头：“好！”

陈依梦起身走到路彦面前，居高临下地看着坐在沙发上的他，伸出自己的小拇指，弯曲成钩状：“你答应得太爽快了，这样不行，我们拉钩！拉钩发誓！”

路彦感到又好气又好笑，现在的孩子都是这样吗？虽然无言以对，但他还是伸出自己的小拇指，钩住了陈依梦的手指，他站了起来，变成他居高临下看着林依芸。

“我路彦，发誓……等等，我发誓什么？”

“发誓无论遭遇什么困难，一定要找到凶手，并且案情有新进展要通知我让我知道，还有无论我对你说了什么，你都不要认为我妹妹林依芸是个坏女孩。”陈依梦仰着脖子，看着路彦认真地说。

“好，我发誓，无论遭遇什么困难，一定要找到凶手，无论你对我说了什么，我都不会认为林依芸是个坏女孩。”路彦强忍着笑意，极力装出一脸认真的样子看着陈依梦，“如有违背，就让我……就让我什么好呢？嗯，就让我被你打死吧。”

“好！说话算数。”陈依梦钩着路彦的手指摇了摇。

两人的手松开了，各自坐了回去。路彦看着陈依梦，恳切地问：“你现在能说了吧？”

“嗯……”陈依梦整理了下思绪，缓缓开了口，“几个月前吧，我跟依芸见了一次面……”

“具体什么地点、什么时间见的？”路彦打断陈依梦的话。

“是大年初一的时候，阳历是2月份吧……在我们市里见面的，她说她初一没什么事，正好我也是，于是我们就约在市里面的麦当劳聚了一下。”

“她是怎么联系上你的？”

“她有我家的电话号码，也有我的手机号码，只是她很少打罢了，基本都是我找她。”

“你们不是三岁时候就分开了吗？隔了这么远，怎么会还有彼此联系方式的？”路彦刨根问底。

“上初中的时候，我在一个全国中学生竞赛中获奖了，照片贴到了很多学校，依芸她父亲看到了，来我的学校找到了我。他告诉我他是我的亲生父亲，还告诉我，我还有两个姐姐和一个妹妹。”

“他来找你是想跟你相认吗？”

“我当时也不知道这一切，哭着回家问我的父母，我父母才告诉我，我是小时候被人放到孤儿院的，后来他们从孤儿院领养了我。我爸妈当时很生气，认为依芸的父亲没有权力再来找我，实际上，他来找我们，也是听说我家特别有钱，想通过我从我父母这里要钱罢了。”

“唉……”路彦也不知道说什么好。

“那个人见到我的时候，还拉着我一把鼻涕一把泪地说他原本有几个女儿，说都是他自己年轻时候不懂事，把女儿都送了出去。我真不知道该骂他什么好……”

看来林依芸的父亲多年后，很后悔自己当初年轻时的幼稚行为。诚然，无论在什么年代，为人父母不需要审核考试都是一件很可怕的事情，很多人能力、思想完全没有达到成为父母的标准就有了孩子，才有了后来始乱终弃的荒唐悲剧。

“那然后呢？”

陈依梦打开了话匣子，述说得非常投入：“我爸妈象征性地给了他一点钱，让他不要再来找我们。我知道他当初把我放到孤儿院的事情，也不想认他，但是我想见到我那三个姐妹。从他的身上，我终于知道了依芸的联系方式，于是就找机会去贺县见到了依芸。我们都很震惊，就好像见到了另一个自己。那次见面，我们互相留了联系方式，之后基本上每一年都会聚一次。”

路彦微微颔首，感觉她们姐妹的关系像隔得比较远的亲戚，每逢过年才相聚一次。

对陈依梦和林依芸的关系背景了解得差不多后，路彦把注意力调回案子上：“你还记得去年你们是在市里的哪家麦当劳见面的吗？”

“我们市里百货大楼的那家。”

“那次见面都聊了什么？”

陈依梦酝酿了一会儿情绪，终于开了口：“那天她来找我，我们坐在麦当劳里喝东西，她突然跟我说，她找到了个男朋友。我很意外，就追问那个人是谁，但是她死活不肯说，我也就只好算了。但是没想到的是，她紧接着就告诉我一个惊人的事情……”

“什么事情？”路彦不由得一阵揪心，看来问题的重点要到了。

“她说她……被男朋友强迫做了那……那事，她说她当时怎么挣扎都挣扎不开，她很痛苦……”陈依梦低着头，难过地压低着声音。

“是被性侵吗？”路彦还是想确认一下。

“是的。”陈依梦缓缓点头。

“没有报警？”

“我也问了这个问题，她说她怕报警之后会有很多人知道这事，怕别人会议论自己。而且，她还说那个男朋友也很可怜，那次事情之后一直在求她，她又心软，所以就……”

路彦只能苦笑着摇摇头。他记得自己之前不知道在哪里看到过一份报告说，中国女性几乎绝大多数都遭受过性骚扰，而且很大一部分遭受过不同程度的猥亵甚至是性侵。那些公司里的女同事，班上的女同学，都可能曾是受害者，她们被侵害后只能选择沉默。因为与其被身边人指指点点，成为别人饭后谈资，还不如把所有事都瞒起来，假装什么事也没有。那种精神上的折磨远超她们肉体上的痛苦，她们中很多人一辈子都活在被侵害的阴影里和对自己的厌恶中。

“她告诉我，她男朋友对她还不错，所以她在犹豫要不要和他分手……”陈依梦的声音哽咽着，“我不知道该做什么……我想说些什么，可是我什么都说不出口……”

路彦听得心情很沉重，长吐一口气，问道：“再然后呢？”

“然后她就问我借钱，她说身体不舒服要去贺县的诊所看病，如果有病她就要花钱治疗。她找我借的是五千，我借给了她八千，然后她就带着钱走了……”陈依梦讲到伤心处，十指捂住了脸，“我真的没想到，几个月后她就出事了，那竟然是我们见的最后一面。而她对我说的最后一句话，竟然是‘我一定会还钱的’！”

“找你借钱？她爸爸去世不是给她留了一笔钱吗？”

“她说那笔钱在她奶奶那儿，平时她要用还要找奶奶要。”陈依梦哽咽地说，泪水从她的指缝中慢慢流出。

路彦皱起了眉头：“就算去大医院做个全身体检也用不到这么多，她借钱肯定不是为了应付普通的小问题。”

“那会是什么？”

路彦从沙发上起身，在落地窗前走来走去：“很有可能，她是拿这个钱去做什么手术。”

陈依梦惊呆了：“她需要做什么手术？”

看着落地窗窗帘缝隙里渗出的刺眼阳光，路彦突然感觉有点烦躁和愤懑，心里一团火焰正在噼里啪啦地燃烧起来：“不好说，但是我觉得跟她男朋友对她做的那种事有关。”

陈依梦泪水又开始哗哗直流："早知道，我无论如何都要问出她那个男朋友到底是谁，现在她不在了，那人也不知道是谁，呜呜……呜呜……"

路彦拉开落地窗的窗帘，让所有的阳光都射了进来，他紧紧握住了双拳，让自己的脸感受着烈日的毒辣。

听陈依梦说，那个人是在林依芸不同意的情况下强行与其发生关系，这就是赤裸裸的强奸。可是强奸罪过了一段时间后就很难起诉成功，因为除了取证困难之外，强奸行为的界限通常也比较模糊。法官一般也不会仅凭女方一己之言就定罪，更何况当事人林依芸现在已经离世，光凭陈依梦一面之词去起诉那个强奸犯更不可能成功。

路彦觉得法律就像阳光一样，也有它照不到的地方，可在那些照不到的阴影里，隐藏的都是这些肮脏和龌龊吗？难道法律就惩罚不了这样的强奸犯，只能让他逍遥法外？

这两天，路彦了解到贺县是个经济并不发达的县城，本地没有多少成熟产业，很多人跑到外地大城市去务工。他们把年幼的孩子交给老家的父母抚养，这些孩子从小跟着年迈的爷爷奶奶长大，一直处于弱监管弱保护的状态，也缺乏父母的引导。这种状态下成长的女孩子，更容易受到同龄人或成年人的侵犯，她们或懵懂无知，或胆小怕事，但大多是敢怒不敢言，不敢报警、不敢声张，林依芸就是一个典型又更极端的例子。

难道说在这片土地上，生为女人就是带有原罪的？林依芸那被砍断双手、一丝不挂的身体在眼前若隐若现，再想起那张照片上林依芸幸福的笑脸和那个黑漆漆的焦洞，路彦忍不住一拳狠狠地打到墙壁上：我一定亲手把那个畜生送进监狱。

"你怎么了？"

陈依梦的声音将路彦惊醒，他回过神来，才发现自己刚才因为愤怒而出了神。

"我没事，只是很生气……"

"滴滴！滴滴！"正在充电的手机忽然响起，路彦冲过去拿起一看，才发现是李茵打来的电话，赶紧点了通话键。

"喂！你春宵一刻后都忘了手机开机了？"

路彦没有回答问题，急切地问道："你那边是不是有消息了？"

“对啊，陈玲把照片看了好几遍，确定她有认识的人穿过那身羽绒服，你猜是谁？”

“刘建华？”路彦心里已经猜得八九不离十，只等最后的确认。

“对，就是他！真没想到，他一个老师会和学生谈恋爱！”

“先把他抓起来！”路彦冲着手机大声喊道，把旁边正在擦眼泪的陈依梦吓了一跳。

“等等，虽然他很可能是照片上的那个男人，但这不足以作为他杀人的证据吧？”电话那头李茵听出了路彦声音里的怒火，提醒道。

“这张照片虽然不能证明他涉嫌凶杀，但是可以证明他涉嫌强奸！先以涉嫌强奸拘捕他！”路彦看了一眼瞪大眼睛看着自己的陈依梦，心里不禁咯噔一下，这个小姑娘说的话百分百正确吗？但一想起刘建华对他撒的谎，路彦还是继续说道：“我现在有他涉嫌强奸的人证。”

“他涉嫌强奸谁？”

“林依芸！”

“什么？这是真的吗？”李茵不敢置信，“你去外地就是为了调查这个的？”

“算是吧，你们快点行动，我这就回去，下午见。”

“好的，我现在就去汇报。”李茵挂断了电话。

“找到凶手了？”陈依梦带着泪痕一脸期待地看着路彦。

“找到的是她那个前男友，我们先以他涉嫌强奸抓他，林依芸命案之后，他一直隐藏不出现，很有可能也和凶案脱不了干系。”

“她那个前男友是谁？”

“她们班的代理班主任，刘建华。”

陈依梦惊骇地捂住了嘴：“竟然是老师！她当时跟我说谈恋爱了，我以为是班上的男生……”

“我也没想到会是他，之前我就觉得他对我隐瞒了什么东西，但我怎么也想不到他会对女学生做这种事情！”

“早知道，我那时候就应该劝她跟他分开的！”陈依梦一脸悲伤，声音又带起了哭腔。

路彦长叹一口气，看着陈依梦，想了想开口道：“我得回去了，你方便跟我一起走一趟吗？”

“跟你一起？”陈依梦抬起头，迷惑不解地看着路彦。

“嗯，警察查案无非人证、物证和口供三样东西，我以涉嫌强奸罪抓刘建华，需要提供人证。”

“你要我给你做人证吗？”

“对，麻烦你跟我去趟贺县公安局，把你刚才说的跟他们再说一遍，做个笔录，然后我就送你回来。”路彦看着陈依梦，想起了她那位气势汹汹的妈妈。

“我做了人证，就能把那个强奸犯绳之以法吗？”

“你的证词只是基础，我们还要从物证和口供中找到更多足以证明他犯罪的证据。”

“哦！”

陈依梦皱着眉头思索着，路彦看得出她内心很纠结。良久，她的眉头舒解了，看来她已经做好了决定。

“好，我跟你走！”陈依梦从沙发上站了起来，目光里充满着坚决。

“嗯，好，把你妈妈的手机号码报给我一下。”

“干什么？”

“我至少要取得她的同意再带你走吧。”

“不用了，我一个成年人干什么事还要征求父母同意？只要能帮忙抓住杀害依芸的凶手，让我干什么都行！”

不待路彦回话，陈依梦起身向楼上走去：“你等我一下，我去收拾一下行李。”

陈依梦的果断和勇敢超出了路彦的想象，半晌之后，陈依梦拎着一个行李袋下楼了，她还换了一身衣服，白色的衬衫配蓝色的牛仔裤，整个人显得干练清爽。

“还是先把你妈妈手机号码给我吧，走之前我起码要和她说一声。”路彦无奈地说。

“还是别吧，他们说话都很麻烦的。”陈依梦走到鞋柜边，挑着出门的鞋，“等我到了贺县，再跟她电话解释吧。”

“行吧。”路彦摇摇头，心里一阵苦笑：这算什么？翘家少女的先斩后奏吗？

“那好，我就不耽误你过多的时间，笔录做完了立马送你回来。”

“不着急，反正我暑假也无聊，爸妈不在家，我可以在贺县多玩一下。”陈依梦拎着行李和路彦一起走出门，不忘锁上别墅的大门。

“你没事？下半年高三就要开学了，暑假你不用上辅导班什么的吗？”

“什么高三开学！我高三已经毕业了。”

“什么？你高三毕业了？”路彦震惊地停下脚步，看着陈依梦追问道，“那你高考考上什么学校啦？”

“谁参加高考这种游戏啊？我申请了意大利的米兰理工大学，9 月份去米兰读书。”陈依梦一副若无其事的样子，边说边朝着路彦的车走去。

“好吧好吧。”路彦苦笑着摇摇头。留学的开销对陈依梦这样的家庭真的不算什么，有钱人家的孩子确实已经不屑于参加高考了。

路彦帮陈依梦把行李放到后座，陈依梦则坐进了副驾驶座。路彦拉开车门坐进去，挂上挡位的那一刻，他脑海里突然浮现出那晚的人影和那张无名纸条。

路彦扭头看向旁边的陈依梦，只见她乖巧地坐在座位上，正低头认真地系安全带。路彦苦笑了下，带她去贺县是不是正确的选择呢？

“怎么啦？”陈依梦系好安全带，一抬头便迎上路彦犹豫纠结的目光。

“没什么。”路彦看着前方，轻轻点了点油门，车轮带着车身向前出发。

做完笔录就赶紧把她送回来吧！只要自己保护好她，应该不会遇到什么危险的，那鬼影和纸条只是冲我来的，或许只是手段低劣的恐吓呢？

路彦想着，摇下了两边车窗，让穿进来的风抚过他和陈依梦的脸。

第六章 理想之死

刘建华出生在贺县乡下的一个务农家庭，他是刘家的三代单传，他出生的那天，破陋的家里挤满了前来祝贺的乡亲和亲戚，他爸爸和妈妈抱着干干瘦瘦的他，脸上笑开了花。

一周岁那天，刘建华父亲又请来众多乡亲，把刘建华抱上桌子抓周。桌子上放着笔、算盘、镰刀，刘建华流着口水毫不犹豫地抓起了笔。抓周结束，旁边响起了阵阵欢笑声，刘建华父亲笑得合不拢嘴。

开始上学了，刘建华果然没有辜负当初抓周时的选择。每天上课，他都把双臂平铺在课桌上，端端正正地坐在座位上听老师讲课，他的成绩也一直是班上第一名。

随着20世纪90年代改革开放的浪潮，村子里不少人出远门下海做生意，刘建华父亲也参与其中，却赔得血本无归，欠了一屁股债回到老家。刘建华的父亲寻思着，自己不是做生意的料，种田收入太微薄又还不了债，不如去捡废品卖吧，起码赚得比种田多点。

慢慢地，贺县各个角落都有了刘建华父亲收废品的身影。虽然刘建华以优异成绩考入县城的高中，但是他总觉得在同学面前抬不起头来，他不止一次地听过有人议论他家里是“收破烂的”，他最讨厌的事情就是他父亲来学校给他送东西。每当那个时候，他都会把父亲拉到角落里，像个小偷一样害怕地四处张望，生怕有人发现他们站在一起。

刘建华觉得自己的人生起点不如别人，所以总是加倍努力地学习，他要想方设法弥补家庭带给他的缺陷，让自己成为更优秀更受欢迎的人。所幸努力终有回报，他每次考试都是年级第一名，班主任在班上都说过好几次了，如果班上只有一位同学能考上本科大学，那个人只能是刘建华。为此，他也收到过不少女生崇拜的目光，其中就有一个坐在窗子边的女孩。

那是一个经常穿着朴素白衬衫，留着黑色长发的漂亮女孩。她坐在窗边，时常会看着走廊外发呆，每次下课她朝窗外看着时，刘建华总会装着去上厕所的样子走出教室门，为的就是穿过走廊时能和她四目相对，然后看到窗子里的她对着自己笑，那笑容让他的心脏简直都快要爆炸了。

尽管刘建华因为不错的长相和优异的成绩受到一些女生的青睐，但是他眼中只有那个坐在窗边的女生的笑容，他想占有那个笑容，想让那个女生只对自己一个人笑。可惜的是，因为家里的原因，刘建华觉得他暂时配不上那个笑容，他们三年同学时期走得最近的一次，是那个女孩看到他的桌上放着一本破旧的《月亮与六便士》时，开口问他借书看。

“当然可以，你看多久都行！”刘建华腼腆地对那个女生说，享受着心脏爆炸式的喜悦。

那天放学后，女生把书还给他。刘建华鼓足勇气跟在她的身后，想找个机会亲近她，想跟她好好聊聊毛姆在《月亮与六便士》里表达的思想。可惜他还没来得及打招呼，就看到她坐上了别的男生的自行车后座，一路欢歌笑语地回家了。刘建华远远地看着，一个人暗自神伤。

高考成绩放榜的那天，一切都被班主任言中了，全班果真只有一人考上了本科大学，那个人就是刘建华。刘建华所在的小村庄也轰动了，村子里诞生了有史以来的第一位大学生。大学录取通知书到达的那天，来贺喜的乡亲们几乎踏破了他家的门槛，那个暑假，刘建华逢人就被称赞一番，他的父母也在乡亲们面前挺直了腰板。

刘建华选择的是一所知名的师范大学，上了大学后，刘建华发现外面的世界那么大，有那么多的书没有读。从大一开始，除了上课和社团活动之外，刘建华所有的时间都泡在图书馆。他每天废寝忘食地浏览古今中外的书籍，在宿舍里的墙壁上、在自习室的贴纸上，写下了“为天地立心，为生民立命，为往圣继绝学，为万世开太平”这个名句。在舍友看傻子一样的目光中，他极有规律地每天清晨起床，去操场上一边跑步一边背书。

顶着校园中获得的众多荣誉和光环，刘建华从师范大学毕业了，他准备去做一个高中老师，他的目标是成为优秀的国家特级教师，让他的思想和学识随着桃李传遍天下。

可是他很快发现因为前些年的大学扩招，每年的全国大学毕业生已达数百万，大学生越来越多，大学文凭已经变得没有那么值钱了。工作并不好找，而且自己学校所在的城市不仅房价涨得惊人，连租房也是一大笔开销，家里并没条件支持自己。刘建华再三思索后，决定先回到家乡贺县，先在县城的高中积累一些工作经验，存一些积蓄，再考到大城市的学校里来。

毕业后的那个暑假，刘建华回到了贺县，到贺县二中应聘实习教师，很快就全票通过了面试，在校长和主任安排的试讲课中博得学生们的一致好评。贺县二中的李校长麻溜儿地给刘建华递上了一份实习教师签约合同，签约一年，月薪 2500 元，刘建华不假思索地在合同上签了字。

刘建华清楚实习教师与编制教师同工不同酬，实习教师工资较低且没有五险一金，编制外的合同工也不稳定，甚至还有被开除的风险。但是这些他都不担心，因为他知道每年的春天都有全省统一组织的教师编制考试，他打算明年春天就参加这个考试，他相信自己很快就能成为名正言顺的编制内教师。

拿到工资的那一天，刘建华兴奋地把钱装进兜里，坐上车去找那个女孩。一番询问后，刘建华在一栋老公寓里与她重逢了。

刘建华敲开门，看到她脸色枯黄、身材松垮，脚上趿着拖鞋，怀里抱着一个小孩，一脸疑惑地看着自己。

刘建华看了看她身后，屋子墙壁上挂着一张婚纱照，再看看她，愣住了。

“不是说好等我的吗？”

她的表情更加疑惑了：“等你什么？”

刘建华想了半天，吞吞吐吐地冒出了一句：“等我和你聊……月亮……”

她的脸上露出看傻子一样的表情。就在这时，屋里走出了一个秃顶的中年男人，刘建华想都没想拔腿就跑，几乎是落荒而逃。后来刘建华才知道，她当年和男朋友分手后又谈了几任男朋友，最后被家里人安排相亲，嫁给了一个离异的中年男人，还生了一个女儿。

那个落荒而逃的晚上，刘建华站在暴雨中对天空怒吼，那个坐在窗边对他笑的女孩早已经死了，那个愿意跟他探讨《月亮与六便士》的女孩根本就不曾存在过。

那之后刘建华情绪低落了很久才慢慢地走了出来，他告诉自己天涯何处无芳草，大丈夫何患无妻，只要努力工作为社会创造价值，以后他肯定能拥有一个没被人染指过的，完全属于自己的女人。于是，他把全部精力都放在教学上，李校长让他带两个班的物理课，他也不负所望，两个班的物理平均分都遥遥领先其他班级。

第一学期快结束时，李校长给所有教师开期末总结大会，刘建华也和其他教师坐在一起听着李校长的发言。

“我们讲啊，我们这个学期素质教育工程里的兴趣教学取得了优异成绩，获得了上级领导的充分肯定！得到了社会各界的广泛认可！表明了我们工作的巨大进步！”李校长拍着他那反光发亮的脑勺，大声说道，“著名教育家蔡元培曾说过：‘兴趣是创造一个欢乐和光明的教学环境的主要途径之一！’嗯？小刘你有什么事？”

长长的会议桌，李校长坐在一头，远远的另一头，刘建华在众人的目光中举起了手。听到校长的问话，他开口道：“李校长，那句话不是蔡元培说的，是夸美纽斯说的……”

刘建华的声音不大，却清晰可闻。他说完后，会议室里安静极了，安静得空气都好似凝固了起来，所有人都沉默地看着他和李校长。

李校长愣了一下，随即表情变得高深莫测起来，肥重的身躯往座椅后背上沉沉一靠，若有所思地看了刘建华一眼：“小刘说得有道理，我们的工作应该……”

会议结束后，刘建华跟着人群走出会议室。刚走出行政楼，一个五十多岁的中年男人拉住了他，刘建华回头一看，是教历史的华老师。

“小刘，刚才会议上你说错话了！”华老师责备地看着刘建华。

“没有吧，我记得没错啊！”

“不是那句话错了，而是你说这话就错了！”

“为什么啊？我说的可是真理啊！”刘建华不解。

“唉，你还太年轻了！真理是相对的，而权力是绝对的！”华老师使劲地摇着头。

刘建华思索着华老师的话，问道："您的意思是李校长会利用他的权势对我不利？"

华老师面露不耐烦："有些事情说破了就没意思了，你今晚赶快买点烟酒去他家登门道歉，记得买上档次的！"

刘建华挠挠头："谢谢您的提醒，可是我觉得李校长不是那种没度量、小心眼的人啊。"

"你！你这孩子怎么死不开窍呢？"华老师一脸无语。

刘建华笑了笑："我一直遵纪守法，又有合同保障，校长也不能把我怎么样吧？毕竟这可是学校啊！"

"对牛弹琴！唉！"华老师见无法沟通，只好摇头叹气地走了。

之后的日子里，刘建华见李校长待他还是如以前一样和蔼亲切，更加坚定了自己之前的认知，李校长绝不会因为这种小事跟他们年轻人计较。

日历翻到了新的一年，刘建华一番精心准备后，信心满满地走进了由省里统一组织的教师编制的考试现场。一段时间后他在官网上查到了考试成绩，不出意外，他是笔试第一名。

接下来就是参加由贺县教育局组织的面试，刘建华买来一套西装，精心打扮，在考官面前慷慨陈词，认真仔细地回答所有问题，考官们也频频对他点头微笑。面试结束了，刘建华信心满满地走出了考场。但不久之后，他却接到通知，说他的面试成绩不合格，被刷掉了。

刘建华不敢相信这是真的，他仔细回想着自己面试时候的表现，却死活想不起来任何表现不足的地方。整理整理思绪，刘建华认为这只是一次意外，明年重新来战，他绝不会再犯这种错误。

没有考到教师编制，刘建华只能继续以实习教师的身份待在贺县二中。又是一个暑假，李校长递上来的合同却只有每个月 2000 元。

"你知道，尽管我们经费比较困难，但因为孩子都喜欢你的课，所以我们会一直请你的！"李校长透过他那厚厚的镜片，看着郁闷的刘建华在合同上签字。

第二次教师编制考试，刘建华还是笔试第一名进入的面试，这次的面试，他精益求精，表现得比上一次更加完美，但是当结果出来的时候，他发现自己再次在面试中被刷掉了。

第三个暑假，李校长递上来的合同只有每个月 1500 元。

“你知道，我们经费更加困难了，但孩子都喜欢上你的课，所以我们会一直请你的！”李校长透过他那厚厚的镜片，看着刘建华咬着牙在合同上签字。

慢慢地，刘建华终于有点明白当初华老师所说的“权力是绝对的”到底是什么意思。他听到一个小道消息，李校长和上面的领导打过招呼，领导又跟面试的考官打过招呼，所以无论刘建华的表现多么出色，都不可能通过面试。

刘建华给政府部门写匿名信告发李校长，信中没有提起自己姓名，只是搜肠刮肚地挑他所知道的李校长的问题往上写，不管是不是他的道听途说，不管他有没有证据。但是，他所有的告发信都石沉大海了。

后来，刘建华第三次教师编制的面试也没有通过，尽管这一次他提前联系上了考官，还是名落孙山了。

到了第四个暑假，李校长递上来的合同里，每个月只有 1000 元。

“你知道，我们经费已经山穷水尽了，但孩子们都喜欢上你的课，所以我们会一直请你的！”李校长透过他那厚厚的镜片，看着刘建华盯着合同一言不发。

他在贺县二中教书的时光已经到了第四年，当初的大学同学也都纷纷传来成家立业的消息，唯独他还是孑然一身。每次有媒人给他介绍对象，女方总是因为他还是实习教师没有编制而百般嫌弃，而他看着这些女人也总是不停地在摇头，像是吃了摇头丸一样。他自己都不知道是因为觉得她们外貌过于平庸，还是觉得她们过于势利。

作为老家曾经的骄傲，他越来越难向父母解释为什么他还是实习教师，他父母也越来越难回答乡亲们为什么他还没有编制。他觉得学校一直没有告诉学生们关于社会的真相，以至于自己以前读书的时候一直把世界想得太简单，那时候他一直觉得在这个世界上人有梦想、够努力就行，殊不知社会上有些叫“背景”“人脉”“权力”的东西更有能量、更可怕。他家里没有关系能帮到他，他自己也没有人脉能够帮到自己，这些东西他一样都没有，而拥有它们的人一个电话就可以做到他拼尽全力也做不到的事情。

刘建华从小是听着“知识改变命运”这种话长大的，但是现在他觉得有一种被大人和学校联合起来欺骗的感觉，知识真的能改变命运吗？如果能，为什么从小学到大学的考试里都是翘楚的他，如今却远远落于同龄人之后？

那本《月亮与六便士》早已被他束之高阁。满地都是便士，他却抬头看到月亮？如果现在自己可以选择，他会毫不犹豫地选择那满地的便士。每天晚上他看完书后，都一个人落寞地在出租房的阳台上看着天空，贺县的天空上，星星一直比较明亮。

他一直深信着黑格尔的那句有着“仰望星空的人们”的民族才是有希望的民族，也深信着自己就是那样的人。可到工作第四年这个时候，他只能轻叹着：“脚都未踏到地上，仰望星空到脖酸又有何用？”

刘建华不愿在明年的面试中第四次名落孙山，不愿看到明年的月收入跌破1000元，他按照当年华老师所说，买了好烟好酒，在一个晚上敲开了李校长的门。

“其实嘛，你们年轻人不用跟我讲这么多繁文缛节的，只要你平时没事多来我办公室给我倒倒水泡泡茶，这份心意我就心领了。”李校长坐在沙发上摸着他那反光发亮的脑勺，笑眯眯地说道。

刘建华连忙站在一旁点头哈腰，连声称是，原来鞠躬弯腰比他以前想象的要容易不少。

那个晚上，刘建华走出李校长的家门时，踩到了地上的一摊水，低头的一刹那，他在水中看到自己的样子。他发现自己身上好像发生了某种变化，具体是什么他却说不清。

消除了李校长对他考取教师编制的阻碍，刘建华觉得自己的人生又重新点燃了希望。此后，李校长还破例让他一个实习教师担任高二班级的班主任，他觉得自己的人生终于开始走上正轨了。他想当好他的班主任，然后静静地等待第四次教师编制考试的到来。

那是一个暑气蒸腾的早上，贺县二中开学第一天，刘建华神采奕奕地走进高二（1）班。这是他作为班主任第一次跟同学们见面，他站在讲台上，居高临下地俯视着一张张年轻鲜活的面孔，感到异常兴奋。

“同学们好，我是你们的新班主任，我叫刘建华！”

学生们对这个年轻英俊又教学出色的男老师早有耳闻，也颇有好感，台下响起了一阵热烈的掌声。

掌声渐渐平息，刘建华满意地扫视着学生们，刚想继续发言，突然，他感觉自己心脏爆炸了。

他看到一个女孩坐在窗子边，穿着白衬衫，留着黑色长发，皮肤娇嫩，身姿挺拔。她安安静静地靠着窗，正微侧脸看着自己微笑。

天啊！她跟当年那个坐在窗边对我笑的女孩好像！但是她更加漂亮！更加动人！更加完美！刘建华觉得身体里某块沉寂已久的土壤开始松动，一个面目狰狞的怪兽从那里爬出来，那东西脏兮兮、血淋淋的，正朝自己挥动双爪，咆哮着、怒吼着，发泄多年来的不满。

刘建华昏昏然站在讲台上，享受着心脏爆炸式的喜悦。他追溯着自己多年来的坎坷人生，从悲惶无奈的中学时代到孤苦伶仃的青年时代，从那个落荒而逃的雨夜到那次狼狈不堪的拜访，他觉得自己的人生就是在不停地幻灭、再幻灭。他想着，我终于开始转运了，上天终于待我不薄了，或许，我幻灭的人生终于要结束了，这就是我历经坎坷后，等来的“时间的公正裁决”？

他忍不住伸出颤抖的手，拿起了讲台上的册子说：“我想认识一下大家，现在开始点……点名……”

同学们安安静静的，他满手是汗地拿着点名册，手指微颤地指着那个坐在窗边的女孩：“这位同学，你……你叫什么名字？”

那个女孩款款地从座位上站起来，微笑着看向自己。

“我叫林依芸。”

第七章 致命线索

“发什么呆！我问你话呢！”

直到路彦朝着自己挥手，刘建华才猛地从回忆中惊醒，发现自己正戴着镣铐坐在冰冷的审讯室里，高大的路彦正站在自己面前，脸上贴着创可贴，一脸凶恶地瞪着自己。

“你……你们凭什么抓我？”刘建华不服地喊道。

“你看看这上面都是谁。”路彦拿起那张带着焦洞的照片。

刘建华瞪大眼睛看着照片，脸色渐渐难看起来：“这是……这跟我有什么关系？”

“跟你有什么关系？难道搂着林依芸的这人不是你吗？”路彦满是血丝的眼睛瞪着刘建华。

“你凭什么说这是我？这人脸都没有！”

“嗯，因为你确实不需要脸！”见到刘建华还在狡辩，路彦满心都是愤怒，“有人证明你曾经穿过照片上这件紫红色的羽绒服，而且在你家的衣柜里，我们也搜出了这件衣服。你还有什么可狡辩的？”

“你……”刘建华像是泄了气的皮球，沉默了一会儿，又晃了晃脑袋，“这只是一张普通的合影，不能代表什么！”

听到刘建华的话，路彦反而放下心来。其实一件同样的羽绒服，并不能证明刘建华一定是照片上的人，但是现在，他显然已经承认了。

“不能代表什么？”路彦一字一句地说着，手指隔着包装袋戳着那照片，那声音锵锵地撞击着刘建华的心，“前两次我们见面，你都告诉我你跟林依芸只是普通师生关系，这就是你所谓的普通师生关系？”

看着路彦，刘建华面露惶恐：“我们没有任何不正常的关系，不信你去问别的老师和同学！”

“可是现在就有同学说，看到林依芸放学后经常一个人去你家。”

“是谁？他一定是在撒谎！”刘建华脸上又闪过一丝惊怒。

路彦站起来，居高临下地对着刘建华怒喝：“你以为你的保密工作做得很好吗？恰好有人能证明她那段时间经常一个人去你家，也恰好有人证明她那段时间在谈恋爱，再加上这张照片，连在一起就是铁证！我一开始怎么也没想到，你一个高中教师竟会违背师德和女学生谈恋爱！”

“我……我……”面对路彦的怒喝，刘建华蜷缩起身体，低着头，不敢直视路彦的目光。

“我什么我！”路彦坐了下来，他看得出刘建华正在经历激烈的心理斗争，被审讯的人往往在这个时候最容易交代真相，“老实交代你和林依芸之间发生的所有事情！”

刘建华抬起头，路彦才看到他眼眶通红，眼睛里浸满泪水。只见他一副悲伤的样子，说道：“是的，我承认，我们是在一起了，我害怕传出去对我们的名声都不好，所以隐瞒了下来。”

路彦没说话，刘建华接着哽咽道：“可我是真心真意的，我顶着世俗的压力，很多晚上都睡不好觉，那种痛苦是你们不能想象的……”

路彦冷笑道：“既然你对她是真心的，她死了怎么没见你出面？我问你还不承认，说到底，工作、名声在你心中都比林依芸重要，假借真爱之名行自私自利之事，你不过是个爱惜羽毛的自私鬼，装什么硬货！”

听了路彦的话，刘建华垂头丧气，过了一会儿又抬起头：“我懂法律，就算我跟学生在一起有辱师德，但也不至于违法犯罪！”

“说得没错，所以我们不是因为这个抓你的，而是因为你涉嫌强奸和杀人才抓你的。”路彦冷冷地回答。

“什么？”刘建华像遭遇雷击一样，整个人都蒙了，“我没有强奸，更没有杀人！我不是说过了吗？林依芸出事那天我在……”

“那天下午你在张霖家门口一个人等了一下午对不对？”

“对！”

“谁能证明？”

刘建华蓦地脸色惨白，无言以对。

“没有人能证明你一直在他家门口，有很多时间段你根本没有证明。”

“我有证明！那天晚上我一个人在办公室改卷子，我从校门走出来跟门卫打过招呼，他们记得我的！”

“那你进学校的时候呢？有人能证明吗？”

“我进去的时候门卫没大注意……”

“你们学校我去过了，墙很矮，你完全可以从外面翻进去，再装作从里面刚加完班的样子走出来。”路彦眯起了眼睛，“林依芸是中午消失的，这段时间有人能证明你在办公室吗？没有。那个下午，你一个人留在张霖家门口等着，有人能证明你一直在那儿吗？也没有。”

刘建华张着嘴巴，哑口无言。

“所以你有大量无人证明的独处时间，完全有时间去处理一些事情再回来。你下午可以自由活动，傍晚再回到张霖家门口待一下，之后你又可以自由行动，等晚上处理完了你的事情，再从围墙翻进学校，走到校门口跟门卫打个招呼假装刚下班。这样你就给自己制造了一个看似没有破绽的不在场证明，我说得对吗？”

刘建华焦急地喊道：“我……”

路彦打断了他的话：“林依芸的死亡现场表明，这个凶手有很强的反侦查意识，并且很可能与死者相熟。你从小成绩优秀，现在又是教物理的老师，逻辑思维缜密，完全符合凶手的条件。作为曾经强迫她发生性行为的前男友，你也有犯罪的动机。会不会是因为她离开你以后找了个新男友，你才愤愤不平，将她诱骗出来杀害呢？”

“我没有强迫她，我没有！我们之间是……”说到这里，刘建华刹住话头，眼珠转了转，一本正经地说完，“我们之间是柏拉图式的恋爱，纯精神式的，我们没有发生肉体关系。”

听到“柏拉图式的恋爱”这种词语从刘建华的嘴里说出来，路彦一阵恶心，强忍住了想打他的冲动。

见路彦不说话，刘建华接着道：“还有，我跟她在一起，完全是你情我愿，而且还是她主动选择靠近我的！至于你说的那些事情，是我一直在坚持着师生关系的原则和底线！”

“你以为林依芸已经死了，你们之间的事情除了你之外就没有人知道了吗？”路彦恶狠狠地问道，“今年的 1 月到 3 月，林依芸经常一个人放学后去你家。她去你家干什么？”

“她所有科目中就物理差一点，来我家就是想让我给她辅导物理的。我经常在课外免费给学生辅导教学的，不信你可以问我的其他学生。”

“胡扯！你跟她合影都搂上腰了，还说只是在家里给她辅导物理？”

“随你怎么想，反正我什么也没做，”刘建华强装镇定，“我知道我和她在一起是不对的，但我也有道德底线，我不可能跟她发生关系的！”

路彦强压怒火，沉声道：“你以为让林依芸替你们的关系保密，就可以做到神不知鬼不觉吗？现在就有人能证明你和林依芸发生过关系，而且还是你强迫她的！”

“什么人？这不可能！”刘建华一脸不敢置信。

“我们不可能没有任何证据，就把你带到这儿来”

“这不可能！你们一定找人作了伪证！”刘建华大吼着，英俊的五官扭曲在一起。

“你可能对强奸罪有误解。强奸罪，是指违背妇女意志，使用暴力、胁迫或者其他手段，强行与妇女发生关系的行为，除了暴力、胁迫之外，还包括酒精和药物迷奸。换句话说，你用酒或者药物使林依芸昏迷失去反抗能力再发生关系，也属于强奸！”

“我没有使用别的手段跟她发生关系，更没有杀害她！”刘建华蜷缩着身体，迎着路彦的目光，他觉得自己的脸部有一股灼烧感，他低下了头。

路彦朝刘建华凑近了一点：“你不承认强奸没关系，你不承认杀害林依芸也不要紧，我这里已经凑齐了证据，照样可以定你的罪！”

路彦想着，虽然现在证据也不是很充足，但只要攻破刘建华的心理防线，让他交代自己的强奸罪名，就能争取到时间，自己也可以接着查他是不是命案的凶手。

“你坦白从宽，还可以争取减轻罪名，不要心存侥幸！不要以为靠谎言就能逃脱法律的制裁！”

路彦看看时间，站起来开始收拾东西。他冷冷地扫了一眼沉默的刘建华："我的同事会接着审问你，直到你交代为止！"说完，走出了审讯室。

审完刘建华，路彦觉得事情有些棘手。

现在是5日下午，他争分夺秒地赶回贺县，就是想尽快从刘建华嘴里问出东西来。但是没想到，刘建华矢口否认性侵，谋杀的事情也不好查证。

想到张霖和林依芸的关系，路彦决定先找张霖聊一聊，说不定能获得什么线索呢！

路彦走进审讯室，把林依芸和刘建华的关系告诉了张霖。不过，考虑到张霖毕竟是嫌疑人，路彦也没有说太多。

听完路彦的话，张霖身体僵硬、一派沉默，脸上混合着悲伤、愤怒和茫然。良久，他开了口："跟我说说你了解到的刘建华吧。"

路彦考虑了片刻，把他和刘建华接触的经过，以及目前对刘建华的了解大致说了一下："我们抓到刘建华之后，又找他的同事了解了一些情况，他们都表示这个年轻的实习老师虽然教学出色，但私下里寡言少语，下班后就回到自己租的房子里宅着，和别的老师几乎没有任何社交。目前就是这些，剩下的我们还要继续了解。"

张霖僵着脖子，一声不吭地听完路彦的讲述，才开口道："你记得日本那个叫宫崎勤的连环杀人犯吗？他在1988到1989年这段时间里先后杀害四名女童，还肢解了那些女童的尸体，并把女童的骨灰寄给家属。刘建华和宫崎勤犯罪时年龄相仿，他的人生经历也跟宫崎勤有点像。"

"你是说那个人格变态的宫崎勤？"路彦不禁悚然，宫崎勤可是当年轰动整个日本的变态连环杀人犯，社会环境和成长环境的双重影响，促成了他那近乎精神病般的心理扭曲，最变态的是，他把那些小女孩的身体器官带回家后都煮着吃掉了。要是刘建华是他那样的人物，那就太可怕了。

"是的，你可以再去了解下。"张霖有气无力地说。

"你认为，正常人不会因为女朋友跟自己分手后又找了男朋友这种事去杀人？"

"我不知道，"张霖摇摇头，"我只是给你一个参考，或许对你有用。"

"宫崎勤可是连环杀人凶手……"路彦托着下巴陷入了思考，"那两个失踪的女孩也都是贺县二中的，陈怡还是刘建华班上的学生，如果她们也出事了的话，确实有你说的这种可能……”

从张霖那里得到了一个新思路，路彦疲惫地走出审讯室，见到了焦急等待的陈依梦和李茵。

陈依梦连忙上前问道：“那个刘建华承认他是凶手了吗？”路彦摇摇头：“没有，他连和林依芸发生过关系都不承认。”

陈依梦正想说话，路彦已经转过头问李茵：“笔录做得怎么样？”

“记完了，她讲得很详细很完整……”李茵说道。

路彦点点头，看向陈依梦：“那就好，也不早了，我送你回家吧！”他抬脚向门外走去，走了两步才发现陈依梦低头停留在原地，一动不动。

“怎么了？”路彦不解地问道。

“那个，我不想走……”

“不想走？”

陈依梦缓缓抬起头：“依芸的案子一天不破，我心里就一天难受，我想跟着你把这个凶手找到后我再走……”

“开什么玩笑？警察查案可不是小孩过家家，不是什么人都能随便跟着的。”路彦很无语，这不是无理取闹吗？

李茵见状，也赶紧补充道：“对，我们有规定，警察办案是不能让无关人员在场的。”

“可我是受害人家属，不算无关人员啊，我有知情权的！你们方便的时候就带上我，不方便就不带，不带我的时候我就一个人待着，谁也不打扰，行吗？”陈依梦的声音越来越急。

“你把问题想得太简单了，何况你在贺县住哪儿啊！”

“我住宾馆！我有的是钱，住多久都没事！”

路彦一脸崩溃：“别幼稚了好吗？你接下来就要去意大利读书了！好好享受你这个暑假吧！”

陈依梦咬了下嘴唇，眼眶已经有些微微发红：“现在才8月初，我9月下旬才开学，还有一个多月，这么长时间够你破案了。”

“破案没有你想得那么容易，很多案子要好几年才能破的，还有些案子甚至永远也破不了！”

“如果到了9月份你还没破案，我就自己回去上课，不会继续待在这儿烦你。”陈依梦看着路彦，两行泪水从脸颊滑落。

“我在贺县查案的时间只剩下5天，5天之后，不管这个案子破没破，我都要回省厅。这么短的时间里，你留在这里毫无意义。”

“那好，我就待5天，5天之后不管你破没破案，我都跟你回去！”

“可是你……你留在这里可能会有危险，知道吗？”路彦平生最害怕的就是女人哭，他宁愿面对几个拿着AK47的暴徒也不愿意面对女人的眼泪。他原本以为这只是小姑娘一时的冲动之言，没想到她的决心这么强。

“我跟依芸是姐妹，本来我们应该是这个世界上最亲的两个人，可是……”陈依梦抱着小腿蹲了下来，眼泪哗哗直流，“可是我们后来分隔了那么远。每次在一起的时候，尽管她不说，我还是看得出来她的羡慕。我一直想着等我长大一点，就去帮她的。我原以为她只是经济条件差一点，其他的也没什么，可是我错了，我没想到她吃了那么多的苦，还被坏人欺负，呜呜呜……”

空气沉重得像是凝固了起来，李茵越过陈依梦的后脑勺看向路彦，两人面面相觑。李茵试探着说：“要不就……就让她留在贺县吧，我们平时案子有什么进展了就跟她说说，她是受害人家属，是有知情权的。”

陈依梦哭得梨花带雨，哽咽地看着路彦：“在我家的时候你就答应过我的，你发过誓的，不管遇到什么困难，都一定要帮我找到那个杀害我姐姐的凶手，而且还要及时告诉我案件的最新情况！你忘了吗？你发过誓的！呜呜呜……”

陈依梦的一席话，让路彦觉得胸口像是压了块巨石。他表情挣扎地想了想，艰难地动了动嘴，忽然，那张诡异的纸条又浮现在他脑海中。

他声音嘶哑，好像喉咙卡了什么东西：“不行……你不能留在贺县。”

原以为路彦能够妥协，没想到最后开口还是拒绝，李茵不由得感到很沮丧。她同情地看了看陈依梦，又看向路彦，想了想开口道：“昨晚有人跟我说他春宵一刻去了，结果带回一个小姑娘……哦，对了！昨天的通话我好像还录音了，要不要拿出来给大家一起分享下呢？”

李茵坏笑着看向路彦，却见路彦对她的话毫无反应，只是盯着陈依梦陷入了沉思。

良久之后，路彦沉声对陈依梦说道："你可以留下来找个酒店住下，案子要是有了新进展，我和李茵有时间会去酒店告诉你。但涉及到警务秘密，我们是不能告诉你的。"

天色已经黑了下去，路彦开车带着陈依梦和李茵，来到了吴老伯的房子门口。

"诶？怎么把车开到你住的地方来了，难不成你想把小姑娘留着跟你一起住？"李茵瞪着路彦。

这叫什么话？路彦一脸无奈："你忘了？恒佳酒店不就在吴老伯房子对面的那条街吗？"

路彦停下车，和李茵一起带着陈依梦朝恒佳酒店走去。

酒店前台，路彦看着陈依梦掏出身份证递给酒店登记，不由得感叹道："看来你是有备而来啊！"

"对啊，来了我就没想走的！"陈依梦侧过脸看着路彦坚定地说。

三人走上二楼，陈依梦刷卡推门而入，路彦和李茵帮她把行李放好。

"这里安全吗？"李茵打量着整个房间。

"很安全，我刚来的那一天就了解到，他们的保安24小时轮流值班，每层楼的楼道和楼梯口都装有监控，房间的窗子都装着防盗窗，床头有紧急电话可以打给前台。"路彦看向陈依梦，"而且，这酒店的一楼就是餐厅，你要吃饭就留在这里吃，不要一个人随便出门。"

"不准我随便出门，我怎么去找你们？"陈依梦看着路彦诚恳地问道。

"我就住在酒店斜对面，如果你遇到什么情况，可以打电话给我。"

陈依梦点点头。

"如果你真的想出门，最好联系我和李茵，我们带着你会很安全。如果我们都没时间，那你一定要找个同伴一起出门，切记不要单独行事！"

"知道啦知道啦，真是比我妈还啰唆！还唠叨！"陈依梦脸上露出不耐烦的神色。

陈依梦打开行李袋，和李茵坐在床边热切地聊了起来。陈依梦要把她的一个化妆品套装送给李茵，李茵则反复推辞着。

看着打得火热的两人，路彦忽然又想起了什么，打断了两人的交谈："哎！你妈妈同意你在这儿吗？要是不同意我还是要把你送回去的！"

"我妈会理解我的，而且有你们俩在这儿，她绝对会很放心的。"

"你说了不算，打电话给她，让我跟她说。"

陈依梦鼓着嘴，不服气地说："真是的，成年人这点自由还没有？"尽管很不满，她还是从包里掏出手机，拨出了一个电话。

"开免提！"路彦皱着眉头。

陈依梦瞪了路彦一眼，气呼呼地开了免提。电话很快接通，陈依梦和她妈妈王女士说明了情况，不出所料地遭受强烈的反对。

"胡闹！破案和你有什么关系？"王女士的声音严厉了起来。

"妈！我跟你说过很多遍，你知道的，依芸的事情让我很难释怀，我之前一直没能为她做些什么，现在只想留在这里，直到她的案子能查清楚！只有这样，我心里才能好受点。"

电话那边沉默了一会儿，王女士叹了口气道："不行，你不能去那个鬼地方瞎掺和！"

"放心吧，我就住在酒店里不出门，而且警察会保护我，很安全的。"

"人家警察干吗保护你？"王女士不相信陈依梦的话，"社会是很现实的，知道吗？没有人会无缘无故地关心你！"

"你上次见到的那两个警察现在就跟我一起，我让他们跟你说。"陈依梦求救似的把电话递给旁边的李茵。

已经和陈依梦打成一片的李茵，心领神会地接过手机，开始耐心地劝说王女士。有了李茵这个警察的保证，王女士的语气也软化不少。站在旁边的路彦看到这一幕，不禁感到深深的无奈。

路彦暗暗叹了口气，他知道自己的最大缺点就是在女人面前耳根子太软，可是他如今要与时间赛跑，实在不能在这个小姑娘身上继续消耗时间了。他整理整理思绪："酒店门口和你房间外面的楼道都有监控，我会定期看一下监控，如果发现你一个人出门，你明白什么后果吧？"

"那我要出门买东西呢？"

"让服务员帮你买。"

"好，我答应你！"

路彦看向陈依梦，直到她认真地点点头，才稍稍安下了一点心。

李茵游说完毕后，又把手机交给了路彦。路彦只能赶鸭子上架地拿过手机，耐心地陪着絮絮叨叨的王女士接着聊了好几分钟，才让王女士放下心来。

晚上，路彦开车把李茵送到她家楼下。霓虹灯光透过车窗洒进车里，在两人的脸上铺出了移动的斑驳光影。

路彦看了看周围一片安静的小区，怅然道："在刘建华家，除了那件羽绒服，没发现其他有用的东西了？"

"没有，我们把他家搜遍了，也没发现什么可疑物品。"

"电棒、砍刀、乙醚这一类的东西没有找到？"

李茵摇摇头："翻了个底朝天也没有发现。"

"是吗？那跟女人或者和性生活有关的东西呢？"

"没有。"李茵依旧摇着头。

"刘建华顾及教师名声，肯定会要求林依芸对他们的事情保密，如今林依芸死了，事情就只有刘建华一个人知道。这小子看样子是清楚我们人证物证都很难调取，所以才什么都不承认。"

"对，这样拖下来更难定他的罪，我听我爸和高队长说，已经安排人连夜审问他了。"

路彦沉声道："刘建华在贺县二中教了快四年书，还是实习教师，这件事到底怎么回事，得好好查一下。另外，你爸让蒋旭飞去刘建华老家查他的社会关系了吗？"

"对，动作快的话，明天蒋旭飞就能带着消息回来了。"

李茵拉开车门准备下车，忽然又回头看着路彦："你最后为什么又让那个丫头留下来？"

"不是你答应她留下来的吗？你又是为什么？"

"你不觉得她说得很感人吗？如果我有个妹妹出了这种事情，我肯定也会像她这样的！"

"是吗？"路彦暧昧地笑笑，"难道不是因为那包化妆品吗？"

"想什么呢你！"李茵打了一下路彦的肩膀，"如果我是她，依我的个性肯定要自己调查，自己去抓住凶手！”

路彦一脸严肃：“可是你想过吗？如果凶手既不是刘建华，也不是张霖，那么留在贺县的陈依梦安全吗？”

“这……”李茵神色迟疑，道，“她都答应了不会一个人出门，应该不会有问题吧，再说这个问题你都考虑到了，怎么还答应让她留下？”

“我让她留下的原因可简单多了……”路彦意味深长地笑着，“有个能接触美少女的机会送到眼前，错过岂不是罪过？”

“你这个家伙！”李茵看着路彦的脸，顿时气不打一处来，“你不会真在打她的主意吧？”

路彦没有回答，只是兀自笑着。她皱皱眉头，路彦这个人时而正经时而轻佻，真不知道哪一面才是真正的他。

想不出也就不想了，李茵利落地下了车：“我回去了，明天见！”

路彦摇起车窗，看着玻璃上倒映出自己的样子。李茵人虽走了，但她的话还在撞击着自己的心坎。对啊，为什么自己也答应让她留下来呢……

披着惨白孱弱的月光，路彦回到了他租的房子里，刚走进院子，便遇到房东吴老伯。身材有些佝偻的吴老伯正提着一个比自己还要高大的稻草人，放到院子里的一个角落。见路彦回来了，他热情地打着招呼，笑得满脸都是皱纹。

“小路，昨晚你没回来？”

路彦笑了笑：“对，我找朋友去了。”

“是找女朋友去了吧？哈哈，我今晚也要出去打牌，你把门先锁着，不用等我。”吴老伯笑着，把稻草人整齐地靠墙插在地上。

路彦失笑，没想到吴老伯的想法这么前卫。看着吴老伯吃力的动作，他疑惑地问道：“老伯，您这个稻草人是干吗的？”

“这是新做好的，等秋忙的时候再放出去。”吴老伯转身朝屋里走去。

路彦打量着那个稻草人，虽然扎得粗糙，但神韵十足，脖子还有一块红色的抹布，像围巾一样猎猎飞舞。

路彦笑了笑，准备进屋休息。他抬起头看了看自己在三楼的房间，忽然发现，自己昨晚晒在窗边的衣服都不见了！心里顿时咯噔一下：有人进了自己的房间？

这时，吴老伯从客厅里走出来，手上拿着一把雨伞，对路彦说道："对了，昨晚你没有回来，我看又下雨了，怕衣服淋湿就给你收进来了。"

"噢，谢谢……"路彦嘟囔着，原来是自己想多了。他拔腿向屋子走去，忽然又想起了什么："贺县这个季节下雨很多吗？"

"是啊，每年8月份，老天都像是破了洞一样，雨下个不停！"吴老伯笑呵呵地说着，提着伞走出了院子，带上了门。

路彦微微颔首，爬上三楼，走进了自己的房间，一阵积压的浓郁潮湿味扑面而来。打开灯，灯光驱散了黑暗，路彦拿下脸上的旧创可贴，换了个新的。他脱掉白衬衫，把它拿在手上，抚摸着衣领上面的那个红点。安静已经抚平了整个房间，他掏出昨晚在车上收到的那张神秘纸条，借着窗外的灯光，拿在手上仔细看着。那种一直被人窥探的感觉再次回到他的脑海中，究竟是什么人在暗中窥探着自己？

路彦闭上眼睛，脑海中回想起自己来贺县的那天晚上，恒佳酒店前那身后的幽灵。他觉得有人在跟踪自己，可那时候案件还没有任何眉目，自己也还没有怀疑到任何人，什么人会对自己的到来如临大敌，不惜冒着危险跟踪自己呢？

也许该把这张纸条送给省厅，和那封匿名信一起检查检查，贺县这个案子，比自己想象的要复杂。黑暗里，路彦看了看房间里的挂钟，已经是5日的深夜了，倒计时的第二天就这么过去了。路彦苦笑了起来，目前只有对刘建华强奸和杀人的怀疑，证据都找不到，线索方面也毫无头绪，光凭陈依梦的口供，让刘建华承认强奸都很难，更何况是杀人！

来贺县之前王倩对他说的话，时常浮现在他的心头，可是贺县的案子还没查完，自己怎么能撒手不管就跑回去呢？

窗外又刮起一阵凉风，路彦抬头看向天空，又要下雨了，从这里的窗子可以看到临街的恒佳酒店。陈依梦此时在忙什么呢，是不是在房间里看着电视准备睡觉了？

这两天，路彦觉得自己在查案中像是忽略了什么很重要的东西，但是努力去想又想不起来。路彦抱住了脑袋，通宵未睡的疲惫袭上心头。他转过身走到床边，让身体自由落体般倒在床上，昏昏沉沉地睡了过去。

但是他睡得并不好，梦里面，一些黑色的画面和一些彩色的画面交替出现。不知道过了多久，周围已经安静下来，路彦听到遥远的地方传来窸窣的声音，就像谁的鞋底正在水泥地面上摩擦。路彦努力地听着，遥远的地方似乎还有着细微的呼吸，是谁在带动空气如薄膜般振动？

路彦猛地睁开眼睛，快速地跳下床，跑到门边拉开门，冲着楼道厉声喊道："什么人？"

然而楼道里空荡荡的，只有风穿过楼道发出的呜咽声。路彦快步跑过去，站在楼梯口朝下望去，一个人都没有。

"吴老伯，是你回来了吗？"

没有人回应，路彦的声音在整个房子里面空荡荡地回响。怪事，难道是自己的错觉吗？路彦仔细地检查每一个房间，但是什么异常都没发现。

走到大门口，院子的门依然是锁着的，看来吴老伯打牌还没有回来。路彦抬头看看天空，滂沱大雨不知道什么时候已经倾泻而下，雨水拍打着院子里的水泥小路。他不禁苦笑，这些天来自己紧张得都有些神经质了，难道那只是梦里的声音？

他径自走到院子中央，看着淋雨的稻草人。它孤独地张着手臂，脖子上被雨水打湿的红围巾鲜艳异常，用黑色毛料做成的眼睛阴森森地注视着路彦，一副揶揄的神色。

没有扎好的稻草被暴风雨裹挟着，在墙壁上摩擦，发出沙沙的声音。难道刚刚是这个声音？冰凉的雨并没有让路彦的心冷却下来，他仰起脖子让雨幕压在脸上，暴雨拍打着自己的身体，思绪飘移到时光之外。

路彦知道自己需要放松，他的大脑快速回放着这两天的画面，忽然间，周围一切都静止了，一道火花蓦地从脑海中闪现——

该死！是那个铁盒！林依芸那个铁盒的边沿处，粘着一点白色粉末状的东西！

第八章
诊所之谜

8月6日清晨，雨过天晴，天空如洗。

贺县公安局刑警队的办公室里，李茵拿着一份文件，神情严肃地走了进来，路彦和众人连忙抬起头看向她。

“那些白色粉末的检测报告出来了吧？”路彦急切地问道。

“出来了。”李茵低头看着文件，一脸严峻。

“是什么？”

“药末，好几种药的混合物，有甲硝唑、氟康唑和左炔诺孕酮片。”李茵把报告递给路彦。

“左炔诺孕酮片？紧急避孕药！”路彦惊呼道。

“对！林依芸那么小的年纪吃这种药对身体伤害很大的，如果是刘建华让她吃的，那他真是禽兽不如！”李茵愤怒地说道。

一旁的李正摇着头：“确实禽兽不如，紧急避孕药一年服用不能超过三次，不然以后说不定都要不了孩子……”

路彦想了想，连忙追问道：“甲硝唑和氟康唑是治什么用的？”

“氟康唑是治疗真菌感染的，甲硝唑主要对付局部或整体发炎和感染，这两种药一般用于治疗妇科炎症……”李茵脸色铁青。

“妇科炎症？”路彦愣了愣，“什么妇科炎症？病因都有哪些？”

“你竟然问我这种问题？”李茵神色缓了缓，盯着路彦白衬衫上衣领上那个红点，“你动不动就春宵一刻，难道不应该比我更懂？”

路彦无奈地说道："你知道就快告诉我病因。"

"常见的妇科炎症有很多，阴道炎和盆腔炎是其中最常见的两种，可能因为发生性关系时没注意卫生，也可能是刘建华把某种病菌传染给她的。另外，如果吃多了避孕药，药中的雌激素促进霉菌生长，也会得这种病。还有种可能，就是她本人没注意保护自己。但是现在这种情况下，我觉得第一种可能性是最大的。"李茵板着脸说道。

"原来这样啊……"路彦长叹一声，"林依芸把这些药和照片放在一起，难道与刘建华有关联？很可能是刘建华跟她发生性关系后，逼她吃那个药，或者是她无奈之下，自己去找的这个药。分手后，林依芸觉得这段经历很耻辱，就把它和烫了个洞的照片放到一起密封了起来。"

李茵点点头："有道理！昨天刘建华还否认自己跟林依芸发生过关系，这个不就证明他说的是假话了？"

"嗯，不过把它作为刘建华和林依芸发生过性关系的直接证据还是稍显薄弱，除非……"

李茵追问道："除非什么？"

"除非我们再找个证据和它相配合，证明这个药物是在他们相处期间林依芸使用的。"路彦站起来，在办公室里来回踱着步，"或者最好直接证明林依芸服用这个药就是因为刘建华！"

"该从哪里找起呢？"

路彦思索着："她一个小姑娘得了这种病，不知道怎么办，肯定会先看医生再去买药。所以我们要找到给她开药的这个医生，看看他对林依芸还有没有印象。一般医生在开这种药时，也会询问病人的病因，说不定我们从这里能发现更多的线索。"

"好，我们马上安排人把县里面的医院、诊所、药房这些地方都问一遍吧。"李正开口道。

"药房可以放到最后，先去查医院和诊所。"

"我马上安排人去县里面的几家医院查挂号记录。"高伟诚看了看手表，"另外，我这边再带人去诊所里问问。"

李正点点头，提醒道："开诊所的人不愿意惹麻烦，可能会说假话，要注意工作方法。"

一旁的李茵主动请缨：“那我跟人去查医院那边。”

路彦一把拉住了她：“不用，你留下来跟我接着审刘建华吧。”

刑警大队的众人分头行动，路彦和李茵则留在警局继续准备审问工作。很快，蒋旭飞带着刘建华的社会关系和校园情况的调查报告回到警局，路彦拿过调查报告细读之后，带着李茵走进了审讯室。

刘建华满脸颓废，狼狈不堪地被人带进审讯室，刚坐稳，就看见李茵把一沓厚厚的文件放在桌子上。他抬起头，便看到路彦的微笑，那是一种运筹帷幄的笑容。

路彦和李茵坐了下来，李茵翻了翻文件，清清嗓子，脆声说道：“刘建华，经过警方的调查，你涉嫌强奸罪与杀人罪……”

李茵的话音未落，刘建华就焦急地打断了她的话：“我说了很多遍了！我没有强奸！也没有杀人！你们一定是弄错了！”

听着刘建华的喊叫，李茵心里也有些忐忑。她年纪轻、资历浅，从警短短几年间，根本就没审过几个谋杀案的嫌疑人，今天还是在路彦的要求下才走进审讯室的。她瞥了瞥身旁沉默的路彦，加重声音道：“我们已经掌握了一些证据，我劝你还是老实交代，争取从轻发落！”

“什么从轻发落？就算我老实交代，强奸加杀人难道不是死刑？我再说一遍，我真的没有强奸杀人！”刘建华激动地说道，油腻的头发甩来甩去。

路彦摇摇头，叹气道：“我真没有想到，你父母砸锅卖铁培养出来的三代单传，你们村有史以来的第一位大学生，竟然会走到这一步。你对得起他们吗？”

刘建华愣住了，还没等他弄明白路彦这句话的用意，路彦就把一张纸推到他的面前。

“解约信，贺县二中已经跟你解除了实习老师的合同关系，我们觉得有必要告知你一下。”路彦平淡地说道。

刘建华低着头，沉默地看着那封解约信。白白净净的纸张，工工整整的打印字，简简单单的理由，落款处是李校长龙飞凤舞的签名。这个名字，比李校长当初在刘建华的聘用合同上签的字还要潇洒，还要霸气。

“你以前瞒着与林依芸的事情，现在又跟我们死不开口，不就是为了保住工作吗？但现在，你连实习教师都不是了。”

路彦脸色平静，一边说一边仔细观察着刘建华的反应：“现在这种情况，你瞒着也没什么意义，坦白对你来说反而更好。”

刘建华从解约信中抬起头，一双眼睛早已是空洞无神，他晃着脑袋，呢喃道：“你知不知道这份工作对我来说有多么重要？多么重要！”

李茵看他这反应，紧张地看了一眼身旁的路彦。路彦倒是一脸镇定：“我们调查过了，你确实需要这份工作……”

“可是都被你们毁了！”刘建华突然激动起来，大声地喊了一句。

路彦和李茵不说话。

刘建华咬牙切齿地闭上眼睛：“下一次编制考试不远了啊，不远了啊，都被你们毁了……”

李茵在一边解释道：“这个解约完全是你们学校的意思，我们没有提任何建议。”

刘建华刚想出言反驳，路彦的声音就盖过了他：“不是我们毁掉你的工作和前途，是你自己，如果你不违法犯罪，后面的一切都不会发生。”

“我再说一遍，我没有犯罪！我跟林依芸是你情我愿，我没必要强奸她，更不会杀她！”刘建华低吼，“你们用无中生有的罪名毁了我，你们会遭报应的！”

“我们发现林依芸曾经吃过紧急避孕药，又有人作证你曾经强迫她发生过性关系！这证……”

李茵还想继续说，路彦打断了她的话：“好，既然你说我们是无中生有，那么请你完完整整地讲一下你和林依芸之间发生的所有事情。你要是清白的，我们自然会放你出去，并且你的工作和名誉也会恢复的，我说到做到。”

刘建华脸上蒙了一层厚厚的阴云，他沉默着，脸色越来越难看。

“我们查了你的编制考试记录，发现一件非常奇怪的事情，从你在贺县二中任职以来，三年的教师编制考试你都参加了，初试成绩每次都是第一名，可是每一次都在复试中被刷掉了，这是为什么？”

“因为我没有背景，没有关系！所以我只能被别人用权力狠狠地欺负！只能忍受这世界强加给我的不公平！”刘建华激动地说道，眼眶中积满了泪水，“我已经够惨的了，麻烦你们不要再揭我的伤疤了好吗？”

路彦不顾刘建华的激烈反应，接着说：“我们的调查人员听到了一些传闻，据说李校长因为与你不和，故意动用关系让贺县教育局在每次复试中都把你刷掉，实际情况是这样吗？”

两行泪水从刘建华的眼眶中滑落，他满脸通红，身体止不住地颤抖：“你们现在说这些有什么用？用来羞辱我吗？那个姓李的欺压我的时候，你们这些所谓的好人在哪儿？”刘建华终于忍不住大哭起来，呜呜声响彻整个审讯室。

李茵尴尬地看着身旁的路彦，却见他面色平静，想到现在的情境，她不由得坐直了身子。

“我们的调查人员这次也发现了不少李校长违纪的证据，等这件案子告一段落，我们也会把那些证据转交给有关部门。”路彦看着刘建华的眼睛，平静地说，“李校长会得到他应有的惩罚的，正义的审判可能会迟到，但绝不会缺席。”

刘建华低着头，一边抹泪，一边抽泣，半晌说不出话来。良久，他抬起头：“你能保证你说到做到吗？”

“我以人格担保，我也读过《月亮与六便士》，我们曾经很相像，你可以相信我。”

刘建华盯着路彦，想从他那张脸上找到自己要的那个答案，最终他还是叹气道：“罢了，我都交代了吧。”

李茵连忙拿起笔，路彦也迫不及待地盯着刘建华。

刘建华低落地说：“我给有关部门写过很多信，都没有用，四年里从来没有人为我主持过正义。这就是个弱肉强食的社会，我心中的什么正义、信念还有理想早就死了，如今你跟我说正义可能会迟到，但绝不会缺席，哼，我不信。我信你，是因为你的身份，我觉得你能做到一些我做不到的事情，仅此而已。”

“那就开始吧。”路彦不多废话，示意他可以开始了。

刘建华深吸一口气，开始了他的讲述。

“六个月前，正是冬天，很冷。我带的班级期末考试刚结束，作为班主任的我，留在学校整理试卷。我做完这些走出学校时，已经很晚了，没走多远就在一片松树林旁边看到了林依芸。她当时衣衫不整，一副失魂落魄的样子，而且还一个人大哭。我意识到情况不对，赶紧走上前……”

“你遇到她的具体地点在哪儿？什么时候？”路彦插了一句。

“当时我下班是晚上7点多，出校门向西走两百米左右吧，那里有一片松树林。我就在那条路上看到她的。”

“好，你继续说。”

“我问她发生了什么，她不肯说，只是一直哭。我看到她身上到处都是伤痕，上衣满是褶皱，纽扣被扯掉了，裤子上还被扯破了很多洞。我怀疑她被人强暴了，但是我不好直接问，看她那个状态，我决定先让她情绪稳定下来再说。于是我就脱下自己的外套给她披上，带她回了我家。

“她学习好，平时有问题也会来问我，我们关系确实比一般师生要好，但那天晚上是我第一次单独带她来我家。我先烧水让她洗澡，又拿新的衣服给她换上，等她缓过来，我就问她遇到了什么，是不是碰到什么坏人了，需要的话我就去公安局报警。她只是摇头大哭，什么也不肯说。我什么也问不出，在我越来越急的时候，她突然伸手把我抱住。”

李茵停下笔，惊讶地看看刘建华，又惊讶地看向路彦，却见路彦正一脸阴沉地盯着刘建华，脸上早已没有刚才的淡定。

“她抱着我哭了起来，我一下子就慌乱得不知道该怎么办。一开始我顾忌师生的身份，不敢乱来，只是对她说一些安慰的话，但是她一直抱着我不肯松手，于是我也抱住了她，她还哭着问我能不能做她男朋友。”

“等等！这话是林依芸自己主动跟你说的？”李茵不敢置信地打断了刘建华。

“是的，是她主动说的。那时候我的内心只有冲动，至于师生恋牵扯的道德原则那些东西，我当时想都去他妈的吧，这个世界只有权和利，压根儿就没有什么道德原则。就这样，我们成了男女朋友……”

“你后来没有问林依芸，那天晚上遇到你之前，她在松树林里到底遭遇了什么吗？”路彦又一次打断刘建华的话。

“我问过，她从始至终都不肯说，我觉得她应该是遭人强暴了。她这个孩子身世可怜，我不能再揭她伤疤，她不愿说出来应该是怕我嫌弃她，不去报警估计是怕别人用异样的眼光看她，我不能让她变得更加敏感自卑，所以我就没追问这件事了。”

李茵和路彦对视一眼，都从对方的目光里看到深沉的无奈。

刘建华继续说：“就这样，我们的感情越来越好。但是考虑到社会影响，我仍然不敢公开我们的恋情。在我的要求下，她对谁都没说，我们约会都是悄悄的。”

“你们的那张合影，是什么时候拍的？”李茵问道。

“那是今年的2月份，放寒假的时候，我们去旁边的芜县玩，她让一个路人用手机给我们拍了一张。”

“你强迫她发生关系是什么时候？”路彦轻声问道。

“2月份上旬，那天晚上在我家，我们都喝了一点酒，我们本来感情就很火热，在酒精的刺激下就没能控制住……我可没有强迫她，我们之间真的是你情我愿的！”

“真的吗？”路彦抬起了头，看着刘建华微眯起眼睛。

“千真万确！”刘建华坚定地说。

“你们应该没有同居吧？”李茵的声音清脆地响起。

“她有些东西放在我家，偶尔也会在我这里留宿，但大部分时间都是回她奶奶家住。”

“那些药又是怎么回事？”李茵接着问道。

“我一开始并没有发现她在吃药，后来有次被我撞见了，我问了才知道那些药都是她自己去开的，也怪我，怪我没有什么经验，什么也不懂，害得她去吃那些药……”刘建华说着说着低下了头。

李茵气得拍桌子：“开什么玩笑！你一个成年人连这个都不懂？”

“那你知道那些药是在哪里开的吗？”路彦沉声道。

刘建华皱着眉头回忆着：“这个，这个……”

“我给你一点时间，你再好好想想。”路彦意味深长地说道。

刘建华想了一下，还是摇头：“我不知道。”

李茵接着问道：“那你和林依芸是什么时候结束这种关系的？因为什么原因结束的？”

“到了3月份的时候，她经常对我发火，说我连给她买药的钱都没有，她还说不愿意再和我继续这种偷偷摸摸的地下关系，一直吵吵闹闹。

我记得是3月20日左右，她把她留在我家的东西全部收拾带走了，然后就再也没回来过。”

“那之后你们还有联系吗？你后来知道她和张霖同居的事情，是什么反应？”

“自从她把东西都拿走后，我们就再也没有联系了，在学校里我们也没说过话，即使看见我，她也是装作没看见。她后来发生了什么，遇到什么人，我都不清楚。后来因为陈怡和吴蝉的失踪，学校要求学生填写各自的地址，我才发现她写的不是以前的那个地址，但是我也不好问些什么。她出事那天，我按照那个地址和警察一起找过去，遇见了那个作家，才知道他们同居的事情。”

“7月26日，她遇害的那天是什么情况？”

“那天的情况真的就是我跟警方说的那样，我上午在学校上课，下午发现林依芸不见了，我担心她失踪了，于是赶紧报警，然后留在张霖家等他回来，在他家门口等一下午。我真的哪里都没去，当时我很担心，虽然我们分手了，但我还是她的老师，我必须负责到底，所以我真的在他家等了一下午。那个下午，我真的哪里都没去！

“后来的事情你们也知道了，那天我在学校很晚才回去，根本没有时间去杀人，我也根本没有理由去杀她！我连她和别人同居的事情都不知道，我怎么会因为嫉恨去杀人呢？”刘建华一副激动的模样。

李茵想了想，还想再问些什么，但被一旁的路彦伸手打断。路彦看了看手表：“时间差不多了，今天就先到这里吧。”

李茵很惊讶，但看到路彦不容置疑的表情，还是跟着他起身，收拾好材料一起离开审讯室，大步朝办公室走去。

“怎么了？刘建华好不容易交代了这么多，你干吗要突然结束审讯？”李茵追问路彦。

“我们要问的他基本都已经交代完了，再问下去也问不出多少东西，去医院和诊所调查的人应该快回来了，先跟他们对接下。”

“你这么急着跟他们对接干什么？”李茵不解道。

“你觉得刘建华刚才说的那些有多少可信度？”路彦停住了脚步，看着李茵问道。

李茵想了想："应该有一部分可信，不过还需要更多的证据来佐证。"

"陈依梦跟我说的是，刘建华强奸了林依芸，这是林依芸亲口对她说的。而在刘建华的嘴里，他们发生关系完全是出于自愿，你不觉得这很奇怪吗？到底是谁在撒谎？"

"确实！"李茵若有所思地想着，"有可能是林依芸对陈依梦撒谎，也有可能是陈依梦对你撒谎，但最有可能的还是刘建华在对我们撒谎！"

路彦笑了笑："所以问下去也没有用了，还是等他们的调查结果吧，说不定就能弄清楚刘建华的话到底是真还是假。"

路彦和李茵走进办公室，没多久，高伟诚和几个警察也赶了回来，还带着一个穿着白大褂的男人。

"这位是？"路彦疑惑地看向高伟诚旁边那个穿白大褂的男人。他三十多岁的样子，戴着一副银框眼镜，神情紧张，畏畏缩缩。

"他叫牛云，是一家诊所的医生，我们去诊所问话时，给他看了林依芸的照片，他说林依芸曾经来过他们诊所看病，可不待我追问更多细节，他们诊所的老板就走了出来，矢口否认林依芸来过他们诊所，这个牛云也连忙改口说记错了。我觉得有鬼，就把他带回来仔细问问。"高伟诚解释道。

路彦等人的目光都投向牛云。

在这种目光的压迫下，牛云诚惶诚恐地扶了下眼镜，额头上布满了豆大的汗珠，结结巴巴地说："一开始……是……是我记错了，后来我仔细想想，那个女的确实……确实没来过我们店……"

路彦笑了，看向高伟诚："那家诊所叫什么名字？"

"久仁诊所，是我们县里最大的私人诊所，有好几个医生在那儿上班，隔壁还开着一个药房，跟诊所是一家的。"高伟诚介绍道。

路彦冲着李茵笑了笑："我们该出发了。"

夕阳斜拉在天边，黄昏的晕红浸染了大半个天空，飞鸟向城外的树林飞去，游荡在县城街头的人们正在寻找着夜晚活动的去处。

黄昏时分，路彦等人赶到了久仁诊所。

路彦想了想，带着李茵走进了旁边的药房，守在药柜边一个穿白大褂的女人注意到他们，问道："你们要什么？"

路彦看着药柜里面排列整齐的药品，开口问道："有妇科病的药吗？"

女人的眼光在路彦和李茵两人身上来回打量着，露出暧昧的笑容："有的，你要治哪一种的？"

路彦一阵低语后，女人从柜子里递给他一盒甲硝唑。路彦拿在手里看着，小声地问道："年纪小的女孩子也会开这种药吗？"

白大褂女人问道："年纪小是指多小？"

"十八九岁的女孩子。"路彦低声说道。

白大褂女人奇怪地打量着路彦："当然有啊。"

"那她来开过这种药吗？"李茵走上前，向女人伸出手掌，掌上放着林依芸的照片。

白大褂女人倒吸一口冷气，失声道："这不是……"她自知声音太大，连忙捂住了嘴，药房里的人纷纷朝他们这边张望。

"……这不是刚才警察来问过的那个人吗？"白大褂女人惊异地打量着穿着白衬衫的路彦，低声说道。

"她来这里开过这种药吗？"路彦赶紧追问道。

白大褂女人还是惊恐地捂着嘴，什么也不敢说。

路彦微微皱眉，有些失望，还不待他追问，一阵噔噔的脚步声传来，一个中年男人走到他们旁边。他戴着眼镜，脸上还蒙着一张口罩，个子不高，身材有些发福。

看到白大褂女人看向他的目光，路彦觉得这个人应该就是这家诊所的老板。

中年男人走到路彦和李茵面前，摘下口罩，露出一张富态的脸。

路彦脸上浮出了惊讶的神色，脱口而出："你是孙先生？！"

孙先生赶紧上前一步握住路彦的手，边摇边笑："哎！是啊！路警官，我们又见面了！幸会幸会啊！"

"你就是这家诊所的老板？"路彦问道。

看见这个人的第一眼，他就想起在刘建华家楼下等他的那个晚上，遇见的那个和刘建华聊天的中年男人。

虽然当时光线不好，但是那人的身高、体形、长相和说话的声音，路彦都记得很清楚，一切都与眼前的这个人完美符合！

“对，对！我叫孙明，是我开的这个小店。”孙明点头，冲着路彦笑。

原来这个久仁诊所的老板孙明和刘建华原本就认识，关系看起来还非同一般。

不知道林依芸开的那些药跟这个孙明有没有什么关系，路彦思索着，脑海中一瞬间闪过无数个可能。

路彦打量了一下药房和诊所的环境：“我听说这里的老板是大城市医院回来的医生。第一次遇见你，你说你是开店做生意的，可是救死扶伤这么高尚的事情，不是做生意这么简单吧。”

“都一样，医生开门也是做生意，呵呵……”孙明点头哈腰地笑着，脸上堆满了皱纹。

“行吧！”路彦收回目光，盯着孙明那张老实巴交的脸，沉声道，“既然我们都认识了，那我就直奔主题吧，今天来是有正事找你。”

路彦把照片放到孙明眼前：“这个女孩，来你们这里看过病吗？”

孙明看到照片后浑身一怔，连忙朝着李茵和路彦弯下腰，鞠了两个躬：“哎哟，我要向您二位做检讨做检讨……”孙明一脸歉意的模样，连声音都压低了。

“检讨什么？”路彦问道。

“是这样的，刚才呢，高队长带人来问我们林依芸可曾到我们店看病买药，我知道林依芸前些天出事了，怕牵扯到这个杀人案里对我们生意可能有影响，所以就让员工改口说林依芸没有来过。高队长带人走后，我仔细想了想，认为这样是不对的，我们完全有责任有义务提供线索帮助警方破案。正想着，您又为这个事情来了。”

“她来你这儿看过病？”

“对，我还记得呢，她说她男朋友不顾卫生强迫她发生关系，我立马断定这就是她得炎症的病因。”

路彦和李茵对视一眼，一切了然，原来刘建华还是在撒谎。

“那你知道她男朋友是谁吗？”路彦追问道。

“我给她看病的时候随口问过，那小姑娘不肯说，所以我也没多想，只是嘱咐她回去多注意卫生。我还以为她男朋友是哪个不懂事的学生，哪想到是他们的班主任刘建华啊！”

“你怎么知道是他？”路彦沉声问道。

“有一次林依芸到我这儿来复诊，我一个人在问诊室接待了她，跟她一起过来的还有个男的，戴着帽子、口罩，一言不发。可是等我开完单子，他突然要我们再拿几颗左炔诺孕酮片给他。当时林依芸这小姑娘就很生气，跟他扭打起来。”

“扭打起来？”路彦和李茵都皱起了眉头。

“对，扭打起来，他们打斗过程中，我听见小姑娘喊他‘刘建华’，后来这个人的帽子和口罩被小姑娘抓掉了，脸露了出来，我赶紧上前拉开了他们。看那样子，我估计是这男人逼小姑娘吃避孕药的，于是就劝他要多注意小姑娘的身体。”

李茵追问道：“然后呢？”

“然后那个小姑娘就走了，刘建华也走了。”

“你跟他说了这些话，然后就算了？”李茵愤怒地说道，“那么小的女孩子得了妇科炎症，严重性还用我跟你一个医生多说吗？你不应该做点什么吗？”

孙明低下了头，压低声音道：“我做医生这么多年，什么病都见过，病人身上的什么纠纷也都见过，很多事情我都已经习惯了……”

路彦和李茵闻言不禁愕然。难怪孙明刚刚说起林依芸患有妇科炎症的时候那么平静，原来早已见怪不怪了。他从医多年，对这些事情早已经麻木了。

三人良久无言，路彦皱着眉头想了想，开口问道：“你跟这个刘建华后来还有联系吧？”

孙明毫不迟疑地回答：“有的，那天他们打闹之后，我就送他们离开了，不承想，晚上我们诊所要关门的时候，刘建华竟然提着烟酒找上门来了，我这才知道他们是师生关系。他还说他和林依芸的关系完全是地下的，麻烦我帮他保密，他希望我不要对任何人说起他和林依芸的关系。”

“那你答应了吗？”路彦的瞳孔缩了缩。

“我根本就没把他们的事情当回事，可是我收了他烟酒总不能白收吧，所以我答应他，不会向任何人说起他们的事情。”

“看来你跟刘建华私下交情不错啊？前天晚上，我在刘建华楼下遇到你们，你们聊的什么？”

“我跟他没什么关系啊，就是认识而已。林依芸死后，他很害怕，慌慌张张地来找我，我劝他主动向警方交代他和林依芸之前的事情，也算是给警方提供些线索，他不仅不同意，还请我喝酒，劝我继续帮他保密。他说他不希望再有其他任何人知道他和林依芸谈过恋爱，否则他就身败名裂了。您遇见我那个晚上，他刚请我喝完酒，我跟他一路晃荡到他的小区，他还跟我说警方开始注意到他了，要我像以前那样守口如瓶。”

“那林依芸被害之前的那段时间里，刘建华有跟你联系过吗？”

“我想想，应该是有的吧……”

“你好好想想，他跟你联系的时候有没有一些反常或奇怪的举动？”路彦盯着孙明的眼睛问道。

“反常奇怪的举动？”孙明努力地回忆着，“嗯……我就记得一件事情有点奇怪，大概在5月中旬的时候，刘建华来找我，说他想买个电棍，问我什么样的电棍好用，还可以不留明显的伤痕。”

“什么？林依芸命案之后，你为什么没有立即向警方提供这个线索？”李茵忍不住高声喊道。

“他那些事情和命案关系不大吧，我也是想着多一事不如少一事，就没主动说出来。”

“如果每个人都像你这样想的话，那很多案子可能都破不了！”李茵一脸郑重，“任何一个线索对警方破案都很重要，万一刘建华也是林依芸命案的犯罪嫌疑人呢？”

“怎么会……”孙明一脸讪笑，整个人都有点发愣，“刘建华怎么会杀她呢？”

“你知道林依芸尸体上……”李茵原本想说“有电击的伤痕”，但在孙明面前显然是不能透露出这种信息的，她想了想，接着问，“你没有问过刘建华买电棍是想干什么吗？”

“我问了啊，他说买来给自己防身用的，我看他那瘦弱的样子也就没怀疑他的话。”

听着孙明的话，李茵气不打一处来，一旁的路彦则陷入了沉思。

如果按照孙明所说，那刚才刘建华在审讯室里交代的事情绝大多数都是假的。

如今，基本可以认定刘建华侵害林依芸的事实，而且因为电棍的关系，刘建华具备极大的谋杀林依芸的嫌疑。

但是，这个孙明的话真的完全可信吗？刘建华和孙明之间的关系真如孙明所说的那么简单，还是另有玄机？那天晚上在刘建华楼下收到的那张诡异的纸条，跟当时离去不久的孙明是否有关系？

“那他后来买了电棍吗？”

“这我就不知道了。怎么，难道林依芸的死跟电棍有关？”

路彦皱着眉头和李茵相视一眼，又转头看向孙明。

“我提醒你，作伪证是要负法律责任的，你能对你刚才所有的话负责吗？”路彦盯着孙明的眼睛说道。

孙明点点头，一脸认真地说：“我能对我说的每个字负责！”

“嗯，那好，麻烦你现在跟我回警局做个笔录吧，做完笔录我们就送你回来。”路彦说完，转身就欲往外走去。

“现在？”孙明有些惊讶，看了一眼室外，“已经天黑了呀！”

“我们有人加班给你录完的，辛苦你跑一趟了。”

“那好吧！”孙明稍加思索后，便跟上了路彦的步伐。

给孙明做完笔录，已经是深夜了。孙明谢绝高伟诚送他回家的好意，联系了诊所的一名员工开车来接他和牛云。

路彦、李正和高伟诚三人并肩站在办公室的玻璃窗前，看着孙明和牛云钻进汽车里离开。

李正给路彦递过一支烟：“有点怪，关于林依芸的事情，伟诚去他诊所时，他还满口否认，等你去的时候，他又全部承认了。难道真像他说的，一下子觉悟高了良心发现了，就知道应该协助警方调查了？”

路彦接过李正的烟，点燃后吸了一口，看着在夜色中远去的孙明的车尾灯，轻声说道：“我总感觉他好像还知道些什么。”

“但是他说的事情，有详细的日期和内容，不像是短时间内能编出来的，难道他只是选择性地说出了部分真实情况？”李正皱着眉头道。

孙明车灯已经消失不见了，路彦盯着黑沉沉的夜色，袅袅升起的烟圈遮住了他的脸："他说刘建华跟他咨询过买电棍的事情，那就只有两种可能。要么他说的是事实，因为只要他不是凶手，他就不可能知道林依芸的死跟电棍有关，即便他想在我们面前故意栽赃刘建华，也不可能这么巧合地把故事编造到电棍上；要么他说的是假话，他才是凶手，知道林依芸的死跟电棍有关，所以故意拿这个栽赃刘建华……"

李正想了想："有道理。看样子，如果孙明说的是假话，那他是凶手的嫌疑就很大了……"

路彦点点头："如果他说的是真话，刘建华是凶手的嫌疑就很大很大了……"

高伟诚拍了拍路彦的肩膀："不管怎么样，现在线索、证据都是越来越足了，刘建华迟早会交代的。我看这个案子离告破不远了啊！"

"那张霖什么时候能放？"路彦扭头看向李正和高伟诚。

"他啊？"李正面露为难之色，"现在案子还不算十拿九稳，再过些天吧……"

高伟诚笑着道："不急，等刘建华全部招了，他就可以释放了。"

路彦没有再说话。已经是6日的晚上，又是一天过去了，自己来到贺县已经三天，还剩下四天，明明想加快侦查速度，但怎么努力都快不起来。刘建华到底是不是凶手？孙明究竟有没有问题？

路彦抬起头，看着黑夜的暗影，浓烈地、庄重地在贺县县城的上空飘浮着。远处的路灯，把黑夜的光明狭窄地笼罩在水泥路上。路彦突然很想大口呼吸，他想让黑夜钻进自己的心肺。

驾车驶出警局，路彦打开车窗，让两边的空气灌进来。清爽的夜风刮过太阳穴，他想起自己已经忙得好长时间没看过手机了。

他赶紧掏出手机，上面有一条未读短信，是陈依梦发来的，大致就是问他在忙什么，今天案情可有进展。看着信息，路彦不由得笑了笑。

路彦把车开到吴老伯家的院子外，吴老伯卧室里正亮着灯火，楼上的房间还是黑漆漆的。路彦犹豫了一下，没有进门，而是慢悠悠地走向恒佳酒店。

站在201的房间门口，路彦轻轻地敲了敲门，房间里响起一声清脆的女声：“谁呀？”

咳嗽了一下，路彦低沉地说：“是我，路彦。”

房间里响起了脚步声，陈依梦小跑到门前，在猫眼里朝外面看了几秒钟，然后给路彦打开了门。

门开的一刹那，路彦感觉一阵湿热的潮气扑面而来，陈依梦正站在他面前。

她穿着短袖白T恤，T恤剪短了，露出了大半个腰，下身穿着粉红色的牛仔短裤，一双光洁长腿异常显眼，整个人裸露出的娇嫩皮肤还在散发着热气。

看着陈依梦两条光洁手臂，路彦不由得愣住了。他眯起眼睛，一时间竟然忘记挪步。

“发什么呆？”陈依梦后退一步让出空间，瞪着路彦，“你看什么呢？”

路彦收回目光，咳嗽了两声：“嗯……你怎么穿得这么少？”

“我刚洗完澡啊！我怎么知道你会突然跑过来？”

路彦站在玄关处，视线环顾着满是水汽的套间：“这里面又湿又闷，打开窗子透透气吧！”

“你自己去开吧！”陈依梦甩下一句话便跑回卧室，快速拾掇着床上那几件凌乱的内衣。

房间里飘荡着袅绕的雾气，路彦走到卧室门口，看着陈依梦慌乱地收拾，不由得把目光转向卧室的其他地方。

短短一天时间，卧室里就已经被陈依梦烙下少女的印记，床头柜摆放着五颜六色的瓶瓶罐罐，凌乱褶皱的床单上随意地散落着几本韩流杂志，长桌上还有几包开了封但未吃完的薯片，柜子里衣架上挂着换洗的粉色内衣和衬衫，电视上在放日漫的新番。

路彦的视线停在她床上的画册和画笔上：“你爱画画？你在画什么？”

“反正不是画你！”陈依梦把画册收到被子下，瞅了瞅路彦，“今天很忙？依芸案子有什么进展没？”

“嗯，有一些进展了……”路彦轻轻地说着，摸了摸太阳穴，感觉一阵疲惫。

“什么进展？”陈依梦惊喜地抬起头，把手中的衣服一股脑儿塞进衣柜，“你进来吧！随便找个地方坐，我来给你倒杯果汁。”

路彦走到床边坐了下来，他扭了扭脖子，看向端着果汁一脸期待地朝自己走来的陈依梦，那种疲惫感更强烈了。不只是因为几天的忙碌带来的身体上的疲惫，更多是精神上、心理上对这件案子的疲惫。

过去的几天，除了短暂的睡觉休息，他无论做什么，脑子里都想着案子的事情。如今，他坐在这间充满着少女芬芳的房间里，世界霎时安静了起来，纷纷扰扰远去了，他的大脑终于可以休息一下了。

他不愿打破这种宁静，不愿把林依芸遭遇的那些可怕的事情说给面前的这个女孩听。新约上说让上帝的归上帝，撒旦的归撒旦，那些黑暗的罪恶的沉重的东西，藏在自己心里就好了，放它们出来，会伤害眼前这片宁静的。

可是陈依梦希冀的眼神是躲不掉的，路彦强打起精神说道：“简单点说就是我们又发现了新的一个证人，从他那里得知了一些情况，刘建华作案的嫌疑又大了很多。”

“噢！这样啊！”陈依梦点点头，若有所思，“那个证人是谁啊？”

“这个……暂时还不方便说。”

“好吧……”陈依梦失望地垂下脑袋，“要我说，那个姓刘的无耻浑蛋搞不好就是凶手，你们要是确定了记得马上跟我说！”

“嗯……”路彦站起身来，视线从床上的杂志扫到桌上的薯片和果汁，“你今天不会出门了吧？”

“没有！这都是我让酒店服务员帮我买的。”

“服务员那么听你话啊？”路彦有些惊讶。

“我给她们小费的啊！都迫不及待地抢着帮我买呢，你放心吧，我可是很听话的，我答应你不会一个人出门，就肯定会做到的。”

“真的吗？我可是会去查看酒店的监控的……”路彦看着陈依梦意味深长地笑着。

“哼！你尽管去查！”陈依梦不服气地说道，“能查到我出酒店门，我立马跟你回家！”

“行，你不乱跑我也放心点，不过你一个人在这儿不无聊吗？”路彦端着果汁在房间里踱步，想着陈依梦小小年纪就懂得利用金钱雇用别人为自己做事了，看来从小在富裕家境下长大就是跟一般孩子不一样。他喝了一口果汁，晃悠到卫生间的门口。

“不无聊啊，我在房间里画我的素描呢！”

“你画什么……啊……”话没说完，走到卫生间门边的路彦踩到一汪水渍，在湿滑的地板上一个站立不稳，整个身体轰隆一下滑倒在地，手中的果汁也泼在胸前，果汁顺着他的白衬衫流到了地面上。

“哎！我刚洗完澡，这地上有水，很滑！”陈依梦急忙站起来，看到路彦身上的果汁，忙说道：“你等会儿，我去卫生间拿卫生纸给你！”

路彦坐在地板上，无奈地看着陈依梦匆匆跑进卫生间里拿卫生纸，再看看自己身上滴落的果汁，忍不住一阵叹息。

他扶着旁边的壁橱想站起来，不承想，手指在壁橱边上触到了一个像棉质布料一样的东西。路彦顺手拿起那东西在自己身上擦了擦果汁，但很快就发现不对劲，他手中的黑色布料非常柔软，隐约散发着香气，像是人的衣服。

这是陈依梦穿过的T恤。路彦把它放到鼻子下闻了闻，一股似曾相识的香味夹杂着汗味扑鼻而来。

“啊！臭流氓！你闻我衣服干吗啊！”陈依梦冲着路彦惊呼道，她站在卫生间的门口，手上拿着一卷卫生纸。

“我……”路彦有些尴尬，“刚才没看见，我还以为是……”

陈依梦满脸通红，赶紧上前一步抢走路彦手中的衣服：“死变态！流氓！”

路彦从地上爬起来，挠了挠头：“我以为那是抹布呢……”

“你竟然把我的衣服当抹布？幸好这是我换下的脏衣服，要是干净衣服我真是要被你气死了！”陈依梦把卫生纸扔到路彦的手中，拿着衣服转身往卫生间里走去。

“哎……”路彦不知道怎么解释好。

陈依梦停住脚步，回头看着路彦，眉头微蹙：“哼！你答应下次带我去查案，这次我就大度点，承认你不是色鬼流氓了！”

“嘿嘿……”路彦笑了起来，“那我还是做色鬼流氓吧。”

见这招对路彦不管用，陈依梦拉着路彦的手臂摇晃：“带我去一次就行了！求求你，带我过过瘾，开开眼界就行了！”

“不行不行……”路彦摇着头，不理会陈依梦的请求，只是低头拿着卫生纸擦拭身上的果汁。

陈依梦见状，生气地甩开路彦：“哼！不答应我，你就是死变态！臭流氓！大色鬼！”

“我是流氓，你还敢这么穿？”路彦打量着陈依梦裸露在外的白嫩光洁的手臂和大腿。

“我算是看穿你了，你就是一个人面兽心的家伙！”陈依梦气鼓鼓地说道。

“行吧，也不早了，我该走了。”路彦转身向门边走去，走了几步，又觉得不对劲，停下来扫了一眼墙上呼呼作响的空调。

奇怪，房间空调温度这么低，酒店别的地方也都有中央空调，陈依梦衣服上的汗味是怎么来的呢？难道，她偷偷跑出酒店了？

想了想，路彦还是提醒陈依梦：“晚上睡觉记得把空调温度打高一点。”

“好的，我知道了，死变态再见！”她靠在卫生间的门边，一脸嘲讽地看着路彦，刚刚还在她手上的衣服已经放进了卫生间。

路彦走到门边，手刚触到门把手，又转过身问陈依梦：“对了，林依芸跟你提过一个叫孙明的医生吗？”

陈依梦努力地回忆了一会儿，然后摇摇头，“没有，我不记得她曾经跟我说过这个人。有什么问题吗？”

“嗯……没什么，你早点睡吧，拜拜。”路彦拉开门，走到了外面。

合上门的时候，路彦透过门缝，看到陈依梦在对他挥手。

第九章
湖面浮尸

渡仁湖坐落在贺县郊外，面积大，支流水系众多。在过去的岁月里，无论春夏秋冬、刮风下雨，渡仁湖总是保持这样的平静安宁，游人稀少，岁月似乎也没有在它身上留下痕迹。

这里的时光，过得很慢很慢。

8 月 7 日上午，渡仁湖的上方已经是晴日当空，湖西步道附近的岸边，几个无人看管的顽童正在水边玩水嬉戏。湖边长着一片芦苇荡，芦苇生得高高的，一阵风拂来，发出飒飒的声音，再配合着蝉鸣和蛙鼓，描绘出一幅安静祥和的夏日图景。

顽童们下了水，在浅水区打闹着，平静的湖面泛起了阵阵涟漪。

个头最高的一个男童叫李阳，他朝小伙伴扔石块的时候，发现不远处的芦苇荡里有一个墨绿色的物体，正顺着水流往岸边的方向漂来。因为距离较远，加上芦苇的遮挡，大家都分辨不出那到底是什么。

李阳和顽童们热情高涨地用竹竿把那物体往自己的方向钩拉着。不一会儿，一阵恶臭传来，李阳终于看清了那墨绿色物体，一股恶寒从他的心底涌出。他浑身战栗着，呼吸越来越急促，带着腥味的空气似乎要胀裂他的喉咙。他拼命尖叫，也不能排解那可怕的恐怖。

水里漂浮着一张污绿色的人脸，腐烂肿胀的面孔上凸显出两颗发白的眼珠，嘴巴大张，露出两排缠着水草的牙齿。随着嘴里一串水泡的冒出，那舌尖向外探出，蛆虫在腐烂的脸上抖动着，苍蝇在上方飞舞。一排小鱼可能是被散到水中的人体组织吸引，正在旁边游荡着。脑袋旁边，一团黑色的长发正在水下无力地漂浮着，和它主人的命运一般，同黑暗交织在一起。

看到路彦和李茵板着脸走进审讯室，刘建华感觉气氛有些不对劲。

砰！李茵重重地把一沓材料放到桌上，愤怒地说道："刘建华，我真没有想到你竟会如此冥顽不灵，昨天我们好话说尽歹话说尽，可你还是拿一番鬼话应付我们！"

"什么？"刘建华一脸茫然。

"少装傻了！"李茵喝道，"我们已经找到孙明，他什么都交代了，你继续这样抗拒调查，伪造口供，只会进一步加重对你的量刑！"

"什么？"听到孙明这个名字，刘建华瘦弱的身体明显一颤，他极力掩饰着自己的不安，"我伪造什么？"

"你说你跟林依芸发生关系是你情我愿的，可是孙明和林依芸的姐姐陈依梦都表示，林依芸曾经对他们说过是你强迫她的。孙明还亲眼见到你们俩因为买避孕药的事情而打架，这就是你所谓的你情我愿？"

刘建华脸色彻底黑了下来，一阵沉默。

李茵继续问道："你今年 5 月份是不是买过一个电棍？那个电棍现在在哪里？"

"什么电棍？"刘建华一脸惊愕。

刘建华的反应彻底消磨掉了路彦的耐心。如今已经是他在贺县的第 4 天，不管刘建华是不是凶手，他都没有时间再跟他磨下去了。

想起在刘建华家里看到的那些书，路彦愤怒地拍案而起，发出的巨大声响把刘建华和李茵都吓了一跳。

"我看你是不见棺材不落泪是吧？昨天你跟我们哭哭啼啼的，好像满世界都亏欠了你！"路彦居高临下地看着刘建华，"可是你却瞎编乱造、谎话连篇，你这种灵魂腐朽、无耻至极的人，也配做人类灵魂的工程师？"

刘建华不敢对视路彦的眼睛，依旧沉默着不说话。

李茵轻轻拉了拉路彦的衣服，提醒他要冷静。路彦指着刘建华，对李茵说道："像他这种人，幸好被我们逮到了，不然让他留在贺县教书，指不定教出什么样的学生呢！"

李茵看了一眼刘建华，只见他抬起了头，面色通红，英俊的五官已经扭曲，看向路彦的眼睛里充满了恶毒和仇恨。

“你还好意思在家里放着那些大教育家的书？你也配读蔡元培？你也配看洛克、夸美纽斯？”路彦继续怒喝着。

“闭嘴！”刘建华再也忍不住了，瞪着路彦怒喊道，“你要什么真相，我全都招了行了吧！是的！我强奸过林依芸！”

激将法奏效了，听到刘建华的话，路彦的身体却猛地定住了。

刘建华厉声说道：“因为她死了，我以为这事只要我不承认就死无对证了，我是要脸的人，所以我不想承认，就编个故事说是你情我愿的懂吗？”

“在什么时间，什么地点？”

“在我家，就是2月上旬喝酒的那次……”

路彦让自己的情绪平静下来：“之后还有好多次……都是你强迫她的……对吧？”

“是的……”刘建华低着头，声音细若蚊鸣。

“那林依芸的死呢？”

“那真不是我干的！虽然我们分开时很不愉快，但我真的没有杀她……”

“那电棍呢？”路彦伏下身体，靠近刘建华，“电棍是怎么回事？”

“我真的不知道你们说的电棍是怎么回事……”刘建华表情痛苦地抱紧了脑袋。

“你之前信口开河、谎话连篇，现在我们又凭什么相信你？”路彦冷冷地说道。

刘建华坐在椅子上低着头，没有回答，只是痛苦地抱着脑袋。房间里安静了下来，李茵坐在椅子上凝重地看着刘建华，路彦则转过身对着墙壁深深吸气，审讯陷入了僵局。

突然，一阵急促的敲门声打破了安静。审讯室的门被推开，李正的脑袋探了进来，一脸凝重的神色：“路彦、李茵，你们先出来下。”

李正神情严肃地带着路彦和李茵走到走廊，他此时一身整齐的警服，戴着警帽，皮鞋黑亮，裤子的线条犹如刀削一样笔直。

路彦看着他的眼神，觉得气氛有点不对，紧接着就听到李正开门见山地说：“上午渡仁湖边发现了一具腐烂的女尸，王局长已经动身去现场了，我们也赶紧吧。”

又出现一具尸体，还是一具腐烂的女尸，难道是……

路彦马上明白李正通知他的用意，赶紧说道：“找人通知陈怡和吴蝉的家长去下现场！”

“伟诚已经带人去联系了，我们先走吧。”

路彦点了点头。

一旁的李茵喊道：“等等！我也要跟你们一起！”

近中午时分，渡仁湖边已经艳阳高照，毒辣的太阳晒得人们直冒热汗。第一批赶到现场的刑警已经拉出了一条黄色的警戒线，把围观的群众阻隔出去。

李茵和路彦一起，跟在李正身后下了警车。看着现场嘈杂的人群，她忍不住开口问道：“是谁报的案啊？”

李正推开现场围观的人群，板着脸说道：“最早是一群在湖边玩水的孩子发现的，他们吓坏了，哭着找家长报的警。警方赶到现场之前，就已经有不少听到消息的人来到现场围观了。”

走近湖边，路彦看到不远处的几个警察正围着尸体拍照取证。一阵令人作呕的恶臭传来，旁边的空地上，还有两个面色铁青的年轻警察在呕吐。

“王局长已经到了，我们快点吧。”李正看了看现场，几步跑过去，很快把路彦和李茵甩在了身后。

路彦看了一眼捂着鼻子的李茵：“你应该没见过这种场景吧，要不就别上去了？”

李茵看了看身前的李正的背影，放下捂着鼻子的手，一脸坚定：“你别搞得跟我爸一样，没关系，我可以应付的。”

“刚才你爸明显不想让你来，你非要来，我看得出来他不太高兴。”

“他想把我当作温室里的花朵来保护，可是做刑警，有些事情是我必须经历的！”

“你爸应该不希望你来现场面对尸体吧？”

“他何止不希望我来现场，他压根儿就不希望我做刑警！他总是跟我说女孩子做刑警太危险，让我干别的，可是我就不信了，男人能干的，我们女孩子为什么不能干？”

路彦见状不再言语，和李茵一起走到尸体旁，简单地跟王局长打了个招呼后，便观察起尸体来。

死者为女性，身高一米六出头，浑身赤裸。尸体高度腐败，恶臭惊人，蛆虫在腐烂的女尸上蠕动，成群成片地翻涌，有的甚至跃上空中，然后宛如雨滴般地落到地上和尸体上。女尸皮肤呈污绿色，面部肿大，眼球突出，嘴唇变大且外翻着，已经难以辨认生前面貌；四肢不同程度膨胀增粗，双手和双脚都不翼而飞，只剩下手腕和脚腕腐烂破败的伤口。

路彦注意到，女尸的腿和手臂分别被粗绳子绑在一起，捆得紧紧的。绳子很长，除了捆着手臂和小腿的部分之外，还有长长的一截拖在地上。绳子和尸体都是湿漉漉的，显然是刚从湖里打捞起来不久。

“第一个发现尸体的是一个叫李阳的学生，尸体当时在那片芦苇荡里，我们的人到了以后才打捞上岸的。”王局长指着那片芦苇荡，对李正和路彦说道。

路彦看向那片芦苇，它们平静地装点着湖面，一阵风吹来，芦苇也随之轻轻摇摆。

王局长和李正交换了一个眼神，随后对路彦说：“法医还没到，要不你先看看吧？”

路彦也知道事发突然，要抓紧时间，便点了点头，套上旁边递过来的橡胶手套，在尸体旁边蹲了下来。

仔细观察后，他沉声说道：“死者为女性，皮下组织和肌肉呈气肿状，全身软组织充满腐败气体，身体多处胀破，皮肤手套状脱落，呈严重的巨人观，死亡应该有一个星期以上；从身体扭曲的形状来看，绳子应该是死后捆绑；尸体双手双脚被砍，是否是生前被砍有待法医进一步检查。另外，还有一些遍布身体各处的伤痕，这些伤痕疑似……”

路彦不再吭声。虽然这具尸体腐败程度远超林依芸，但还是有一些伤痕能分辨出来，路彦觉得它们怎么看都有点像林依芸尸体上的点击伤痕。

想到这里，他的心不禁沉入谷底。尸体上本来就有手脚被砍这样明显的相似特征，如果这些伤痕和林依芸身上的伤痕也是一样的，那么此案就可以和林依芸案做并案处理了。

王局长连忙追问道："疑似什么伤？"

"电击伤。"路彦沉声回答。

李正和王局长显然也意识到了这个问题的严重性，他们面面相觑，一脸严肃地问路彦："你能断定吗？"

"准确的结果还是等法医鉴定以后再说吧。"路彦移开目光，盯着拖在地上的那段长长的绳子，发现它的磨损程度远远超过捆住尸体手臂和小腿上的那一截。

路彦示意拍照的警察仔细拍下那截磨损严重的绳子，然后站起来，摘下皮手套，走到水质清澈的岸边洗手。

刚刚洗好，李茵就捂着嘴急匆匆地跑过来，扑腾一下跪在地上干呕，想吐又吐不出东西。

"你这是身怀六甲了吗？"路彦走了过来，掏出一包纸递给李茵笑着说，"想吐就吐出来吧。"

李茵瞪了一眼路彦，看到他淡定的样子，又有些失落："我是不是不适合做警察？你都上去鼓捣了半天，怎么还像没事人一样？"

"没有人天生擅长或者不擅长做什么，不是因为你是什么人决定了你要做什么事，而是你做什么事决定了你是什么人……"

李茵低下了头，强忍着呕吐感："有道理！"

路彦笑了笑："以后你就适应了，我第一次出警见到这种场景的时候，吐得比你厉害多了！"

突然，远处传来女人的尖叫声。

路彦放眼望去，高伟诚领着一个染着黄发的中年妇女穿过了警戒线。那黄发女人冲到尸体跟前，却被两名警察拉住，顿时失声痛哭不已。

"那是陈怡的妈妈陈娟。"之前陈怡失踪，她来公安局报案的时候，李茵跟着民警一起见过。

路彦看着陈娟痛哭的样子，不禁摇了摇头："腐烂成那样，也能认出是她女儿？"

"也许是母亲的直觉吧，自己的孩子就算化成灰都认得。"

"还是等法医鉴定之后再确定是谁吧！要是陈怡的话，这案子就麻烦了。”路彦转过身，目光穿过湖面上层层叠叠的芦苇荡，看向遥远的湖那头。

“你来贺县不是为了调查林依芸的案子么？怎么还想管这案子？”

“也许，本来就是一个案子……”路彦眺望着远方，悠悠地叹道。

李茵一时间不知道该说什么。她抬起头，看着路彦被白色衬衫修饰得方正笔挺的身姿。该如何评价这个人呢？油腔滑调、登徒浪子、嫉恶如仇、知识渊博，他貌似都有一些。可是一个人真的能集这么多标签于一身吗？

李正拿着报告快步走进刑警队的会议室，整个刑警队的人都正襟危坐地看着他。

“现在开会！”李正把报告重重地放在桌子上，“初步的检测报告出来了，DNA 检测确定死者就是前些天失踪的陈怡。法医推测其死亡时间是距今 14 天至 17 天之间，跟陈怡 7 月 19 日失踪的日期基本吻合。”

路彦看着李正问道：“死因是什么？”

“法医初步结论是窒息致死，她身上的那些伤痕，法医判断也是电击伤，而且通过对比林依芸的伤口形状，基本可以确定是同一款式的电棍所为。”李正声音虽然平稳，拿着报告的手却有点晃。

“什么？同一款式的电棍所为？”一旁的高伟诚和李茵同时惊呼。

“她的双手双脚，是死前还是死后被人砍断的？”路彦追问道。

“初步结论是死后……”

路彦和众人都倒吸一口气，这跟林依芸双手被砍的情况是一样的。

凶手为什么要在死后砍掉她们的手脚？难道凶手和她们有深仇大恨，要用这种方式毁坏尸体来泄愤？或者说，凶手就像历史上那些变态连环杀人案犯一样，有收藏女性肢体的变态癖好？

路彦靠在椅子上，仰起脖子盯着白色的天花板，苦笑起来：张霖啊张霖，你这次惹上的可是大麻烦啊！

李正接着说道：“林依芸和陈怡是同班同学，两人都是窒息而死，凶手作案工具里都有电棍，还都被砍断了双手。这两个案件有很多共同点，上面的领导商议后，决定把两件案子做并案处理。”

李正瞥了一眼沉默的路彦，继续说：“考虑到连环杀人案极其恶劣的社会影响和可能引起的社会恐慌，局里决定让刑警队全力侦破此案。别的案件先暂时放到一边，当务之急是大家一同攻坚克难，早日找到这个凶手，给社会一个交代。大家对案子有什么问题、理解或者想法，现在都可以提出来，一起交流探讨。”

李正的话说完，众人面面相觑。

路彦率先开口：“陈怡失踪那天在做什么？她的家人怎么说？”

“陈怡的妈妈跟我们回警局了，但现在情绪还不稳定，我们调出了之前她报陈怡失踪时做的笔录。”高伟诚翻开面前的一沓文件，“据陈怡的妈妈陈娟所说，7 月 19 日那天，陈怡傍晚 6 点左右就出门了，说去和同学玩一会儿。据陈娟回忆，陈怡出门时没有任何反常，因为她经常晚上出去找同学玩，陈娟也没有担心或怀疑，但是这一次，陈怡一去就再也没有回来。第二天，陈娟联系了陈怡的班主任刘建华，两个人一起走访陈怡平时关系比较好的朋友和同学，但是没有人知道陈怡在哪里，也没有人见过她。后来，我们的民警也调查了相关区域，走访了一些人，但一直到尸体发现之前，都没有任何线索。”

听到刘建华的名字，路彦和李茵交换了个眼神。他若有所思地想了一会儿，继续问道：“她的家庭背景和社会关系调查过吗？怎么这件案子没有她父亲的出现？”

听到路彦的疑问，高伟诚咳嗽一声，接着说：“陈娟年轻时候比较漂亮，在县城里也小有名气。她多年前去大城市的娱乐场所上班，后来一个人大着肚子回到贺县，把孩子生下来了，之后也一直没有结婚。孩子从小就没有爸爸，陈娟也不太在意这个，反而在县城开了个娱乐场所，搞得乌烟瘴气的，半个县城的人都知道她。”

“什么娱乐场所？”路彦刨根问底。

“无非就是 KTV 和洗脚城嘛，还有一些打擦边球的色情服务。”高伟诚神情有点尴尬。

路彦点点头，李茵赶紧出来转移话题：“那么在这种环境下长大的陈怡是个什么样的女孩，之前走访的民警有调查结论吗？”

“有的，”高伟诚低头看了看报告，“陈怡的同学和老师还有一些邻居反映，陈怡这个孩子平时不喜欢读书，从小就是游戏厅、桌球室的常客，性格有点男孩子的蛮横，有时候还会和别的孩子打架闹事。”

高伟诚的话说完，众人沉默着消化他话里的信息。

李正看向路彦："如今两个案子并案了，林依芸的案子你们有什么新的发现，也可以放到这里和大家一块讨论下。"

路彦向李茵递了个眼色，李茵会意，主动说道："今天上午，刘建华已经在审讯中承认了强奸林依芸的事实，但是仍旧否认他杀害了林依芸。"

"什么？他承认强奸了？原来孙明说的是真的！"高伟诚激动地说道，"还等什么啊！回去接着审啊！"

"他是林依芸和陈怡的班主任，跟两个死者都认识。而且两个死者都被电棍袭击过，哪有这么巧的事？我也觉得他有很大的作案嫌疑！"张进接着说道。

"没这么简单。"李正说道。

李茵看了一眼正在沉默思考的路彦，开口问道："你在想什么？"

"我在想如果这两个案子都是刘建华做的，那么他杀陈怡的动机是什么？"路彦扶着脑袋说道。

"哪有什么动机，就是变态杀人，激情犯罪呗！"蒋旭飞说道。

路彦摇摇头："林依芸的死亡现场处理得几近完美，发现陈怡尸体的现场也没给我们留下什么线索，这更像是深思熟虑、精心策划后的犯罪，不像是激情犯罪。"

"可是有些心理变态的人在犯罪前也会精心策划组织啊，他们有时会对自己的熟人下手，有时会随机挑选陌生人下手。"蒋旭飞的知识储备显然很丰富，加快语速接着说道，"最出名的就是美国的杰夫瑞，就是电影《沉默的羔羊》里汉尼拔博士的原型，他在20世纪80年代至90年代期间毫无理由地杀了十几个人，每一次都分尸了，而且还把人体器官都带回家放冰箱里，让警察查无可查，好多年后警方才将他抓获。"

听完蒋旭飞的话，办公室里的人神色陡然一紧。倘若凶手是这样一个没有动机还能精心准备的杀人魔，那他们要面对的对手就太可怕了。随机杀人，没有原因没有逻辑，警方无法从社会背景中去找线索破案，精心策划的反侦查能力，也让警方难以发现任何线索。而且历史上很多连环杀人案的凶手，只要没有被捉拿归案，就会一直犯罪，有些人甚至十几年中连续杀了几十个人之后才被绳之以法。

倘若杀害林依芸和陈怡的不是刘建华，而是这样一个踪迹难寻的魔头，只要警方一天不抓他归案，他都有可能继续犯罪。要是还有更多的少女遇害，这个连环杀人事件迟早要发酵成轰动全省全国的大案。一时间，会议室里的刑警们都觉得头皮发麻。

“对了，我记得当初你说林依芸的案子是熟人犯罪，我们才找到了刘建华和孙明。”高伟诚开口打破沉默，“现在陈怡的案子你也这么认为吗？刘建华跟陈怡可也是熟人关系。”

“陈怡的死是不是熟人犯罪，现在不好下结论，我还要看看法医的鉴定结论。”听到路彦不确定的回答，众人不由得稍显失望。

“但是……”路彦揉了揉太阳穴，“我有证据证明杀害陈怡的人很可能不是刘建华。”

路彦的声音很平静，却如平地惊雷，引得办公室里的人纷纷注目。李正连忙追问道：“什么证据？”

“我们从头说起吧。陈怡的尸体上什么也没找到？”

“嗯，尸体在水里浸泡已经有一段时间了，目前还没有找到任何他人的毛发和皮肤，体液、衣服纤维、指纹之类的就更无从谈起了。”

“我们发现尸体时，陈怡是没穿衣服的，会不会遭遇过性侵？能找到携带 DNA 的物证吗？”李茵在旁边追问道。

“没用的，即使生前遭遇了性侵，尸体腐烂成那样，又在水里泡了那么久，能携带 DNA 信息的物证早就找不到了。”路彦补充道。

李正点点头，表示同意路彦的观点。

“在现场有找到可疑的脚印吗？”高伟诚开口问道。

李正摇摇头：“我们还有人留在现场搜查，岸边的现场被破坏很厉害，脚印很多很乱，不好找。”

“尸体出现在那个芦苇荡，只是因为跟着水流漂过去的而已，那里不是作案现场，搜查也是没用的，把人撤回来吧。”路彦从桌上的资料中找出一张渡仁湖的地图，仔细地看了起来。

蒋旭飞有点为难：“不搜查那里的话，我们也没有别的好办法，渡仁湖面积有十几平方公里，有些区域还不在我们贺县的管辖范围内，而且从湖泊延伸出的河流众多，沿岸大多是山丘和树林，即使是在岸边杀人后再抛尸到湖里，恐怕案发地点都很难确认……”

“那我们面对的就是一个无头悬案了？尸体上什么证据都没有，连案发现场在哪儿都不知道，这要怎么查？”高伟诚摊手说道。

刑警队办公室的众人面面相觑，大家现在都清晰地意识到了这桩案子的侦破难度。

很多案子的侦破，除了需要警察的智慧和技术之外，还需要点运气，但是无疑，这次他们的运气差透了，凶手几乎什么东西都没有给警方留下。

“我看刘建华很有可能就是凶手，接着审下去，他说不定就全交代了。”高伟诚强打起精神说道。

“既然你说检查尸体被发现的现场没用，那你觉得案发现场在哪儿？”李茵不服气地问路彦。

“路彦知道的线索跟我们一样少，怎么知道案发现场在哪儿？”李正提醒李茵。

路彦没急着回话，在众人目光中，走到会议桌的前方，把手中的渡仁湖地图展开，指给大家看：“这是渡仁湖及其周边的地图，刚才我问过高队长，这个湖很多区域都是渔区，每个星期都有渔民下湖。那么，如果尸体从被害到发现已经在湖里泡了两个星期，怎么可能一直没有被渔民发现呢？”

看到众人皱起眉头，路彦接着说：“法医鉴定结果显示尸体确实是在水里泡了那么久，那么有没有这样一种可能：这具尸体之前不在湖里，而是在与其相接的河流里，最近几天才跟着河流漂到渡仁湖里？”

“尸体在河流里也很容易被人发现啊！”李茵疑惑地说道。

“流向渡仁湖的河流有十几条，排除经过密集居民区的，还剩这四条河。”路彦指着地图上的几个地方，“它们都是从贺县的深山老林流向渡仁湖的，上游在人迹罕至的山区里。如果尸体被抛在那里，确实可能很长时间都不会被人发现。”

李正问道：“你的意思是，尸体是顺着这些河流流到渡仁湖的？可是，尸体漂到渡仁湖也要不了十来天啊！”

路彦摇摇头：“当然要不了这么久。但是，如果尸体之前一直待在河流里，最近两天才漂到渡仁湖呢？”

“那些河流都是从山上流下来的，落差大、水流急，尸体怎么可能在河流里待那么长时间，这两天才跟着水流漂到渡仁湖里呢？”李正问道。

路彦不慌不忙地解释道：“从尸体的情况来看，凶手是在陈怡死后才用尼龙绳捆住她手脚的。但是，陈怡都死了，为什么还要捆住她的手脚？我观察过死者身上的捆绳，发现绳子还多出很长一截，磨损程度也很厉害。所以我推测：凶手可能是在陈怡死后，用绳子把她捆在河里的石头或者其他什么东西上，这样她就不会被河水冲走了。”

“那最后怎么还是被冲到河里了？”李茵问道。

“因为绳子断了，可能是被水流冲断的，也可能是人为割断的。”路彦向大家展示手中的绳子照片，“我仔细看过这条绳子，这是一种非常结实的红色尼龙绳，光凭两个星期的水流冲击很难让它断掉。仔细看的话能发现，绳子断裂的地方虽然不光滑，但是长度整齐，受力集中并且均匀，更像是被人用尖锐的石头摩擦很久以后才断掉的。所以我推测……”

路彦顿了顿，接着一字一句地说道：“最近几天，有人回到沉尸点，弄断了这条绳子，让尸体跟着河水一起漂到渡仁湖里！”

路彦的话音落地，会议室里鸦雀无声，人们纷纷倒吸着冷气。

“在陈怡的案子中，张霖因为一直被我们关着，基本可以排除嫌疑，而刘建华前两天被我们抓进来了，他的嫌疑也基本上可以排除。”

“这么解释会不会有点……牵强？”李正迟疑着问道。

“听上去是有点牵强，可这是陈怡尸体上一系列奇怪现象唯一的合理解释。”路彦铿锵有力地说道，“当我们排除了那些不可能的解释，剩下的那个不管多么难以让人理解，它都是唯一的真相！”

会议室里的众人沉默了，都在努力消化着路彦的话。

“可是，凶手对尸体做出这种奇怪的行为到底是为了什么啊？如果是为了隐藏尸体，找个地方埋了不是更好吗？如果要抛尸，直接扔到河里或者湖里不就完事了吗？为什么投尸到河里，又要在最近几天弄断绳子让它流到渡仁湖？”高伟诚不解地问道。

众人点头称是，又纷纷向路彦投去疑惑的目光。

路彦第一次摊开双手，无奈地笑了笑：“我也不知道。”

众人稍显失望，开始交头接耳议论纷纷。

看着众人凝重的表情，路彦暗暗叹了一口气。如今已经并案，林依芸的死亡不再是独立的事情，而是连环谋杀案上的一环，而那个至今仍然下落不明的吴蝉，恐怕也凶多吉少了。不过，张霖的嫌疑倒是小了很多……

但是凶手为什么要对尸体做出这种奇怪的事情呢？路彦沉思着，猛然间，他的脑海里闪出了一种可能，可片刻后他便摇头否定了。那种可能太匪夷所思了，如果是真的，凶手真是太胆大包天了，目前没有依据，路彦还是觉得先不说出来为好。

“我看啊，虽然这两个案件相似点众多，但我们还不能认定杀害林依芸的凶手就是杀害陈怡的凶手，被思维定式束缚，是不利于我们破案的……”高伟诚咳嗽一声，接着说道，“所以我认为刘建华仍然具有很大的嫌疑……”

路彦看着高伟诚皱皱眉头，此时，李正接着说：“我赞成伟诚说的，现在把刘建华排除嫌疑还为时过早，即使路彦刚才的推理完全正确，陈怡也很有可能是刘建华杀的。他人虽然被我们关着，但只要他有个同伙，最近几天去山里的河流里，剪断尸体上的绳子不就行了吗？这样不就制造出证明刘建华无罪的证据了？我在想这是不是凶手对尸体做出这种奇怪行为的合理解释呢？”

会议室里的人们又开始议论纷纷。路彦苦笑着摇头，李正的话听上去挺说得通的，但刘建华会用这种高明的方式来洗清自己的嫌疑吗？他怎么知道警方一定能通过这些痕迹推理出有人回到藏尸之处剪断绳子呢？如果警方没有推理出来，那他所做的一切不都白费了？

“不管怎样，我们都需要找到更多的证据，路彦，你现在对这个案子的侦查，有什么想法吗？”李正的声音惊醒了沉思中的路彦。

路彦想了想说：“我认为目前可以着手调查这几点：第一，我们得早点找到在陈怡之后失踪的吴蝉，无论她是死是活，越早找到她，就越有可能发现更多的线索。”

李正点点头：“有道理，我们要跟家属协调一下，加大力度尽快寻找到吴蝉，活要见人死要见尸！”

“第二，我刚才列出的流经深山老林里的四条河流，可以派人带着警犬沿河边搜查。运气好的话，我们或许能发现一些凶手不慎留下的脚印和血液什么的。

“第三，根据林依芸和陈怡身上的电击伤形状，去市场上找找看是什么款式的电棍制造出来的。陈怡身上的那个绳子，要送到省厅的鉴定中心分析一下它的物质构成，看看到底是什么绳子，贺县和贺县附近哪里有卖，顺着这个如果能查出哪个单位或者个人买过这种绳子，那就最好不过了。

“第四，陈怡家的社会背景和社会关系，陈娟可能结仇的仇人，我们也需要去调查下。”

“第四个交给我吧！”高伟诚举起手主动请缨道。

“第五，就是林依芸案子这条线了，我们顺着刘建华接着查下去，说不定能发现一些新的线索。”

“行，这个还是交给你和李茵吧，需要更多人手随时跟我说一声。”李正赞许地看着路彦，一段时间的接触下来，他已经很信任这个年轻警官的能力。

路彦回到椅子上，长吐一口气，大脑长时间的高强度运作，让他感到一股疲惫。他压低声音，低沉地说道：“那最后，就是那个医生孙明了，我觉得他还是很有嫌疑的，林依芸在他那儿看过病，他们也算是熟人，接下来要弄清楚陈怡和吴蝉是否也在他那里看过病，他是不是也认识她们……”

“好，接下来把每个人的具体任务分派下去，大家赶紧动起来！”李正整理着手中的本子，高声动员着大家，“我们现在要与时间赛跑，争取尽快结案！”

天上乌云密布，雷声暗响，浓郁的黛色山间，布满了大片大片婆娑树林。幽静的山谷里，钻出一条青绿色的河流，它抬起硕大的脑袋穿过树林，伸展着细长曲折的身体盘旋缠绕在山峦之间。

山林间农户稀寥，方圆数里皆人烟罕至。寂静的山林里已连日多雨，泥土还在散发着雨后的湿气，树林间的微风也十分清新，伴随着四溢的草香和花香，静谧地从山林间吹拂而过。

路彦低头仔细地端详着脚边的泥巴地，吃力地挪着脚，带着满裤腿的泥印，小心地避着河边的泥坑。在他的身后，高伟诚带着几个牵着警犬的刑警，也在河边艰难地前进着，一天的跋山涉水，他们的脸上都带着深深的疲惫。

路彦在河边停下脚步，静静地看着激荡的水流。这条河有四五米宽，河边有各种大大小小的长满青苔的岩石，河水冲刷石头发出的哗哗声在幽静的森林里显得异常清晰。河水不算很清澈，明显比起他们之前搜的那条河要更适合成为陈怡的藏尸之处。

“这几天，天天下暴雨，这山林里就算有脚印和血迹什么的，也早就被冲得什么也找不到了吧……”高伟诚叹气道。他回过头，充满希冀地看向那几只警犬，希望它们能够嗅出什么，但是它们毫无反应，有两只甚至坐在泥巴里，不大愿意走动了。

路彦没有回话，而是皱起眉头看向前方。山里的水汽和迷雾影响了人的视线，路彦看到河流的前方隐隐约约有个急转直下的坡，扭头看向河边，树林里长满了两三米高的茉莉花灌木，灌木上开满了鲜花。可能是因为前几天的暴风雨，茉莉花的残花败枝已经在地上铺上了厚厚一层。

“唉，我们今天已经找了一条河了，什么都没有发现，这条河这么长，得找到什么时候……”高伟诚看着路彦的身影唉声叹气，抬头看了看天空，悄悄地降低了音量，“也不知道那推理靠不靠谱……”

忽然，一只警犬开口吠了一声，似乎有了发现，路彦和众人都看向那条警犬，只见它正在原地打着转。牵着它的刑警放开了绳子，让它自由活动，只见它伸出鼻子努力地在脚下的泥土上不停地嗅着。众人急忙看向那块泥土，却见它普普通通，与其他的地面没有任何区别。但那只警犬仍在嗅着，继续在泥坑里徘徊。

所有的警犬来之前都接收过陈怡尸体的气味，如果陈怡的尸体有到过这里，或是有血迹一类的东西留下过，警犬应该是能分辨出来的。众人明白警犬可能是发现了有用的线索，顿时屏住了呼吸，耐心地等待着它下一步的动作。

不一会儿，天上一阵惊雷炸响，闪电照亮了整个树林，暴雨又突然而至，雨水很快打湿了警犬的身体。忽然间，它迈开步子，冲出人群，奔向河边的树林。

路彦第一个甩开步子跟了上去，警犬跑得很快，路彦怕跟丢了它，不由得也加快了步伐。一人一狗快速地穿过树林，警犬突然在一棵九里香前停下了脚步，路彦措手不及急忙停住，忽然被什么东西绊了一下，整个人扑倒在地，一张脸正对着地面上松软的泥土撞了进去。

“路彦！你没事吧！”高伟诚的声音从身后传来，他带着其他人也赶了过来。

眼前一片黑暗，口鼻眼都在泥土里，路彦趴在地上好一段时间没有反应过来。听到高伟诚的声音，他挣扎着从泥土里爬起来，感觉自己满脸都是泥巴和泥巴里的残花败叶，脸上的创可贴也被雨水完全打湿。雨水哗啦啦地冲刷他脸上的残花和泥，他从那些花瓣上闻到了一股熟悉的香味，来不及管自己狼狈的样子，他急忙看向那只警犬。

那只警犬此时正站在自己面前，瞪大双眼看着自己。路彦一阵苦笑，他记得他摔倒之前，看到这只警犬停在这棵树前。

他仔细查看这棵九里香，树的下面满是泥泞和泥坑，许多零落的花瓣和灰色泥土融成一体，新落的则静静地覆盖其上，看上去跟别的地方也没有什么区别，也根本没有看到任何脚印或血迹。

如果是这一块泥土有问题，那这只警犬怎么不接着嗅呢？为什么又好端端地跑到自己的面前静坐着？难道它在这里什么都没有发现，刚才快速地跑过来，只是想跟自己玩个游戏而已？

漫天大雨里，路彦忍不住抱住了它的脑袋。看着警犬望向自己那炯炯有神的大眼睛，他挤出笑容说：“乖，刚才你闻到了什么？”

警犬毫无反应，路彦忍不住摇晃着它的身体，提高了音量：“为什么你不接着闻了？”

警犬像是受到了惊吓，呜咽着从路彦的怀里挣脱出来，独自在雨中溜达着，对他的指示毫无反应。

路彦见状，面色沉了下来。他毅然地从地上站了起来，望向警犬刚才在河边嗅过的那块土地，又看向那棵九里香下的泥土。滂沱大雨中，他一把扯下自己脸上的创可贴，看向围绕着自己的众人，高声喊道：“刚才警犬在河边闻过的地方，和这灌木周围，绝对有问题！可能是底下埋了什么东西，动手挖！就算是掘地三尺，我们也要把它找出来！”

路彦和刑警们奋力地开动起来，没过多久，后援部队接到通知也赶到现场接替了他们。

路彦站在树下，大雨疯狂地拍打他的身体，冲刷着他身上的残花和泥水。他阴沉地盯着那个越来越大的坑，等待着某个东西的出现。他知道训练有素的警犬不会乱叫，这两处土地下面可能就隐藏着案件的某个黑暗秘密。那厚厚的深灰色泥土下，埋葬的到底是林依芸和陈怡被砍断的手脚，还是下落不明的吴蝉的尸体？

一阵热火朝天的挖掘中，时间很快流逝到夜晚，挖掘部队旁边挂着几个大灯，河畔和树林里都已经被挖了个底朝天，成堆的泥土堆在地上，底下除了泥土就是光秃秃的岩石，其他的什么都没有。

李正也一无所获地来到现场，他们在另外两条河边什么都没有搜查到，警犬一直都毫无反应。

路彦想，既然警犬只在这条河边有反应，这条河肯定有问题。可是为什么任何东西都没有发现？难道说自己一开始的推理，就完全错了？

他忍不住跳下泥坑，摸着那些冷峻无言的岩石。深灰色的泥土粘在指尖，他忍不住捶打着土壁，在心里呐喊，到底是哪里出了问题？

天色已晚，周围的一切都暗了下来，雨还在下，大家都已经人困马乏。已经有不少人坐在黑黢黢的树林里，等待着收工回家的那一刻。

路彦抬起头看向上方，重重雨幕压在他脸上，四周的树林沉默着，河流沉默着，大地沉默着。路彦觉得整个世界好像都沉默着，什么秘密也不想告诉他。

8 月 8 日的早晨，刘建华痛苦地看着李茵和路彦再次走进审讯室。这次不待李茵和路彦开口，他就先叫喊起来："我已经交代了，我是强迫了林依芸，但是我真的没有杀她，你们就是打死我，我还是这句话！"

"你闭嘴！"李茵一脸严肃地喝道。

路彦坐了下来，阴沉沉地说道："半个月前失踪的陈怡，尸体在渡仁湖里被人发现，已经死了很多天了。"

"什么？"刘建华惊呆了。

"她和林依芸都是你的学生，那个失踪的吴蝉去年上高二的时候，你也教过她，这其中会不会有什么联系呢？"李茵盯着刘建华问道。

昨天路彦他们搜查一天，却空手而归，众人失望之余打起精神，又把刘建华作为突破口。

“没有没有，虽然她们都是我的学生，但是跟我无冤无仇的，我杀她们干吗？”刘建华明白李茵话里的意思，连忙慌慌张张地说。

“陈怡失踪那天你在干什么？”

“我在忙什么……对了！我想起来了，陈怡失踪的那天，我有不在场证明。那天，是那个姓李的，他家侄子结婚，当时在贺县君豪大酒店搞的酒宴，中午一场，晚上一场，我上午去随的礼，然后就一直留在那里给他们帮忙！”刘建华像是抓住了救命稻草，语无伦次地喊道，“晚上散宴之后，我还被几个老师拉去 KTV 唱歌，到第二天凌晨才离开，我身边一直都有人，那些老师都可以为我证明！不信你们去调查！”

“你在酒店帮什么忙？”

“就是打杂！姓李的说他们家那边干活的人手缺了几个，就把我叫过去了……”

李茵和路彦交换了个眼神，两人都在判断刘建华这些话的真假。

“你说的这些我们会去核实的。”李茵接着问，“你跟孙明到底是什么关系？”

“因为……因为林依芸之前去过他那里看病开药，所以认识的，只是普通朋友……”

这个说法倒是和孙明说的一致，李茵想了想，继续开口追问道：“孙明说你在今年 5 月份曾咨询过他买电棍的问题，对此你有什么想说的？”

“什么？我买电棍？还咨询他？没有的事，完全没有的事！”刘建华神情激动地喊着，满脸通红。

“孙明并不知道电棍跟案件有关，”路彦盯着他的眼睛，“就是要栽赃你，也不会这么凑巧就猜到你的作案工具是电棍吧？”

“这……”刘建华满头大汗回想着，“电棍……电棍……我怎么知道他为什么说到电棍上了……”

“等等！”刘建华突然大喝一声，整个人的身体都定住了，“我想起来了！我在孙明的诊所看到过一个电棍！挂在他问诊室的墙上！那是孙明的！是他的！肯定是他拿电棍犯的罪，然后现在来诬陷我！”

路彦很震惊：“你什么时候看到的？”

“我第一次去他诊所里就看见过！在他自己的问诊室里，就在墙壁上挂着的！”

“是什么颜色的？”

“黑色！我记得是黑色的！”

“你能不能对你说的话负责？你要知道，再欺骗我们的后果……”李茵一脸严肃地警告着刘建华。

“千真万确！我说的千真万确！我对天发誓，如果我这次还撒谎，我天打五雷轰，不得好死！”刘建华激动得脖子上直冒青筋。

意料之外，但又在情理之中，看来这个案子的调查要到一个新的阶段了。路彦沉默地靠在座椅上，心里说不出是高兴还是失落。

久仁诊所的问诊室里，孙明正仔细用酒精擦拭着手术工具。他旁边的小床上，一个少女蜷缩着手脚，小心翼翼地躺在上面。孙明收拾完毕，拿着工具居高临下看着那个女孩。

“打开双腿。”孙明轻轻说道。

第十章
疑凶再现

中午的烈阳高悬在贺县县城的天空上，灼热和滚烫紧紧地缠绕包裹着大地的每一个角落，昨日雨后的霉味和腐烂早已消弭无踪。三辆警车行驶到久仁诊所的门口停住，路彦和李茵带着几名刑警一起走了下来。

路彦站在久仁诊所的牌子下，伸手挡了挡刺眼的阳光。他扭头看看四周，孙明那辆宝马 5 系正停在大门的右侧，旁边还挨着一辆奥迪。路彦沉声对李茵说道："正好，孙明他在诊所里。"

路彦带人走进诊所。诊所和药房里的人看到来势汹汹的公安，顿时有点慌神。一个穿白大褂的男人惊慌问道："你们要干什么？"

路彦走到众人前，拿出一张搜查令放到众人的面前："我们怀疑久仁诊所涉嫌连环杀人案，特此搜查，这是搜查令！还请各位配合！"

大家会意，快速地分散开来，开始对诊所的每个角落进行搜查。路彦看向诊所里尴尬和紧张的员工们，问道："老板孙明在这儿吗？"

"他在最里面的休息室里。"一个穿着白大褂的女人指着诊所里的一条走廊回答道。

"他在忙什么呢？"路彦望向通往休息室的幽深走廊，"闹这么大动静都不出来？"

"好像是在给人看病……"另一名员工面色紧张地说道。

路彦走到李茵旁边，轻声说道："我先进去会会他，你待会儿进来跟我说一下搜查的情况。"李茵点点头，路彦迈开脚步朝长长的走廊里走去。

幽静的走廊里异常凉爽，空气里飘荡着一股淡淡的清香，随着他的深入，身后的喧闹渐渐远去，四周安静下来。

他来到走廊尽头，面前是休息室的门，门上挂着一张可升降的幕布，幕布上印着一幅浮世绘：几个日本歌姬穿着和服裸着大半身体，表情痛苦地纠缠在一起，在她们的周围则坐着一群观看的武士。路彦又向前走了几步路，隐隐约约听到浮世绘背后那道门里传出了细微的说话声。

“时间不多……那里好……”

“不少钱吧……”

“没多大事……好办……”

路彦控制着脚步声，蹑手蹑脚地走到门边。他屏住呼吸，努力地想听清里面的对话。

“什么人？”突然，门里面传来一个男人警觉又粗犷的怒喝声。

路彦刚刚走到门边，还没听到任何内容就已经被发现，他诧异之余索性掀起了浮世绘，拉开里面的那扇门，走了进去。

房间的窗子被拉上了百叶窗，借着不算太好的光线，路彦看到房间里面摆放着一张办公桌、一张大床和一排沙发。

里面有三个男人：孙明站在办公桌旁边，脖子上正挂着一个心脏测听器；一个高大健壮的中年男子站在孙明旁边，满脸都是络腮胡子，长长的脸棱角分明，古铜色的皮肤，发达的肌肉纹路在衣服下若隐若现；离他们稍远一些的百叶窗旁边的沙发上，坐着一个穿着休闲衬衫、休闲裤的年轻男人，看上去与路彦年龄相仿，中等身高、普通相貌，他面色苍白，正微闭着双眼一脸不舒服地靠在沙发上。三人的目光都聚焦在门口的路彦身上。

孙明旁边的高大男人开口了，粗犷沙哑的声音像是割草机发出来的一样：“你不懂进门前敲门是一种礼仪吗？”

听到这个男人的声音，路彦一愣，很快断定这就是刚刚发现自己的那人，顿了顿，他微微笑道：“不好意思，刚才我忘记了。”

“路警官，您今天来这儿是有什么事吗？”孙明连忙低声问道。

“没什么事，就是有些问题想让您跟我回去了解一下。”

“上次该说的我都说了啊，还连夜做了笔录，怎么又要找我去啊？”

“这个嘛，上次有些问题还没有完全弄清楚，我们领导不高兴，我只好又来麻烦您咯。”

“什么问题？就在这儿问行吗？”

“程序磨人啊，我也很无奈。”路彦笑眯眯地看着孙明，“就麻烦您老体贴下我吧！”

“那能不能稍等我一会儿，现在我这里很忙，朋友带人来我这里看病呢……”孙明的目光看向坐在沙发上那个脸色苍白的男子。

“我们也是争分夺秒，拖延不得啊！”路彦笑呵呵地说。

“这……”孙明不情愿地低下头。

这时，孙明旁边的高大男子发话了：“我记得警察抓人去警局，大多是传唤或者是刑拘，你现在带他回警局，有什么依据？”

“有依据啊！”路彦从怀里掏出一份盖过章的文件，走到孙明和高大男子面前，“喏！传唤令！”

路彦拿着传唤令，看着沉默不语的孙明和高大男子。自己一米八三的身高，看着面前这个男人竟然还需要微微仰头，路彦断定他的身高得有一米九多。

收起传唤令，路彦笑呵呵地朝高大男子伸出手：“你好！我叫路彦，请问先生怎么称呼？”

高大男子微微一愣，握住他的手，平淡地说道：“李韦虎。”

高大男子说完便抽回了手，路彦又扫了一下坐在一旁沙发上的年轻人，笑呵呵地问道：“那请问您怎么称呼？”

那人眯着眼睛，声音里带着一丝不耐烦：“我姓王……”他的话还没说完，就被一阵脚步声打断了，众人看向门口，身姿笔挺的李茵走了进来。

李茵看了看沉默的众人，径直走到路彦的身边，轻轻地说道：“别的房间都找遍了，没有发现电棍，任何跟案件有关的东西也都没发现。”

路彦点点头，看向房间里剩余的三人：“各位，我们奉公办事，这个房间也要搜查。”

路彦话音落地，房间里安静无声。高大男子走到百叶窗边，拉开了扇叶，让外面的光线完完全全地照射进来，坐在沙发上的男人被阳光刺得闭起了眼睛。

孙明默默地走到路彦和李茵旁边，低声说道：“请问，传唤我是因为什么事情？”

“有人向我们举报久仁诊所涉嫌连环杀人案。”一旁的李茵干净利落地回答道。

孙明的脸色唰的一下惨白起来，低下头沉默不语。

房间里安安静静的，李茵又走到沙发的对面，居高临下地看着那个靠在沙发上的年轻人，又看了看走到办公桌边的高大男人：“这间休息室需要搜查，麻烦你们去外面坐一会儿好吗？”

年轻男人睁开眼睛盯着李茵的脸，没有说话。高大男人则站在窗边，一根点燃的香烟捏在手上，烟圈席卷过他的脸，他看着李茵微微地点点头。

李茵带着孙明率先往外走去，同时扭头说道：“路彦，我们动作快点，把人都喊过来搜吧。”

见所有人都没有异议，而且孙明也很配合，路彦点点头朝门外走去。

“你叫路彦？”

听见声音的路彦停下脚步，回头看去，沙发上那个年轻人正眯着眼睛看向自己。他笑道：“对，有什么问题吗？”

年轻人随意地笑了笑：“我以前有个朋友也叫这个名字。”

“是吗？那可巧了。”路彦笑着说完，跟在李茵和孙明后面，一起走了出去。

孙明被带上警车坐了下来，路彦站在车门旁边，在烈日灼人中看着高大男人跟在年轻男人侧后方，从自己跟前走过，登上了门口的奥迪车。路彦扫了扫汽车尾部那个归属于西楠市的车牌号，看着奥迪车逐渐远去。

结束了紧张的搜查，李茵走到路彦旁边，看到他望着远方出神，不禁问道：“怎么了？”

路彦咂咂嘴：“那个大个子不简单啊……”

“怎么不简单了？”李茵疑惑地问道。

“他走路挺胸昂头、脚步轻盈，面颊紧、颈部粗，肌肉线条明显，指骨粗壮，手上有老茧，皮肤明显是后天紫外线长时间晒成的颜色，应该在东南亚接受某种军事训练或者格斗训练……”

“真的假的？为什么是在东南亚？”

“因为他说话的口音，带着一些马来西亚华人说话的腔调，如果不是在那儿出生的，就说明他在那儿生活过很多年……”

“你这是侧写吗？我怎么听着觉得那么玄乎呢？”

路彦笑笑：“什么侧写，我不过是把观察到的事情衍生猜测一下而已，虽然我猜得一向都比较准……”

李茵仰头看着路彦，眨眨眼睛：“那你猜猜我？”

路彦从远方的车上收回视线，看到李茵正一脸期待地看着自己，他歪歪脑袋：“你确定要我说？”

“确定！”

“好。李茵，你是一个生活在父权阴影下的女权主义者，出生在小县城但经历过大城市的生活，所以对现状淡定从容，对待工作生活严谨认真。刑侦工作中虽然缺乏经验，但是学习能力强，很有原则，一腔正义。但是你信仰正义的那股力量好像不是因为你受到的教育，而是来源于你内心深处的某个阴影……”

李茵目瞪口呆地看着路彦：“你怎么知道……阴影什么的……”

路彦笑了：“平时观察出的，看来我猜得不错。”

“怎么……怎么观察出来的？”

“你能先告诉我，那个阴影是什么吗？”

“不能！你先告诉我，你是怎么观察出来的？”

“等以后有机会跟你慢慢说，现在言归正传吧！”路彦收起笑容，回头看向久仁诊所，“还是什么都没搜到吗？”

李茵失望地摇摇头：“大家把大大小小的地方都找遍了，问诊室还有刚才的休息室，都重点搜了一遍，完全没有找到那个电棍的踪影……”

“这样啊……”路彦低头沉思着。

“不过，我们问了他的员工，好几个人都承认以前在他的问诊室里看到过那个黑色电棍！”

“好！看来我们离真相不远了！”路彦觉得浑身上下都是干劲，“我们抓紧时间，赶紧把孙明带回去审吧！”

孙明忐忑不安地坐在审讯室里，看着面前的李茵和路彦，眼神不停地躲闪，额头上布满了密密麻麻的汗珠。

“陈怡你认识吗？”路彦开口问道。

“谁？”

“陈怡，贺县二中的一个女生，她去你那里看过病吗？”路彦拿起陈怡的照片放到孙明面前。

孙明盯着照片想了想：“看着有点眼熟，不过我们诊所里的病人太多了，对她印象不深……”

“再想想，记不记得她去你那里看的什么病，跟你聊过什么？”

孙明努力地想了会儿，才说：“她好像是感冒，我记得是让诊所里其他医生给她开的药……对，就是这样。”

“就这些？后来你跟这个陈怡还有接触吗？”

“没有别的接触……”

“你确定？”

“确定……”

路彦看着孙明眯起了眼睛。这个孙明虽然眼神躲闪，神情紧张，但他不像刘建华那样，面对警察时不时地大呼小叫。他的身上还是有着中年人的稳重，这种慢吞吞的态度，显然更难对付一些。

“那这个女孩去你那里看过病吗？”路彦拿起吴蝉的照片递给孙明看。

孙明战战兢兢地看了一眼照片，连忙摇头：“想不起来。”

“是吗？那我提醒你一下，这个女孩叫吴蝉，今年十九岁，是贺县二中的学生，高三刚毕业……你有没有想起来？”

孙明还是摇着头：“没有，我不记得这个女孩去我那里看过病……”

“真的吗？”

“真的……”孙明低着头，不敢看路彦的眼睛。

路彦想了想，继续问道：“林依芸和陈怡，两个被杀害的女孩子都在你那儿看过病，这是巧合吗？还是另有玄机？”

“路警官，你一定要相信我！这真的只是巧合！到我那儿看过病的女孩子太多了，要是她们出事都和我有关系，那还得了？”

路彦看了一眼正在认真记录的李茵，又问孙明：“那好，上次来我们这儿做笔录，你说刘建华曾在今年5月份咨询过你买电棍的问题，对吗？”

“是的。”

“可是……”路彦凑近孙明，“刘建华说他没买过电棍，还说在你的问诊室里见过一个黑色的电棍挂在墙上。”

“他……”孙明有些慌神，额头上的皱纹都堆积到了一起，“他胡说，警察同志，他诽谤我！”

“他跟你有仇吗？为什么好好地要诽谤你？”路彦皱起眉头。

“应……应该是见我向公安局举报他买电棍的事，所以恼羞成怒反咬我一口！”

“你们俩的说法互相冲突，很矛盾，我们该相信谁？”路彦开口问道。

孙明低下头没有回应，路彦接着追问：“我们问过了你的员工，有不少人都说在你问诊室的墙壁上看见过黑色电棍，难道这么多人都是在诽谤你吗？”

路彦仔细盯着孙明，发现孙明从进入这个房间开始就一直面颊上扬，嘴角下垂，这是一种心理内疚的反应。他弓着身子缩着脑袋，像是在害怕着什么；眼神闪烁，嘴唇微抿，跟刘建华当初说谎时的细微反应如出一辙，路彦认定孙明极有可能在对他们说谎。

正当他准备戳穿孙明的时候，孙明突然抬起头，率先开了口：“我承认，我是有个电棍挂在我的问诊室……”

“你刚刚为什么不承认？”

“因为……因为……”孙明又低下头，“我有一个电棍这不违法吧，这有什么问题吗？”

“在林依芸和陈怡这两桩案件中，电棍都发挥了重要的作用，你说有什么问题？”路彦咚咚地敲着桌子。

“有电棍的人很多吧……难道因为我有一个就要和你们的那个案子扯上关系？”

路彦没有答话，盯着孙明看了一会儿，问道：“你一个医生，好好的买电棍干什么？”

孙明昂起脑袋，一脸认真地看着路彦和李茵：“防身。”

“你员工那么多，还需要电棍防身？”路彦似笑非笑地反问道，“老实说吧，你到底要拿那个电棍做什么？”

“我确实是买来防身的，但是我没有用过它，只是挂在墙上做个样子而已……”

“那电棍呢，现在被你放哪里去了？”路彦追问道。

“前段时间我见没用，就把它扔掉了……”

“扔哪儿去了？我们去找找，说不定能找到呢！”路彦冷笑着，目光锐利地看向孙明。

孙明摇着头：“扔街上垃圾桶里了，早就被清洁工打扫走了……”

路彦闻言，陷入了沉思。其实他怀疑孙明，与其说是因为刘建华的话，更多是因为孙明自己的表现。先是否认跟林依芸认识，后来又突然承认跟林依芸相识，除了证实刘建华强奸还提供他杀害林依芸的线索，路彦总觉得这一切太反常了，太反常了！

“我记得上次高队长带人去你们店里问林依芸和药的事情，你一开始矢口否认，我去的时候你又全部承认，这中间发生了什么？”路彦意味深长地看着孙明。

“我之前是怕惹麻烦才跟李队长那么说的，后来真的是我良心发现了想交代清楚……”

路彦皱紧眉头，感觉这个家伙每个回答都像假话，但是细想想每个回答，又都有合乎情理的地方。这人看着胆小，但是成熟老练，明显比刘建华难对付。

没有时间再陪孙明耗了，路彦觉得需要更直接一点：“根据我们的调查，刘建华并没有买过电棍，倒是你，确确实实有过一个电棍。那么，你为什么会向我们举报刘建华曾经买过电棍呢？莫非是栽赃？难道你认为，电棍是杀害林依芸的凶器，想拿这个去栽赃刘建华？”

“没有没有！绝对没有！”孙明第一次失去了从容淡定，慌张地喊道。

“那你为什么要用电棍这个事情污蔑刘建华呢？”

“我没有污蔑他，这是事实呀！他真的给我打电话咨询过的！”

听完孙明的话，路彦又陷入沉思。这个孙明和刘建华两个人说法互相矛盾，到底是谁在说谎呢？比起刘建华，孙明看上去更没有作案动机。难道说真如张进所说，凶手是一个没有作案动机的变态杀人狂？又或者，在孙明伪装出来的成功人士面目的背后，隐藏着一种变态人格？

想到这里，路彦咳嗽了一声，接着问道："你家里什么情况？给我们讲讲吧。"

"我跟我老婆结婚有二十多年了，我们有一个女儿，现在正在北京读博士。"

路彦还想再问，门外突然响起了敲门声。

李正站在门口，看着路彦："路彦，你出来下。"

路彦点点头，对李茵使了个眼色，走了出来。看着李正一脸的疲惫，他诧异地问道："孙明的家里没有什么发现吗？"

李正摇着头："没有，伟诚带人把他家里都搜了一遍，没有找到那个东西，也没有发现其他可疑的东西。"

路彦点点头："诊所那边呢？陈怡和吴蝉去过他的诊所吗？"

"张进去他诊所调了记录，没有发现陈怡和吴蝉去他那里问过诊或开过药，问了他店里每一个员工，也没有人说见过陈怡和吴蝉……"

路彦失望地点点头："好吧……"

"对了，我来找你还有别的事。孙明的委托律师到了，我们去见一下。"

"需要我一起？"

李正凑近一点，压低声音说道："听说是省城德升律师事务所的知名律师，跟我去见一下吧。"

德升律师事务所在省城很有名气，路彦也有所耳闻，号称没有他们赢不了的案子，律师代理费收得特别高。

路彦跟着李正走出走廊，正好见到一个穿黑色西装的中年男人。

那人戴着一副黑色全框眼镜，手拿一个公文包，看到路彦和李正，赶紧走上前来握手，说他叫孙胜，刚从省城风尘仆仆地赶来。

"刚才来的路上，我就了解到很多情况，现在就不浪费大家时间了。请问，贺县警方逮捕我的委托人孙明是因为什么呢？"

"不是逮捕，是传唤，最近在贺县发生女高中生失踪和被杀的案件，想找他了解下情况。"李正说道。

"那好，请问你们警方现在有我的当事人涉嫌女高中生失踪及被杀案的确凿证据吗？"

李正和路彦对视一眼，摇了摇头："没有。"

“警方的传唤时间限制是二十四个小时，如果没有确凿证据，请在二十四小时到达前尽快释放我的当事人，好吗？”

李正阴着脸没说话。

孙胜接着说：“我的当事人在贺县医诊一方，有一定的社会知名度和影响力，长时间扣押他势必会对他的社会名誉造成很坏影响。而且他年纪大、身体不好，患有心脏病，受不了长时间的精神刺激，这是省立医院开出的心脏病证明。”说着，他从公文包里掏出一张证明摆给李正和路彦看。

李正没有说话，把路彦拉到一边的角落里，低声问道：“你们刚才审得怎么样？”

“不怎么样，孙明什么都不肯交代。”

“那个电棍的事情，他怎么说？”

“他说买电棍是为了防身用的……”

“这么说来，确实不能因为他有电棍，就认为他是凶手……”李正长叹一口气，“那个……不如我们先把孙明放了吧？”

“就因为这个律师？”路彦有些意外，看了眼不远处的孙胜，“这种有钱就办事的律师，即使我们拿着铁证把孙明抓起来，他都能拿出几张病历，给孙明申请保外就医。”

“那倒不是！刚才王局长找过我，有领导跟他打了招呼，孙明对贺县有贡献，在没有证据的情况下长时间关押他，社会影响不好，建议暂时先把他放了，等有证据再抓也不迟。”

路彦有些犹豫：“孙明嫌疑这么大怎么能放了？”

“传唤的时间限制确实是二十四小时，我们正常走程序也不用怕，如果真是他犯的事，把他放回去反而更容易让他露出马脚。他出去后，我们可以安排人日夜盯着他，一有风吹草动就再把他抓进来。”

听到李正的话，路彦稍微安下心来，忽然又想到什么，对李正轻声说：“放他出去之前还有段时间，不如安排人一直审。”

李正笑了起来：“有道理，我来安排一下！”

李正和律师离开以后，路彦感觉心里有些烦闷，刚好李正安排了其他人接替他审问孙明的事情，他决定先去找张霖聊聊。

两天没见，路彦发现张霖精神状态又差了一些，整个人显得面黄肌瘦，萎靡不振。

“要这样下去，你还没等我找到凶手就在这里面挂了怎么办？”

“所以你得快点了……”张霖勉强笑了笑，“最近有什么新发现吗？”

陈怡尸体被发现的事情闹得沸沸扬扬，路彦没准备瞒着张霖，于是简单地介绍了一下。张霖靠在椅子上静静地听着，一言不发。

路彦想了想，问道：“现在这个情况，你有什么想法？”

张霖疲惫地摇摇头。

“陈怡这个女孩，林依芸有跟你提起过她吗？”

张霖想了想，还是摇头。

“孙明，林依芸也没有跟你提过？”

“没有。”

“今天已经8月8日了，时间已经不多，可是案子还是一点头绪都没有。刘建华和孙明两个人，公说公有理婆说婆有理，我们目前也找不到办法核实谁的话是对的。现在找不到证据，连线索都少得可怜，孙明的律师还嚷着让我们放人……”路彦觉得自己在张霖面前，很自然地放下了在旁人面前的伪装。他侃侃而谈，诉说着自己现在的迷茫和烦恼。

“现在这情况，你们也只能先从陈怡的案子入手调查……”

“不好下手，没人知道她失踪那天去了哪里、见了谁，犯罪现场不知道在哪儿，尸体上也没有什么线索留下。”

“那就从她的身份背景、家庭关系这方面调查试试看，或许能发现点什么有用的。”

“陈怡刚失踪的时候，她妈妈陈娟就来做过笔录了，这次陈怡尸体出现，又有人去问过，没有什么有价值的东西。”

“你还是亲自跑一趟吧！你都说了，陈怡她妈妈是开那种会所的，这种社会上的三教九流，在公安局里未必说的都是实话。”

“有道理……对于案子，你怎么想，会是变态杀人狂作的案吗？”路彦试探着问张霖。虽然张霖毕业后没有做过一天警察，但是对于学生时代他的聪明才智，路彦还是记忆犹新的。

“我觉得有可能，那个孙明和刘建华，搞不好正常人的外表下隐藏着一种变态人格……”

路彦叹了口气，还是摇头：“绝大多数的犯罪都是有动机有原因的，我还是不太相信贺县运气会这么差，正好就撞到了这么一个变态杀人狂。”

见张霖皱着眉头不说话，路彦思索了一下，又开口说道：“可是凶手的动机，我却想不出来。为钱，两个女学生能有什么钱？为性，陈怡有可能被性侵，但林依芸身上并没有找到性侵的痕迹……为情、为仇？可是两个年轻女孩，能有什么复杂的社会关系，跟别人又能有什么仇，导致别人非要杀她们不可呢？”

“所以说，你应该先去调查陈怡的家庭背景和社会关系啊！”张霖话说得太急，忍不住干咳了几声。

“呵呵！”路彦干笑了几声，“还是你想得全面，林依芸的社会关系少，陈怡就不一定了。”

“还有，别那么早就认定凶手杀害她们是因为同一个原因，没准杀害陈怡是因为性，杀害依……依芸是因为别的。”

“嗯，也有道理。”路彦点点头。

张霖不再说话，房间里陷入了沉默。路彦犹豫了片刻，把自己之前疑似被人跟踪和收到诡异纸条的事情告诉了张霖。

“你怎么不把这事告诉贺县警方？”

“我不知道对方是什么意思，是警告还是提醒，跟案子有没有关系，现在都看不出来，所以还是先不打草惊蛇了。”

“如果对方是恶意的话，你现在就有危险，懂吗？”

“没事，为了老朋友……”路彦看着张霖笑了笑，“我冒点危险又算得了什么？”

张霖抬起眼皮，瞪了一眼路彦：“你就不怕死吗？”

“死有何惧？再说我身上可是带着家伙的，你是知道我的，当年我远胜你的那个方面是什么？”路彦笑了笑，感觉第一次和张霖见面时，两人之间存在的那道冰墙已经融化了。

看着路彦自信的笑容，张霖没好气地说道：“别太狂了，明枪易躲暗箭难防。你要是挂了，谁来破案还我清白？”

“行，我在外面努力保住我的狗命，你也要在里面好好颐养天年啊！别还没等到我抓到真凶，你就已经驾鹤西游了。”路彦笑着说道。

听着路彦的话，张霖也跟着笑起来。重逢之后路彦还是第一次从他的脸上看到笑容，一时间，空气里充满着欢乐，路彦感觉到自己的心里暖洋洋的。

欢笑之后，张霖渐渐收起笑容：“感觉，我只是感觉，如果跟踪你的人和陈怡与依芸的死有关，那背后应该隐藏着一个巨大的阴谋。”

路彦连忙追问道：“什么阴谋？”

“我要是知道，还能坐在这里？”

路彦低头想了想：“好吧，我要去忙了，你在这儿好好保重身体！”

路彦起身，转身向外走去。一只脚踏到门口时，张霖叫住了他：“刘建华招了没？”

“招了什么？”路彦转过身。

“你上次跟我提过的，他和依芸之间到底发生了什么？”

“他……招了。”路彦回到座位，犹豫了片刻，想着刘建华性侵林依芸的事现在也不算什么秘密，所以简短地说了两句。

“这个刘建华，死一万次都不够！依芸就算不是他杀害的，也是他害死的！”张霖激动地喊完，又开始掩面痛哭，“原来你之前受了那么多的苦，为什么你要相信那个人面兽心的禽兽，他根本不爱你，他只是拿你发泄兽欲啊……”

路彦沉默无言，静静地看着失态痛哭的张霖。

他来找张霖聊天，原本是想让张霖给自己提供一点破案的思路，没想到聊着聊着，却让他和自己的心情都越来越沉重。张霖对林依芸爱得实在是太深了，路彦从来没想到当年大学里的那个天之骄子会变成这样。每当聊起林依芸，那个思维敏捷、冷静理性的张霖就不见了，变得激动而又偏执，让路彦觉得十分陌生。路彦不由得想着，难道改变人的不是时光，而是爱情？

回到办公室，路彦刚好碰上刚审完孙明回来的李茵和蒋旭飞。

“有收获没？”

“没有，”看着路彦，李茵依旧失望地摇头，“什么重要的东西都没问出来。”

路彦点点头，扭头看向窗外渐浓的夜色，沉思起来。

“你现在有什么打算呢？”一旁的李茵问道。

“我晚上打算去趟陈娟的KTV，”路彦凑近李茵，悄声道，“你先不要告诉别人。”

此时，李正走了进来，主动打招呼道：“伟诚他们还在审孙明，不过我想这个情况下也审不出什么东西了，过一会儿还是没结果我们就把人放了，然后再派人盯好他就是了。”

路彦沉默颔首，收拾完东西就走出了警局。刚坐进车里，手机忽然振动起来。

他拿起一看，是一个熟悉号码发来的短信：

现在我准备出酒店吃饭，顺便透透气，跟你报备一下。

路彦笑了笑，快速回复了短信，汽车发出一声嘶哑的轰鸣，冲进了妖娆的夜色里。

陈依梦手拿画册打开门，看着高大的路彦站着门前。他还是穿着之前的黑西裤，上身配着白色衬衫，雪白的衬衣领子非常挺括，棱角分明的脸上，一个创可贴异常鲜明。

陈依梦瞪大了桃花眼：“你刚才是在酒店的门口收到我的短信的吗？”

“只是正好下班而已。”路彦穿过玄关朝卧室里走去，目光扫过陈依梦手上的笔和画册。

“这两天案子有什么进展？”

“有啊，我们抓了一个新的嫌疑人，是个医生。”

“是你上次问我的那个医生？”陈依梦回到卧室，坐在床边看着对面的路彦。

“嗯。”路彦简洁地回答道。

“那他是凶手吗？”

“现在还不能确定，还在调查中。”路彦一屁股坐在卧室的沙发上，听着自己的肚子在咕咕地叫，便转移话题，“你刚说你要出门吃饭？”

“对啊，老是吃这个酒店的饭菜快烦死了，我想出门换换口味。”陈依梦拿起手机，一脸苦恼地看着坐在沙发上的路彦。

路彦打量着面前的女孩，只见她上半身穿着白色的T恤，没有上次的露腰装那么暴露，但下身穿着镶着蕾丝花边的短裙，显得俏皮活泼。他点点头道："行，有美少女做伴，我也跟着你一起蹭个饭吧！"

"吃完了你再带我四处兜兜风。"

"兜风？那不行，我待会儿还要去KTV有点事。"

"KTV？那好啊！"陈依梦忍不住欢呼雀跃起来，兴奋地跷起小腿，"我也去吧！我好久没唱歌了！"

"不行不行！我是去办事的，不能带着你。"路彦从沙发上站起来，连忙摇着头道。

"不能带我？你不会是去叫公主吧？"

"对，所以更不能带你去了！"

"带我一起吧！到时候你叫一个，我叫一个！"陈依梦跳到路彦旁边，两只手拽住路彦的右臂，卖力地来回晃动着，"我天天待在这房间里烦死了，你就带我去一趟嘛！"

路彦被她晃得一阵头大，身上的衣服也跟着扭得满是褶皱。他低头看着陈依梦："你就这么想出去？看来我得去看看酒店的监控，看看你最近有没有出门。"

"哼！看就看！谁怕谁啊！"陈依梦不屑地说道，"我们打个赌，你要看到我出门，这事我就不求你了！但要是你没看到我出门，今晚无论如何你都得带我去！"

"行！"路彦看着陈依梦点点头，上次他怀疑陈依梦偷偷溜出了酒店，一直没机会查下监控，这次刚好查一下。

"好！"陈依梦拽着路彦的胳膊高兴地蹦了起来，"那我们现在就出去吧！"

"等等！"路彦连忙喊道，皱着眉头打量着陈依梦的白色短裙，笑着说，"去烟花之地，你还是换身打扮吧。"

陈依梦放开路彦的胳膊，一脸不敢置信地看着他："老古董！你是活在上个世纪的人吗？"

"不换？那我一个人去！"路彦整整衣服就向外走去。

"喂！"陈依梦在路彦身后喊住了他，"我衣服带得不够，待会儿你带我去买一件吧。”

路彦回头，看着陈依梦一脸咬牙切齿，忍不住笑了起来。

几分钟后，路彦带着陈依梦找到酒店的监控中心，让工作人员调出了近几天的监控。

路彦坐在显示器前看了很久，监控完全正常，这些天里，陈依梦的房间除了自己就只有打扫卫生的服务员出入过。每次陈依梦走出房间，三楼的监控都显示她去三楼吃饭了，完全没看到她曾走出过酒店。

路彦不禁沉思了起来，难道说上次那个衣服的汗味和那两个相同的气味，都只是巧合？

“你还要看多久？到底有完没完呀？”陈依梦等得不耐烦了，叉着腰在路彦身旁抱怨道，“你想饿死我吗？”

“看来你确实是个听话的乖孩子……”路彦转身看着陈依梦，一脸无奈地说道，“好吧，待会儿你唱歌就行了，不准偷听、偷看我，知道吗？”

“切！”陈依梦鄙夷地看了一眼路彦，“流氓！色鬼！谁稀罕看你！”

走出恒佳酒店，两人快速吃了个饭后，路彦又带着陈依梦走进了一家服装店。陈依梦左挑右选买了条蓝色长款牛仔裤换上了，临走时，路彦又选了一顶鸭舌帽戴到她的头上。

“大晚上戴帽子干什么？”陈依梦不明白路彦的用意。

“你戴着就是了，哪儿来那么多问题？”

“你要不说清楚，我就不戴！”

“得得，我说我说，”路彦也是拿小姑娘一点办法都没有，“你想啊，KTV 里监控众多，你跟我进去，万一以后是非之人拿着我们在一起的画面做新闻，说什么国家公职人员出入烟花之地，生活作风有问题什么的，我的照片上了新闻倒是无所谓，反正老脸一张，可你一个小姑娘，大好人生才刚开始啊！”

“还会有这种事？”

“当然有了，你从小在蜜罐里长大，成人世界里的复杂和险恶不是你能想象的。”

“哼！又瞧不起我！那这么危险，你就别去这 KTV 了呗。”

“跟几个歹徒枪战我都不怕，区区 KTV 又有何惧？”路彦笑了笑，“保护好你就行了，记得戴好帽子低着头，不要让监控拍到你的脸。”

陈依梦若有所思地看着路彦的侧脸，霓虹灯的光线正在他的脸上闪烁着，陈依梦轻声说道：“想不到你还挺粗中有细的呢！”

“哪里哪里，我只有粗，没有细。”路彦谦虚地回了一句。

刚说完突然发觉有点不对劲，他急忙扭头紧张地看向陈依梦，她正在一脸认真地看着自己，对刚刚的话并没什么反应。

“咳咳！”路彦安心下来，干咳了两声，站在自己的车前，冲着陈依梦扬了扬手中的车钥匙，“走吧，去看一下成人世界的放荡和腐败吧。”

路彦把车停在欣缘 KTV 的门口，带着陈依梦朝精装修的旋转门走去。门口两列穿着高衩旗袍的女人顿时齐声高喊道：“晚上好！欢迎光临！”

陈依梦见到这阵势感到有点害怕，忍不住从后面拽住了路彦的胳膊。路彦一言不发地带着她穿过旋转门，走进金碧辉煌的大厅，一个穿着紧身裙的女人迎了上来，路彦麻溜儿地说：“给我开个中包。”

“好的！请跟我来。”紧身裙女人带着路彦和陈依梦走上二楼。

陈依梦瞪大眼睛看向四周，灯光昏暗、气氛奢靡的走廊两侧都是包厢，偶尔有人开门，包厢里传出震耳欲聋的音乐声，一些满身酒气的男人搂着身穿超短裤或紧身裙的女人从他们身边穿过。她看向自己前方，路彦穿着笔挺方正、一尘不染的白衬衫，跟这样的环境显得格格不入。

紧身裙女人带着一个服务员推开一个空着的包厢，陈依梦径直跑到显示器前点歌，路彦则一屁股坐在沙发上。紧身裙女人带着一群穿着艳丽的女人走了进来，弯着腰凑近路彦问道：“先生你们要点哪位？”

“把你们老板陈娟喊来。”

“先生，我们老板是不坐台也不出台的！”

“那你去跟她说，陈怡的案子有新进展了，想知道具体情况就来跟我聊聊。”

紧身裙女人的神情紧张起来：“行，我去叫老板可以，但你这边得先点一个公主。”

路彦正要开口，陈依梦突然蹦到紧身裙女人的面前欢快地说：“那行，我替他点了吧！”

不待路彦说话，她已经蹦蹦跳跳地来到那一排待选的艳丽女人面前：“哎呀，小时候我以为公主都住在城堡里，长大以后才发现，原来公主住在 KTV 里！”

陈依梦仔细地打量着众人，最后指着其中最其貌不扬的一个旗袍女人说道：“喏！就她吧！”

她选完了还回头看了看路彦，笑着问道：“你觉得怎么样啊？”

路彦一脸无语地看着陈依梦，那五颜六色的灯光正在她坏坏的笑容上打着转。他无奈地点头，又叹气道：“你什么审美啊？”

“哎呀，没想到你眼光还挺高啊！”陈依梦坏笑着从那排艳丽的女人面前蹦开，到茶几边拿起了麦克风。

见路彦同意，没有被选中的女人们开始鱼贯而出，紧身裙女人也带着服务生快步跑出门外。路彦看向陈依梦，她拿着麦克风站在包间大屏幕的前面，背对着自己，点了一首《快乐崇拜》开始唱起来。

包间里响起了动感的 Rap，被陈依梦选中的旗袍女人神情尴尬地坐到路彦旁边。

“先生，我们玩骰子吗？”

路彦揉了揉太阳穴：“不用，你坐在那边休息吧。”

正当包间里气氛有些尴尬的时候，房门再次被打开，一个穿着西装、一身干练的中年女人走了进来，她直接走到路彦身边坐下，旗袍女人见状赶紧退到一边。

“是你找我吗？”

“嗯。”路彦从让他头疼的 Rap 上收回注意力，看向了坐在自己身边的陈娟。

她染着黄色的大波浪头发，一双眼睛红肿着，看样子是哭过很长的时间，一张风韵犹存的脸上倒也能看出些时光流逝前的姿色。

陈娟扫了路彦一眼：“你是谁？”

“警察。”路彦平静地说道。

“贺县公安局哪个部门的？我怎么从来没有见过你？”

“我是省厅过来的，陈怡的案子现在我也参与调查。”路彦出示了自己的工作证，“你女儿的事情刚出来才几天，你就开始工作啦？”

“没办法，谁叫你们男人靠不住？我只能靠钱。”陈娟点燃一根香烟，“我这个门面还欠着债，不努力钱从哪里来？说吧，找我来问什么？”

“听说你女儿陈怡生前参与过一些打架斗殴，你知道她都结过什么仇人吗？”

“她无非喜欢跟着一些学生混混一起玩，打架也都是跟在男孩们后面凑个热闹，能结下什么生死仇？她失踪后，我带人把那些跟她有过瓜葛的小男孩都找来查了，他们都不知道她在哪儿，也想不出会有什么仇人要对她下手。”

“那你呢？你觉得你有什么仇人可能会对你女儿下手吗？”

陈娟翻了翻眼皮，不屑道：“我在贺县开店这些年，要说商业竞争上没有仇人也是不可能的，可仇人就那几个，基本全县人都知道。我跟贺县政府、公安、法院的人都很熟，他们敢这么动我女儿？”

“那些人的名单你跟贺县警方说过了吗？”

“说过了，高伟诚说他正在查。”

路彦点点头：“你女儿和林依芸是同班同学，她们关系如何，她有和你说过吗？”

“说过，不怎么样。”

“她怎么说的？”

“大概就是觉得林依芸那小妮子喜欢装纯，偏偏她喜欢的人就喜欢林依芸这种装出来的纯，所以就对林依芸有意见吧。”

“怎么个装纯法？”

“这个，我女儿没具体说，说出来你们男人也不会懂的，碰上了照样还是没有招架之力。”

“陈怡喜欢的那个男生是谁？”

“我不知道，我女儿不愿意跟我说。”

路彦略微颔首，看了一眼正在屏幕前蹦蹦跳跳的那个曼妙身影，端起茶几上的饮料喝了一口：“除此之外呢，陈怡和林依芸还有什么瓜葛？”

“除此之外就没有了，没听说过我女儿跟林依芸还有什么瓜葛。”

“那你知道陈怡跟吴蝉有什么交集吗？”

陈娟摇了摇头：“我以前都没听她说起过这个人……”

路彦沉默了。

房间里的歌曲切换成了《借口》，陈娟看了一眼拿着麦克风的陈依梦的身影，面色古怪："你们警察来查案还带着女朋友吗？"

路彦解释道："不是的，只是个朋友。"

陈娟见路彦不承认，也不好多问，便问道："你说案子有进展了，进展是什么？"

"你了解孙明这个人吗？"

"了解啊，我有好几次都是找他看的病，诊得比县医院好多了。"

"他和陈怡认识吗？"

"认识，陈怡几次去他那儿看病，回来很快就好了，他对陈怡也很客气，你们为什么怀疑他？"

"这个不方便透露。"

"好吧，我想你们应该怀疑错了人，他心肠很好的。"

"心肠好是怎么说？"

陈娟神情犹豫了一下，她把手中的烟掐灭，放进茶几上的烟灰缸里，顿了顿说："其实事到如今说出来也无所谓了。一年前，我发现陈怡竟然怀孕了，当时我很自责，怪自己平时没管好她，可是我不想她走我当年的老路，于是我就想带她去堕胎。我和她都不想去贺县医院，因为医院人太多怕遇到熟人，所以我就带她去了孙明那里，我知道孙明以前做过很多这样的手术，我对他很放心。

"我们希望孙明帮我们保密，孙明满口答应，后来也确实做到了，最让我感到意外的是，他做完手术竟然不收一分钱费用。"

"不收费用？为什么？"

"他说堕胎是杀生的活，做杀生的活还收钱是要折寿的。他私下里跟我说，这些年为贺县很多女人做过堕胎手术，没收她们一分钱费用。孙明还说他的手术对象大多都是非常年轻的女孩子，他说他很心疼那些小女孩，舍不得收她们钱。"

"这人还真是热心肠……"路彦喃喃着。为什么孙明的手术对象都是年轻的女孩子？真的是因为他说的同情吗？

"……请你回头，我会陪你一直走到最后！"陈依梦的高亢歌声在整个包间里回响。

路彦静静听着，忽然，他的脑海中闪过一个念头，惊得连手中的饮料洒到茶几上也毫无知觉。

“她们的堕胎手术是在哪里做的？”

“孙明自己的手术室啊！”

“久仁诊所根本就没有手术室！”

“不在久仁诊所，是在县城郊外的一个独立的小房子里，孙明买了很多仪器放在那里，他说他不想搞得太高调，连他诊所里的很多人都不知道。”

“什么？”

路彦猛地靠上背后的沙发，他感觉自己额头已经渗出一层冷汗，后脊背上也是一阵阵发凉。原来警方掌握的信息并不充分，孙明还隐藏着很多秘密，看来张霖说得确实有道理，今晚这一趟总算不虚此行。

路彦找陈娟要了孙明那个秘密诊所的地址后，连忙带着不情愿的陈依梦起身告辞。

桑塔纳一路行驶到郊外的目的地。路彦把车停在马路上，推开车门走下来。放眼望去，惨白的月光笼罩着一大片的农田，广袤的土地上稀寥地点缀着几处人家，四周的大地已经陷入了沉睡，安静得只听见蛙鸣。

“你确定是这里吗？”李茵带着陈依梦走下车来。

“对！按照陈娟说的，应该就在那儿。”

顺着一条狭窄的碎石子小路，路彦指着五十步远的一个地方，一个黑魆魆的矮小平房在朦胧的月光下若隐若现。

刚才接到李茵后，陈依梦怎么都赶不回去，死皮赖脸地非要跟过来，还美其名曰要给他们放风。也许，今晚带她出来就是巨大的错误。他在心里做自我检讨，为什么自己在女人面前总是耳根子这么软呢？

路彦扭头看向四周，暗沉的夜色里仿佛静伏着某种凶猛的怪兽，那黑魆魆和阴森森的黑暗中，好像有张着嘴的恶魔和幽灵在四处游荡。最可怕的不是前方的黑暗，而是前方的未知。

路彦取出自己的老伙伴——92 式手枪，把几颗帕拉贝鲁姆手枪子弹一一上膛，老伙伴那熟悉的握感让他稍微放下心来。

“走吧。”路彦掏出手电，仔细地注意着周围，带着李茵和陈依梦踏上碎石子路。

“我们搜查这里符合程序吗？”李茵开口问道。

“他这个秘密诊所属于久仁诊所的一部分，我们申请下搜查令，搜这里当然符合程序了。”路彦盯着那个矮小平房说道，“再说，他无证经营是违法的，搞不好也在这里弄什么犯罪勾当呢……”

三人的鞋踏在石子路上，发出的哗啦声在夜晚里显得格外清晰。

陈依梦看向阴森森的四周，感觉寒意渐渐涌上心头，她小心翼翼地紧挨在路彦的左边，伸出手拽住他的左臂，李茵则打着手电四处张望为两人殿后。

三人来到矮小的平房门口，路彦和李茵关掉了手电。路彦凑到门边，借着月光，看到生锈的老旧铁门上挂着一把新锁，那是一把普普通通的黄铜锁，白色锁把在月光下反射着寒光。路彦做了个手势，把耳朵贴在门上细听着，李茵则绕着平房走了一圈，发现房子没有后门，唯一的窗子也从里面被反锁着。

李茵回到门边跟路彦交换了个眼神，小声说道：“没有人，也只有这个门能进去。”

知道里面没有人，路彦放心地点点头。李茵掏出开锁工具，小心试探一番后将锁打开，路彦下意识地握住怀里的92式手枪，打开手电，看着李茵小心翼翼地推开门。

门开后，路彦和李茵立马举起了手电，光线撕碎了迎面而来的黑暗，一切安全。路彦踏入房间，一阵刺鼻的霉味迎面而来。李茵找到灯的开关，点亮了房间里的灯。

昏黄的灯光下，路彦看清了屋子里主要的摆设。房间右边的一张高大的红色帷幕之后，缝隙间一个蒙着白色床单的手术台若隐若现。路彦蹑手蹑脚地走上前，掀开帷幕，看到手术台上面挂着一个大的无影灯。手术台旁边放着一个路彦并不认识的高大的白色医用仪器，旁边还有个病床和两个消毒柜。房间左边的地方有几把褪色的塑料椅子和一张塑料桌，桌边有一张料理台，台上放着一些酒瓶。房子拐角处，又有一个红色的帷幕。路彦屏住呼吸走上前，用枪捅开帷幕，看到角落里有一个小冰箱和一个齐人高的冰柜。

见没有危险，路彦把帷幕彻底拉开，转过身对李茵说道：“开始搜吧，看看这里有没有电棍电棒一类的东西。”

李茵点头就要开始查找，路彦想了想又赶紧补充了一句：“孙明是医生，他可能懂得乙醚的制作，找找这里有没有乙醚，看看有没有制作乙醚的乙醇和硫酸。”

陈依梦守在门外，好奇地看着屋内忙碌的路彦和李茵。屋子面积不大，但摆设物品众多，路彦决定从手术台和病床开始找起。路彦麻溜儿地掀起了手术台上的被单，被单上的一阵灰尘扑鼻而来。他挥手扇了扇，低头看着光秃秃的手术台，那上面像是仍然残留着血腥和恐怖，路彦没来由地感到一阵心悸。

一旁的李茵小心翼翼地打开消毒柜，里面躺着一堆工具器材，她用手电筒照亮里面，小心地寻找着。

路彦抚摸着手术台的边沿，上面堆积的灰尘蹭了他一手。他低头弯腰仔细地查探着手术台的每个角落，突然在手术台抵在墙上的边沿处摸到一张皮纸。他凑近了一点，看到皮纸上方是一段长长的英文，下方则是一段中文：

仰赖医药神阿波罗、阿斯克勒庇俄斯、阿克索及天地诸神为证，鄙人敬谨直誓……尚使我严守上述誓言时，请求神祇让我生命与医术能得无上光荣，我苟违誓，天地鬼神实共殛之。

路彦认得这是两千多年前的《希波克拉底誓言》，是古希腊的一位叫希波克拉底的著名医生写给医学界的从业道德倡议书。这宣言的精神对后世的影响很大，是至今很多医生从业时还要宣誓的誓言。孙明为什么贴了这个誓言，又把手术台抵在墙上，使自己和病人都无法看见？

手术台没有了别的发现，路彦走到料理台前，拿起那些白酒的空酒瓶随便看了看。路彦注意到，料理台拐角处结满了蜘蛛网，但是自己脚下的水泥地面很干净，几乎是一尘不染。

奇怪，结着蜘蛛网说明这里应该有段时间没人来了，可是地上为什么还是那么干净？

没等路彦细想，李茵已经起身来到他的旁边，低声说道：“两个消毒柜和桌子抽屉都仔细找了，没有。”

路彦点点头，和李茵一起把目光投向房间角落里的冰箱和冰柜，这是他们仅剩的还未寻找的地方。

路彦走到冰箱面前，发现它正通着电，冰箱的风扇在哗哗直响，在拉开冰箱门前，冰箱上面的一件东西吸引了路彦的注意力。那是一个精美的相框，支撑腿断了后倒在了冰箱顶上。

路彦拿起相框，抚摸着镶在里面的发黄的老照片。那是一张合影，比现在年轻许多的孙明站在画面的左边，那个时候他还没秃顶，也比现在瘦，戴着眼镜显得文质彬彬。他那个比他还高一点的妻子正站在他身边轻轻地靠着他，怀里抱着一个四岁左右的可爱女娃。一家三口都开心地冲路彦咧嘴大笑。

路彦放下照片，收起思绪拉开冰箱的上门，里面空空如也，他蹲了下来，拉开冰箱的下门，仔细寻找着，里面除了一堆冰冻住的啤酒就只有冻住的冰块。他不由得很失望。

李茵则来到冰箱旁边的冰柜前，她伸手握住冰柜门的大把手，用力一拉，纹丝不动。

“应该是里面的冰结得太多，把门冻住了，”路彦拔掉了冰柜的电源，站起身说，“让我来吧。”

路彦替换了李茵，他把双手紧抠在冰柜的把手上，双腿微弯，气沉丹田，低吼一声，开始发力向身后拉着，冰柜门一动不动。

李茵见状上前伸出手：“我来帮你！”

“不用不用，我可是大力士！”路彦龇牙咧嘴地说道，他调整了下握住门的姿势，再次发力。这次他涨红了脸，嘴里冒着咿啊咿啊的声音，可是门仍然纹丝不动。

门口的陈依梦和旁边的李茵见状不禁笑了起来。

路彦放下胳膊，一脸悻悻的表情，没有说话。李茵走上前，两手紧握住冰柜的门，右脚抬起，抵顶在冰柜后面的墙壁上。

路彦见状，也抬起一只脚抵在墙壁上，他与李茵两人相视一眼，一起喊道：“一！二！三！”

两人抵着墙壁，同时发力，轰隆一声，冰柜的门开了，没有防备的两人身体不受控制地向后飞去。

与此同时，一股巨大的寒意从冰柜中涌出来，冰块哗啦啦地落了下来，铺撒在他们的身上和脸上。

路彦躺在地上，还来不及看向冰柜的方向，就听到门口的陈依梦和倒在地上的李茵发出撕心裂肺的尖叫。那凄厉可怕的尖叫声像是来自地狱深处，穿透耳膜、震人心魄，空气也好似跟着在嗡嗡作响。

在这个夏日炎热的夜晚，路彦突然感觉自己像是在迎面吹着地狱最深处刮来的冷风，漫天寒意铺面而来。他抬起头看向冰柜的方向，瞬间明白了陈依梦和李茵为何尖叫。

在冰柜门打开后散落一地的冰块里，一个赤裸的女尸正弯曲着躺在其中，白皙的身体上蒙着一层冰晶，电击伤在娇嫩的皮肤上异常醒目。她的四肢犹如提线木偶般僵硬地伸着，手腕处本应该连接的一双手掌消失不见，两条纤细的小腿延伸到脚腕处，也变得空空如也。她的脑袋正靠在一个大的冰块上，面部正对着路彦的方向。冰柜的低温冻住了她生前动人的姿色，她脸上的肌肉不自然地僵硬着，表情好像是微笑，笑容里有几丝妖艳和诡异。她的嘴是张开的，口腔里和牙齿间都是碎冰碴，眼皮没有合上，一双大而无神的眼睛正在不甘地注视着房间里活着的三人，仿佛要诉说一个凄怨的故事。

路彦认得那张脸，那张贺县警方找了好久也没有找到的脸。

吴蝉，死不瞑目。

第十一章
追凶者也

路彦冲进久仁诊所，蒋旭飞和张进迎了上来。

“孙明不见了？”路彦瞪着眼睛不敢置信。

“一接到你的消息，我们就进来拿人了！但诊所里完全没有他的踪影！”蒋旭飞气急败坏地说着。

“不是一直盯着他吗？”

“傍晚放他出来，他就在公安局门口上了一辆车，我们就立马跟上去了，亲眼看到他在这诊所门口下车，进了诊所就再也没出来。然后我们就守在门口，一直没看到他离开过！”

难道这个诊所有后门和暗道让孙明逃走？路彦目光扫过诊所大厅，已经是深夜了，大厅里只有两个值班的年轻医生，一排座椅上稀稀拉拉地坐了几个打点滴的病人。路彦穿过大厅，走进每一间房间仔细检查，包括之前孙明待过的休息室，然而让他失望的是，孙明的诊所并没有什么可以让他离开的后门和暗道。

路彦皱起眉头，刚刚在孙明的秘密手术室发现吴蝉尸体后，贺县警方来到了现场，李茵把受到惊吓的陈依梦送了回去，自己则飞速地赶来久仁诊所，孙明却不见了。他是怎么做到在警方眼皮底下凭空消失的？

刚刚以为能抓到凶手的欣喜很快就消失不见了，路彦剩下的只有满腔的恼怒。到手的嫌犯逃跑了，煮熟的鸭子不翼而飞，这个孙明从被放出来再到莫名其妙地消失，每个时间点都卡得恰到好处，路彦突然有种被人牵着鼻子走的感觉。

他深深地吸了一口咸咸的空气，这个夜晚，那种被人暗中偷窥的感觉再次爬上心头，好像有人躲在暗处监视着自己的一举一动。从来贺县第一个夜晚发现身后那个幽灵之后，路彦就十分警惕，但是自那之后，他却没有再次察觉那幽灵的踪迹，所以，现在到底是什么人在窥探自己呢？路彦站在久仁诊所漆黑寂寥的走廊上，浓稠的黑暗包裹着四周。

手机一阵振动，路彦连忙接通，电话那头传来李正的声音。

“孙明的车就停在他家楼下，车里空空如也……”

“他家里呢？”

“他家只有他老婆在，他老婆说孙明从被我们抓去后就一直没回来，她也一直联系不上他！”

“我知道了……”

路彦挂掉电话，又走回诊所的大厅。这个连环杀人案，怀疑对象从张霖到刘建华，又从刘建华到孙明，终于在第五天被自己找到了指向杀人凶手的有力证据，而孙明莫名其妙的逃跑失踪更像是佐证了他就是连环杀人案的凶手。孙明啊孙明，真的是你杀了那三个女孩吗？

蓦地，路彦看到那一排打点滴的病人里，坐着一个穿着灰色衬衫、略有点秃顶的中年男人，他背对着警察，有着跟孙明一样的微胖体形，穿的衣服也是一模一样。路彦连忙冲了上去，一把揪住了他。

8 月 9 日的清晨，路彦顶着两个黑眼圈跟着李正走进王局长的办公室。

“吴蝉，今年 19 岁，贺县二中高三毕业生，父母长年在外打工，跟随爷爷奶奶长大。目前的尸检情况显示，她的死亡时间与失踪时间接近，死于窒息，双手双脚被砍，被发现尸体时浑身赤裸，身上有多处电击伤。她与前两个女孩的被害特征多处相同，基本可以认定是同一个杀人凶手连环作案。”王局长的办公室里，李正拿着法医报告对王局长一脸严峻地说道。

王局长愤怒地拍案而起：“贺县有史以来都没出现过这么恶性的连环杀人案，这凶手真是丧心病狂！胆大包天！”

路彦瞥了一眼愤怒的王局长，又看了看一旁的李正。案子走到这一步，案件的严重性和恶劣的社会影响，早已跟一个林依芸的死亡案件不可同日而语了，王局长肩膀上的压力不会小，愤怒在所难免。

“吴蝉的尸体上有被性侵的痕迹吗？”路彦一边问道，一边接过了李正递过来的法医报告。

“有，报告上说下体有撕裂的伤口。”

路彦看着手中的报告，不禁陷入了沉思：莫非陈怡的尸体也有性侵的痕迹，但因为腐烂程度太高而没能检测出来？但是林依芸的尸体怎么没有被性侵的痕迹呢？陈怡和吴蝉的尸体被发现的地方都不是她们真正的遇害地点，林依芸的尸体却在遇害地点被找到了，为什么会有这种不同？路彦回想起林依芸遇害的资料，林依芸的死亡时间和张霖的邻居发现她尸体报案的时间比较接近，会不会是凶手在树林里杀死林依芸之后也想对她做什么，但是时间不够，所以放弃了？

李正咳嗽一下，继续向王局长汇报：“对于这个孙明，我们已经可以确定死者林依芸和陈怡生前都和他有过大量的接触，其中是否有什么矛盾纷争还需要进一步查明。他说他给陈怡看的是感冒，但实际上是给陈怡做人流手术！他说没有给吴蝉看过病，结果吴蝉尸体在他那里被找到！这两点都证明他对我们说的话有问题。对了，我们刚刚和卫生部门联系过了，孙明的诊所并没有人流手术的许可，他的手术全都是违法的。”

王局长皱紧眉头：“还有吗？”

“他的员工说曾在他的办公室看到过黑色电棍，孙明自己也已经交代了他以前有电棍。另外，作为医生的他也懂得乙醚的制作和调配，在这几点上，他都具备成为凶手的条件！”

王局长拍了拍脑袋，一脸悔意地说道：“之前真不该把他给放了！”

李正看向路彦：“昨晚弟兄们搜查久仁诊所时，跟我说那诊所没有能逃出去的窗子和暗道，后来你去了，查清楚孙明是怎么逃走的了吗？”

路彦摇摇头：“他没有从久仁诊所离开过，因为他就根本没进去过！我昨晚去诊所里，在那儿发现了一个打吊瓶的病人穿着孙明的衣服，身材相貌和孙明很接近，连秃顶的形状都是一样的。一问就问出来了，他是贺县乡下的一个农民，被人花钱雇的，跟着一辆宝马5系一起来贺县公安局接到了孙明。在车上的时候他和孙明换了衣服，宝马车直接开到久仁诊所，他穿着孙明的衣服下车走进诊所，盯梢的人在隔着一定距离的情况下没有辨认出来。我们的人停留在诊所门口的时候，真正的孙明却坐在宝马车里走了。”

“岂有此理，竟然敢在警方眼皮底下玩这种调包的把戏！”王局长生气地说。

一旁的李正扭头看向路彦，急忙问道：“跟孙明调包的那个人你审过了吗？到底是怎么回事？”

“我审过了，他说昨天有个陌生人上门找他，并给了他五百块钱，让他坐车去诊所里打两瓶葡萄糖。他平时没有收入，所以就答应了，昨天出门，是那个人开车接他到公安局门口来的，从头到尾他连那个人的名字和联系方式都不知道。”路彦侧过身子，盯着李正的眼睛平静地说道，“我把他留在公安局了，让画师根据他的描述，画出找他的那个人的长相，如果能找到那个人，我们或许就能找到孙明。”

“车牌号呢？查那辆车的车牌号！”王局长提议道。

李正无奈地摇摇头：“接孙明的那辆车并不神秘，就是孙明自己开的那辆宝马 5 系。正因为接孙明的是他自己的车，我们盯梢的人以为那是他家人开来的，这才放松了警惕，但实际上他老婆对这些毫不知情。”

“那辆车现在在哪儿？”

“那辆车昨晚我在孙明家楼下找到了，车里没人，我们检查了下，方向盘这些地方竟然没有发现指纹，明显被人处理过了。”李正沮丧地说。

“好一个孙明，我看天涯海角你能逃到哪里！”王局长激动地双手按在桌子上，身体都在微微颤抖。

“现在来看，孙明早在昨天就做好了逃跑的准备，可是那时候我们完全没有证据抓他，他为什么要跑？这个阶段跑了不是更增加警方对他的怀疑么？”路彦开口问道。

“会不会是因为心虚，知道吴蝉的尸体迟早会被警方发现，所以一出来就赶紧逃跑？”李正托着下巴思考着说道。

“不用管他为什么要跑，当务之急是我们要马上把他抓回来！”王局长站起身，快步在办公室里来回走动着，“这个吴蝉死的事情再传出去，贺县的女孩子都不敢出门了，凶手连续杀了三个人！这个案子影响太坏了！太恶劣！赶紧把凶手抓了，我们才能对社会有个交代！“

路彦和李正相视一眼，沉声道："赶快联系手机运营商，定位孙明的手机位置吧。"

李正点点头："我已经交代人去办了，另外他的社会关系我们这边也要进行彻查，任何他可能投靠的亲戚和朋友都不能放过！"

王局长回到办公桌前，表情凝重地看着李正和路彦："抓紧时间吧！这个案件已经引起上面的高度关注了，市局的人这两天应该就会到。这个案子可能很快也要移交市局办理了，到时候我们只能协助调查。我想，留给我们的时间不多了……"

王局长的声音越讲越低沉，他望向李正，此时的李正垂下脑袋，脸上写满焦虑。路彦身体挺直、双拳紧握，面无表情地看着前方，王局长也不知道为什么，突然从这个年轻人的胸膛里感觉出熊熊燃烧的战意。

然而到了 8 月 9 日的傍晚，对孙明的社会关系的排查以及对其熟人的监听询问都没有获得半点线索，定位他的手机最后只定位到一个流浪汉的身上，看来他有意识地在逃跑时把手机扔给了别人。警方和运营商查他的手机过去的通信记录，也没有查到与任何可疑号码的联系。除此之外，在本省的各大交通要道和重要的火车飞机等站点，也都没有发现孙明的身影，他就像是人间蒸发了一样，消失得一点痕迹也没有留下。

天色渐渐暗了下来，贺县刑警大队的办公室里，路彦坐在办公桌旁查看着资料。李茵沮丧地查看着吴蝉的尸检报告，空气里弥漫着一股失败的味道。李正还带着人在外面竭力搜查，高伟诚带人对孙明的妻子和亲友进行问话，也没有问出任何有用的东西。路彦明白，如果时间充足，找到孙明是迟早的事情，可眼下，自己只有一天的时间查案了。

路彦翻开手中的资料，他知道这起针对少女的连环杀人案已经造成了巨大的社会恐慌。贺县这几天出现了关于杀人案多种版本的流言，老百姓议论纷纷，有的说凶手是个变态色魔杀人狂，有的说凶手是精神病患者，甚至还有人说是鬼怪找那些女孩索命。死去的三个女孩的尸体一个个出现，贺县公安局也先后抓了三个嫌疑人，偏偏那个最有可能是凶手的孙明，贺县公安局曾抓获过他竟然又放了他。王局长说，县领导和市局、省厅的领导对他们的工作很不满意，市局的人今天已经赶到了贺县公安局，这个案子明天将会移交给市局查办。路彦和众人都明白，留给贺县公安刑警队的，也只有这一个晚上了。

路彦盯着之前孙明在公安局审问时留下的笔录，看了好久还是没能找到有用的线索。他绷着身体，托着脑袋，忽然，手机在怀里振动起来。看到屏幕上显示的那串熟悉的号码，他赶紧接通了。

“你之前送来的东西，鉴定结果出来了。”萧瑶的声音从电话里传来。

“结果是什么？”路彦觉得心脏此时加速跳动起来。

“两张纸，先说小的，就是你说别人写给你要你离开的那个小纸条。那上面的字墨没有什么特别，就是市场上常见的标准喷墨打印机打出来的，纸张也是随处可见的木浆纸，里面添加了一些草浆和竹浆。”萧瑶顿了顿接着说，“不过张霖在案发当日收到的那封匿名信，纸张就有些特殊了……”

“怎么特殊？”路彦忍不住提高了音量。

“那张纸上的字也是用标准喷墨打印机打出来的，但是纸张含纤维素较纯，质量很好，保存时间远超过一般的木浆纸。我们花了很长时间分析了那个纸的成分构成，里面有一种成分是从东南亚的印尼银檀木里提取的，所以价格会远远高于一般的木浆纸，不是一般单位和个人会用的。”

“那么你帮我查下……”路彦抬头看了看四周，压低声音说，“帮我查下这种纸的生产商、经销商，还有在贺县哪里有卖？”

“你人就在贺县，干吗不让贺县的人查？”

路彦拿着手机看了一下四周，犹豫了一下说道：“我们这边现在正是案件的关键时期，人手有些不够……”

“真的只是这一个原因？”电话那头的萧瑶意味深长地说着，“听说那边情况不太妙？”

“别提了，我原以为只是一件很普通的杀人案，只想尽快侦破，可没想到这案子一步步发展成了连环杀人案。当我以为很快就找到凶手的时候，那家伙又从我眼前溜走了。这样下去，我都没脸回去见江东父老了！”

“真不错，你还记得江东父老啊！”萧瑶的声音略微尖锐了些，“这么紧要的关头，你非要去那儿查案救人，现在搞成这个样子，当初的江东父老对你的劝言你怎么就不听啊？”

“咳咳……张霖跟我之间那还用说吗？”路彦干咳了几声，“对了，如果，我是说如果我 11 日不能赶回省厅，会怎么样？”

“你知道现在的情况，跟领导约定好的事情再做不到的话，你这次的提前晋升就没戏了。”

路彦握住手机的手忍不住抽搐了一下。他知道省厅一直有人对他的某些工作方式不太认同，对他这次晋升也颇有微词。要是这次自己晋升无果，就很难接触到更机密的资料，六年前的那个案子就更查不清楚了。

唉，一着不慎满盘皆输，路彦想着，轻声问道：“没有第二种可能了？”

“没给你处分就不错了，还想着别的？”萧瑶不领情地说道，“你现在不也算是找到了证据发现了凶手吗？明天你让贺县警方继续去抓他就行了，你一个人回省厅，对案子也没多大影响了吧？”

萧瑶的话不无道理，路彦不禁陷入了沉思。

“行了，那个绳子的分析结果你想不想听？”萧瑶打断了路彦的思绪。

“你说！”

“捆住陈怡尸体的那根绳子，我们发现是一根材质特别高档的尼龙绳，虽然绳子遭到了重度磨损，但是款式造型依然是很好辨认的。我和同事们对它材质进行了鉴定，再跟市场上的一系列产品进行对比，确认它就是英国性玩具零售商 Lovehoney 旗下的那个款式为 Fifty Shades of Grey 的产品，中国市场售价一根五百多块。”

“什么？Fifty Shades of Grey？”路彦难以置信地瞪大眼睛。

“对，中文名‘五十度灰’，那电影你知道的。Lovehoney 就是和这个电影合作推出的这款绳子……”

路彦忍住心里的激荡，压低声音，努力使自己平静地说道：“萧瑶，绳子和纸，请你帮忙查下它们生产商和经销商在贺县的销售记录，好吗？”

“你知道，这超过我的职责范围……”

“但是你肯定有办法查到的，对不对？”

萧瑶沉默了一会儿，低声说道：“好吧，我汇报一下，再找几个朋友给我帮帮忙看看……”

“太感谢了！”

“不客气，你遇事不要只顾逞强，多多保重吧。”萧瑶刚说完，还不待路彦吭声便挂断了电话。

路彦直愣愣地看着手中的手机，并没有留意到萧瑶最后说的话。他满脑子想着的还是绳子的事情，英国 Lovehoney、性玩具、五十度灰、五百块的绳子……不同的词语在他脑袋里炸开。贺县的什么人会喜欢《五十度灰》这种电影？什么人会花五百块买这种与电影同名的绳子？

路彦抬起头看着窗外天空上的稀寥星光，时间所剩无几，尚未解答的疑问还有这么多。孙明，你到底在哪里？这一切真的都是你做的吗？

忽然，一个激灵从脑海中闪过，路彦急忙转身，冲着高伟诚喊道："孙明的妻子还在吧？我要找她问话！"

孙明的妻子叫李静，比孙明小两岁，但脸上皱纹很多，身材松垮，比起孙明更显老一些。从她身上，路彦看出一种生命力流逝后的枯萎感。

李静坐在椅子上，平静地看着面前的路彦和李茵："我真不知道孙明去了哪里。"

"我不是来问这个的。"路彦静静地打量着李静，他往前探了探身子，"这些年孙明秘密违法地给一些女孩子做人流手术，你知道吗？"

"我不知道。"

路彦惊异地和李茵对视一眼，在心里判断着李静此话的真假。

"孙明的脾气怎么样？"

"他脾气很好，每次我骂他，他都只是默默地听着，不怎么还口还手。"

"你跟他生活了二十多年，有没有发现他性格里有偏激疯狂的一面？"

李静想了想，摇摇头："没有。"

路彦盯着李静的眼睛："孙明跟你的感情怎么样？"

李静有点迟疑："我们感情完全正常……"

"不，你在撒谎，"路彦反驳着李静的话，"如果你们夫妻关系正常，孙明被警方怀疑成连环谋杀案的凶手，你怎么这么平静？他现在消失得无影无踪，你怎么一点也不着急？"

李静怔怔地看着路彦，一时间说不出话来。慢慢地，她叹了口气："孙明虽然不是个好人，但是要说他连杀三个女孩子，我还是很难相信的。"

"怎么不是个好人？"

"夫妻这么多年，没什么好说的。"

路彦皱了皱眉头，掏出捆住陈怡的那根绳子的照片，放到李静面前：“你见过孙明拿过或用过这种绳子吗？”

李静盯着照片看了一会儿，摇了摇头：“我想不起来。”

路彦兀自敲了敲桌子：“嗯……孙明有玩SM的癖好吗？”

“什么？”李静皱着眉头。

“就是在那方面有施虐或受虐癖好的行为。”

李静紧锁着眉头，没有说话，半晌之后终于冷若冰霜地开了口：“我们分房睡很多年了，他那方面的事情与我无关，我也一概不知。”

路彦觉得面前的这个女人身上积蓄起一股莫大的寒意，那扑面而来的冰冷让人感觉空气的温度瞬间降了下来。

“你们的感情到底是怎么破裂的？”看到路彦发愣，李茵赶紧问道。

“也无所谓破裂不破裂了，几年前我们从省城回到他老家开了诊所后，他慢慢地就要分房睡了……”李静五官纠结在一起，过了一会儿，又松开了眉头，“后来我感觉他可能是在外面有女人了，我骂过他、打过他，他都不承认，后来我请人跟踪调查了很久，亲眼见到他和那女人在一起，但回到家后，他仍然对我撒谎。”

一旁的李茵听得毛骨悚然。李静继续冷漠地说着，平静而又不带感情波动：“他做得很隐秘，除了我，其他所有人都不知道，那时候我就彻底死心了，虽然还住在一个屋檐下，但自那之后我就彻底当他是外人了。”

“那你为什么不离婚？”

“是孙明死活不愿意，他说他需要一个家庭。”

路彦和李茵相视一眼，想不到孙明还隐藏着这样几乎没有人了解的秘密。路彦连忙问道：“那你觉得孙明这次是逃到他的情人那里了？”

“这些天，你们一直去我家和我亲戚家调查，我的女儿、亲戚、朋友都被你们警察反复地找，我烦了，真的烦了，无论他犯没犯事，我都希望你们能早点找到他！我说实话吧，他确实很有可能去那个婊子那里躲起来了。”

“你既然这样想，为什么不早点告诉我们这件事？”李茵不解地问道。

“我不想让这个事情公开。”

“那孙明情人的地址到底在哪里？”

“西楠市金海县县城富阳路圣燕小区六号楼A单元3楼301室。”

李静冰冷如机器般地说完，李茵倒吸了一口冷气。路彦来不及理会，连忙起身离开了座位。

金海县与贺县相隔几十公里，贺县刑警队得知李静的消息后，如抓住了救命稻草一般，迅速乘警车向金海县县城出发。

两个小时后，路彦跟刑警队赶到了金海县的富阳路，高伟诚穿着便衣带人走进一个超市。

“李静说那个女人在这个海天超市做收银员，就离她自己家半条街，高队长先去看看她在不在上班。”警车上，李茵小声地对路彦说着。

不消片刻，高伟诚带着一个三十多岁的女人回到警车上，那女人一脸惊慌，正忐忑不安地看着四周。高伟诚对众人介绍道：“她叫严晓慧，据她交代，孙明两天前用一个陌生号码联系了她，然后来到了她家，一直在房子里闭门不出，傍晚5点她来超市上班的时候，孙明正在她家里睡觉，我们现在立即出发，去她家拿人！”

路彦等人纷纷面露喜悦，看来李静猜得没错，孙明果然躲到他情人家里去了。几天来的挫败感一扫而空，刑警们摩拳擦掌，跃跃欲试。

很快，众人来到圣燕小区六号楼A单元的门前，抬头一看，三楼房间的窗户正透出淡白色的微光。

“那是你家的什么房间？”李正指着窗子问道。

“那是卫生间，现在应该是客厅里的灯在亮着。”

“好，待会儿你装作什么事也没有地去开门知道吗？我们跟在你身后。”李正严肃地说道。

严晓慧紧张地点点头，在她身后，李正等人纷纷拔出手枪，跟着她的步伐蹑手蹑脚地踏上楼梯。

路彦低头看了看时间，已经是晚上十点半了。虽已近深夜，但一切比预想的顺利得多，众人的步伐停在了三楼，严晓慧掏出钥匙敲门道：“孙明，我回来啦！”

里面静悄悄的，没有回应，严晓慧加大力度拍门：“孙明，你在家吗？”

屋子里还是没有任何回应，严晓慧求助地看向李正。李正眼神示意她自己开门，于是她掏出钥匙，插进门锁里转动着，锁闩退回去发出的咔咔声格外清晰。路彦站在李正身后，抬头看向门上，门上的墙角边还有一个监控摄像头，仿佛有人正窥探着他们的行动。

严晓慧打开了锁，用力拉门，门却纹丝不动。她脸色一变，看着身旁的李正和高伟诚，低声道：“里面还有个门闩，只能从里面打开。”路彦脸色一变，孙明为什么把门闩都锁上了？难道他已经知道警察要来抓他？

一旁的李正和高伟诚交换了个眼神，两人猛地上前，齐身撞着。轰轰的巨响响彻楼道，一下，二下，三下，门被撞开了。路彦感觉一股猛烈的气流从身边刮过，空气中有着清脆金属撞击地面的丁零声。

路彦跟着李正冲进客厅，亮着白色大灯的客厅并没有人，只有空荡荡的沙发茶几对着黑屏的大电视机。路彦扭头看向四周，两个小的房间分别是厨房和餐厅。两个警察冲了进去发现空空如也，另一个隐约传来洗衣机搅拌声的卫生间里也没有人。路彦率先冲到主卧房间的门口，借着客厅里的光，看到卧室里的床上鼓起一个薄被子，他双手持枪指着床上喝道：

“不准动！”

被子里没有任何反应，路彦身后的李正和高伟诚已经赶到，正当他们要扑进去的时候，路彦伸出一只手臂拦住了他们。两人惊愕地望向路彦，路彦则垂下手枪，轻轻地走了进去。

借着客厅的光线，路彦看到床上空无一人。卧室阳台的窗子大开着，夜晚的风从窗外哗啦啦地涌进来，窗帘也在跟着飞舞。他轻轻地走上阳台。

这个房子的阳台位于大楼的背面，路彦站在三楼阳台上望向前方，正前方只有一排电线杆，那黑魆魆的电线隐藏在阴森森的黑暗里，更远方则都是一片漆黑的荒地。路彦从打开的窗子伸出脑袋，看向楼下。

借着楼道窗子发出的光亮，路彦看到孙明躺在阳台下的地面上，瞪大双眼看着上方。他穿着格子T恤和大裤衩，但胸脯上没有任何呼吸的起伏。路彦看到他的身下，一摊血向周围蜿蜒到很远。

路彦想：如果世界上真的有上帝存在，那他一定喜欢经常跟人们开玩笑。他抬起头，看着一脸惊愕的李正和高伟诚，低声道：“孙明死了。”

第十二章 信仰之死

孙明出生在贺县的老县城里，他的童年和少年都伴随着那个火红的年代而度过，跟很多小伙伴一样，他喜欢把毛主席语录随身带着，经常拿出来在人前背诵。有时他甚至把毛主席头像用钢针别到胸口的肉里，然后赤裸着上身跟别的伙伴显示自己的忠诚和荣耀。

作为一个热情似火的小无产阶级斗士，他为自己无产阶级的身份感到深深的骄傲。在孙明还是孩子的那些年里，大小学校早已停课，他和小伙伴们大把的精力无处释放，平日也闲来无事，就经常跟着其他的大人一起除四旧。

有一次，小伙伴们说一个老郎中家里藏了很多封建主义的毒瘤和资本主义的毒草，像往常一样，他和小伙伴们冲进老郎中家里，他看着小伙伴们把老郎中推倒在地拳打脚踢，然后他们又从那些长满虫洞的木柜上找到了那些藏书，把它们全抢下来砸到地上，点起一把火要全部烧掉它们。孙明站在原地，看着老郎中躺在地上咳着血，然后不省人事。

小伙伴们已经冲进里面的房间去砸别的东西，孙明却在冉冉的火堆前蹲下了身体。这一蹲，彻底改变了他日后的命运。封面上的人体图案令他很好奇，他从火堆里抽出几本只来得及烧了点边角的“毒草”翻看起来，虽然他什么都看不懂，但是他还是拿在手上认真地看了一会儿，带着好奇心，他捡起其中的几本，带回了家。

后来，孙明听母亲说起，自己小时候体弱多病，本来家里人都以为这孩子养不活了，最后多亏县里面的一位郎中几次妙手回春才得以保命。孙明随即震惊地发现，那个救过自己的郎中就是死在自己面前的那一位，他的心里感到莫大的后悔和难过。

带着心中的愧疚，孙明愈发想弄懂当初老郎中留下来的那些书，为了使自己弄懂，他跑去废品站，跟在知青后面偷偷地找出一本《数理化自学丛书》，他决定从最基础的东西开始学起。

火红的年代结束了，孙明心里的精神寄托一个一个减少，最后就只剩下当初那一堆书。他发现周围好多事情好多人开始变得难辨真假，唯有那些书上的东西好像从来没骗过自己。尽管孙明用了好些年都没有把那些书完全读懂，但是他已经有了一定的文化程度。恢复高考的消息传来，正在人生十字路口的他当即决定，参加高考。经过一段时间的准备，他如愿以偿地考入大学，并毫不犹豫地选择了医学专业。

上大二的时候，他跟着同学们看了一部叫《天云山传奇》的电影，正在他一边看电影一边反思的时候，旁边的一个大一学妹哭得稀里哗啦，他鼓足勇气给学妹递上了手帕。两人在电影散场后聊了起来，学妹问他为什么要学医学，他想了想说：我想丹心厚载，悬壶济世。

学妹当即破涕为笑说：你比希波克拉底还希波克拉底啊！

孙明当即站到旁边的台阶上，顶着朗朗月光，高声地把《希波克拉底誓言》背诵了一遍。背完之后他跳下台阶，看到女孩看向他的目光里，充满了崇拜。

那个女孩后来成了他的妻子。毕业后，本来按照从哪儿来回哪儿去的分配原则，孙明要回贺县报到。但是妻子的爷爷在省城的卫生局有点关系，妻子不想两人分离两地，求着她爷爷一阵活动后，孙明得以留在省城医院。

之后的几年里，医学技术发展很快，孙明时刻保持着紧张感学习着新东西。后来孙明听闻，当年跟他一起打闹的孩子们有不少死于20世纪80年代和90年代的严打，剩下大多数人都是从事一些低端的体力工作。孙明感慨着，学医真好，真是知识改变命运。他成了家乡同龄人中的佼佼者，每次回到老家，他总是被人称赞敬仰，长辈们总是要自家的孩子以他为学习榜样，要孩子们跟他一样努力学习知识改变命运。

突然有一天，孙明平静的生活被打破了。那一次，医院科室送来了一位难产大出血的孕妇，孙明检查的时候发现她出现了羊水栓塞。尽管孙明和同事竭尽全力地去抢救，最终还是没能救回孕妇的生命。

把孕妇尸体转交给她家属的时候，不管孙明多么费尽口舌地从专业角度解释，她的家属依然怒不可遏地认为孙明他们负有不可推卸的责任。那天下班时，孕妇的家属冲了进来，发狂似的对着孙明和他同事拳打脚踢，矮小的孙明抗击能力还不如女人，被打倒在地满口吐血，眼镜摔到了地上。他趴在地上，抬头看着这一幕，感到似曾相识。

这件事之后，尽管孙明没有什么责任，还是被院方调离了手术台几年。几年后孙明重回手术台，陆陆续续也遇到过医闹，都是因为病人的逝去。孙明面对家属的愤怒，心里多少也理解了一些。

步入中年，孙明已经升为副主任医师，身材和钱包都鼓了起来。工作很忙，他感觉精力逐渐开始吃不消，但还是一直强顶着工作。就在他以为人生会一直这样下去的时候，有天，医院再次送来了一个难产的孕妇，孙明和同事费了九牛二虎之力，终于把孕妇和孩子的性命都保住了，但是孕妇的男人在手术结束后冲到了他的面前。

那是个身高一米九几的高大男人，他不由分说地朝孙明脸上挥出一拳："妈的！我的女人，怎么能让你碰来碰去！"

矮了三十厘米的孙明被打倒在地，毫无还手之力。他感觉自己的脑袋在嗡嗡作响，嘴里和鼻里都在冒血。同事们纷纷冲上去拦住了那个男人，孙明则躺在地上一动也不动。他想起汪曾祺写过的一篇小说《陈小手》，说的是在民国时代，有一个很优秀的男产科医生名叫陈小手，有一次他被一个军阀团长请去给难产的夫人接生。陈小手费了九牛二虎之力救下了孩子和孕妇之后，团长请他喝酒并送给他二十大洋，然而在他跨上马离开的时候，团长在背后开枪把他打死了，并且怪委屈地说道："我的女人，怎么能让他摸来摸去！她身上，除了我，任何男人都不许碰！这小子，太欺负人了！日他奶奶！"

仅仅一拳，孙明就被打得脑震荡加鼻梁骨骨折，眼镜被打落在地摔得粉碎。民国时候的情节发生在21世纪，孙明以前想都不敢想，那天若不是有同事在场拦住，自己被那个男人当场打死也说不定。

孙明开始思索自己的人生，自己住着大房子开着好车子，受着人们称赞，为什么现在却活得如履薄冰？他已经算是个有身份有地位的人了，为什么却一直感觉自己属于弱势群体？尽管有着可观的收入，但这并没有给他带来安全感。本是医生的他住进了医院，孙明开始变得意志消沉起来，他想起了民国时代的陈小手和当年的老郎中，又想到自己。难道生而为医，就注定是这样的命运？

不停出现的医闹终于在这一次磨掉了他最后的一点耐心，他跟妻子商量着说，自己的身体已经渐渐吃不消大医院的工作强度，更是不能再承受这样的医闹了，如今自己已经积累了足够的财富，不用担心养老的问题，女儿成绩优异也不用过多操心，是时候换一种生活方式了。

孙明回想着当年，青年时期的自己怀着炙热之心从贺县走到了大城市，努力地看到了外面更大的世界。时光荏苒，年华蹉跎，到了人生之秋的中年，他发现自己的滚烫和炙热最终还是让位给了恬静和安宁。在旁人不敢置信的目光中，孙明放弃了大医院里令人艳羡的编制和安稳，成了一名体制外的无业游民，然后带着妻子回到了老家贺县。

回到贺县，孙明决定自己开诊所当老板。他购置了门面房和很多器材、药物，又招来几个年轻医生和护士，然后往贺县政府跑了很多次拿到了各种许可证。就这样，久仁诊所被他开起来了。诊所一开始很简单，主要就是给病人看看感冒打打吊针什么的，孙明基本也都让年轻医生去问诊，自己当甩手老板也乐得清闲。不料，贺县人听说省城的妇科专家回来了，上门看妇科病的络绎不绝。孙明被逼无奈又得坐在诊所问诊，不过这一次他多了自由选择权，有时候他就把情况不严重的病人交给年轻医生去问诊，自己跑去休息。

孙明以为自己会在这样的平静生活中老去，然而他的希望再一次落空了。有一天，久仁诊所走进一个七十多岁的老妇，她说自己身体很不舒服，年轻医生和孙明给她询问检查过后，都发现她身上毛病众多，心脏病、高血压、糖尿病应有尽有。孙明当即建议她去大医院就诊，但是老妇人不干，执意要在久仁诊所就诊。孙明清楚诊所并没有条件给她治病，也不敢给她治病，只好把她晾在诊所的座位上。

不料老妇在久仁诊所的座位上坐着去世了。当天晚上，她的家里人召集了几十名乡亲，明火执仗地赶到久仁诊所门口将诊所围住。孙明和年轻医生们吓得面色苍白，跟他们怎么解释怎么举证老妇人的死和自己没关系都没有用。家属提出要孙明赔偿，开出了一个孙明必须倾家荡产才能赔得起的数字。孙明无法接受，他们怒不可遏，就在他们要冲进去打砸抢烧的时候，警察赶到了，明火执仗的人群瞬间作鸟兽散，警察只抓到一两个小喽啰带了回去。

在孙明的请求和警方的调解下，他们找了法医对老妇人尸体进行检测，法医给出的死因报告显示，诊所并没有对老妇人进行过任何接触治疗。但是老妇的家人认为法医跟孙明他们是早已串通好的，拿着这份报告依然对孙明的诊所进行不依不饶的骚扰。往后几次，那些闹事的人都提高了警觉性，他们分批行动、游击而战，每次警察还在路上就有人通风报信，围攻的人瞬间撤退，导致贺县警察连连扑空。几次之后警方也有些不耐烦了，甚至认为久仁诊所是报假警。

那个晚上，孙明在诊所里给一个漂亮女孩复诊检查时，外面传来一阵喧闹，一个年轻医生失魂落魄地冲进来："大事不好了，他们又来了，这次拉了横幅，还带了菜刀！"

孙明走到门口一看，外面密密麻麻站着五十来号人，有男有女，有老有少，人手一把手电筒。好几个人手拿着菜刀站在最前面，整齐有序地拉着红色横幅，上面用烫金的正楷大字写着"杀母之仇不共戴天""医冠禽兽无耻下流"。孙明正要说话，为首一个中年男人，孙明认得他是老妇的儿子，只见他正举着亮晃晃的菜刀，对自己怒喝道："在你诊所死了人，你以为你就没责任吗？要么拿钱，要么今天你店毁人亡！"

中年男人身后的人群高声地应和着他的话。孙明站在人群对面，形单影只地面对凶煞的人们。他扶了扶眼镜，站在原地突然忍不住笑了出来。他忽然就不害怕了，他又想起了陈小手和那个老郎中，自己现在的遭遇就好似他们曾经的命运。在以前的很多年里，他一直把老郎中的死怪罪于那个年代，但现在他发现他错了，那个年代已经远去，那些人们从未离开。

什么丹心厚载悬壶济世？什么希波克拉底誓言？原来千百年来，这里只有轮回没有改变。也罢，反正老命一条，不要了也罢。孙明正想着，身边突然走来一个年轻人，孙明认得他是陪刚刚那个漂亮女孩一起来的男人，之前一直坐在休息室里没有说过话。

年轻人像是没睡醒，他打着哈欠看了看门口的情况，懒洋洋地问："怎么不报警啊？"

"刚刚报的警，值班的人说今天县城郊区的工地上出了大事，警力都抽调到那儿去了，现在没有警力能过来，让我们先努力调解。"孙明旁边的年轻医生走上前气愤地说，"看来这些王八蛋是听到消息行动的！"

"哦，这样啊，我知道了。"年轻人点点头，懒洋洋地说道。他脸上带着不耐烦的疲倦，拿起手机拨通一个电话，然后一边打着哈欠一边朝室内走去。

带着菜刀的人们站在门口放起了鞭炮，旁边围观的群众越来越多，多到把整个街道都堵得水泄不通。人们聚在一起对此指指点点议论纷纷，围观群众都在猜测着事件的结局会是怎样。

正当闹事的人们按捺不住要冲进久仁诊所时，远处响起了几声刺耳的汽车鸣笛声。围观的人群出现骚动和挪移，两辆大卡车和两辆面包车开了进来，车上跳下二十来个膀阔腰圆、面目狰狞的男人，他们统一穿着黑衣黑裤，人人手持黑色电棍将闹事的人们团团围住。黑衣人不由分说地冲上去一阵暴打，虽然两边人数差距很大，但是战斗力上差得更远，闹事的人们被黑衣人打得屁滚尿流、跪地求饶，想逃都没办法逃掉。

战斗很快结束了，年轻人手持着电棍，带着目瞪口呆的孙明走上去。刚刚为首喊话的老妇人的儿子正被两个黑衣人摁倒在地，痛苦地挣扎着。年轻人走上前，狠狠一脚踩到他满是血污的脸上。

"刁民！你刚才不是说今晚要店毁人亡吗？怎么样，现在要亡的是哪个啊？"

年轻人喋喋不休地继续骂着，老妇人的儿子却吓得一句话也不敢说了。年轻人抬起头看着一脸震撼的孙明，把手中的电棍扔到孙明的脚下，他白净的脸上挂着残忍的笑容，得意扬扬地说："看吧，能制止暴力的，只能是更大的暴力！"

那天晚上的事情之后，孙明发现事情真的变得不一样了。他战战兢兢地等了好些天，竟然真的再也没有人找上门来报复，而且在那之后连来诊所上门求诊的病人们都客气了很多。

风波之后，一个春天的暖日上午，孙明站在久仁诊所门口晒着太阳，沐浴着阳光。他回溯着自己的这一生，当理想主义的大厦崩塌之后，他亲眼见证了他们这一代人集体奔向了功利和犬儒。他不禁经常思索着：人这一生，活着到底是为了什么？曾经在很多的时候，他真的不信那些所谓的悬壶济世和希波克拉底誓言，但如今自己靠在大树之下好乘凉，从今往后，贺县应该再无人轻易来找自己的麻烦了吧？如今久仁诊所已经安全走上正轨，人流手术的许可证也已经快到了，以后自己实现从医理想总该容易一些吧？孙明想着，春日的阳光洒在他的身上，他舒服地闭上了眼睛。

突然，新配的眼镜不慎滑落，掉到地上。他连忙蹲下身来去捡，不料一只白皙纤美的手先他一步，捡起了地上的眼镜。

孙明惊讶地抬起头，一个很漂亮的女孩子站在自己的面前，正躬身拿着眼镜看着自己。

“您好！”女孩怯生生地说道，把眼镜递给了他。

“谢谢！”孙明嘟哝着，直起身子接过眼镜想戴上它，却发现它刚放上去就滑了下来，怎么戴都戴不上。

女孩抬头看了看孙明身后的久仁诊所的牌子，她一脸烦愁，侧头蹙眉，轻声说道：“我是来看病的，请问孙医生在吗？”

孙明拿着眼镜停住了动作，怔怔地看向面前的漂亮女孩，却见她脸色苍白，眉眼之间写满了不适。孙明不由得想起那些躺在手术台上的年轻女孩子，想起她们看向自己畏惧又痛苦的眼神。他突然很想怜悯眼前的这个女孩，却蓦地发现心里已经没有多少怜悯的力气。孙明仔细端详着面前的女孩，在她清澈的眼睛里，看到了自己的模样，他还是那个身材走样头发渐秃的中年人，但是看上去好像跟以前有些不一样了。

孙明握着湿滑的眼镜，手心满是汗水。他顿了顿，把怎么也戴不上的眼镜扔到了地上，平静地说：“我就是，你叫什么名字？”

那个女孩纯净的眼睛正哀求地看着他。

“我叫林依芸。”

第十三章 血字警告

整个现场都被保护起来，李正忙着联系金海县警方，李茵在房间里带着严晓慧做笔录。

众人的喧闹好像都已经远去，路彦久久站在孙明的旁边，低头凝视着孙明藏在阴影里的脸。一个颇有名声的医生，连环杀人案的最大嫌疑人，就这么任凭死神带走了他的生命？

从现场的痕迹判断，孙明是从三楼上坠下摔死的，从尸体尚未褪去的体温判断，他才刚死不久。路彦和贺县警方或许只比死神晚到了个十几分钟而已，可就是这十几分钟，让他们跟众多谜题的答案擦肩而过。

路彦下意识看了一下自己的手机，上面的时间刚刚跳过 9 日的 24 点，来到了 8 月 10 日，他不禁暗暗苦笑起来。

半晌，他振作起精神，把坠亡现场交给了赶到现场的金海县刑警、法医和痕检师，自己则戴上手套回到孙明的卧室。墙上、地上、床上还有柜子上都干干净净，没有人为闯入的脚印，也没有任何打斗过的痕迹。路彦走到阳台上，仔细查看着窗子，窗子离地高一米左右，孙明绝无不慎失足从窗子上掉落的可能。窗子外没有安装防盗窗，路彦伸出脑袋低头看去，二楼无人居住所以也没有防盗窗，窗子下边的墙壁贴着瓷砖，很光滑，绝无从底下墙壁爬上三楼窗子的可能。路彦还留意到窗子玻璃也是完好无损，窗子架上的内侧有一些金属的刮痕，没有发现从外面侵入的痕迹，那窗子的锁扣只能从里面被打开。路彦连忙去询问严晓慧，得知这个窗子从之前到今天一直都是从里面锁着的。

房子大门从里面紧锁着，整个房子和卧室都没有发现有人闯入的痕迹，难道孙明跳楼自杀了？

路彦想找到孙明新换的手机，但是没有找到。四处搜查一番，他在卧室的抽屉发现了孙明这次逃亡之旅唯一携带的行李包。

路彦打开行李包，取出里面的一个钱包，中间的夹层里有孙明的身份证和几张银行卡，他在钱包里摸索着，从中抽出一张照片。

那是一张全家福，比他之前在秘密诊所发现的那张年代要近一些，孙明的女儿看上去已经有十六七岁了。她坐在孙明和李静的中间，双臂搂着父母，三人都对着路彦开心笑着。

钱包里没有别的东西，路彦继续检查着行李包，他想找的那个手机还没有找到。他的手指在空荡荡的包里继续探索着，忽然，他触到了某个坚硬且有金属质感的东西。他快速拉开夹层的拉链，把它拿了出来，一个黑色电棍映入眼帘，粗大的头部高高昂起，黑色的腰身向后伸延。门口的方向传来人群的脚步声，金海县公安的刑警们进屋子里来了。

路彦直觉心中一阵心劳意攘，他走出房子，顺着楼梯来到楼顶的天台上，一个人蹲在地上，点了一支烟。

不知道过了多久，李茵爬上圣燕小区六号楼的天台，看到路彦正眺望着楼下的电线杆和荒地："我找了你好久，原来你在这里。"

"他们检查的情况怎么样了？"路彦平静地问道。

"金海县公安局的刑警和痕迹检查员，还有法医他们都仔细检查过了，孙明的死亡时间初步判断为今晚 10 点左右，死亡原因是坠楼身亡。"

"就这些？"

"孙明的手机没有找到，在他的行李包里，我们找到了他的身份证和几张银行卡。还有就是那个黑色电棍，但上面只提取到一枚指纹，痕检师比对后发现和孙明右手拇指的指纹是一样的。"

路彦盯着前方的一片荒地，抽着烟没有说话，李茵接着说道："痕检师在房间里没有发现什么可疑痕迹，你刚才也都看到了，所有窗子都紧锁着，防盗窗没有撬开的痕迹。"

"门口的监控查过了吗？"

“楼道口的监控和房子大门前的监控都检查过了，里面显示从孙明来到这个房子到今天他坠亡的这些天里，除了严晓慧没有别人进出过孙明的房子……”李茵深吸一口气，“案发前房子大门从里面反锁，阳台上的窗子也不可能从外面被打开，所以，我们初步认定这是一起密室……”

“一起密室跳楼自杀事件，对吧？”路彦接过李茵的话，把它说完。

“嗯。”李茵试探地看了看侧前方的路彦，他的侧脸在夜晚里黑沉沉的，看不清表情，只觉他的身体绷得紧紧的，好似里面积蓄着某种东西，等待着爆发。

路彦把烟头扔到地上，狠狠地踩灭，突然冒出一句：“严晓慧有不在场证明吗？”

“她说她从下午 5 点起一直在超市里，从未离开过，她的同事和领班都可以为她证明，已经有同事去核实了。”

“孙明和她之间是什么情况，这两天在她这里他的情绪怎么样？”

“她说这个房子是孙明给她买的，偶尔也会来她这里住，但她说孙明这次来，只随身带了个行李包，手机和手机号码都换了，感觉整个人慌慌张张，问他为什么又不肯说，只是一直待在房子里不肯出门。”

路彦走到天台边，向远方看去。已经是凌晨时分了，路灯停止照明，远处的楼房和街道都隐藏在浓郁的黑暗中，那里除了偶尔的猫叫犬吠之外似乎什么都没有。

“你在想什么？”

路彦盯着下方的黑暗，皱着眉头：“你有注意到这个小区入住率很低吗？孙明所在的六号楼还是小区的最后一栋，深更半夜的早就没有了灯火，这栋楼的后面还是一片荒地，除了电线杆就什么都没有了……”

“那又怎么了？难道这些还能说明孙明不是自杀？”李茵不解地问道。

路彦没有回答，只是反问道：“你觉得孙明为什么会自杀？”

“因为知道自己罪恶深重，觉得迟早会被警方抓到，所以畏罪自杀？”

“那他为什么偏偏选择在我们即将找到他的时候自杀？”

李茵愣了愣：“也许这只是巧合？”

路彦没有回答李茵的话。他看了看时间，已经是 10 日的凌晨，明天就是自己该回省厅的日子了，他抬头凝望那满天大大小小忽明忽灭的星星，它们在这个夜晚的光芒是如此清冽，清冽到没有一丝温存。他一度以为自己离真相很近很近，最后还是差之毫厘。

孙明啊孙明，你能在警方眼皮底下玩调包计，怎么就没命见我？

“那个孙明真的是杀害我妹的凶手吗？”陈依梦瞪大了眼睛。

“对，这个案子要结案了！”路彦站在宾馆房间门口，看着陈依梦努力地挤出笑容，“你要的凶手现在找到了，可以回家了吧？”

“那你们抓到孙明了？”

路彦摇头：“他死了，在我们即将抓到他的时候畏罪自杀了。”

“真的假的？”

“我是在开玩笑吗？”

“死无对证，你又怎么知道他是凶手？”

“你忘记了吗？我们在他的秘密诊所里发现吴蝉了的尸体，而且我们在孙明的行李包里发现了他作案的凶器。人证物证俱在，他不是凶手，谁会是凶手？”

“那他为什么要杀我妹妹？”

“别问那么多了！”路彦催促着，“快收拾行李，我送你回家。”

“你说的是真的吗？”陈依梦盯着路彦的面容，一屁股坐回床上若有所思道，“我怎么觉得你今天的表情和语气都不太正常呢！”

“回家好好画画、好好上学吧！”路彦走上前，抓着陈依梦的手腕，把她拽了起来。

“在那个孙明的事情上，”陈依梦抬起头，紧紧盯着路彦的眼睛，“我觉得你没有跟我说真话。”

路彦内心一阵惊叹，这小姑娘察言观色的本事真是厉害，日后要是做刑警或许是一把好手。

想了想，路彦干脆板起脸：“反正我明天就要回省厅了，你回不回去随你。”

“你明天就要离开贺县？”陈依梦怔怔地看着路彦，板起脸的他，眼睛下的卧蚕已经不明显了。

“对。”

陈依梦把手中的画册摔到被子上，低着头想说些什么，却半天没有说出口。良久后，她压低声音道：“你去门口等我，我收拾一下东西。”

“好！”路彦二话不说，走到房间门外的走廊上。在他身后，陈依梦轻轻地关上了门。

站在空无一人的走廊上，路彦目光扫了扫墙壁上的监控和地上整洁的地毯。他掏出手机看了下时间，现在是10日的上午9点，清晨从金海县赶回贺县，就立马来到陈依梦这里。

明天就要离开贺县了，今天让陈依梦离开是个正确的选择，她日后有着美好的未来，要是在贺县这个地方有个三长两短，自己就真的太罪过了。上一次本来是一个普通的物证搜查，却意外地发现了吴蝉的尸体，陈依梦和李茵都受到了不同程度的惊吓，这让路彦心里很过意不去。

正寻思着，身后的房门打开了，陈依梦默默地拖着行李袋从房间里走了出来，路彦赶紧弯下腰接过她的行李袋。

在宾馆前台办好了退房手续，路彦带着沉默的陈依梦从酒店大楼的后门走了出来，在酒店后面的停车场上找到了自己的车。

路彦拉开车的后备厢，一边往里面放行李，一边想着终于能把陈依梦送离这个地方了。他内心觉得很宽慰，扭头看向身旁的陈依梦，没想到她正一脸惊恐地盯着自己身前的方向。

路彦回头，看到被自己掀开的后备厢盖上，涂着几个血红的大字：

最后一次警告，离开这里。

后脖子上蓦地升起阵阵凉意，那熟悉的阴森和恐怖感又袭上心头，看来当初那个幽灵仍然阴魂不散。这是谁涂的？什么时候涂的？那人不仅一直在偷窥着自己，还越来越没有耐心，他到底在害怕什么？

路彦阴着脸，弯下腰仔细触摸着那几个血红大字。他发觉那并不是血迹，而是用血红色的颜料涂抹上去的；字迹已干，说明涂上去已经有些时间了。昨晚，桑塔纳一直停在这个停车场，是不是就是这段时间里被人涂上去的呢？

“这是怎么回事？”陈依梦不敢置信地问道，“你不是说凶手已经找到，要结案了吗？”

路彦没有回答，盯着那血字沉默着。

“你说啊，这到底是怎么一回事？”一旁的陈依梦急得直跺脚，声音里带着急躁的哭腔。

路彦还是低头沉默着。陈依梦冲到车边，打开车门，一把将把行李袋拖了出来，背到身上快速地朝宾馆走去。

路彦急忙把车锁上，快速追上了陈依梦，陈依梦步伐极快，已经走到宾馆的后门了，他一把拉住了她。

“你干吗？”

“我不走了！”

“为什么？”

“你解释下，刚刚这个是怎么回事？”

“有人想让我离开贺县，之前就给过我警告了，但我没听，所以我想他越来越着急了吧。”

“为什么要你离开？他是凶手吗？”

“我不知道。”

“你不知道他是不是凶手？你刚才不是说凶手是已经死掉的孙明吗？孙明其实不是凶手，凶手另有其人对不对？”陈依梦把行李袋重重地摔到地上，发出啪的一声巨响。

心神不宁的情况下，路彦一不留神话里就出现了破绽，面对着陈依梦连珠炮似的提问，他觉得自己一阵头大。他沉默着，不知道该怎么回答陈依梦的问题。

“为什么要骗我？”陈依梦大喊着，泪水从她脸上流了下来。她一把推开路彦，抱着腿蹲了下来，脸埋在膝盖间：“为什么你也要骗我？”

“我……”路彦张口结舌，陈依梦的泪水让他手忙脚乱，不知道该如何是好。

路彦长叹一声，在陈依梦的身边蹲了下来，把手掌轻轻放到她的肩膀上，柔声说：“我之所以那么说是因为我希望你离开这里，如果孙明不是凶手，如果他的死不是自杀，这背后可能隐藏着一个巨大的阴谋。正如你看到的，那个凶手不仅敢杀人，还敢挑衅警察！这种情况下，我不敢保证你的安全！”

“我不需要你的保护……”陈依梦的脸埋在胳膊和膝盖里，带着哭腔说，“我不回去！我要看到杀害我妹妹的凶手被抓到！”

“别幼稚了！你以为警察办案是小孩过家家吗？这是你死我活的斗争！你是不会明白的！”路彦火了，他站了起来，来回走动着，声音越来越大，“你知道我发现你妹妹林依芸在之前的几个月里都经历了什么吗？各种肉体上精神上的摧残和折磨！那是你无法想象的！就算知道你也不会理解的！”

出乎路彦意料的是，陈依梦并没有生气。她只是站直了身体，擦了擦红肿的桃花眼：“她遭受过的苦难，我也不会害怕。”

路彦看着陈依梦骄傲地挺着天鹅颈，不由得愣住了，不知道为何，他突然发现她的身上有了一股难以言说的坚强。

“过两天我可以跟你回去，”陈依梦泪眼蒙眬地看着路彦，“但是走之前，你得陪我去个地方。”

“你要去什么地……”路彦话说到一半，被突然而至的手机铃声打断了。他连忙接通电话，里面传来李茵熟悉的声音。

“那个……张霖已经可以放了，你……你要不要来接下他？”

路彦陪着颤巍巍的张霖走出贺县公安局大楼，两人沉默地走下台阶。张霖感觉双脚一阵发软，他抬起头看看耀眼的阳光，又是一阵天旋地转，整个身体忍不住向后倒去，一旁的路彦赶紧伸手拽住他。

张霖缓缓地坐到了地上，恍惚地问道：“我自由了？”

“对，从今天起你清白了。”

几颗豆大的汗水从张霖苍白的脸上滑过：“凶手是谁？”

“是那个给林依芸看过妇科病的医生孙明。”路彦看着张霖的眼睛，小心地观察着他的状态。

张霖一把拽住路彦的手臂，身体颤抖起来：“他在哪儿？被你们抓住了吗？我要去找他！”

“别说这种话了！”路彦一把按下张霖的身体，“孙明已经自杀了。”

“什么？他自杀了？”张霖瞪着眼睛，脸色发红，急火攻心却又无处发泄，片刻之后，他整个身体不受控制地向石阶上倒去。

“你没事吧？”路彦抱起张霖的身体摇晃着，惊恐地大喊，然而张霖却没有任何反应。路彦感觉自己的一颗心被什么东西狠狠地攫住一样。他赶紧把张霖背了起来，飞快地奔上了自己的车，桑塔纳如离弦的箭一般，朝着医院的方向飞驰而去。

张霖在病床上睁开眼睛的时候，看到路彦正一脸关切地问自己："你醒过来啦？"

"我怎么了？"

"低血糖昏迷，"路彦歪歪脑袋，邀功般地笑道，"要不是我及时把你送到医院，或许你就已经上路了。"

张霖板着一张脸，盯着病房里的白色天花板，沉默着不说话。路彦赶紧关切地说道："你这么年轻有为的作家，文学界肯定不想看到你就这样完蛋，以后你可得记得调养好自己的身体。"

张霖对路彦的话毫无反应，睁着空洞的眼睛说道："依芸睡在哪里？带我去看她。"

"你这病，严重者成植物人都有可能！等你出院我再带你去。"路彦按住了张霖的身体，笑道，"女朋友还可以再有，但身体可就这一个。"

张霖瞪了一眼路彦："她死了，我觉得活着很没意思。"

房间里一阵沉默，过了一会儿，张霖说："我房间的床头柜里面有些信用卡和现金，住院费多少，你拿去交就是了。"

"不用，这个钱我出就行。"

"我不想亏欠你什么。"张霖平静地说道。

"你不用觉得亏欠我什么，是我要补偿你！"路彦腾地站起来，看着张霖，"你还不明白吗？我来贺县就是想还你清白，就是希望你以后能好好地生活！"

路彦顿了顿，又道："曾经，你是我最好的朋友，如今我终于有机会可以补偿你，所以我很珍惜这个机会。你明白吗？"

张霖静静看着路彦，他脸上的表情渐渐舒缓下来："其实你没有必……"

"当然有必要。"路彦打断张霖的话。

一阵微风从窗外吹了过来，飘进房间，轻轻拂过路彦和张霖的身体。窗帘轻轻舞动，铃铛叮叮作响。

"那个孙明的事情，你再跟我讲一遍吧。"张霖把脑袋扭向窗外，换了个话题。

路彦无奈，只能把这些天发生的事情梳理一番，简要地告诉张霖。

张霖沉默着听完，问道："现在贺县警方认定孙明就是凶手了吗？作案动机是什么？"

路彦苦笑："今天有两个女孩来贺县公安局，举报孙明曾以和她们发生性关系的条件免除她们做堕胎手术的费用，还说她们拒绝孙明后，孙明曾经威胁说要杀掉她们。"

"所以这就算是孙明的犯罪动机了？"张霖皱着眉头，"那你怎么想？"

"他们要结案了，要急着给社会一个关于连环杀人案的交代，所以，我现在怎么想，并不重要了。"

张霖没理会这个答案，他盯着路彦的眼睛："你觉得孙明是凶手吗？"

路彦移开目光，看着远处的楼群，面露犹豫之色。想了想，他还是摇了摇头："我觉得还不能确定。"

"为什么？"

"虽然吴蝉尸体和电棍这样的铁证都在孙明那里被发现了，但是我觉得他身上的疑点还有很多。首先，他死得太蹊跷了，一个能在警方眼皮底下瞒天过海逃走的人，怎么可能就这么自杀了？"

"你是说，他可能不是自杀？"

"孙明的房子里太干净了，比如说他卧室阳台的那个窗子架上，虽然痕检师也找到了孙明的指纹，但是我觉得那上面孙明的指纹太少了，我在想，会不会有人擦掉了自己的指纹，连带着把孙明的指纹也一起擦掉了？"

张霖皱眉思考着路彦的话。

路彦接着说道："我们在洗衣机里找到了他的床单，已经在洗衣机里洗了一遍。孙明的情人严晓慧说她没有洗，也没有让孙明洗床单。那么问题来了，孙明为什么要在自杀前洗床单呢？"

"所以，你是说……"张霖眼露精光，他明白了路彦的意思。

"床单出现在洗衣机里，我猜可能是那个房子里出现了另一个人，他在床单上留下了自己的痕迹，但是他知道他不能带走那个床单，所以就把床单放进洗衣机洗一遍，这样一来，就什么痕迹都没有了。我觉得这才是比较合理的解释。"路彦沉声说道。

“你这种说法是能讲通，可是孙明死在一个外人进不去的密室里，而且痕检师在卧室里也没有找到凶手留下的痕迹，说他死于他杀是不是太过于牵强？”

“如果真有这么一个人，细心到把床单放进洗衣机来毁灭证据，那他肯定也会有意识地破坏他在那个房间留下的其他痕迹，对于这个有着极强反侦查能力的人，警方找不到他留下的痕迹也正常。”

“你说了，监控显示没有人曾进入过孙明三楼的那个房子里，这个问题怎么解释呢？”

“这个密室的问题，我也一直没有想通……”

“会不会那个监控录像有问题？”

“不，我们都检查过，那个监控没有任何问题……”路彦叹了口气，“也许解开了这个谜题，很多问题就能迎刃而解了。”

“嗯，如果照你这么说，孙明死于谋杀，那这个事情就太可怕了。”

“对，背后的深意可以是很多很多……”路彦若有所思道。

张霖也陷入沉思：“但说到底，你现在还不能确定孙明的死跟连环杀人案有关，可能这就是两个独立的案件。即使孙明是死于他杀，他仍然可能是连环杀人案的凶手啊！”

“我在孙明秘密诊所的冰柜里发现吴蝉尸体的那个晚上，在冰柜旁边的冰箱上还发现了一张照片，那是二十年前孙明一家人的合影。后来，我在孙明死亡之前随身携带的行李包里，找到了另一张他们家的全家福。据我分析，孙明没管好下半身，所以和妻子关系不好，但是他从来没有对妻子发过火，也死活不愿意离婚，他心中家庭意识还是有的。他逃亡路上还把家庭合影带在身上，可见他对过往和睦家庭的那种留恋依然在，这种情况下，他会把他心中珍贵的全家福照片放在藏尸体的冰柜旁边？”

“你的意思是，吴蝉的尸体不一定是孙明藏在那儿的？可是这个理由还是不能完全说服别人，万一孙明心理变态，他就做得出这种事情……”

“孙明的那个诊所，我仔细查看过，里面的料理台上积满灰尘，结着蜘蛛网，手术台、病床这些地方都蒙着一层厚厚的灰尘，看上去不像最近有人去过；可是整个地面上偏偏又干干净净，简直一尘不染，像是最近才被人认真用水打扫过。你觉得出于什么原因，一个人去了那个房间不打扫其他地方只打扫地面呢？”

“为了消除脚印一类的痕迹！”沉迷于案情推理，张霖的脸上恢复了生机，语速也快了起来，“如果是孙明最近把尸体藏放在那儿，他根本没有必要打扫地面，清除脚印！因为只要藏在他诊所里的吴蝉尸体被发现，那他孙明肯定就是最大的嫌疑人！”

路彦接着张霖的话说道：“对，我也是这么想的，现在看来，存在一种可能，那就是别人把吴蝉的尸体放进了孙明的诊所里，然后用水仔细地将整个地面都打扫了一遍，将自己的脚印全部破坏，那么当尸体被发现的时候，孙明肯定是被警方追查的第一嫌疑人……“

“那么，也就是说，连环杀人案的凶手并不是孙明？那个杀害依芸的畜生仍然逍遥法外？”张霖的声音中已经带上了怒气。

“现在，我只能说有这个可能。”

“那贺县警方怎么能现在就结案？”张霖继续抬高音量，“你怎么能就这么看着他们结案？”

“我把刚才的推理和猜想都跟他们说过，可是你要知道，我并没有证据证明我的话！我说孙明死于谋杀，可是现场留下的种种迹象都证明他是自杀！”路彦的语速也越来越快，“我说可能是别人把吴蝉尸体放在孙明诊所里的，但是没有证据可以支撑我的猜测；我说孙明不是连环杀人案的凶手，他们问为什么一放出孙明他就要逃跑？这些我都无法回答！”

张霖没有说话，路彦则闭上了眼睛：“最重要的是，在孙明包里发现的那个电棍，跟那三个女孩身上的电击伤形状也是吻合的……”

病房里静悄悄的，张霖沉思后开口说道：“我有一种感觉，孙明的一系列行为有些奇怪，不太符合你描述出来的孙明的性格。你察觉到了吗？被抓之后快速联系省城的大律师，在警察眼皮底下玩调包游戏，这些行为不像一个在县城开诊所的医生能做出来的。”

“对，而且我那次把孙明带到局里问话，只是正常的传唤而已，顶多关他 24 小时罢了，可是却有省城的大律师赶来为他辩护，这未免也太小题大做了吧。”

“所以说，有人在背后帮孙明。”张霖若有所思地看着路彦。

“其实我之前就有这种感觉，孙明背后似乎有一种庞大的力量……”路彦顿了顿，“至于是不是帮他的，还不好说，但跟他的一系列行为绝对是有关系的。”

“顺着这个查下去吧，即使孙明不是连环杀人案的凶手，他的死也至少说明你已经接近真相了……”

“真相……”路彦苦笑着，说不出话来。

“对，真相！你要找到真相！我绝不能看到杀害依芸的畜生逍遥法外！”张霖认真地说道。

路彦叹了一口气，贺县警方要结案了，张霖也已经被放出来了，自己来贺县的最初目的在最后一天里也都实现了。他离开张霖的病床，走到病房的窗子前，炎热的暑气还在窗外蔓延，他在贺县的调查却要告一段落。当初他来到贺县查案，跟领导约定的是 7 天时间，今天已经是最后一天了。

“后天，省厅、市局的人和各路领导都会来，贺县公安会向他们汇报这个案子的调查结果，留给我的时间不多，线索更少。”

“所以你还有两天时间可以绝地反击！”张霖接着说，“你不是说过吗，你最大的原则就是……”

“就是为了正义，没有原则。”路彦拿着手机，看着张霖笑了，“这种玩笑话，你居然还记得？”

“我从来就没忘过！”

路彦盯着张霖，却看不到他脸上的表情。此时的他正扭过头，死盯着另一个方向的墙壁，好像那里有什么东西吸引了他的注意力。

兜里的手机一阵匆忙的振动，路彦掏出手机，屏幕上显示的是老陈的来电。

他忍不住长叹一口气。七天之诺已经结束，老陈在召自己回去，此时不回，等待自己的将不仅是晋升落空……他想起萧瑶的话，反正张霖也已经洗清了冤屈，市局也已经接手，自己还留在这里干吗呢？交给市局的人查也是一样……六年前那桩案子，还等着自己回去查清楚。

手机继续振动着，窗外的光线洒在路彦的脸上，死去的女孩们的脸又浮现在他的眼前……他紧紧握着手机，闭上了眼睛。

山穷水尽又有何妨？再多困难又有什么关系？挽狂澜于既倒，置死地而后生，以前再大的困难都度过了，这次我也不能输。

睁开眼，路彦转身准备离开，刚拉开房门，又停下脚步看向张霖：“对了，我给你安排的是特护病房，在恢复之前，你可别想偷偷溜出去。”

张霖怔怔地坐在病床上，门已经重新关上，路彦已经离去，但他的声音好像还在这个房间里袅绕着。

病房里安安静静，只是偶尔传来一丝丝风声。张霖平静地坐着，慢慢地，他的嘴角微微泛起涟漪，露出一丝不易察觉的微笑。

夜幕深沉地压在路彦身上，昏黄的灯光在他眼皮底下跳动。回到租住的房子里，吴大爷的卧室里已经熄了灯，路彦努力让自己发出尽可能小的声音，他拖着沉重的步伐爬到三楼，推开自己卧室的房门。

在病房里跟张霖的一番话，更加剧了路彦的心理压力。从贺县医院里出来，他就连忙赶往公安局，拿到了孙明的完整的尸检报告，也拿到了案发现场痕检师的报告。这一次他确实发现了很多新的东西，但依旧有太多的事情没有想清楚，此时留给自己的时间已经快没有了。

不分昼夜地查案，连续几十个小时奔波，一股深深的疲惫席卷了身体。状态已经到了临界点，路彦四肢僵硬地脱掉衣服，窗子都没关，就直接倒在了床上。倦意沿着四肢传遍身体的每个角落，他的眼皮微微合上，意识开始进入沉睡。

遥远的地方传来了奇怪的窸窣声，那声音空旷又悠远。路彦挣扎着醒来，奇怪的窸窣声还在继续，正从楼道的方向传来。路彦听出那是鞋子摩擦地面的声音，并且越来越近，他赶紧竖起耳朵仔细听，窸窣声逐渐来到了门口，看来是有人蹑手蹑脚地来到了门边。

静寂中混合着紧张，路彦感觉出门外的那双眼睛正在偷觑着自己。他躺在床上，屏住呼吸，仔细听着门外那细微的呼吸声，那声音急促又紧张，似乎想掩盖他那强烈的心跳。

路彦不禁问道：“吴大爷，是你吗？”

门外没有回答，空气瞬间安静了下来，连呼吸声都消失不见了。他是什么人？他想做什么？路彦头昏沉沉的，大脑努力思考着。似乎是片刻之后，又似乎是一觉梦醒，门口再次传来窸窣声，并逐渐变成嗒嗒的脚步声。

不能再迟疑了！路彦挣扎着从床上跳起来，快速穿了条裤子，拿出92

式手枪握在手上。他摇摇晃晃拉开房门，一边冲出去，一边大喊：“站住，否则我开枪了！”

那人并没有站住，路彦也没有开枪，等他冲到门口，那人已经消失不见了。路彦冲到马路上左右张望，四周阴森森的，他只能看到一个极模糊的身影在远处的黑暗中一闪而过，眨眼间就消失了。

要是早点追出来就好了！路彦收起手枪，站在马路边暗自懊恼起来。可是奇怪的是，他明明记得自己回来的时候锁住了院门和房门，可是此时它们都大开着，那人到底是怎么进来的？

路彦走回院子门口，在黑暗中借着微弱的光线仔细地观察，那锁上面并没有被撬的痕迹，难道是被人用钥匙打开的？他站在门口思索着，半晌，他轻轻地笑了，他终于想通了孙明秘密诊所的门是怎么打开的，原来答案这么简单！

但是，这个人是谁？是因为案子来找自己的吗？

手机突然响起，打断了他的思绪，路彦赶紧接通了，是萧瑶的声音。

“路彦，领导对你的情况不领情，如果你明天不回来的话，你这次的升职考核就很难通过了，老陈还在帮你协调。”

路彦死攥着手机：“那……还能不能宽限几天？”

“你尽快赶回吧！现在最多宽限几天时间，但 8 月 15 日你必须回省厅报到，否则不光是你的晋升会取消，给你打保票的老陈也会被牵连的。”

大雨中，路彦直起了身子：“我明白。”

“嗯。还有个好消息，你上次委托我调查的纸张和绳子，我查到它们在贺县的购买者了！”

第十四章 惊天逆转

“近期发生在贺县的这起连环杀人案，目前共发现三位受害人，分别是……”洪亮的声音响彻整个会议室，会议桌旁坐着省厅和市局来的各位领导，身为刑警队长的李正，正在向他们汇报案情。

李茵抬头看着自己的父亲，又瞄了一眼身旁的空座位。高伟诚凑了过来，低声问道：“路彦人呢？”

李茵摇摇头：“我给他打了几个电话，一直是忙音，无法接通。”

“神神秘秘的，昨天也没见到他人吧？”高伟诚好奇地说道。

“也不知道他干吗去了。”李茵担忧地回答道。

前天深夜，路彦突然打电话拜托她去调查一件事情，而且一定要秘密进行，不能告诉别人。李茵心存疑问，但还是照他说的做了，没想到后来真的查到了一些东西。路彦知道消息之后，又神出鬼没地失去了联系。

“我们在犯罪嫌疑人孙某非法经营的地下诊所里，发现了受害人吴某的尸体……”李正讲到了案件的关键部分，桌上的领导对他的发言纷纷点头表示肯定，他的脸上不禁洋溢出自信的笑容。开会之前，李正跟领导们打招呼时，众领导纷纷与李正握手，表示着称赞和祝贺，让他感觉很受用。

“他不会是回省厅了吧？”高伟诚打断李茵的思绪，小声问着。

“那他肯定要打招呼的啊！”李茵又看了看手表。不过说来也奇怪，她记得当初路彦说 8 月 11 日就要回省厅的，现在已经是 8 月 12 日上午了，难道他真的不辞而别了？

“奇怪……”高伟诚奇怪地嘀咕着。

“根据孙某死亡现场的种种迹象和证据，我们认定这是一起发生在密室里的自杀行为。”李正朗声说道，“我们在嫌疑人孙某随身携带的行李包里，发现了一个黑色电棍。经过比对，这个电棍与三名受害者身上电击伤伤口的形状完全吻合。自此，连环杀人案中，孙某犯罪的人证物证俱在，我们认定连环杀人案的凶手非孙某莫属。”

投影仪上，放出了电棍的照片，众人纷纷注目。

随着李正的继续发言，人们对这件案子的疑惑越来越少。不过还是有人提出了问题，一位市局的领导问道：“嫌疑人孙某的犯罪动机是什么？”

李正不慌不忙地解释道：“我们调查发现，孙某长期在地下诊所秘密地给年轻女性做人流手术，而且免收费用。这不禁让我们产生了疑问，他那么忙的一个医生，为什么要做这种无偿奉献的事情呢？为什么只选择年轻女性呢？这种奇怪行为的背后，是否还隐藏着别的条件或交易？果然，近日，有两个高中女孩来我们贺县公安局报警，举报孙某曾经侵害并威胁过她们。孙某在给她们做手术时，都提出了发生性关系的要求，说以此代替医药费和手术费。在遭到拒绝后，孙明对她们进行了恐吓，威胁要杀死她们再把她们的尸体扔到荒郊野外。两个女孩都承认在被迫的情况下，遭到孙某的猥亵，但因为胆小怕事，直到今天才敢说出这件事情。这是她们报案时的笔录。”

李正把笔录递给王局长，王局长和众领导传递着看了起来。李正接着说道：“林依芸、陈怡和吴蝉她们三人尸体被发现时都是全身赤裸的，其中，吴蝉的尸体有被性侵的痕迹。我们现在可以确定的是，林依芸、陈怡和吴蝉之前都曾是孙某的患者，都与其相识，所以我们可以认为，当初孙某对她们三人都提出过发生性关系这一类的要求，可能是因为她们被拒绝之后，孙某恼羞成怒，才在日后寻找机会把她们杀害了。”

李正的话音落地，众人陷入沉思。虽然孙明已死，没有办法再拿到口供，但是他犯罪的人证、物证、动机俱在，这个连环杀人案的真相确实水落石出，可以结案了。

高伟诚接过李正的话补充说道：“我们在调查孙某的背景时发现，不管是他之前在省城工作还是后来在贺县开诊所，都与患者或者患者家属发生过多起医患冲突，我认为在他儒雅的外表下，隐藏着一种暴戾的……”

咚咚咚，一阵敲门声打断了高伟诚的话，众人的目光投向门口。李茵从座位上起身，上前打开了会议室的门。她吃惊地看到路彦走了进来，脸上挂满了深深的疲惫，来不及更换的创可贴都被染得黑乎乎的。他的眼睛里布满血丝，头发乱糟糟的，白衬衫沾着不少的泥和灰尘，手上拎着一个破旧的行李包。

“孙明不是死于畏罪自杀！他也不一定是连环杀人案的凶手！”

路彦的音量并不大，但无异于一道平地惊雷在会议室里炸响了，一阵不安和骚动如涟漪一般在房间里扩散开来。

李茵吃惊地看着路彦，她从来没看过路彦神情如此严峻的样子，往日里那个有些不正经的人就像完全消失了一样。此时他挺着胸膛，直视前方，充满血丝的双眼里像是燃烧着熊熊火焰。

王局长尴尬地站起来，对着众人介绍路彦：“这位是省厅派来协助我们调查此案的路彦，在这个案件的调查侦破上也发挥了重大作用。”

省厅的人显然对路彦早有了解，此时都没有发话。王局长扶了下眼镜，沉声问道：“路彦，你说的是什么意思？”

“这起连环杀人案的凶手是不是孙明还不能确定，所有指向孙明犯罪杀人的证据并不坚实，而且我现在也发现了这起连环杀人案新的嫌疑人。”

“什么证据不坚实？吴蝉的尸体在孙明的地下诊所里被发现，凶手除了他还能是谁？”李正一脸尴尬地看着路彦。

“这是跟孙明诊所门外同款的黄铜锁，”路彦从背包里拿出一把锁和铁丝，把铁丝插进锁里一阵转动，手中的锁便应声而开，“这种锁的安全性能并不高，别人可以轻易打开孙明地下诊所的门，把吴蝉的尸体放进去。”

“而且，我第一次进入孙明那个诊所的时候，里面的料理台、手术台、病床等地方都蒙着厚厚的灰尘，可是诊所的地面偏偏又干干净净，简直是一尘不染。出于什么样的目的，人们会只打扫地面而不管房间里的其他东西呢？”路彦停顿了下，看着众人思考的表情，“我想是为了消除留在地面上的脚印一类的痕迹吧！如果孙明最近才把尸体藏到那儿，他根本没有必要打扫地面清除脚印！因为只要藏在他诊所里的吴蝉尸体被发现，那他肯定就是最大的嫌疑人！”

“可是我觉得，把这个作为他人把尸体放进孙明诊所的证据是不够坚实的，万一孙明就是那种只喜欢打扫地面，不喜欢打扫其他东西的人呢？或者那天尸体在地上留下了明显的血迹，又或者是孙明没有时间去打扫其他地方了呢？”高伟诚开口问道。

路彦点点头：“你说的这种可能当然存在。但是，吴蝉尸体在孙明的地下诊所里被发现，并不能直接证明是孙明杀害了她。把在孙明诊所里发现尸体作为孙明犯罪杀人的证据，存在被人利用的漏洞，是不够坚实的！”

会议室里一阵骚动，人们交头接耳，议论纷纷。

李正疑惑地开口问道：“可是如果孙明不是凶手，那他为什么为躲避警方的追查而逃跑呢？”

“对啊！如果孙明不是凶手，那在他的包里发现的电棍是怎么回事？”高伟诚继续追问着，“那可是个密室，不可能是别人放进去的吧？”

“关于孙明为什么逃跑，我待会儿再解释，我们先谈谈那个在他包里发现的电棍。什么人会蠢到在逃亡路上把自己行凶的凶器随身携带呢？虽然那电棍与几个受害者身上的伤痕相匹配，但是这不能证明孙明包里的电棍就是行凶的凶器，因为市场上买这款电棍的人还有很多！现场并不是密室，也存在别人把电棍放到他包里的可能。所以仅仅因为在孙明包里发现电棍，就认为是孙明犯罪杀人，也是不够严谨的！”

李正问道：“可是在现场发现的电棍上面，只检测到孙明一个人的指纹！”

“也可能是别人擦掉了自己的指纹，再故意让孙明把自己指纹留在上面的。”

李正摇着头：“你的说法太勉强了……”

办公室的众人纷纷点头，人们小声议论着，大部分人还是赞同李正的看法，认为路彦的说法实在太勉强了。

“根据现场的情况来看，孙明的死完全是自杀，别人不可能进得了那个房间，你说那黑色电棍是别人放置在那儿的，有什么证据证明你的话？”王局长问道。

高伟诚补充道：“我们根据正常的办案程序发现的证据，如果你非要给这些证据证伪，那也请你拿出证伪的证据！”

路彦提着包大步走到投影仪的前面，他站在会议桌的前方，脸上映着投影仪的白光，迎着所有人的目光，一字一句地说：“我有确凿的证据证明，孙明坠楼的那个房间并不是密室！”

办公室里陷入了死寂般的震惊中，众人不敢置信地看着路彦。

“而且我可以断定，有人进入孙明的卧室谋杀了他，并且这人是孙明的熟人。”

震惊的情绪在办公室里蔓延，人们还在思索和消化路彦所说的话。

李正尴尬地看着路彦：“不是密室？我们冲进去的时候，大门的门闩可是从里面被紧紧锁住的啊！监控你也看到了，案发前没有人进过孙明的房子！如果孙明是死于他杀，那凶手是怎么进去的呢？”

“这个问题很好解释，凶手其实是从孙明卧室的阳台上进去的！”

“什么？”李正惊呼着，激动地说，“这不可能！他那个三楼卧室的阳台和二楼的窗外根本就没安装防盗窗，整个墙壁也很光滑，怎么可能有人能爬上三楼的窗子？”

路彦举起手中的一张照片：“在发现孙明的尸体后，我检查过他卧室的阳台，在阳台上的窗子架上发现了这个金属刮痕，我反复地问过孙明的情人严晓慧，她想不起来窗子上什么时候有了这个刮痕。而这个刮痕很像攀爬工具的金属抓手留下的，所以，我猜测会不会是凶手利用某种攀爬工具的金属抓手扣住了孙明的窗子架，然后拉着绳子爬上阳台的？”

“这怎么可能？”李正不敢置信地说，“你说的那种金属抓手都比较重，凶手站在孙明卧室的楼下把它垂直向上扔去，怎么可能让它扣住孙明的窗子架呢？”

“垂直扔上去是不太可能，但是如果凶手是平行扔出这个金属抓手的呢？”

“孙明的窗子可是在三楼！凶手对着他的窗子平行扔出去，难道凶手会飞？”李茵也瞪大眼睛。

路彦摇摇头：“凶手当然不会飞。但是如果凶手爬上离窗户不远处的电线杆，再扔出这个金属抓手呢？”

众人倒吸一口冷气，高伟诚目瞪口呆地说道：“可是……可是现场那些电线杆离孙明的窗户都很远，凶手怎么可能扔得那么准？”

“从电线杆扔过去当然不大可能，但是可以在正对着孙明窗户的电线上，把金属抓手扔出去。”

“电线？”会议室里有人低呼道。

“对，就是电线，这个电线高度跟三楼的高度差不多，如果凶手顺着电线杆爬上电线，再循着电线爬到正对孙明阳台窗户的位置，扔出金属抓手，就能扣住那个窗户了。”

“可是，电线怎么能承受人的体重呢？”一位市局的警官问道。

“如果使用工具，让电线平均分担体重的话，一个成年人是可以挂在电线上的。”路彦走到办公桌的前方，把行李包里的照片掏出来，展示给在场的众人看，“我昨天返回到孙明的遇害现场，亲身做了这个实验。”

众人看向照片，只见路彦正挂在孙明房子外的电线上，背着工具，背后的靠包上一排钢圈分别圈住了头顶上的每一根电线。

“我拿我自己做的这个实验证明，只要用这些电线均分体重，一个成年人挂在这上面是没问题的。”

众人倒吸一口冷气，李茵惊异地打量着路彦，难怪他浑身上下脏兮兮的，原来是去金海县的现场亲身做这个实验了。看着路彦白衬衫上的一道道灰尘，李茵第一次从内心对他感到一股钦佩。

“可是凶手这么做，是不是太胆大了……”李正一脸的震撼。

“是的，凶手这么做，得满足两个条件：第一，当时周边没有人，要不然他会被人发现。孙明所在的这栋楼在小区最后一栋，入住率极低，事发时又是深夜，给他的行为提供了完美的外部条件。第二，昨天我做这个实验的时候发现，没过多久双臂就酸痛难以坚持，所以这个凶手必须身强体壮且上肢力量惊人，并受过一些专业的训练！”

路彦的话音落地，会议室静悄悄的，人们都在思索着路彦的话。

“不对！”李正想到一个问题，赶紧反驳道，“你照片上显示的这个金属刮痕是在窗架内侧，但是据孙明的情人严晓慧交代，孙明房间的窗子一直是关着的，在窗子关闭的情况下，金属抓手不可能抓到那个位置的啊！”

“所以当时窗户一定是开着的。”路彦笃定地说道。

“可是窗子的锁扣在里面，从外面是不可能打开的！”李正针锋相对。

路彦闭上眼睛深吸一口气，又重新睁开眼：“为什么不是孙明在里面主动打开窗子呢！”

人们一阵低呼，李正疑惑地追问：“什么？孙明为什么会在这个时候主动打开窗子？”

“如果凶手是孙明的熟人，并且在行动之前打电话给孙明让他打开窗子呢？”

“熟人？”

“我仔细回想过孙明的死亡现场，卧室和客厅各个房间都保持着干净整齐，家具都完好留在原来的位置，现场没有打斗过的痕迹，所以我认为，这个凶手能够在大半夜进入孙明的屋内还不引起一点骚动，他极有可能是孙明认识的人。既然是熟人，事发时又是深夜，凶手前去孙明躲藏的地方去找他，显然这个凶手对孙明的行踪极其了解，了解程度远超孙明的很多家人、朋友，所以我认为，凶手与孙明在案发前两天就有过密切联系，当然，这种联系的工具首先怀疑的就是手机。”

“可我们在现场没有找到孙明的手机！”

“那是因为孙明的手机被凶手带走了！”路彦语气肯定地说道，“孙明在逃亡的这两天里，为了躲避警方的追查，肯定不会用自己的身份证注册手机号码。所以，这种情况下警方很难发现孙明的手机，凶手也会认为，在杀死孙明后再拿走他的手机，会让警方查无可查。但是天网恢恢，疏而不漏，他千算万算也没算到圣燕小区六号楼安装了室内分布系统，警方和通信公司能精准地定位那栋楼之前一段时间里的所有通话记录！”

路彦低头，从自己的行李包里找出一沓文件放在桌上：“这里是通信公司提供的圣燕小区六号楼区域近期所有的通话记录！这些天，我在这份通话记录的基础上，结合走访调查，把六号楼实名注册的住户的通话记录一一排除，最后只剩下一个通话记录无人认领。”

路彦拿起手中的文件，指着其中一条对众人说道：“这条通话记录的发生时间是在孙明遇害前半小时，通话双方的号码的身份注册信息都不属于六号楼的住户，所以这条通话记录只能是发生在凶手和孙明之间的，而这个通话记录里两个号码所属的双方，也证实了我的所有推理。”

“那两个号码的注册人，分别是谁？”市局的一位领导问道。

“通话记录中有两张电话卡：一张卡的注册用户叫李韦虎，另一张卡的注册用户叫薛力。李韦虎目前在贺县的辰风能源科技有限公司任职，名义上的职务是安全主管。薛力也曾在辰风能源科技有限公司任职，职位是保安，跟李韦虎是上下级的关系，并且薛力一年前就已经死于车祸。”

办公室里安安静静的，都在等着路彦接下来说出更重要的内容。

“薛力的这张手机卡，在他死后一直有人在给它充钱，我认为就是这张卡插在孙明临时使用的手机里，李韦虎来寻找孙明之前，呼叫了这个号码。那么，为什么孙明逃亡时用的手机卡会是辰风公司已故职员的手机号，还是一个死人的手机号？我只能得出一个假设，是辰风公司里有人给孙明提供了这张手机号码与其保持联系，而且在警方发现了孙明行踪后要前去捉拿时，他们的人提前赶到，杀死了孙明。

“而李韦虎这个人，他身高一米九以上，身强体壮，完全符合我推理出的凶手的体形特征。我之前在孙明的久仁诊所里就见过他，我可以确认他和孙明早就相识。经过我这些天对他的背景调查，发现他曾长期在东南亚生活，在马来西亚和泰国都接受过格斗训练，还跟东南亚的贩毒组织有着似有似无的联系，这么一个背景复杂的人，很熟悉警方的查案手段，也有着强大的反侦查能力，他完全有能力在杀死孙明的同时，还制造出一个密室让我们误以为孙明只是自杀！

“其实这样一想，一切都好解释了。孙明一个医生，竟然在公安局里就为自己被警方释放后做好了调包准备？其实，只是因为他身后一直站着李韦虎罢了。是李韦虎带人策划了他的逃亡，并在警方即将抓住他的时候，提前一步赶到孙明的藏身之处。

“正因为李韦虎和孙明早就相识，并且策划了孙明的逃亡，所以我可以推论在那个晚上，李韦虎找了一个理由先通知孙明让他在里面打开窗子，然后用那种常人想象不出的方式爬进了孙明屋内。我猜李韦虎是跟孙明说这次来是带着他逃跑的，但实际上，当他到了阳台上时，就立马把矮小的孙明扔到了楼下。”

李正紧皱着眉头追问道：“可是痕检师检测后说，孙明的尸体和他的卧室里都没有发现可疑人物存在过的痕迹。”

“指纹的话，凶手戴着手套就不会留下。”路彦顿了顿，“如果凶手裹着特卫强防护服，那么衣服纤维便不容易留下，携带着 DNA 信息的毛发和皮肤碎屑也不容易留下。值得一提的是，我们在洗衣机里发现了原本应该在床上的床单，他的情人严晓慧说她没有洗床单，也没有要求孙明洗这个床单。当我们冲进严晓慧家捉拿孙明时，都听见了洗衣机运转的声音，谁会在自杀前洗床单？所以我的解释就是，凶手在把孙明扔到楼下之后，又走进了他的卧室，为的就是把黑色电棍藏到孙明包里，为了遮掩自己的脚印，他特地扯下孙明床上厚厚的床单放在地上给自己垫脚，当然他不想床单上的痕迹被警方发现，于是只好把它扔进洗衣机洗掉，这样警方就发现不了他留下的任何痕迹了。”

李正和高伟诚的脸色都阴冷下来，李茵忍不住倒吸一口凉气，叹道：“好一个近乎完美的犯罪！我们差点都被他骗过去了！”

“光一个手机号码，把它当作证明李韦虎杀人的证据，还差点什么吧？”市局一个领导托着下巴说道。

“这些都只是我短时间里找到的线索，只要现在暂时不结案，接着李韦虎的嫌疑追查下去，迟早能发现更多他杀害孙明的证据！”

会议室的人纷纷点头，李正疑惑地追问道：“你刚才说连环杀人案的凶手不是孙明，那连环杀人案的凶手是谁？也是李韦虎吗？还有，他们辰风公司的人为什么要杀孙明？”

“林依芸被害前，她的男朋友张霖曾在家里收到一封来自凶手的信，我推测凶手写信的目的是为了从他家里引开他。”

路彦又从包里拿出了一张照片，让李茵传给大家看：“就是照片上的这封信，省公安厅的鉴定中心鉴定后发现，这张纸是由印尼银檀木制作而成的，特别贵，贺县也没有商店卖过这种纸。通过对生产商和经销商的调查，我们发现，整个贺县只有一个单位买过这种纸，那就是辰风能源科技有限公司！”

路彦又拿出绳子的照片，说道：“这是第二个受害者陈怡的尸体被发现时，捆在她身上的绳子，经过省厅鉴定中心鉴定，这绳子是英国性玩具零售商 Lovehoney 生产的情趣用品，在中国市场上每一根售价高达五百多元，而且在贺县根本买不到。我们花了很大精力，才在一家网店里查到了一条 IP 地址属于贺县的购买记录，一个叫作辰风赢赢的购买者一次性购买了十条这样的绳子！而那个账号的持有人，就是王辰贵！”

会议室里的气氛降至冰点，贺县公安局的人都黑着脸说不出话来。经过路彦的调查，案子已经走到了他们之前完全没有想到的方向。

“王辰贵是何许人也？我发现，贺县的辰风能源有限公司是隶属于辰风集团的子公司。辰风集团是一个涉足能源、地产、外贸等多行业的大集团，总部设在深圳，几年前就已经在港交所成功上市。王辰贵是辰风集团董事长王进辰的儿子，几年前来到贺县，开始担任辰风能源科技有限公司的总经理。”路彦顿了顿，他想起刚来贺县的那天，在街上看到的那满大街的辰风广告牌，“那个李韦虎也是同期跟着他来到贺县任职的，名义上是辰风公司的安全主管，其实主要就是负责王辰贵个人的安全。”

“这么昂贵的纸，当然只有他们公司几个高管才能使用，这样嫌疑人的范围就缩小了很多。”一番连续性发言让路彦的声音有些沙哑，他的黑眼圈在投影仪白茫茫的光线下变得更明显了，“什么人会特地花五千块买十根国外生产的绳子呢？很明显，这个人既有钱，又有一些不为人知的癖好！”

会议室里一阵骚动，众人议论纷纷，连环杀人案又出现新的嫌疑人了。

“可是这跟辰风公司的人杀孙明有什么关系？”高伟诚疑惑不解。

路彦解释道：“我认为辰风公司的王辰贵和李韦虎与这起连环杀人案有关。孙明很可能也知道一些内幕，王辰贵他们害怕孙明在公安局里扛不住压力会把他们的罪行供给警方，所以在孙明被带到公安局问话时就联系律师，想尽一切办法把孙明弄出公安局。但他们还是担心警方会再次接触孙明，孙明也可能向警方交代他们的犯罪行为，所以他们在帮助孙明逃走之后，又抢先一步杀死了他。

“可是，只杀死孙明对他们来说是不够的，我有理由相信，警方在第一次注意到孙明的时候就已经被辰风公司的人察觉了，或许李韦虎在孙明人还在公安局的时候，就把吴蝉的尸体放进了孙明的秘密诊所，这样就完成了将连环杀人案凶手罪名推给孙明的第一步。

“李韦虎将孙明的死伪装成自杀，然后把警方追查的凶器放到孙明的包里，这就让孙明成为连环杀人案凶手拥有了物证。”

“他们还制造出了一个动机。我推测，近日主动前来贺县公安局举报孙明性侵的那两个女孩，十有八九是受到李韦虎和王辰贵的指使而说的假话！我这么自信，是因为近日我托李茵秘密进行了一次调查走访。也许是我们运气好，竟然真有女孩向李茵承认自己在孙明那里做过堕胎手术。那女孩得知我们怀疑孙明是强奸杀人的凶手时很气愤，她说孙明是她的大恩人，对她没有提过任何要求，还给她开了很多药，告诫她很多手术后恢复身体要注意的事情。这是李茵对那个女孩做的笔录，整个事情与举报孙明的那两个女孩所说的完全是矛盾的！”路彦把一份文件放到桌上。

众人向李茵投去疑问的目光，李茵用力地点着头。

“在他们这样的安排下，孙明作为凶手的人证、物证和动机俱在，对王辰贵和李韦虎来说，让死去的孙明背上连环杀人案凶手的罪名是最好不过了，死去的孙明没有机会举报他们，也不可能再跟警方解释自己的无辜，这个案子以孙明为凶手顺利结案，王辰贵和李韦虎顺利地逃脱法律的制裁，如意算盘打得多好！”

路彦闭上眼睛，脑海中浮现了他前去传唤孙明的那天，在孙明诊所的休息室里遇见的那两个人的样子，嘴角渗出一丝苦笑。

“而且，我也能作证王辰贵和李韦虎都是认识孙明的，并且他们关系还很不一般。我带人去孙明的诊所传唤他的那一天，走进诊所的休息室时，孙明身旁除了站着李韦虎，旁边还坐着王辰贵。他们俩为了阻止我带走孙明，还试图抵抗我的传唤，只是那时候我并没有意识到这一切……”路彦痛苦地闭上眼睛，“如果我当时能够意识到这一切……孙明也许也不会死……”

整个会议室鸦雀无声，众人长久无言。路彦睁开眼睛，义正词严地说道：“孙明或许有很多错，也有过违法行为，但他绝不应该就这样死去！在如今这个太平盛世，一个知名医生竟然被他们视为蝼蚁肆意摆布，死后还要替他们承担污名，好让他们逍遥法外！如此无法无天、肆意妄为，他们当法律何在？正义何在？没有人能制造虚假的真相欺人，犯了罪就必须接受法律制裁！我也许会抓错一个好人，但我绝不会放过任何一个坏人！”

路彦铿锵的声音落地，办公室里沉默得可怕，许久无人说话。突然，会议桌的另一端响起了掌声，路彦看过去，会议桌那头的李茵丝毫不顾众人诧异的目光，正站起来对他激动地鼓掌。

第十五章 疑犯猖狂

辰风能源科技有限公司位于贺县县城的工业园区内，县政府特意划出一大块地给它做厂区，整个厂区占地近百亩，工作的员工近千名。

走廊上，路彦看了看脚下的印度手工羊毛地毯，带着李茵和市局的众多刑警，推开办公室的门走了进去。那个自己曾经有过一面之缘的青年男子靠坐在大躺椅上，双臂交抱着放在胸前。他穿着一件价格不菲的花衬衫，三十左右的样子，身材高高瘦瘦的，皮肤苍白，尖尖的鼻子，满是笑意的脸上挂着一双阴冷的小眼睛。

“路警官是吗？”青年男子从座位上站起来，若无其事地打着招呼。

“是啊，确实没想到，我们竟然又见面了，”路彦走到他的跟前，“其实上次，我就应该把你们和孙明一起带到公安局的。”

路彦朝王辰贵举起手中的搜查令，在他的身后，李茵和刑警们纷纷散开来，拿着工具四处搜查。

“你们这是干吗？”

路彦慢悠悠地收起搜查令：“现在警方怀疑你和李韦虎涉及贺县近期发生的连环杀人案和孙明死亡案，请你配合调查。”

“我们涉及连环杀人案？”王辰贵难以置信地瞪着眼睛，但转眼间他又缓过神来，“我听说你们已经抓到了连环杀人案的凶手，现在都快要结案了，噢，原来这都是你们吹牛啊？”

“你以为杀死孙明，就能让你们逍遥法外吗？”

王辰贵无声地看着路彦，眯起了眼睛：“你有什么证据证明我涉及连环杀人案？”

“连环杀人案其中的一个受害者，她的尸体被发现时，有一根绳子捆绑着她，那根 Lovehoney 品牌的绳子，你应该很熟悉吧？”

“我不知道你在说什么，你提到的这个东西我完全没有听说过。”王辰贵一脸冷漠地坐回椅子上。

路彦没有说话，低头在办公桌上寻找文件，但王辰贵的办公桌干干净净，什么文件也没有。路彦弯下腰，一一拉开办公桌的抽屉，在其中的一个抽屉里，发现一堆洁白的草稿纸。路彦拿起一张，仔细感受着那种纸独特的触感。

在王辰贵疑惑的目光中，他轻声说道：“一张纸可以证明的事情太多了，我想这一点李韦虎肯定很清楚。”

王辰贵的脸色难看起来：“一张纸能证明什么，我们公司到处都有人用这种纸！”

“第一个受害者遇害那天，她的男朋友曾在家里收到凶手送来的一封信，那封信的用纸是由印尼银檀木制成的，碰巧的是，整个贺县只有你们辰风公司在使用这种纸。”路彦举起手中的纸，“跟这张纸的触感很相似，所以我要把它带回去鉴定一下。”

“我们公司的纸怎么可能跟杀人案有关，这肯定是栽赃陷害！”王辰贵脸上闪过一丝慌乱。

路彦冷笑着，还未回答，李茵走到他的身边，在他耳边轻声说道：“这个房间已经搜查完毕，除了那纸张之外没有发现可疑线索，现在就剩王辰贵自己在厂里的房子了，大门上有密码防盗锁，我们进不去。”

路彦抬起头，看向李茵身后的王辰贵，冷笑道：“王总，请陪我们去你的住处走一趟吧！”

“你说查就查？你们领导是谁？”王辰贵气呼呼地说完，拿起办公桌上的座机，对着话筒大吼一句，“马秘书，到我办公室来一趟！”

一个穿着工整西服的中年男人慌慌张张地跑进办公室，看着半屋子的公安人员，他的神情很紧张：“王总，有什么事叫我？”

“打他们的电话，问问这到底他妈的是个什么情况！”

“哎哟，他们刚来厂里的时候我就打了，每个领导的电话我都打了好几遍，电话都没人接啊！”马秘书搓着手急道。

“什么？”王辰贵惊道。

“我劝你还是死心吧，如今这个案子归市局管了……”路彦冷笑着。

“不用担心！”马秘书安慰道，他瞥了一眼四周的公安人员，走上前在王辰贵耳朵边说了一句话。

王辰贵的表情放松了点，他看向路彦回以冷笑：“如果我今天不让你搜查我的住宅呢？”

“我有搜查令，如果你妨碍公安执法，我不介意再给你加一条罪名。”路彦干净利索地说道。

“你！”王辰贵愤怒地瞪大眼睛。

“你们今天也停了工，要是不让我们查完，我们就一直待在这里查，恐怕你们到明天、后天都开不了工了。”路彦脸上带着残酷的微笑。

“王总，今天不开工就是大损失了，明后天要是还不开工那真是……”马秘书急了。

王辰贵皱紧眉头低头思索着，过了一会儿他抬起头认真打量着路彦：“你今天来我这儿，真的就是为了调查那个连环杀人案和孙明死亡案的？”

“对！”路彦铿锵地说道。

“好！好！”王辰贵点着头，脸上的表情没有路彦想象的紧张，反而像是放松了一些。他整理着衣服，一边说着一边向外走去：“行！不就是涉嫌连环杀人案吗？你叫路彦是吧，搜查就搜查，但是你记住，记住今天你对我所说的、所做的一切！”

王辰贵挺着胸脯傲慢地走出办公室，路彦带着李茵等人跟在他的身后。

王辰贵的住处是一个大住宅改造而成的别墅，就在辰风公司的厂区内。王辰贵打开大门上的密码锁，又进行了一套声控解锁后，才让路彦等人走进别墅。迎面而来的是极为宽敞的大厅，厅里摆满了众多奇形怪状的沙发，地上铺着圣瓦伦丁牌的地毯，墙壁挂着一幅巨大的《十日谈》油画。

其他的刑警都四散开来，分别前往各个房间搜查。路彦环视着大厅里那几张人形沙发，冷笑了两声：“你这里的沙发不仅多得过分，样子还很奇怪啊！”

“房间也多得过分，三层楼一共上千平方米，够你们搜个够了。”王辰贵不屑地笑了笑。

“有人说，你这个大房子晚上经常停满了车，里面灯火通明，一整夜都能听见房子里传出女人的叫声？”路彦看着王辰贵，意味深长地说道。

“我和朋友们喜欢开 party！”王辰贵道。

“原来搞这么多奇怪的沙发在这儿，都是为了朋友来了开 party 用啊！”路彦像是知道了什么，他走到一个人体形状的沙发边上。那沙发深紫色，一头高一头矮，中间有个带着弧度的凹陷。

路彦从沙发的标签上抬起头，讽刺地笑道：“看来贫穷限制了我的想象力，大老板真会玩，佩服佩服！”

路彦的话并没有激怒王辰贵，他甚至还有些得意：“这个沙发，用过的人都说好，你要是羡慕，我下次 party 可以喊上你，只要你在这个案子上……”

“你把我们警察当什么了？”路彦打断了王辰贵的话。

“开个玩笑，别这么当真嘛！我以前就听过一些关于你的故事，今天也确实见识到你的能力，怎么样，有兴趣做个朋友吗？只要你愿意，我可以保证你得到的东西绝对会比你失去的要多。”

“那我倒想听听，跟你做朋友我要失去什么？又能得到什么？”

“失去的，不过就是你心中理想啊、公平啊那些不切实际的幻想，得到的嘛，只要你愿意合作，门口的那辆奥迪车你随时可以开走，聚会上的美女你随便挑，我还可以牵个线搭个桥，让你私下搞个副业，荣华富贵享受不尽！怎么样？”

“哼！你以为所有人都跟你一样，眼里只有财色吗？”路彦冷哼一声，“你口中所谓的朋友，就是约在一起聚众淫乱？”

“你怎么能这么形容我们之间这种你情我愿的行为呢？你知道，女人就喜欢跟穷人谈金钱，跟富人谈感情。所以啊，与其跟女人谈那些虚无缥缈的感情，还是谈钱来得实在，只要有钱，她们什么都愿意做。”王辰贵伸手抚摸着深紫色的沙发，一本正经地说道。

路彦斥道：“什么狗屁理论！”

“我看你跟我的年龄也差不到哪里去，怎么对男女关系的想法还那么幼稚呢？你以为柏拉图恋爱就是真爱吗？你以为花时间哄女人开心，就很值得吗？”王辰贵用力拍打着那张紫色的沙发，继续喋喋不休，“醒醒吧，爱情和婚姻都是明码标价的，隐藏在所谓的外表条件下，不过是彼此对钱和……”

一阵急促的脚步声打断了王辰贵的话，李茵在楼梯上一阵小跑，来到路彦面前微喘着说：“楼上的大厅和房间里还有一些奇怪的东西，你过来看看吧！”

路彦二话不说跟着李茵跑到二楼，二楼跟一楼大厅用的同一种装修风格，大厅周围环绕着很多掩着门的小房间。路彦跟着李茵在二楼查看了一圈，发现二楼除了大厅中央摆放着一个巨大的轮盘之外，房间里还有一些不太常见的秋千、塑胶气球等，在干净整洁的屋子里，看起来分外诡异。

路彦脚步沉重地走到秋千边，他想到一种可怕的可能，那种无处言说的悲愤笼罩心头。

他轻声问道：“你认识林依芸是吗？”

王辰贵惊讶地看着路彦，眨眨眼睛：“对，怎么了？”

路彦阴着脸：“那你带她来过这里吗？”

“来过啊！”

“你个畜生！”路彦低喝一声，李茵和市局的刑警都惊讶地看着他。

“怎么了？”路彦的愤怒让王辰贵很迷惑，他看了看旁边的梦幻秋千，像是明白了什么，“因为我在这儿睡了那个小妮子，你这么生气？”

“什么？”听闻这话，李茵似乎明白了什么，恶心地捂上嘴巴。

王辰贵若无其事地吸了下鼻子：“你们是不是太小题大做了……”

啪！王辰贵的话还没说完，一旁的李茵猛地打了他一巴掌。

王辰贵捂着脸，不敢置信地看着李茵：“你敢打我？”

“你真是个禽兽！”李茵恶狠狠地说道，“你会被法律狠狠收拾的！”

旁边围了一圈警察，王辰贵想发作又不敢，只得瞪了一眼李茵，咬牙道：“这一巴掌我会记得的！”

他放开步子走到秋千旁边，抚摸着那黑色的皮圈和皮垫，悠悠道：“至于禽兽什么的……你们要是见过那些女人争先恐后的样子，恐怕就不会这么想了！”

路彦瞪着王辰贵，他从没见过一个人可以厚颜无耻到这种地步，能在众目睽睽下说出这种话，可见此人已经完全没有了正常的道德观。

路彦极力地压抑着心中的怒火，这时，身后又传来脚步声，两个刑警走来汇报说在王辰贵的卧室里还有一些物证。

路彦努力使自己的心绪平静下来，他深吸一口气，跟着刑警走进王辰贵的卧室，迎面便看见一个打开的柜子，里面乱糟糟地堆满了皮鞭、蜡烛、眼罩……不过并没有陈怡身上那种尼龙绳。路彦查看一番，发现里面不少东西都是 Lovehoney 品牌旗下的产品，他回过身，叮嘱身旁的刑警："这些全都带回去。"

他环视着王辰贵的卧室，里面装修奢华，角落里放着几个阴森森的黑架子，上面挂着一些乱七八糟的成人玩具。正对着床的墙壁上，镶着一面巨大的镜子。路彦走上前，看着镜中自己愤怒的眼神，不禁攥紧了拳头。

很早以前，路彦觉得做警察能够惩奸除恶，能拯救那些受伤害的好人。后来才发现，即便他拼尽全力，这个世界上仍旧有很多人是他来不及拯救的。

李茵他们带着王辰贵走出来的时候，路彦怀里的手机突然开始振动，他掏出手机接通了电话，是市局刑警大队关队长，他告诉路彦，他们并没有抓到李韦虎，这个人好像完全消失不见了。

一盆冷水从头上浇落，路彦放下手机望向王辰贵："李韦虎去哪儿了？"

"我不知道啊！"

路彦走到王辰贵面前："他是你的保镖，他去哪儿了你会不知道？"

"哦，那我说实话吧！韦虎啊，几天前他向我申请假期，我批准了，我想他现在应该在美国吧，也可能在非洲或者东南亚，什么时候回来我就不知道了，毕竟他这次休的是长假。"王辰贵若有所思地挠挠头。

"混账！"路彦凶狠地把王辰贵反身按到了墙上，掏出传唤令拍在他眼前，"你们，一个都别想跑！"

"我是什么人，你们又是什么人？你们也配审问我？"

审讯室里，王辰贵怒气难消，冲着面前的路彦和关队长大喊大叫着。

“法律面前人人平等，不管你是王孙还是龟孙，进了这里，都没有人能救得了你。”路彦顿了顿，看了看坐在身旁的关队长接着说，“先让别人审你个 24 小时，然后我和关队长再来审你，等到那个时候，你一定会觉得我们是配得上的。”

王辰贵恶毒地瞪着路彦，路彦也不甘示弱地瞪回去。王辰贵突然笑了，他轻飘飘地从嘴里蹦出几个字：“一帮天真的傻子！”

路彦正要发火，一旁的关队长伸手拦住了他，关队长略带沙哑的声音问着王辰贵：“你认识林依芸是吗？”

王辰贵毫不犹豫地点点头：“对，我认识！”

“什么时候认识的？在哪儿认识的？”

“今年 3 月份，在孙明的诊所认识的。”

“在孙明的诊所是怎么认识的？”

“还能怎么认识？她去看病，我陪人去看病，然后就撞见了呗！”

“你当时陪谁去看病的？”

“我当时的一个妞，那娘儿们现在回深圳了，你们想找她的话我手机里有她的号码。”

关队长和路彦交换了一个眼神，面对着关队长的一连串提问，王辰贵没有想象中的搪塞，反而回答得干脆明了。

“认识了之后，你对林依芸做了什么？”路彦盯着王辰贵，愤恨地问。

“一个男人对一个女人还能做什么？当然是泡她啊！”

“你使用了什么手段？”路彦问道。

“什么手段？这我得好好想想了……我好像让人给她送过花，我也亲自开车送过她，好像……我好像也让人买礼物送给她过。”

“没别的了？”

“没别的了。”

路彦从桌子上微微起身，关队长见状赶紧拉住了他，看着王辰贵问道：“我们从你的住宅里搜出了大量的成人用品，并且路警官也说，你亲口承认曾在林依芸身上使用过这些用品，可确有其事？”

路彦和关队长直勾勾地看着王辰贵，等待着他的回答。

“是啊！”出乎关队长和路彦意料的是，王辰贵竟然大大咧咧地承认了，“但是我可要声明一下，我和林依芸之间发生的一切都是你情我愿的，我们曾经是情侣！”

“什么？”关队长和路彦心头一惊，王辰贵的这个说法完全出乎他们的意料。

“那你们的恋爱关系从什么时候开始的？持续了多久？”

“4 月份的时候开始的，5 月初的时候结束的吧。”

“为什么结束？”

“玩腻了呗。”

5 月份！路彦感觉心脏被人一把攥住，张霖说他和林依芸也是在 5 月份认识并谈恋爱的，如果王辰贵的话是假，那倒还好，如果他的话是真，那么林依芸在和张霖谈恋爱期间还和王辰贵保持着情人关系？

不对，路彦皱紧眉头，这个纨绔子弟满嘴跑火车，根本分不清哪句真哪句假。想了想，路彦问道：“哪一天分的？”

“开什么玩笑，我怎么会记这种事！”

果然，撒谎是很难短时间编出完整细节的，回答不出来的时候便以记不得来回应。

“陈怡和吴蝉你认识吗？”关队长接着追问道。

“谁跟谁？没听过！”

“那 7 月 19 日和 7 月 22 日你在干什么？”

“我平时大小事务和应酬那么多，哪儿能记清楚每天的事情？你要想知道，就等我的律师到了问他吧！我的秘书应该会把我每天的行程安排告诉他的。”

路彦眯起眼睛，看来他有些低估王辰贵了，这个看上去口无遮拦的纨绔子弟，实际上内心很清楚自己什么该说，什么该打哈哈交给律师解决。这样审下去，很难拿到他的有效口供，而且他也很明白警方破案就是靠证据说话，主动跟警方交代的都是没有证据和知情人的事情，时间紧张，路彦决心直奔主题，试探下他的心理防线。

“你想不起来，那我来替你想吧！”路彦凑到王辰贵面前，“陈怡和吴蝉，是林依芸的高中同学。7 月 19 日，你绑架了陈怡，用那个 Lovehoney 的绳子捆住她，你拼命地折磨她，最后杀了她，甚至还砍掉了她的双手双脚。7 月 22 日，你又绑架了吴蝉，用同样的方式对她百般折磨后，你杀了她，并且把她的一双手脚都砍掉了，对吗？”

“笑话，我是什么人，我有什么理由去杀两个女学生？”王辰贵撇开脑袋，不敢直视路彦的眼睛。

“因为你要发泄心中那变态的欲望！”

王辰贵把脑袋往后仰着：“你继续这样胡说八道的话，在我的律师来之前我不会再回答任何问题了！”

“7 月 26 日，你又绑架了林依芸，一番折磨后杀死了她，还砍掉了她的双手。但是你没砍她的脚，我猜是因为你没有时间了对吗？看来你不仅是个虐待狂，还有着恋足癖、恋手癖？”路彦一边观察王辰贵的神色，一边说道，“你是不是把她们的手脚砍下来当作你心仪的艺术品，偷偷地保存在某个地方？”

“你说够了没！”王辰贵气得脖颈通红，“你有证据吗？没有的话你这就是诽谤！”

“陈怡身上那根绳子就是你用过的玩具，对吧？”

“笑死人了，就因为在尸体上找到的绳子跟我用过的是一个品牌，就认定我为凶手，你们警察办案都不讲证据吗？”

“你跟孙明是怎么认识的？你们是什么关系？”一旁的关队长决定换一个方向开始突破。

“我跟一个医生还能有什么关系？我来贺县不久后，因为要带妞儿去看病，就去了他那诊所几次，不就认识了这人吗？”

“据我们了解的情况，今年初的时候，孙明的久仁诊所遭遇了一起医疗纠纷，是你出面摆平的？”

“对，是我摆平的！”王辰贵一副正气凛然的样子，“我想起来了，我就是那次跟孙明说了几句，然后开始熟悉的。”

“既然你当时跟孙明完全不熟，为什么要为孙明做这些事？”

“当时我正带着一个妞儿在里面看病，然后外面来了一群刁民吵吵闹闹实在烦人，说的话比天王老子还嚣张，我看孙明老老实实的实在挺可怜，就帮他一次呗！”

“聚众斗殴，寻衅闹事，你想想能判你多少年？”

“行啊，你可以就半年前的这个事情告我，但我提醒你，那群刁民可不一定敢起诉我，你怎么告？”

“咳咳！话题扯远了，回到案子上来！”关队长咳嗽了一声，“孙明8月9日死亡的时候你在做什么？”

“记不清了。”

“路彦警官去久仁诊所传唤孙明，你和李韦虎在诊所的休息室与他商量什么事？”

“我不是说过了吗？我觉得我操劳过度，想找孙明开点药！”

“我们经过调查发现李韦虎涉嫌杀害孙明，对此你可知情？”

“我完全不知情。”

“胡扯！”路彦忍不住喝道，“你都说了他是你的私人保镖了，他有事你会不知情？”

“要是你是我的保镖，你去杀个人前还会跟我这个雇主汇报吗？”

“我希望你能老实交代，李韦虎现在去哪儿了，把你知道的情况都说出来，否则你就有包庇的嫌疑！”关队长一本正经地说着。

“我真的不知道他去哪儿了，几天前他跟我请假，说想去国外散个心，我就准了，事情就是这样。”

“那你现在联系他，让他立马回国！”

“你们现在都联系不上他，那我怎么可能联系得上呢？”

“少给我装神弄鬼，你不是在包庇李韦虎犯罪，你根本就是在雇凶杀人！”看到王辰贵的眼皮一阵跳动，路彦紧接着说道，“你是害怕李韦虎回来把你的罪行告诉警方是吗？”

王辰贵把头扭到一边，避开路彦和关队长的眼神。

路彦看得出来，王辰贵内心其实已经很慌张了，但表面上仍然努力使自己显得平静。路彦觉得离胜利不远了，正想乘胜追击开口追问，却看到王辰贵抬起了头，白炽灯光照在他惨白的脸色上。他翘起唇角，脸颊的肌肉在诡异地抖动，他一字一句地说道——

“可是你有证据吗？”

通宵的审讯后，路彦和关队长一起走出审讯室。

他觉得一阵烦闷，审讯比预期的要困难很多，一连几个小时都没从王辰贵的嘴里问出任何有价值的东西，拿这样的口供是没办法定他的罪的。

市局的刑侦人员接替了路彦和关队长，他们留在审讯室里接着审王辰贵，路彦则回到刑警队的休息室。

站在休息室的窗前，他给自己点了一支烟，烟雾袅袅升起，路彦抬头看着远方天空蒙上的那层薄绿色轻纱，不由得陷入了沉思。

已经到了 8 月 13 日的凌晨，15 日自己必须回省厅报到了，又到了倒计时的时候。也许，自己该向省厅申请测谎专家来，那样的话，王辰贵的假话就会在测谎仪下无所遁形，警方的审讯效率也会提高很多。他掏出手机找到萧瑶的号码，编辑了一条短信，给她发了过去。

路彦心想，一线警察的平均寿命只有 48 岁真是有原因的，一查起案子就是不分日夜的连轴转，谁的身体都受不了。

发完短信，路彦蜷缩着身体在座椅上躺了下来，几天以来的连续作战让他的身体有些虚脱了。他疲倦地眯起眼睛，这里的夜晚似乎总是很长很长，但此时的他，已经看到了东方天际的那抹微亮。

第十六章 长夜难明

路彦也不知道自己睡了多久，直到耳边传来脚步声，他才醒过来，一回头，就看到拿着一沓文件的李正走了过来。

“你在这里啊！我正想去找你呢！”李正走到路彦身边，把手中的文件递给他，“我们配合金海县警方又进行了一次扩大范围的搜查，这次我们把周围都翻了个遍，确实在圣燕小区6号楼的土地边发现了两个与李韦虎相匹配的脚印，应该是他一不小心留下来的，另外经过我们的一一排查，一个住在小区4号楼的人主动反映，他在8月9日当晚十点半路过小区门口时，曾见到小区门口停着一辆奥迪A6，一个身材精壮的男子急急忙忙地上车将车开走。李韦虎开的车就是奥迪A6，目前这辆车停在辰风公司里，这些证据都完美验证了你的推理。”

路彦坐起来接过李正手里的东西，李正接着说道：“另外，我们给那个被找来顶替孙明的村民看了李韦虎的照片，他确认就是这个人开车带着他和孙明调包的。”

路彦点点头，把手中的材料简单翻了翻后又还给了李正，问道：“现在是什么时间？”

“上午9点了。”

路彦内心一阵惊骇，自己竟然睡了这么久。

“王辰贵的审讯有什么进展吗？”

“听市局的人说还没有进展。”

路彦皱起了眉头："昨天我们把申请逮捕王辰贵的材料递交给了检察院，批准了吗？"

李正脸上现出难言之色，路彦察觉到事情不妙，赶紧追问："怎么回事？还没受理？"

"检察院受理是受理了，但是检察官认为我们掌握的关于王辰贵犯罪的证据不足以构成批捕的条件，所以……"

"什么？证据不足？"路彦急得从椅子上跳了下来，"张霖收到的那张纸，全贺县只有他们辰风公司有！这不是证据吗？"

"可这不能直接证明就是王辰贵给张霖送出了那张纸啊！那种银檀木做成的纸，辰风公司起码有五六个管理层的办公室都在使用，而且他们的秘书也在使用，甚至清洁员捡到了他们扔掉的纸也能用！正如你之前所说，把这个纸作为王辰贵对林依芸犯罪的证据是不够坚实的啊！"

"那陈怡身上的那条绳子呢？我们找到了王辰贵的购买记录！"

"但是你不能保证全县和周边县的人都没有其他人买这条绳子啊？"

"在王辰贵卧室里我们可是搜到了同品牌其他成人用品的！"

"可是即使这样，检察官还是认为把那条绳子看作认定王辰贵直接犯罪的证据不够坚实的吧，毕竟，那绳子上没有找到王辰贵的指纹。你知道，万一弄成冤假错案就不好了，我们在孙明上面差点犯了这个错误，如今不能再犯了。"

路彦气得无可奈何，也无话可说。

李正则在一旁补充道："而且你应该知道，SM虽然不被主流社会认同，但你据此认为王辰贵有心理变态倾向，然后把这个作为其犯下连环杀人罪的动机也是很牵强的。"

路彦忍不住急着说道："当初孙明死的时候，你们一口咬定凶手就是他，现在王辰贵被我抓了，你们又百般为他开脱，这就是所谓的法律面前人人平等？"

"你不要急嘛，只是检察院没有批准逮捕而已，我们的案子仍然照常查啊！"

"查个什么？现在想从他口中弄到口供，就只能把他关在这里跟他打持久战！没有逮捕证，我们能关他多久？"

路彦焦急地对李正说完，李正一时也感到无言以对。

门外传来脚步声，高伟诚一脸严肃地走了过来："出现了一点新情况，大家开个会！"

李正立马跟着高伟诚向会议室走去。

路彦没有立马动身，他站在原地摇了摇头，掏出手机，发现萧瑶已经给他回复了信息，只是简简单单的一句话：已经上报，测谎专家今天下午到贺县。

路彦看了看手机时间，现在是 8 月 13 日的上午 9 点，他的心里稍微踏实了一些。把王辰贵关到今天下午还是没问题的，今天下午测谎专家来给他测谎，如果测谎结果显示是他在案件有关问题上的回答是说谎，那么再把测谎结果作为佐证之一递交给检察院，这样肯定就能申请到逮捕证了。拿着逮捕证把他逮捕之后，交给市局处理应该也就没什么问题了，连环杀人案即将告破，自己也能放心地回省厅了。

会议室里，方桌上已经坐着市局的关队长和两个刑侦人员。贺县这边，王局长和李正、高伟诚也在。路彦注意到王局长和关队长的面前都放着一堆文件，每个人的表情都非常凝重。

路彦走到王局长的对面坐下，开口问道："出现了什么新情况？"

"是这样的，上午王辰贵的几个律师赶到了，他们向警方递交了王辰贵在连环杀人案发生时的不在场证明，就是这些，你看看吧。"王局长把面前的报告递给了路彦。

"什么？"路彦顿觉大事不妙，阴着脸接过那堆文件。

"王辰贵的律师团是今天上午赶到的，他们中的首席律师跟王辰贵见了一面，律师团向我们提供了一份材料，这是从王辰贵的秘书和客户那里收集到的王辰贵过去一个月所有的日程安排。"王局长神情凝重地说道。

"他们在这份材料里指出，在陈怡失踪的 7 月 19 日，王辰贵一整天都在公司里跟一个客户团谈判，晚上他和外地来的朋友在他的房子里聚会，一直就没出去过。吴蝉失踪的 7 月 22 日，他的日程安排也是跟 19 日同样的情况，至于林依芸被害的 7 月 26 日，上午王辰贵在自己的工厂里给员工做演讲，下午在跟一个客户团谈判，晚上则在陪他们吃饭。"

路彦感觉自己的心沉进了谷底，王局长又把一个厚厚的文件袋递了过来，他皱着眉头："这里有他的律师团收集的不在场证明的证物和证词，里面有辰风公司的监控录像和其管理层员工签名的证词，还有客户公司的监控录像、客户作证的视频以及签名的证词，还有和王辰贵聚会过的朋友们作证的录像和签名的证词。我们都检查过了，没有发现什么问题，而且这些监控录像也通过了防伪技术的验证，不存在伪造的可能。"

路彦的目光从表情凝重的几人脸上一一扫过，最后落到了关队长的身上。关队长睁着熬夜后布满血丝的双眼，无奈地冲路彦点点头，声音沙哑："他的律师团带来了很多相关证人，现在还在公安局里等着，我已经抽查了几个证人，没有发现什么问题，如果你还想查，随时都可以。"

路彦顿时感觉一阵无语。

见路彦不说话，高伟诚又拿出一份文件说道："今天中午，王辰贵的律师团已经向警方递交取保候审申请书，关队也把这个情况汇报给了市局的李局长，经过各领导的研究决定……"

"研究决定同意王辰贵取保候审的申请对吗？"路彦接着高伟诚的话说道，他压低自己的音量，"连环杀人案的最大嫌疑人，我们就这样把他给放了？孙明一个医生，王辰贵都能让他从警方眼皮底下消失，我们今天放了他，明天他可能就去了国外！"

"路彦你冷静下，我们都理解你的顾虑！"李正提醒道。

"省厅的测谎专家今天下午就要到了！很可能下午我们就拿到他犯罪的证据了！可是现在你却告诉我，马上就要把王辰贵给放了？"路彦从座位上站起来，焦急地说着。

"可是你也知道，在他有不在场证明的情况下，同意他的取保候审，完全是合情合法的！"王局长说道。

"他绑架那些女孩子需要自己动手吗？而且陈怡和吴蝉的死亡时间并不能精准地判定为她们失踪的那天，他完全可以人在外地开会，让手下随便找个人把人绑回来，然后自己第二天再对她们动手，这样他不就有不在场证明了？"

"你说的确实也有可能，但是你有证据证明你的话吗？"王局长皱着眉头一脸严肃地盯着路彦。

路彦又是一阵语塞。

高伟诚咳嗽了一声开口道："路彦，你是懂法律的，在目前的办案程序里，我们同意他的取保候审申请完全是没有问题的。"

"他不能放！孙明那样的事情不能重演了！"路彦急得像热锅上的蚂蚁，"我们可以传唤他！多办几张传唤令，每次传唤完把他放到公安局门口，再用新的传唤令把他抓进来！"

办公室的人对路彦的提议毫无反应，只有李正提醒道："路彦，你不要冲动，公安办事也是要讲原则的！"

"传唤讲的就是法律的原则！"

"传唤理由是什么呢？总不能还是这个他已经有不在场证明的案子吧？"

"贺县的工商、税务、环保、卫生、消防这么多部门，他们那儿都没点辰风的问题？"

路彦的话音落地，办公室里的人都沉默以对，脸色黑到了极点。

王局长连忙咳嗽几声说："你说的这几个部门的领导对辰风公司的经营状况都非常熟悉，我已经跟他们交流过了，他们都没有发现辰风在这些方面有问题。"

路彦的眼神从会议室内的众人脸上缓缓扫过，静静地问道："真的没有问题吗？"

李正则在一旁补充说道："辰风年初确实传出过一个问题，在辰风厂区附近，有居民家的孩子腹泻呕吐，当时有人怀疑这些孩子是血铅超标，并怀疑是辰风的违法排放导致的。后来由辰风出资出面，组织一百多名孩子去省立儿童医院检查，检查结果显示那些孩子体内的铅含量完全符合标准，所以这件事也很快就过去了。"

"好，那我们就用这个事情把王辰贵传唤过来，我们也要对他们的工厂进行检查，看看他们的原材料到底有没有问题！"

"路彦，公安办案也要顾全大局，考虑社会影响，不能由着自己性子来。"沉默半天的关队长开口了。

"对啊，这都是半年前的事情了，当事人都已经打消了对辰风的怀疑了，我们怎么能把它拿起来去让辰风那么大的企业停工检查呢？"王局长摇头。

“那现在这个案子该怎么办？就这么放着？”路彦越来越按捺不住心中的焦急，“连环杀人案已经死了三个女孩了！难道我们就这样坐等第四个吗？”

“谁说我们放了？我们当然要继续调查，对李韦虎的追踪在继续，对王辰贵的监控也是不会放松的，他一有可疑情况我们就马上把他再带进来！”

“如果他一直没有可疑情况呢？这个连环杀人案该怎么办？”

王局长看了看李正，李正咳嗽一声说道：“之前我们错误地认定孙明就是连环杀人案的凶手，所以把张霖给放了……可是根据现在的情况来看，张霖的作案嫌疑仍然是最大的……”

路彦闻言猛地呆住了，他愣愣地看着房间里的众人，白衬衫的衣领在微微颤抖。

王局长没有理会路彦的目光，他缓缓扫过会议桌上众人的脸：“张霖没有不在场证明，又在案发现场被发现，又具备刑侦知识能力去犯罪，他嫌疑很大，我们接下来讨论一下看看要不要重启对他的调查……”

路彦愣了愣，自己在贺县已经没有多少时间了，原以为能马上告破的案子却在今天回到了原点。

路彦忍不住无奈地笑了起来，笑得十分苦涩。他转身推门，快步地离去，留下办公室众人死寂地坐在原地。

王局长对李正使了个眼色，李正起身追了出来。

路彦一个人走在空旷的走廊上，李正从身后追上了他：“路彦，我们开会讨论案子，你不要带情绪！”

路彦突然转身，李正一个反应不过来，差点撞到路彦的脸上。李正急忙退后一步，拉开距离。

“李队长，你说心里话，你相信王辰贵是无辜的吗？”

“这……”李正低头想了想，看着路彦认真的眼神，还是老实地说，“我不太相信……”

“那为什么还要放了他？”

“问题是人家现在拿出了不在场证明，检察院又没有批准逮捕，我们又没有有力的证据，从法律和程序上讲只能放了他啊！”

“我就奇怪了，当初张霖和孙明，你们怎么没有这么积极地为他们开脱？”

“这……对方给的证据无懈可击啊！”

“你把我当三岁小孩吗？”路彦深吸一口气，努力让自己的语气平静下来，“事到如今，我们打开天窗说亮话吧！”

李正瞪着路彦：“你实在想听我说亮话是吧？我就说给你听，我告诉你吧，就是因为王辰贵跟他们不一样，辰风集团多大我就不用说了，它下面的一个子公司，就这一个辰风能源科技有限公司，在我们贺县有一千多名员工！每年上缴近亿的税！你想想，这解决了多少人口的就业？每年上交给地方财政多少钱？”

“可是，法律面前人人平等！”路彦上前一步，瞪着李正。

“我们没说不抓！我们是要等有了证据再抓！”李正越说越激动，声音也越来越大，“你是省公安厅的，你破了案、立了功就回省厅了，我们贺县贫困县的帽子才摘不久，好不容易招商引资引进一个这么大的企业，全县领导都雄心壮志地想快速把经济搞好。你倒好，没有可靠证据就把王辰贵给抓了，如果凶手不是他，辰风集团又一怒之下把辰风能源科技从我们县撤走了，那我们的经济怎么办？我们的就业怎么办？”

“那正义呢？正义怎么办？”路彦瞪大眼睛看着李正，李正哑口无言。

说完了最后一句话，路彦感觉自己像是被抽空了一样。

走廊的窗子外，响起一阵汽车轰鸣声，路彦冷冷地望过去，只见一列车队开到了县公安局的门口。

李茵站在大门边，和王辰贵冷冷地对视着。

王辰贵的目光在她身上扫了扫，阴着脸朝公安局外走去，停靠在那里的车队正恭候着他。

看着王辰贵慢慢远去的嚣张背影，路彦再也忍不住了，他掏出手机，在里面找到一个号码，大拇指停在绿色的拨打键上。

路彦从手机上抬起目光，看向王辰贵那走向车队的背影。除了王辰贵的嚣张让人恼火之外，他还隐约感觉到一股不安，他不知道这算不算放虎归山。

路彦皱紧眉头，觉得满心纠结和痛苦。他低下头，把目光挪到自己手机上的那个绿色的通话键。

打了这个电话，即使能把王辰贵重新留在这里，可那个胜利到底是更强大的权力的胜利，还是法律和正义的胜利？

大门外，发动机嚣张的轰鸣声在街道上回荡，分外刺耳。

盛夏时节，下午时分，绿荫葱葱的香山上，路彦和陈依梦并肩走在山间小道上。

“怎么样，拉你来这个地方没错吧！”陈依梦一边走一边笑着说，看着一旁死气沉沉的路彦，“你怎么看起来好像走不动？是不是这些天查案查得太辛苦了？”

“嗯，身心俱疲。”

几天前，路彦以孙明为凶手之名想打发陈依梦回家，不料被其识破，打发她回家不成，反而被她要求一次旅游补偿才肯走。然后，陈依梦选择了位于县城旁边小镇上的香山。

路彦和陈依梦一起爬山，山林的树荫遮挡了烈日的毒辣，绿荫葱葱间的凉爽沁人心脾。难得的惬意时间里，他们两人一步步爬到了香山的一个观景台。

观景台位于一个山坡之上，这里视野开阔，可以看到山脚下的很多地方，往远方眺望还能看到贺县县城。

“来对了地方吧！我特地去问酒店服务员的，这么美的地方！”陈依梦看着风景伸起了懒腰。

路彦扭头，看着陈依梦碧波般清澈的眼神。她正对着自己甜甜地笑着，一抹红晕的脸颊上，两个浅浅的酒窝犹如两朵桃花。

看着她的笑容，路彦忽然觉得内心积郁了多日的阴霾一下子就被驱散了，忍不住笑了起来。

“你终于笑了，今天一直感觉你挺不开心的。”

“因为……”路彦欲言又止。

“是案子的事情对吧？”陈依梦早已猜到，“我听宾馆的服务员议论纷纷，贺县公安局把辰风公司的老板给抓了，好多人都说，好像是因为那个老板涉嫌连环杀人案？”

“好事不出门，坏事传千里……”路彦摇头苦笑。

“所以这坏事是你做的？”陈依梦端详着路彦。

“是的，因为我怀疑他是连环杀人案的凶手。”

“那这么说，上次你说的那个医生孙明，不是凶手了？”

“对，孙明不是凶手。我现在怀疑辰风公司的老板王辰贵，他很可能是连环杀人案和杀死孙明的凶手。”

“好可怕……”陈依梦捂住了嘴巴，一脸的恐惧。

“我一直说贺县很危险，现在你信了吗？”

“不过现在他们都被抓了啊。”陈依梦看着路彦眨眨眼睛，“我听服务员说，贺县那些警察才是真的了不起啊，把一般人不敢抓的坏人给抓了。”

“哪里啊！”路彦止不住地苦笑。

他犹豫了一下，还是把案件的一些最新情况告诉了陈依梦，包括李正等人在压力下释放王辰贵的事情。

“这么说，你知道杀害我妹妹的凶手是他，却因为证据不足没法定他的罪，只能被迫把他放了是吗？”陈依梦轻声说道。

“虽然他们出去了，但我是不会放弃的！”路彦轻声说道。

陈依梦仔细端详他，往日里那个喜欢跟自己开玩笑的路彦不见了，此时的他满身都是凝重，神态疲惫得像是个刚下战场的士兵。

陈依梦沉默了，她看向远方，太阳已经在西边摇摇欲坠，残阳如血，染红了大半个天空。山脉蜿蜒着伸向远方，阳光下，山谷的树林上还染着金色的光晕。

“好美啊！”她惊叹道。

“美吗？”路彦抬起头，跟着她看过去，“确实很美。”

陈依梦站起身来，上前几步：“我一直听你说成人世界有多可怕，可是，我们不是应该知晓黑暗，再去拥抱美好吗？”她伸出手，摸了摸路彦脸上的创可贴，“那些美好的东西，就是我们活着的最大动力……”

听着陈依梦突然而来的大道理，路彦有些惊讶，抬头看向她，只见风摇曳起她的长裙，夕阳在她曼妙的身姿上镶着一道金黄，一股青春气息随风荡漾，扑面而来。

“美好的东西？”陈依梦是说这美丽的风景还是说什么？路彦心里不禁一阵疑惑：“警方现在拿那个嫌疑人没办法，你不生气吗？”

“生气当然生气，可是我也庆幸，我庆幸有人能不顾艰难，努力地在查这个案子了，我相信你这么努力地查下去，迟早能把凶手捉拿归案的！”陈依梦叹了口气，“我想，她的在天之灵要是知道的话，应该也会很欣慰吧！”

陈依梦的话抚过心头，路彦发现在贺县这些天里，他头一次在心里感觉到一丝暖意。

“路彦，你有什么特别想去的地方吗？”陈依梦突然开口问道。

“特别想去的？”路彦想了想，看着远方发了一会儿呆，才说，“意大利有个城市叫佛罗伦萨，那里有条阿诺河，河边有个咖啡馆，我想等哪一天我能休息了，带着我的爱人去那个咖啡馆坐坐。”

陈依梦仰着脖子看着路彦的脸，神情一阵悸动：“为什么想去那家咖啡馆呢？”

路彦没有回答，反过来问陈依梦：“你有特别想去的地方吗？”

“有啊，我听说爱琴海上有个火山岛，叫圣托里尼，岛上有很多纯白色的教堂，岛下是碧蓝碧蓝的爱琴海，超美超浪漫的！”陈依梦说到兴奋之处，忍不住站了起来，上前几步面对着空旷的山谷，张开双臂大声说道，“我人生最大的梦想，就是穿着波西米亚长裙，在圣托里尼岛上自由自在地走来走去！”

路彦忍不住笑了起来，不得不承认每次跟陈依梦在一起的时候，自己好像都多了很多的少年感，那些成人世界里坚硬的、冰冷的东西就会渐渐藏起，留下的是一些温暖的、柔软的东西。

“而且你知道吗？就因为我喜欢希腊，我爸给我办了海外移民。”

“你移民了？”路彦不禁瞪大了眼睛。

“几个月后手续应该就能办完了吧，我走的是资产移民，我爸给我在希腊的阿纳菲岛买了一个小房子，跟圣托里尼很近噢！”

“那你以后可以天天逛爱琴海了。”路彦笑笑。

陈依梦低下了头：“但现在突然觉得，一个人去玩没什么意思……”

路彦没有回话，两人又是一阵沉默。

陈依梦端详着路彦，忽然问道：“为什么每次我见到你，你都穿着这样的白衬衫？”

路彦抬头看向远方，叹了口气：“大学时有次在公安局里实习，那天我穿着白衬衫跟着师父去了犯罪现场，我的衬衫衣领上沾了凶手很小的一滴血，可我太粗心马虎，并没有意识到它的重要性，一直到那个凶手又接连杀了好几人后，警方才根据我衣服上的那滴血液查出凶手的 DNA 把凶手绳之以法了。”路彦顿了顿，深吸一口气，“我一直在想，如果我能细心一点，后面那几个被害者，也许就不会死。”

“所以你在那之后，每次查案都穿上白衬衫，还在衣领上绣了个红色的血滴？”陈依梦盯着路彦的衣领眨着眼睛。

“嗯。”

“我之前老觉得你滑头滑脑的，现在看来其实你也挺正经嘛！”

路彦笑了，两个人沉默了起来。远处山腰上，一阵风吹来，山腰上花草树木身姿摇曳。更远方的西边天际，夕阳带着晕红，正在恋恋不舍地往地平线以下沉去，而天边的火烧云，仍弥留着一些温存和浪漫。

“喂！”陈依梦盯着路彦的眼睛，“你上一段感情是什么时候分手的？”

闻言，路彦一阵静默，看着前方的山景怔住了。紧接着他扭过头，眯起眼睛看着陈依梦：“一直以来我都很好奇，你为什么非要坚持留在贺县，真的是因为案子吗？”

陈依梦仰头呆呆地看着路彦，半天说不出话来。

路彦突然坏笑起来：“你不会是在打我的主意吧？”

陈依梦的脸嗖的一下红了起来，她慌张地低下头，没有说话。路彦也没有接着追问，他收起笑容站了起来：“我送你回家吧！”

“我想在这里再坐一会儿再回酒店。”

“不，我是说送你回临港市的家。”

陈依梦的桃花眼里一阵闪烁。路彦沉声道：“回去吧，现在你也知道了真正的嫌疑人，只需要等我找到有力的证据将他抓获而已，你留在这儿也没什么意义了。”

陈依梦脸上的阴霾慢慢消散了，她站了起来，看着渐渐暗沉下来的天空，挺着修长的天鹅颈，用力眺望着远方。

“好。”

心中一块石头落地，路彦接着问道：“明天什么时间，我送你走？”

陈依梦沉思了会儿说："嗯……今天爬山爬得很累，明天我要睡一上午，傍晚再吃一次酒店一楼餐厅的鳗鱼饭，然后就出发吧。"

"行啊，那明天傍晚我把车开到酒店门口来等你。"

商定了结果，两人又陷入了沉默。陈依梦像是心情变得很糟糕，她冷着脸决然地转身，头也不回地朝山下走去。

路彦无声地跟在她的身后，树林里变得静谧而又幽深。

把陈依梦送回恒佳酒店，路彦驱车赶到医院将张霖接出院。张霖二话不说，让路彦带着他直奔林依芸的坟地。

林依芸的墓碑前，张霖跪在地上呆滞了很久，面前烧着一堆黄纸。他紧握着双拳，在火光的照耀下泪水哗哗直流。

路彦站在一旁，沉默地看着。

天色渐晚，黄纸变成了一堆黑灰，张霖也慢慢恢复正常，抬手擦着脸上的泪水。

路彦走到他的旁边，伸手轻拍着张霖的肩膀，目光有些怅然地看向不远处的墓碑。

"嗯？这个是什么？"

忽然间，路彦发现林依芸的墓碑边插着一张白色的小卡片，因为被青草掩盖住了，之前居然一直没发现。

他弯腰捡起了那张卡片，和张霖两人一起看了起来，只见那上面用黑色印刷体写着一行工整的小字——

这里沉睡着一个凄苦的灵魂，这里长眠着一个不幸的生命，她承受着人世的两端，一端是腐朽和黑暗，一端是永恒和光明。愿在那个世界，没有黑暗，没有痛苦，没有泪水，有的只是鲜花烂漫和清风低吟。

"好文艺的话，挺有意思。"路彦打量着白卡片。

"奇怪，这是谁放在这儿的？"张霖拿过路彦手上的卡片。

路彦倒是想到了一种可能，但是他没有说出来。

一阵风吹来，树林的草跟花都随风摇曳，路彦忽然看见草丛里长着一株很美丽的花，它叶片碧绿，花朵泛红，茎株亭亭玉立。

那株花的样子吸引了路彦，他走到花前若有所思："林依芸手臂上的文身和这个花有点像……对了，你问过她为什么要文文身吗？”

“问过，她说以前因为好奇，就和朋友一起文了这个图案，我当时觉得女孩子文个花朵图案也很正常，就没有追问更多了。”

路彦看向那朵花，它正安静地伫立在草丛间，随风摇曳。看了一会儿，他皱起眉头：“这是罂粟花吧？”

“不对啊，这是虞美人。”张霖凑上前来，肯定地说道。

路彦睁大眼睛，仔细看了看：“这肯定是罂粟花！”

“绝对是虞美人！”张霖十分坚持。

路彦失笑，他们俩竟然为了一朵花争执起来。想了想，他开口说道：“明天我就要回省厅了。”

路彦抬头看了看暗沉沉的天空，笑着对张霖说：“之前买了点酒，我们去渡仁湖边喝吧。”

张霖把白色卡片收到兜里，跟着路彦坐上了车，两人驱车赶到渡仁湖，路上一阵沉默。

路彦把车停在了渡仁湖边，从后备厢取下他买好的酒。两人在湖边找了块草地坐了下来。

“今天不是工作日，临别之际我陪你喝点。”

听到路彦要走了，张霖沉默了一会儿，才问道：“案子现在是什么情况？”

考虑到案件保密的需要，路彦只挑了些重点，简单说了一下。

“这么说，孙明确实不是凶手，而现在的两个嫌疑人，一个逃到了国外，另一个拿他没办法？”

“是啊，这些天警方竟然查不到李韦虎的出入境记录。我推测，他可能是拿着伪造的护照去了国外，或者还在国内的什么地方躲着。至于王辰贵，虽然我很想抓他，但是检察院那边一直认为证据不够充分不批准逮捕，我只能传唤他，可哪怕就是一个简单的传唤，都……”

“因为他是辰风集团的大公子？”

“你了解辰风公司和王辰贵？”

“哼！在贺县谁不知道辰风公司呢？大年初一，县委常委集体去辰风公司上门拜年恭贺新春！这可是电视台连环播报的新闻呢！”

“是的，辰风公司是贺县好不容易招商引资请来的大企业，如果没有铁证，警方不能对王辰贵轻举妄动。所以警方办起整个案子就显得特别被动…”

“你就看着他们这样下去？”

“看不惯又能怎样？他们总说我的证据不够坚实，构不成对王辰贵的逮捕条件，我想着证据不充实不要紧，有口供也行，就想办法让他开口交代，但他还特别嘴硬。”

张霖阴着脸，沉默地听着，路彦打开手中的一瓶啤酒痛饮。

“其实他不肯招也不要紧，省厅的测谎专家到了以后，他想撒谎也不可能，但是偏偏测谎专家还没到，他的律师就向贺县警方提供了王辰贵在三起连环杀人案中的不在场证明，那些不在场证明还都是真的……”

“如果你是王辰贵，这种犯罪你会亲自动手吗？”

“从古今中外的连环杀人案，尤其是年轻女性连环被杀的案件来看，凶手很多是因为性心理变态而随机杀人。所以我认为王辰贵杀她们，很大可能是因为他自己的变态心理。这种情况下，他若让手下替他动手，他变态的心理如何满足？”

“那他的不在场证明如何解释呢？”张霖追问道。

“陈怡和吴蝉失踪时他虽然人在外地，但是他可以让手下先把她们绑架过来，随后再自己动手杀掉她们俩，这样他的不在场证明就有了。”

“你觉得李韦虎有可能是连环杀人案的凶手吗？”

路彦摇头：“我觉得不太可能，如果这一切真的是李韦虎一个人干的，他杀了三个女孩又杀了孙明，那么王辰贵没有必要保护他。王辰贵把李韦虎的犯罪行为全部供出来，才是对他和对辰风利益最大化的事情。即使人是王辰贵在背后指使李韦虎杀的，他也有办法把所有罪名全部推到李韦虎头上，比起警方天天找自己的麻烦，牺牲自己的一条狗的性命又算得了什么呢？在王辰贵的眼里，李韦虎一个保镖难道还能有他辰风的股价重要？可是，王辰贵宁愿自己房子被搜个底朝天，宁愿在警局里接受警方的审问威胁，也不愿对李韦虎的行踪开半点口，他对李韦虎犯罪行为的百般掩盖和保护，只有一种可能，那就是王辰贵绝对也参与犯罪了！他和李韦虎已经是绑在同一条绳上的蚂蚱，这条绳断了谁也活不了，谁交代犯罪事实，对方也跟着一起完蛋！”

“有道理，这么看来，极有可能是王辰贵犯的连环杀人罪，孙明和李韦虎应该都知道了些什么，后来怕东窗事发，王辰贵派李韦虎前去灭了孙明的口，再让李韦虎出国离开，这样就万无一失了。”张霖愤怒地说道。

“对，现在看来，王辰贵有着连环杀人案的犯罪动机和犯罪手段，杀死孙明的是李韦虎，但这都是王辰贵在背后指使的。”

张霖紧握着双拳：“可是他已经被释放了，你还接着查吗？”

“我没有时间了，明天我要回省厅报到了。”路彦看着张霖，无奈地笑笑，“再不回去，他们又抓着把柄要找我麻烦了。”

“没事，如果王辰贵能逃脱法律的制裁，也没关系，还有我，我即使不要我这条老命了，也要让他付出代价。”黑魆魆的夜色里，张霖的眼神异常凶狠。

路彦拿起两瓶酒，打开后递了一瓶给张霖，自己拿起酒瓶痛饮了一口。

“你别做傻事，明天回去我会立即把贺县的情况向上面汇报。”路彦顿了顿，深吸一口气，“这个案子还没有结束，我是不会放弃的。”

“这个案子，你现在已经不好办了，辰风在贺县已经捆绑了一个很大的利益集团，在有些人眼里，自己好好发财才是第一要务。”张霖喝了一口酒，冷笑道，“时间一直流逝，街头依旧太平，几个女孩的生命不算什么的。要是辰风出了什么事，他们没了衣食父母，那才是要命的大事！”

“我知道，但我绝不妥协。”路彦的声音轻轻的。

看着背着一身疲倦的他，张霖沉默了。

良久，张霖低沉地说道：“她出生在这里，真是她的不幸，她不可能有机会听音乐会、上钢琴课，周末和朋友一起聚会喝着卡布奇诺和拿铁，通通都没有。”

路彦咽下一口啤酒，补充道：“连冬天在商店的橱窗前隔着玻璃对圣诞老人哈气的机会都没有……”

“不负责任的父母，生了女儿又不照顾，那些缺乏监护的留守女孩被性侵的事情，怕是多得像脏屋里的蝗螂，躲在暗处没被找出来的不知道有多少……”张霖喝了一口二锅头，咬牙切齿道，“要不是林依芸死了你来查案，会有人知道她曾经被性侵过吗？”

“如果她们三个能顺利考上大城市的好大学，或许今后的人生会慢慢变得不一样吧，可是啊！命运连这个机会都没给她们！”路彦看着黑漆漆的渡仁湖水面，苦涩地笑了起来，“以前在一线和二线城市待久了，糊涂间以为那里就是社会，但是现在才发现，这里才是社会真实的样子。”

“北上广深实际是少数人的主流，更多人一辈子生活的，都是贺县这样的小城镇。”

“但奇怪的是，我们的视线都在北上广深这样的非主流的身上，对真正的主流视而不见。”

“所以没人在乎她们的死活！”张霖冷冷地说道，又喝了几大口酒。

看着张霖醉醺醺地说着狠话，路彦赶紧转移话题：“上次在一起这么喝酒，是多少年前的事情了？”

“记不得了，反正很多很多年了吧！”张霖转了转眼珠，“这些年，你做警察感觉还好吗？”

“我做警察，最大的体会就是……”路彦狠狠地灌下一口啤酒，擦了擦嘴，“为什么人要为了一己私欲去伤害别人？我这些年办案遇见的好多人，就是被别人伤害了，回过头又去伤害比自己弱小的人！”

张霖沉默地听着，路彦打了一个酒嗝摇摇头道：“算了，不说我了，你在贺县这些年还好吗？”

“我只是一个心比天高命比纸贱的穷酸文人，而你是个替天行道的江湖侠客，不能跟你比。”张霖换了啤酒来喝，“以前我满脑子想的是如何去看更大的世界，我当时的想法真是太幼稚了。外面的世界并不精彩，都是一样的社会和人心……所以我就赶紧回来养老吧。”

“你这年纪轻轻的，心态却老得要命，活得一点激情都没有。”路彦笑着说道，把手上的空瓶扔到地上，又开了一瓶，一口气饮尽，“罗曼·罗兰不是说过吗，世界上只有一种真正的英雄主义，那就是在看清生活真相后，依然热爱它！”

“你热爱生活，我不热爱！你是英雄，我是狗熊，我觉得当我的狗熊也挺好的，哈哈哈！”

“不能这么想，总归是要有人出来伸张正义的……”路彦也感觉到了几丝醉意，说话都有点不利索了。

“哈哈，我一个理想青年早就不信那些东西了，你一个逍遥浪子却洗心革面成了大侠了？”

“我从警时宣过誓的……”路彦醉醺醺地打了酒嗝。

“你宣了什么誓？”

路彦起身，跳到了张霖的身前。

看着路彦月光下涨红的脸，张霖发现他变得跟平时都有些不一样了，只见他握起右拳，放到太阳穴边，大声道：“我志愿成为中华人民共和国人民警察，献身于崇高的人民公安事业，坚决做到对党忠诚、服务人民、执法公正、纪律严明，矢志不渝做中国特色社会主义事业的建设者、捍卫者，为维护社会大局稳定、促进社会公平正义、保障人民安居乐业而努力奋斗！”

“哈哈哈！哈哈哈！你到底是幼稚还是天真？”张霖站了起来，捧腹大笑，他指着路彦，脚下的空啤酒罐被踢得哗啦啦响，“笑死我了！笑死我了！古有梁启超十年饮冰，难凉热血！今有你傻路彦三年查案，不……不染丹心！”

路彦握着的拳头并未放下，他抬头仰望天空的黑暗，感觉体内血液被酒精刺激得快要沸腾起来：“让我们忠于理想！让我们面对现实！如果说我们是浪漫主义，是不可救药的理想主义分子，我们想的都是不可能的事情，那么，我们将一千零一次地回答，是的，我们就是这样的人！”

“我呸！这普天之下，朽木当道！那黄土之上，禽兽横行！放眼望去，不过都是一群利欲熏心之辈！纵横古今，哪里不是一群奴颜婢膝之徒！”张霖满脸通红，指着路彦怒吼着，“你我二人！伧（cāng）夫俗子，皓首匹夫！盛世蝼蚁，远非圣贤！岂敢狺（yín）狺犬吠，大言不惭，妄助天下海清河晏？”

路彦放下了拳头，看着张霖醉醺醺的模样，平静地说道：“什么时候，怀着理想变成了幼稚，拥有信仰就等于天真？”

张霖又打开一小瓶二锅头，饮了一大口。他眼眶里不知道什么时候已经噙满了泪水，似哭又似笑地说：“路彦啊，你知道吗？我们这种老百姓家的孩子，还是离情怀这种东西远一点吧……”

路彦看着张霖脸上的泪水，不由得沉默了，张霖也没有再开口。两人都一言不发地坐在了地上，沉默地继续喝着酒。

这一夜，很长很长，酒也喝了很多很多，最后终于一起醉到站不起身来。两人烂醉如泥地并肩躺在地上，一起看着黑魆魆的天空。

渡仁湖离县城路程不近，而他们俩都已经醉得不能开车了。

这种情况该找贺县的谁呢?

路彦睁大眼睛，努力地看着发花的屏幕，最终还是让他找到了李茵的名字。

联系完李茵，路彦放下手机，晃晃脑袋说："你的处女作《最长的离别》故事原型出自哪里……是写给我的吗？"

"别自作多情了好吗？"张霖躺在地上看着星空，面无表情一动不动。

两人沉默了，过了一会儿，张霖开口了："你还记得以前争论过的那个问题吗？《美国往事》和《地下》谁是更伟大的电影。"

"对对对！我记得这个！"路彦从地上爬起来看着张霖，"我认为《地下》更好！而你……"

"而我认为《美国往事》更好……为这个问题我们吵过很多次，其实，它们谁更好不重要，重要的是……"张霖顿了顿，脸上露出一抹无奈的笑容，"《美国往事》和《地下》就是我们的宿命！"

"你说什么？"路彦莫名其妙地看着张霖，正想继续追问的时候，身后突然响起了刺耳的汽车鸣笛声，强烈的灯光撕碎了他们身旁的黑暗。

路彦抬起头看向光亮的来源，一辆车在离他们不远的地方停了下来，李茵从车上走下。

"天啊！你们这是干吗了啊！"李茵走到两人跟前，不敢置信地看着面色潮红、衣衫不整的路彦和张霖。

"就是喝了一点……送我们回家！"路彦扶着张霖站了起来，囫囵不清地说着，张霖却"呕"的一声对着地上吐了起来。

李茵无奈，回头对着汽车上喊着："小梦！你也下来吧，帮忙把这两个臭人拉到车上去！"

陈依梦从副驾驶的座位上走下来，她走到不省人事的路彦和张霖面前，皱着眉头捏着鼻子，半张脸隐藏在拳头之后，稍稍犹豫，走到了路彦的旁边拽住了他。

想不到陈依梦力气还挺大，稍微一用力，路彦就被拽了起来。她钻到了路彦腋窝下面，用肩膀扛住了他的身体，吃力地向车门走去。

路彦的身体东倒西歪，醉醺醺地感叹道："你这体格真是女警察里的好料子……"

"我不是李茵。"陈依梦冷冰冰地说道，对这个要赶她走的人，她很难给他好脸色。

"嗯？"路彦睁大眼睛，低头看清了身旁的人，惊得张大嘴巴，"你怎么来这儿了？"

陈依梦淡淡地回道："只准你找她，不准她找我吗？"

一旁的李茵也拖着张霖走了过来，她把汽车的后门打开，一边拖着一边努力避开他身上的秽物。

"好吧！"走到车边的路彦此时再也忍不住了，胃里的秽物一涌而出。

张霖晃了过来，低头嘲笑道："刚才还说我臭，现在我看到底是谁臭？"

没有人理会张霖的嘲笑，他兀自抬起头，看见了正在轻拍路彦后背的陈依梦，一瞬间他的身体凝固了。

陈依梦朝他投来疑惑的目光，两人四目相对，未有言语。

"你！你……"张霖伸出颤抖的手指。

忽然，扑通一声，他醉倒在地，死死地睡了过去。

第十七章
荒野遇袭

不知过了多久，路彦的意识渐渐回到身体里，觉得脑袋炸裂般地疼。他微微睁开眼睛，发现自己身处一个非常黑暗的房间里，他试探地呻吟道：“水？”

没有人回应，路彦又闭上了眼睛，可是很快他就感觉到一双柔软的手扶起了他，一个纸杯递到了他的嘴边。

痛饮之后，路彦放下水杯，房间里的灯打开了，他看清了递给他水杯的人，一时间差点没惊掉下巴。

“你怎么在这儿？”

“喂！我这是掏钱住的酒店房间啊！你还问我怎么在这儿的？”

路彦赶紧环视着周围，立马认出这是陈依梦住的套间里靠外的那个小房间，此时他就躺在小房间的床上。

“我怎么在这儿？”

“昨晚你跟你那朋友喝醉了，茵姐就开车把你们拉到这里来了。”

路彦嗅了嗅自己光滑的手臂，只嗅到一股沐浴露的香味，“然后我洗了个澡？”

“对！”

“谁给我洗澡的？”

陈依梦向卫生间走去，背对着路彦说道：“当然是你自己！”

“真的吗？我怎么一点印象都没有……”路彦努力回忆着。

陈依梦又从卫生间走出来，手上提着路彦的白衬衫和黑色西裤。路彦接过衣服，发现它们已经变得干净清香：“这衣服洗过了？还晾干了？”

“对！”

“谁洗的啊？”

陈依梦朝着自己的卧室一边走去一边说：“我！”

路彦不敢置信地摇摇头，他连忙穿上衣服，却见陈依梦从自己的卧室里拉出一个行李袋。

“张霖人呢？”

“我和茵姐昨晚给他开了另一个房间睡觉。”

“哎！你怎么不让我跟张霖在一起睡啊，把我拉到你这个套间里来干什么？”

陈依梦歪着脖子，脸上混杂着怀疑和愤怒盯着路彦，路彦被她盯得心里直发毛。

“你到底喜欢女人还是喜欢男人？”

“呃……我都喜欢。”路彦看着陈依梦一阵苦笑，“张霖他在哪个房间？”

“上午醒来他就走了。”陈依梦冷冷地说。

“上午就走了？那现在什么时候了？”路彦瞪大眼睛。

“现在已经天黑了啊！”陈依梦走到窗边拉开了窗帘，路彦抬头向外望去，街上的路灯已经亮起。

“我竟然睡了一整天！”路彦抱着脑袋晃了晃，“我得赶紧送你回家，你东西都收拾好了吗？”

陈依梦伸手拍了拍自己的行李袋：“我已经准备好了。”

路彦点点头，伸手在身上摸索着车钥匙：“好，你在这儿等我。”

路彦匆匆忙忙地拉开门跑了出去。没过多久，他把停在渡仁湖边的车开回了恒佳酒店，载上陈依梦朝着贺县郊区的高速公路开去。

很快，桑塔纳就驶出了贺县县城，汽车在省道上行驶着，但没过多久就遇到了路障，在工作人员的指引下，路彦开车上了通往高速公路的小路。

桑塔纳开上了田野，马路边全是荒凉黑寂。

陈依梦坐在副驾驶座，打量着车身两边飞快后退的黑暗。突然，她打破沉默问道："那个王辰贵，他为什么要害依芸？"

"因为……"正在聚精会神开车的路彦有些意外，犹豫了下，还是把王辰贵和林依芸之间发生的事情告诉了陈依梦。

陈依梦扭回头，看着路彦棱角分明的侧脸："你还会一直查下去吗？"

"当然！"路彦神情严峻地说道，"在我的字典里，没有法外之徒这个词！"

轰轰轰！路彦的话音刚落，远处的田野上就突然响起轰轰的礼炮声，烟花散在夜空中，驱散了一些黑暗。

"谢谢！"即使在礼炮声中，陈依梦的声音依旧清晰可闻。

路彦扭头看了一眼陈依梦，她的眼睛睁得大大的，其中满是崇拜和感激，还有一些路彦说不清楚的异样神色。

礼炮声连绵不绝，路上的车辆也多了一些，迎面开来一辆大货车，路彦早早把车开到右车道避开它。

"你看啊！烟花好美好浪漫啊！"陈依梦指着田野的上空欢呼。

路彦瞥了一眼车子前面的天空，那里也放起了漫天散开的烟花。路彦不由得奇怪地问道："今天是什么节日吗？"

"节日？我不记得今天是什么节日啊！"

"奇怪，那怎么会有人在这荒郊野外放烟花？"天上的烟火照亮了地面，路彦看到放烟花的田野上荒无人烟。

"管他呢！只要烟花好看就行了！"陈依梦兴奋地摇下车窗，双臂垫在车窗上对着外面的天空看着。

陈依梦掏出了手机，她调整了下自己的坐姿和手机角度，将烟花、自己和路彦一起放进了手机屏幕里，冲着路彦喊道："快看镜头！"

由远而来的大货车已经迎面驶过，后视镜里，大货车正在远去。而放眼前方，道路黑漆漆的，并没有其他车辆。路彦下意识踩上刹车降下车速，扭头去看陈依梦的镜头。

"不行，你笑得不够灿烂！"

在陈依梦的命令下，路彦不得不拉扯着嘴边的肌肉，挤出一点笑容。

他看向陈依梦的笑容，她那桃花眼里跳动着一团温柔的火焰，眼角处流动着晶莹的光彩，嘴角的弧度似月牙，脸颊上有两个深深的酒窝。他赶紧扭开头，挪走目光，不再直视陈依梦的眼睛和笑容。

陈依梦掏出了她的画板画着什么，路彦凑过去想看她画什么，陈依梦却忽然收起画板贴了上来，一边举着手机，一边把脑袋朝路彦那边凑：“再来一张吧！”

路彦没有说话，只是眼神专注地看着汽车的前方。陈依梦看了他一会儿，忽然凑近，快速地在路彦的脸上亲了一下。

桑塔纳猛地在小路上刹住了，轮胎用力摩擦着地面，激荡起一片烟尘。

陈依梦神情紧张地看着路彦，她在等待他的反应。桑塔纳沉默地停在黑漆漆的路上，车里，两人沉默着。空气安静下来，只剩远处天空中的烟花砰砰砰地绽放。

不知过了多久，路彦重新发动汽车，右手挂挡，陈依梦却按住了他放在挂挡器上的手。

路彦皱了皱眉头，沉声道：“这个世界还有太多的美好等着你去经历，你现在还不知道最想要的是什么，不要把自己年纪尚轻时的新鲜和刺激，当成了自己生命中必不可少的那一部分。”

“你说我只是图一时的新鲜和刺激？”陈依梦瞪着路彦。

路彦闭上了眼睛，随即又睁开：“听着，你的人生还很长，你还要去国外学习，你还会遇见很多的人，等你进入社会，你会发现真正的……”

“你的意思是说我是个花心大萝卜，以后会分分钟移情别恋？”陈依梦脸上添上了一股不可思议，“哼！你以为我不知道吗？多少人因为钱在一起？麻烦不要用爱情来形容你们成年人之间的利益交换好吗？”

路彦看着陈依梦目瞪口呆，一句话也说不出来。

漆黑的夜幕中，旁边的路上，一辆黑色的轿车带着一股不善的气息飞速驶来，路彦觉得后脊背升起一阵寒意！借着暗淡的路灯灯光，路彦看到那辆车的窗里，正伸出一个黑洞洞的枪口。

“快趴下！”刹那之间，路彦朝副驾驶座的陈依梦扑了过去，两人滚倒在座椅上，路彦的左手连忙去取腰间的手枪。

空气中炸出两声枪响，但是因为有鞭炮声的遮掩，这枪声显得不是很明显。

陈依梦吓得僵住了身体，路彦看到那辆车没有停留，在开了两枪没有击中后，它顺着来时的方向继续行驶，直到消失在黑暗中。

大叫声不好，路彦又瞥了一眼后视镜，那辆黑色轿车正在原路返回。当他正准备往正前方开去的时候，却发现前方又驶来一辆暗色的SUV，身后的黑色轿车又靠近了，紧接着，空气里猛地炸出一声枪响，随后便是子弹撞击金属的声音，路彦看到桑塔纳前方的引擎盖蹿起金色的火花。

黑色轿车上的枪朝着路彦的桑塔纳又开了两枪，路彦听到车窗玻璃碎裂的声音。

来不及过多考虑，在两者车身相距只有几米时，路彦迅猛地一拉方向盘，陈依梦眼明手快地帮他换了四挡，车身在行进中急速地打了转，伴随着巨大的离心力，他紧贴着车门，回身将手枪探出窗外，对着身后已经几米之遥的轿车连开三枪。

有一枪打向了轿车的驾驶座，路彦确定子弹在击碎玻璃后打中了那个司机。另外一枪击碎了轿车后座的玻璃，露出后座上持枪射击的人，最后一枪打中了车轮，车轮发出爆胎的声音。

高速行进中的黑色轿车，司机中枪，又爆了胎，车身近乎失控地飞向了路边的农田，后座的黑衣男人握着手枪打开车门，从飞起的车上滚了下来，还未落稳，又朝路彦的车举起了手枪。

对面的SUV已经越来越近，路彦却没有注意到。

他全神贯注盯着持枪的黑衣男人，当看到他落地再举起手枪时，路彦果断地率先开枪。那人发出一声惨叫，扣住枪的双手炸出一片血花，整个人朝身后的土地上摔过去。

黑衣人身旁，暗色SUV呼啸而过，带着一往无前的气势冲向了路彦的桑塔纳。路彦急忙退回驾驶座上，拼命打死方向盘，车在马路上打了个360度的旋转，但仍然不可避免地和那辆SUV碰了一下。两车接触的一瞬间，桑塔纳的车身被巨大的力量带着拔地而起。

就在两车的车窗交错的一刹那，时间又在这一刻变得很慢很慢，空气里好似有着无形的浓稠物质，只有人的感官在正常运作着。路彦看到汽车飞舞起来，看到自己的左手还在车窗外，看到那辆SUV的司机正瞪着自己，而副驾驶座上另一个歹徒朝自己举着枪。这一次，凶徒在他的右边，他们中间隔着一个陈依梦和司机，而自己持枪的左手已经来不及挪过来了。

太慢了，自己的手臂太慢了，自己什么都做不了，天际的烟花声好似都已远去。

路彦能听到陈依梦撕心裂肺般的大喊，也能看到那个黑衣男人食指扣动扳机的动作，和对方脸上残忍的蔑笑……

来不及了，一切都来不及了，一切，就要这么结束了吗？

在对面枪管爆发出火花的瞬间，路彦震惊地发现陈依梦朝着自己的身体猛地扑来。

“不要！”

一串血花飞溅到空中，路彦大吼着，用持枪的左臂紧紧抱住陈依梦，尽力少让她受到车身落地时的震动。

那辆SUV落地后也歪歪斜斜的，司机努力地调整方向，在SUV反应过来之前，路彦猛踩油门，车子向贺县县城狂奔而去。

一直以来他最担心的事情还是发生了，陈依梦还是出了意外。他来不及判断陈依梦的伤势，也不敢和歹徒们再战下去，只觉得当务之急是赶快逃离这里。到了县城以后，他们必然不敢再追，他才有时间送陈依梦去医院急救。

路彦看了一眼后视镜，身后的SUV并没有追上来，当他抬起头看向前方时，心一瞬间沉到谷底。刚才擦肩而过的那辆大货车又原路返回了，它正在马路的正中央，朝自己飞奔而来。

看着那没有贴牌照的大货车，路彦不由得苦笑起来，他早就该发现那辆货车没有牌照上路是绝对不正常的，这是一个设计好的埋伏，除了枪战之外，他们还想制造车祸，让自己就在这荒野上死得不明不白。

陈依梦动了动，路彦感受到她一息尚存的生机，内心不由得一阵欣喜。但对面大货车的车窗上，又探出一个持枪的人，对着路彦的桑塔纳扣动了扳机，货车占据了大部分车道，路彦已经退无可退。

“妈的！”路彦一声怒吼，拼命打死了方向盘。

桑塔纳朝路边的农田飞奔而去，但仍然躲不开从车里飞过的那阵流弹，他感觉脸上火辣辣的，也听到怀里的陈依梦发出一阵闷哼，毫无疑问她又中枪了。

桑塔纳冲进了农田，碾过一片麦子，路彦极力踩着刹车将车停下，后视镜里，SUV 和大货车也都停了下来。他低头看向陈依梦，她身上已经流出大片的血，上半身的白色衬衫都被鲜血浸得通红，而且也已经染红了自己的胸口，他抱住陈依梦，看着她在自己的怀里缓缓睁开眼睛。

“我要死了？”她轻轻地说，神情很平静。

“不要死！”路彦脸上伤口的血珠唰地掉落在陈依梦的脸上，一下染花了她苍白的脸庞。

路彦轻轻地检查她身体上的伤口，子弹只是打中左上臂和左肩膀的边缘部分，而且歹徒的枪应该也是那种劣质的小口径手枪，否则陈依梦的手臂早就废了。

路彦又看向陈依梦流着血的左腿，她左大腿和左小腿的牛仔裤都破了一个洞，洞里的皮肤破损，正在流血，路彦检查后才发现只是擦伤。

路彦扭头看向窗外，那些车并没有离去，而是在路边停了下来，他的眼神又阴冷下来。他抱着陈依梦，轻轻地把她放到副驾驶座上平躺下来，轻声道：“我马上回来。”

陈依梦无声地躺在副驾驶的座位上，路彦打开车门，义无反顾地走了下去。

路彦站在农田里，摸出胸前口袋里的手机，发现手机早已死机，两颗子弹打穿了手机的金属外壳陷在手机的机身里。

看来自己真是命大，连手机都在保护自己，路彦苦笑了一下。他看到马路上紫色 SUV 和大货车停靠在了一起，黑色轿车也开回了马路上，一共有八个人站在车边，四个人持着手枪朝自己的方向缓缓走来，另外四个人站在车边观望。

路彦想着，这应该是王辰贵找来的人吧？看来他们连最后一点耐心也没有了。他笑了笑，迈开步子迎上了去。远处，天上的烟花还在继续绽放着，92 式手枪在手中滚滚发烫，他感觉自己体内的血液被怒火燃烧到快要沸腾。

没想到，自己留在贺县的最后一个晚上，竟然会遇袭。这是一场蓄意已久的谋杀，突然而起的烟花就是为了遮掩他们的枪声。三辆分工明确的汽车先后断去自己两个方向的去路，并且还有后方的辅助人员截断了经过这条小路的车辆。在这个黑暗的荒郊野外，几个持有枪支的歹徒先后对自己射击。

要么死于车祸，要么死于枪击，这是他们留给自己的选择。

路彦举起手枪，在月光下发出野兽般的怒号，那四人迅速散了开来，呈包围之势朝他围攻而来。

路彦看到他们举起手枪，迅速地滚入麦田里，借着掩护，在麦田里来回滚动。他感觉到子弹从身边飞过，射入身旁的草地里，于是连连扣动扳机，枪口朝着他们的身体喷着怒火，枪声接连响起，四个歹徒倒下了两个。

剩下的两人扑了上来。路彦躲在深洼的草丛里，借着草丛的缝隙，他极力控制着手臂的稳定，拼着命地扣动扳机。黑魆魆的夜里，他模糊地看到剩下的两个人身上也炸出血花，随即倒地不省人事。

路彦从地上爬起来，站在原地一动不动，他满身都是泥土和鲜血的混合物，整个人看上去宛如一尊黑暗魔神。他看向路边，那车边四个没有枪的人正恐惧地看向自己，路彦吃力地挪动双脚，看到那四人从车上取下了棍棒和刀具恐惧地做着准备，看来他们没有枪了。路彦举起手中的枪，尝试着扣动扳机，然而这一次，他感觉到回转式击锤击空的声音，枪膛里的子弹已经消耗干净。

不能再扑上去了，没有子弹的自己上去就是送死。路彦阴沉地望着远处拿着棍棒刀具的四人，他们还在战战兢兢地望着自己。

他果断扭头，走回自己的桑塔纳边，拉开车门坐到了驾驶座上，尽自己最快的速度发动汽车。路彦看了看副驾驶座上的陈依梦，她身上流出的血已经从座位流到了座椅下的车厢皮垫，那红色的液体宛如红色的细蛇在皮垫上蜿蜒流动。他觉得自己的内心在受着撕扯和煎熬，若今天陈依梦死了，他绝对不会放过王辰贵，也绝对不会放过自己。

路彦往身后看去，那四个人还是站在原地没敢冲上来。他稍稍安下心来，用尽全身力气去踩油门，发动机爆发出一声愤怒的轰鸣，压倒了一片麦子朝贺县县城奔去。

贺县医院里的走廊上，路彦焦急地看着陈依梦被推进急救室，颓然地坐到长椅上。

对面光洁的墙壁照出了现在的他，只见那人头发像是一个草窝，十分脏乱，白衬衫被染得红里透黑，脸上的伤口裂开了，一股恶臭由他的身体向空气中弥散。

旁边的护士走上来：“先生，你也需要做个伤势检查。”

路彦无声地摇摇头，慢慢从身上掏出那个报废的手机放在手上，手指轻轻抚摸着陷在其中的子弹和弹痕。他突然开口道：“能把你的手机借给我打个电话吗？”

护士看着路彦带着血迹的双手，皱了皱眉：“值班室里有座机，我带你到那儿去打电话吧。”

“好！”路彦站了起来，跟着护士穿过走廊，走进值班室。

贺县公安局的所有人里，他就只记得李茵的手机号码。拿起办公桌上座机的话筒，他拨出了李茵的号码，然而电话响了半天，却无人接听。

路彦失望地挂上话筒，又拨打了贺县公安局的报警电话，几番周折后，终于拿到了李正的电话号码拨了过去，不一会儿就接通了。

“喂？你谁？”李正略带倦意的声音传来。

“我，路彦。”

“嗯？大晚上给我打电话有事吗？”

“我刚刚受到一伙人的埋伏枪击，地点在贺县郊外经桂莉村通往省道高速收费站的那条乡间小路上，对方目测共九个人，三辆车，其中五个人有枪。”

“什么？什么人敢开枪袭击警察？你没事吧？”

“我没有受到大伤，那五个持枪的人都被我击中，生死不知道。”

“他们是什么人？”李正的声音几乎是惊呆了。

“一群亡命之徒罢了，关键是他们背后的人，你应该能猜到是谁吧？”

“不……不会是他吧？”

路彦听出李正声音里的难以置信，他和自己一样，都在第一时间想到了那个名字。

李正犹豫着问道：“这么大的事情，要不要先向上面汇报一下？”

“现在情况复杂，我们最好先掌握证据。”路彦想了想，沉声道，“他们现在肯定在拼命地清理现场，你现在赶紧带人过去，提取现场留下的证据和痕迹，说不定还能抓到行凶者本人！”

“好，我知道了！”电话那头李正严肃地说道，“那你现在在哪儿？”

“我的同伴目前正在医院里抢救，我要留在医院陪着她，如果你们有消息了，就拨打这个座机号码说找路彦就行了。”

“好的好的！你放心吧！”李正说完，挂断了电话。

路彦放下电话，正在寻思着，一个穿白大褂的医生走了进来：“请问你是路先生吗？陈女士身上的子弹已经取出，但是失血严重，现在需要马上输血！”

“好！那赶快输血啊！”

“陈女士是AB血型，我们院血库里目前没有这种血型的库存，请问她家人、亲戚里有人是这个血型吗？”

路彦急忙伸出胳膊：“我就是AB型血，抽我的吧！”

“好！请问你跟她是什么关系？”

“我……”路彦伸着胳膊不由得愣住了，他想起在那人开火的那一刹那，陈依梦不顾一切地扑向自己的身体。

“我是她的亲人。”路彦扭头看着医生，语气肯定地说。

输血完成后，已经是凌晨3点了，路彦看了看窗外，不知道什么时候，外面又下起了滂沱大雨。

他踱步到陈依梦的病房前，透过门上的小窗户，看见陈依梦正躺在病床上，安静地沉睡着。她身上的血污都已经被清洗干净了，护士们脱下了她带血的衣服，给她换上了病号服。

路彦轻轻在病床边坐下，无声地看着她安详而苍白的脸，输血完成后医生说她已经脱离了生命危险，而且明天可以调用另一家医院血库储存的AB型血给她输血，听到这话时路彦心里的一块大石头才落下。

看着陈依梦层层包扎起来的左臂，和处理好伤口的左腿，路彦不由得感觉到一股心痛。他低着头，看着自己掌心躺着的两颗橙黄色的子弹，那是医生从陈依梦手臂里取出来的，本来这两颗子弹应该会射入自己的胸口，但是因为这个女孩，它们走到了另一个地方。

路彦从未想过有一天会欠一个小女孩一条命，一股无法言说的愧疚感笼罩在自己的心头。

“路彦……路彦？”陈依梦突然开口，声音里带着焦急。

路彦心中五味杂陈，说不出是什么感觉，下意识地，他伸出手，想握住她的五指。

“救我……救我……”

路彦顿了顿，停住了动作。陈依梦的声音里带着惊恐和焦急，原来她还沉浸在刚才遇袭的噩梦里吗？

“别怕，都没事了，”路彦干巴巴地说着，轻轻抚摸着她的脑袋，“别怕，不会再有人伤害你了。”

陈依梦稍稍安静下来，没有再说话。

一个值班护士急匆匆推开病房的门，小跑到他的面前轻声说：“路警官是吗？公安局的李队长带人来了！”

路彦收起思绪，下意识地跟着她走进值班室，李正带着蒋旭飞急急忙忙地走上来。

“现场是什么情况？”路彦问道。

“我们的人正在你说的那条乡间小路上！”

路彦感觉心跳加快了：“你们抓到人了没？”

“没有，现场早就一个人都没有了！”

“那你们快点把现场的痕迹和证据全部提取了带回来，有了证据就可以向上面汇报，申请对王辰贵继续调查了！”

“现场有什么痕迹？我们没发现有什么啊？”

“什么？”路彦急了，“我击中了好几个人，你们却连痕迹都找不到？”

“你急什么？我们大半夜冒着大雨辛辛苦苦地来荒郊野外出警，不是为了来听你质问的！”李正的声音也急了，“我告诉你，现场就是没有血迹！你要是不相信我们的能力，你可以自己去现场看！”

路彦一愣，虎口脱险后，他一想起贺县警方放走王辰贵时的样子，火气就蹭蹭直涨。

“我不觉得是你们能力的问题，”路彦盯着李正的眼睛，“我倒是觉得有可能是别的原因。”

“路彦你什么意思？我告诉你，我当警察这么多年，从来都按事实和证据办事，从来没有对不起我这身警服！”

“为什么在之前的行动中，孙明和他背后辰风的人每次都能领先我们一步？为什么我们多次跟和即将到手的证据擦肩而过？孙明为什么就在我们找到他之前的一个小时里被人杀了？世界上哪儿有这么巧的事情！”

“你是认为我们中有内鬼？”

“对，我认为我们中有人把办案信息泄露给了辰风公司的人。”

“你有证据吗？没有证据你就这么胡说，污蔑我的兄弟？”

“破案的时候没有兄弟。”路彦站前一步，面对李正的目光毫不示弱。

“你装什么好人？你以为我们不知道吗，你跟张霖是大学好友，这次来贺县查案也是因为他来的不是吗？”

“如果张霖犯罪了，我第一个抓他！”路彦咬牙切齿地说道。

李正看着路彦，一时语塞说不出话。他深吸一口气，让自己平静下来：“你不是说当时朝你开枪的人都被击中了吗？他们都倒了，那你怎么不留在现场守住他们，然后再打电话报警？”

“我来不及守在现场了！我的同伴中了枪，失血严重，我得快点带她来医院！”路彦一脸痛苦。

“可我们在现场活不见人！死不见尸！”

“那是因为他们还有四个人，他们可以很快用车把那些受伤的人和尸体转移走！”

“既然还有四个人，你又是怎么逃掉的？”

“我手上有枪，你问我怎么逃掉的？”

李正沉思了一会儿说：“市局的关队长还带着人在现场搜查，你要是不信我，我让关队长跟你说！”

李正掏出手机拨出电话，接通后递给了路彦，关队长那沙哑低沉的声音传了过来：“喂？”

“关队长？我是路彦。”听到关队长的声音，路彦也冷静了不少。

“路彦，听李队说，你开枪击中了袭击你的人对吗？可是我们这里暂时还没有找到血迹和弹壳。”关队长拿着手机，穿着雨衣站在滂沱大雨的田间，看着警察们在黑暗泥泞的田间搜查着。

“真的？”路彦的心沉入谷底。难道说他们后援的动作那么快，在警方赶到之前就把现场清理了？还是因为下了大雨，把血迹全部冲刷掉了？

关队长抬头看了看头顶上的滂沱大雨，又扫了扫那被暴雨冲刷过的泥巴路："真的，还有你说的三辆车，因为下了大雨的原因，现场的车印很多、很混乱、很模糊，而且目测不止一两辆大货车刚从这里路过，车胎印里根本提取不到有用的信息。"

"绝对是有人去清理了现场！你们再找找现场的弹壳，他们肯定不可能在这么短的时间里把所有弹壳都清理掉的！"

"嗯，我们刚刚在草丛里发现一颗子弹，不是你92式手枪打出来的，我们把它带回去研究一下。"关队长顿了顿，"对了，听说跟你一起的同伴中枪了？"

"我在医院，详细情况交代给了李队长，另外我这里还有两颗他们的子弹……"

"好，你放心吧，警察受到犯罪分子持枪袭击，这可是大事，我们会给你一个交代的！"关队长说完挂掉了电话。

路彦打完电话后，又在蒋旭飞那里做了一个案发现场的详细笔录。做完笔录，他恍惚地走到医院走廊上，慢慢地踱步到窗边，看着窗外阴森森的雨幕。

从他送陈依梦出门到现在，短短几小时发生了太多的事情，这是自己留在贺县的最后一个晚上，但是他发现这个夜晚好长好长，这里的天空很久都没有要亮的迹象。

路彦感觉到一股无边的黑暗。敌人强大到可怕，天公又不作美，如今在杀人现场竟然都找不到一个像样的证据，仅仅根据那些从黑市买来的子弹，根本就查不到那些亡命之徒的身份信息。

路彦忍不住苦笑起来，看来自己还是低估了王辰贵，想当初自己信心满满，没想到在现实面前还是被无情地击碎。难道真的像张霖所说，自己只是区区一个盛世蝼蚁，还妄想助天下海清河晏？枪战后的疲惫袭上心头，路彦心力交瘁地挪到陈依梦病房的门边。

值班护士拿来一个垃圾桶走到他的面前，询问他是否还要保留它们。路彦低头，看到垃圾桶里装着陈依梦那浸满鲜血的衣物，鲜艳的血迹不停刺激自己的视觉神经。路彦挪开眼睛，可林依芸躺在停尸房那苍白的面孔、陈怡那高度腐败的尸体、吴蝉那死不瞑目的眼睛，又一一地在自己的眼前浮现。

已经有三个女孩遇害了，今天又差点出现了第四个，路彦从来没想过案子会发展到这一步……

过了一会儿，路彦轻轻推开门，走进陈依梦病房，便听见她焦急的呢喃声再次传来。

“路……彦……救我……”

窗外虽然还响着暴雨拍打着窗户的声音，但世界已经安静下来了，她断断续续、细若蚊蝇的声音听起来异常清晰。

路彦伸出手，握住了陈依梦的手腕。陈依梦的身体像是找到了归宿一样停止了躁动，她的手指不再颤抖，嘴里不再呢喃，一切都恢复了平静。

路彦坐在她的床边，弯下腰，低下头，脑袋放到她的床边，很快也就进入了梦乡。

清晨的光线渗入路彦的眼缝，他微微睁开眼睛，看到陈依梦正看着自己，她的脸和自己的脸挨得很近，路彦下意识地连忙抬起头。

“你醒啦？”路彦仔细打量着陈依梦，看了看她那层层包扎的肩膀和手臂，想说些什么，又不知该如何开口。

一阵匆忙的脚步声打断了路彦的尴尬和纠结，值班护士急急忙忙赶到病房门前，推门而入。

“路警官，李队长电话，说有急事找你……”

尽管听到李正的名字路彦就气不打一处来，但他还是跟着值班护士再次走进值班室。他看了看值班室里的钟，时间指向早上七点多，原来他才睡了三个多小时。

路彦接过电话，没好气地问道：“喂？”

“喂？路彦吗？大事不好了！”电话那头，李正的声音颤抖着，还带着哭腔。

“你说！”路彦从来没听过李正的这种声音，不由得神经一紧。

“小茵，她失踪了！”

“什么？！李茵不见了？”

李正的话宛如耳边一道平地惊雷，路彦立马想起了李茵打向王辰贵的那个响亮的耳光。

“对，一晚上了，我们都联系不上她……”

“你说清楚！到底什么情况？”

“小茵昨晚开家里的车去参加同学聚会，然后一整夜都没有回来，因为她以前也有唱歌到凌晨几点才回来的情况，所以她妈妈就没怎么过问。直到早上起来才发现她昨晚一夜没回来，打她电话打不通，问她同学说昨晚十点聚会就散了！”

“他们同学聚会是在哪儿？”

李正颤抖地说着，声音变得哽咽起来：“就在我们县城里的金乐迪KTV，我刚刚让人去找了，没人，而且就在刚才，我定位她手机找到了她开的车……”

“然后？”

“车就在郊外的菱湖公园里，车门是敞开的，车里面有打斗的痕迹，手机摔在车厢地上，人不见了……”

“混账！”路彦不由得咆哮一声。听李正所说的情况，李茵十有八九遭遇到了不测，难道王辰贵如此无法无天，竟然敢同时对两个刑警下手？

“你知道的，当初是你们俩去抓他的，昨晚他敢找人对你下手，肯定也敢对小茵……”李正结结巴巴地说道。

路彦捏着话筒没有说话，他不知道该说什么，整个人已经完全出离愤怒了。

“肯定是他……肯定是，小茵遇袭的时间跟你昨晚遭到袭击的时间是差不多的，小茵她打……打过王辰贵，王辰贵也说他会记住这个的……”

“那你还愣着干什么？赶紧上门抓人啊！”路彦失去了耐心，对着李正喊道。

“可是，我们还没有找到证据证明是王辰贵干的啊！王局刚刚跟我说这个案子我要避嫌，不让我参与，市局的关队长没有证据不会轻易行动的……”

路彦沉默了，他也瞬间明白了李正打电话给自己的意思。昨晚那个跟他吵架的李正消失了，取代他的是一个救女心切的父亲。

“她遇袭的现场，痕检师去了吗？车里和现场环境里有什么发现没？”

“还好没有发现血，车旁边没有找到清晰的脚印，车里面找到的指纹也都是我们家三个人留下的，没有发现皮肤碎屑，不过车里有一些散落的头发，里面找到一根很粗的，像是男人的，带着毛囊……”

路彦心中一紧：“那好，你赶快把那根头发拿去做DNA鉴定！”

“来不及了！”李正大喊一声，“之前失踪的女孩都是，都是很快就被人……害了……”他的声音带着哭腔，“我不能等了……”

路彦闭上眼睛，陈依梦中枪时候的场景反复闪回，林依芸躺在停尸房里的样子跃出眼前，李茵打王辰贵的那两巴掌还在耳边回响，一切都不能再等了。

“我的手机昨晚被打坏了，你帮我买个手机过来，之后我把钱给你。”路彦平静地开了口，顿了顿，他又说，“另外找个人过来，来医院保护我昨晚受伤的同伴。”

“好好，我马上叫人给你送过去，还要什么？”

“把能使唤上的人都喊上，跟我走！”

李茵在一片黑暗中醒来，她惊恐地发现自己手脚都被绑住，浑身动弹不得。紧接着，她看到了一张邪恶扭曲的脸，在微亮的光线中凑了过来。那人在她的手背上轻轻地舔了几下，淫笑道：“这么好看的手，砍掉真是太可惜了……”

“不！不！”李茵喊叫着。

黑暗中，除了那个人的奸笑声，没有任何回应。

第十八章 爱情之死

王辰贵出生在深圳这个滨海城市，成长在父亲缺席的环境里。童年的王辰贵跟着妈妈与众多姨婆，和表姐妹们一起长大，如同大观园里的贾宝玉一样，被众多莺莺燕燕围绕。在小时候的他眼里，女人有着非常崇高的形象，女性都是美好、无欲、纯洁的存在，不像男人，总是由内而外散发着欲望的脏臭气息。

但是长大后，他发现很多事情并不是自己小时候想的那样。先是父亲对婚姻不忠，接着是母亲出轨，再接着是父母的离婚大战，还在上初三的王辰贵被迫坐在法庭上，在父亲律师的指引下为母亲的出轨作证。他看着自己的父母相互指责，为着财产分割争吵不休。这场持续了一年半的离婚官司让王辰贵的内心备受煎熬。

父母离婚后，年纪尚小的他患上了忧郁症，他第一次对成人世界里的是非和道德产生怀疑，好在青梅竹马的女朋友一直陪在他身边，让他感到莫大的感动和温暖。他和女友都出生在衣食无忧的家庭，陪伴着彼此度过了单纯美好的年少时光。到了上大学的年龄，王辰贵去了法国留学，女友则被瑞士的一所大学录取。

因为亲眼见到父母为了钱争执，最终分开，王辰贵从小便开始向往一种能白头偕老的纯粹爱情，一种不掺杂铜臭的纯粹爱情。他希望这世界上能有一个女人，不是因为他外在的物质条件，而是因为精神交流和灵魂共鸣才跟他在一起。所幸的是，青梅竹马的女友满足了他对这种纯粹爱情的一切向往，他感到尤为幸运。

大学的头两年，是王辰贵最幸福的时候。他和女友一休假，就结伴在欧洲各地旅游。他们在斯堪的纳维亚半岛一起看极光，在阿尔卑斯山的雪地里留下攀爬的脚印，在布拉格的广场一起听着吉他曲，在梵蒂冈的教堂里许下一辈子都在一起的誓言。

王辰贵和女友商定好大学毕业后就回国结婚，他已经认定了这辈子都不会和她分开。大四的一天，王辰贵想给快要过生日的女友一个惊喜，他精心地准备好礼物，在没通知女友的情况下，偷偷地提前飞到瑞士。然而当他推开女友房间的门，却看到女友正在沙发上和一个陌生男人缠绵。

王辰贵呆呆地站在门口，突然发现自己曾经许下的那些誓言由多么愚蠢，也为自己和女友规划的未来感到可笑。那从小埋在他心里的信仰和原则，以及对女性的尊重和崇敬，一瞬间都消弭无踪了。

向前一步是悬崖，后退一步是深渊。是做那个可怜的盖茨比，还是做《花花公子》里那个了不起的创始人海夫纳？母亲和女友的相继背叛，让王辰贵患上了厌女症，所以在这两个选择面前，王辰贵并没有犹豫太久。

回国后，王辰贵顺理成章地进入家族集团的管理层工作，每当有女人接近他的时候，他总是带着怀疑和蔑视去看待她们。他脑海里总是盘旋着父亲对他的教导：女人都喜欢跟穷人谈金钱，跟富人谈感情，所以结婚一定要找门当户对的。

父亲还拿着《红楼梦》来教育王辰贵："贾宝玉跟袭人、碧痕这些丫鬟随意云雨情，谈婚论嫁考虑的却只有林黛玉和薛宝钗这样的世家小姐，你想想为什么？"

王辰贵也渐渐明白，同性交友和异性交友一样，豪爽、大方、讲义气，那都是同一阶层之间的美德，不同阶层的人，这些美德都和你没关系。

他要像海夫纳那样，在脱离苦海后，拥抱一片更大的天空。他不要做那个可怜的备胎盖茨比，他要做那个真正了不起的盖茨比。他疯狂爱上了一部电影——由汤姆·克鲁斯和妮可·基德曼主演的《大开眼戒》，反反复复看了上百遍，他觉得他从中看出了女人的本质，看出了无数种人生，也看到了无数个自己。

想清楚后，他带着朋友们找了一个私密的别墅，邀请各种各样的漂亮女孩和他们一起开派对玩游戏。在这个游戏里，男嘉宾必须带着礼物参加。第二天早上，这些摆放整齐的礼物会等着那些女孩来挑选。游戏规则是，如果有男嘉宾连续两次带来的礼物都没有被女孩挑走，这个男嘉宾下次将不会被邀请。为了不在这个游戏里被淘汰，王辰贵和他的朋友们买的礼物大多是LV包包和钻戒。而女孩们的游戏规则是必须服从男嘉宾的任何游戏要求，不得反对，否则要被赶出游戏，不能挑选礼物还要遭到王辰贵等人的毒打。

每次派对开始之前，王辰贵总喜欢坐在别墅门前，看着那些精致的皮囊在自己的面前鱼贯而入。欧洲学校教导他的绅士和骑士的道德早就成了一堆狗屁。此时，他满脑子想的都是上帝死了，诸神在堕落。

与此同时，王辰贵愈发觉得，有钱的人确实能为所欲为。有一次，在夜总会里喝醉之后，王辰贵瞥到服务员偷瞄了他女伴的胸部，借着酒劲，王辰贵和朋友们把那个小哥打成了植物人。在保镖李韦虎的提议下，王辰贵花一些钱打点了上下的关系，这件事就不了了之了。

见识到金钱的各种力量后，王辰贵心中的规则和道德逐步消解，阴狠和戾气在他的心里生根发芽，越来越壮大。

有一次，父亲给王辰贵安排了一次相亲，据说女孩的爷爷是个退休的官员。王辰贵在KTV里见到那个女孩，借着酒后微醉使出霸王硬上弓的套路，却没想到遭遇到了抵抗。撕扯之下，他打了那个女孩一巴掌。

这样一点小事，他并没有放在心上，父亲的反应却出乎王辰贵的意料。他那一向高高在上的父亲恼怒异常，带着他到女孩家中登门致歉。他站在原地，惊愕地看着父亲半蹲在那女孩爷爷面前，唯唯诺诺、诚惶诚恐。他从来没有见过父亲对谁这么低声下气过。

从那户人家出来，王辰贵看着一直忧心忡忡的父亲，满不在乎地说着："不就一巴掌吗，能有多大事！我们还怕……"

啪！

父亲反手一巴掌打在他脸上："你在国外读书读傻了，连最基本的人情世故都不知道了吗？"

"我还指望你以后接了班，能把公司带到纽交所上市！"父亲看着王辰贵不停地摇头，"古人说：'德不称其任，其祸必酷；能不称其位，其殃必大。'只有德才兼备，才能做接班人。可你现在连最基本的主次矛盾都分不清，我怎么敢让你接班？就算请职业经理人，要是你们没有跟他平等对话的能力，集团也迟早要完！"

一提到接班，王辰贵就想起他的妹妹和弟弟。妹妹在日本读书，年龄还小不足为惧，倒是那个在美国读书的弟弟对自己威胁很大，他正在宾夕法尼亚大学沃顿商学院读管理学本科，据说还打算去哈佛读研。前些天，他发来一张照片，那是他在学院的周年庆典跟知名校友伊万卡·特朗普的合影。王辰贵记得很清楚，父亲在看到那张照片时兴奋而骄傲的表情，就好像这个小儿子已经把集团带到了华尔街挥槌交易一样。

父亲质疑的话语让王辰贵感到自己的地位堪忧。很快，他被派到集团在贺县的子公司——辰风能源科技有限公司担任要职，还领了一个硬指标：两年之内把辰风能源的利润率提升10%。父亲的意思很明显，先到子公司试试看，如果他确实是个可造之材，自然不用担心前途；要是连个子公司都管理不好，恐怕集团的接班人和他也没什么关系了。

为了证明自己的能力，王辰贵一到贺县，就苦思冥想着如何提高辰风能源科技有限公司的利润率。公司的会计和财务都是集团的人，在数据上造不了假，在随身保镖李韦虎的建议下，他先将产品原材料换成一种更廉价的低端材料，然后打通了与环境测评部门的关系，在废料排放和处理工作上偷工减料。生产成本缩减以后，公司年度报告上的数据果然好看多了，父亲更是当着集团董事的面对他大加嘉奖。

扫除了后顾之忧，王辰贵又闲不下来了，他开始在贺县与之前的朋友一起组织派对游戏。春天的一个午后，王辰贵把车停在久仁诊所前，懒洋洋地躺在车里晒太阳。闲来无聊，他打开手机，在聊天群里号召那些朋友在贺县再开一次聚会。不承想，他的提议遭到众人嘲笑，大家纷纷挤对道：东道主找来的那些女孩，就那个水平怎么拿得出手？

王辰贵放下手机，直觉脸上无光。这荒山野岭穷山恶水的贺县怎么能跟大城市比，能找到愿意玩这个游戏的女孩子就不错了，哪儿能找到他们想要的那个级别？

王辰贵想着，又拿起了手机，不承想，余光却瞄到一个女孩经过他的车前，正朝久仁诊所走去。王辰贵抬头，猛地看见一个有些熟悉的侧颜，他感觉心脏像是被攫住了一般。

王辰贵快速地拉开车门，冲到那个女孩的面前，终于看到了她的脸，那张清纯的脸。他愣住了，他没有想起那些欢场女人，而是想起了他的前女友。他想起那年和前女友一起看极光时，她眼睛里闪烁的激动光芒；他想起在阿尔卑斯雪山上，前女友抱着自己时温柔的鼻息；他想起在布拉格广场拉着前女友手时，感受到的柔软触感；他想起在梵蒂冈教堂前，前女友对着自己许下的誓言。那张脸当年也是这样清纯，他想哭，又很怒。他断定，面前这张看似清纯的脸蛋之下，一定也是同样的虚伪和丑恶。

忽然间，他发现自己这些年的堕落和放纵，不仅没有治愈前女友留给他的伤口，反而让那道伤口更加恶化，如今已深可见骨、痛入骨髓，早已无药可救。他觉得心中燃起一股无名怒火，他需要发泄，对着面前这张清纯的脸蛋狠狠地发泄。他端详着面前的女孩，眼睛里射出红光。

“让开！”那个女孩一脸反感。

“我是孙医生的老朋友，你叫什么名字？”王辰贵扬了扬手上的宾利车钥匙。

那个女孩不屑地看了一眼王辰贵，从他的身边快步穿过。王辰贵挑了挑眉，看向站在不远处的孙明。

孙明犹豫了一下说道——

“她叫林依芸。”

第十九章
正邪对决

王辰贵一直盯着挂在办公室墙壁上的那幅《埃菲尔铁塔的新郎与新娘》，沉思了很久很久，直到门外传来嘈杂的脚步声，他才回过神来。

在王辰贵惊骇的目光中，路彦带着十几名警察破门而入。

“看到我还活着，你是不是很意外呀？”

王辰贵挤出一丝冷笑：“路警官，我不明白你在说什么？”

路彦上前，盯着王辰贵：“我们俩的账我会跟你慢慢算，李茵在哪里？”

“什么李茵？”

“少跟我装蒜！你把她绑到哪里去了？”

“莫名其妙！”王辰贵冷笑一声，“想不到堂堂省厅的警察，净会找些莫须有的罪名来污蔑我，我会起诉你，你还是准备请一个好的律师吧，免得到时候赔得倾家荡产。”

“好，你不说是吧？”路彦转身对着身后的刑警喊道，“封锁辰风的大门，盯防人员进出！大家开始搜，这个厂任何一栋楼、任何一个房间、任何一个小角落都不能放过！”

来的路上，路彦已经跟刑警队的各位描绘清楚昨天袭击自己的三台车辆以及那些歹徒的样子，交通部门那里没有在交通要道上找到这些车辆，路彦怀疑这些车仍然在贺县境内，并且就在辰风公司里，那些亡命之徒很有可能就隐藏在这个厂的员工里面。

“上次的事情已经结束了，这次你们凭什么又来查我们？”王辰贵的马秘书冲进办公室喊道，“你有对我们辰风的搜查令吗？”

路彦默不作声，一旁的蒋旭飞上前，掏出一张盖过章的文件放到王辰贵等人面前：“有群众举报你们企业存在违规生产现象，我们来调查！”

“咳咳，不是我疑心重，我们辰风一直是贺县遵纪守法的好企业，年年道德模范企业评比都是第一名，贺县各大部门对我们都很信任，从来没有人来查过我们企业，今天你们突然来访，说搜查就搜查？而且我们企业每一天的任务都很重的，你知道你这样会给我们带来多大的损失吗？到时候恐怕你的领导们都会不高兴的。”秘书扶了扶眼镜，脸色平静地说道。

“你以为你们的关系在我这儿管用吗？”路彦刚说完，蒋旭飞身上的手机便响了。他拿起手机一看，脸色难看地将电话递给了路彦。

路彦接过手机，走到房间外，刚接通，王局长焦急的声音就传了过来：“你在做什么？让你们去搜查，你怎么又把辰风的厂给停了？”

路彦的声音中带了一丝疲惫：“不停厂我怎么找昨天的袭击者，怎么找李茵？”

“你有证据证明是王辰贵找人袭击你和绑架了李茵吗？”

“我正在找！”

王局长沉默了，良久，他沉声道：“辰风是贺县的大企业，这次最多给你三个小时，三个小时找不到相关证据，就把人给我撤回来。记住了，不要乱来！”

“好！”路彦不等王局长说话，快速挂掉了电话。他重新走进王辰贵的办公室，对着刑警们说：“通知一下大家，立刻将所有工作人员，包括管理层人员，一个不少地领到广场集合。”

蒋旭飞一惊：“集合做什么？”

“一个一个地检查！”

“好的！”张进连忙走了出去。

“你把自己当什么了？你以为你是领导人吗？”王辰贵忍不住讽刺道，“还集合我的员工？摘下省厅警察的帽子，谁把你当根葱？”

路彦眼神冰冷地盯着王辰贵，他从兜里掏出一副手铐，慢悠悠地走到王辰贵面前。

“我来贺县第一天起，就发现我被人跟踪了。那次在我住的酒店门外时，我分明看到身后有个黑影，后来我在刘建华家的小区里又收到了一张威胁我离开的纸条，当时我就在想，什么人对我的到来这么紧张？我刚到贺县的时候，他就要我离开？

“起初我还在想，这个不停跟踪我、威胁我的人真是够胆小的，我什么都没查到他就吓破了胆。现在我明白了，那个人根本不是胆小，而是胆子太大、太狂妄，狂妄到他相信我没有办法逮捕他。正是因为这种想法，那个人才一直不停地派人威胁、恐吓我，想让我知难而退，离开贺县。我想整个贺县，敢狂妄到不把警察放在眼里，狂妄到相信我死活拿不到证据抓他，这样的人只有你了吧！”

“哼！你想污蔑我也得把事情说通一点吧？”王辰贵冷笑道，“我还有千里眼、顺风耳不成，你一来贺县我就能知道？”

“问题就出在这里，我到贺县的第一天，接触的人都是警局里面的，你是怎么知道我来贺县调查这个案子的，并且在当晚就派人跟踪我？”路彦闭上眼睛又缓缓睁开，“你当然没有千里眼、顺风耳，我想只能是你在刑警队里有眼线，是那个眼线一直在给你提供情报吧？”

“你？”王辰贵神色一怔。

“其实只要你在贺县公安局有眼线，后来的一切就很好理解了。最初高伟诚去孙明的诊所问话时，孙明本来否认自己跟林依芸认识，但是我到了之后，他又承认了，还在我面前巧舌如簧地把所有嫌疑都推到刘建华头上。可是跟警方这么交代对于孙明自己也是很危险的，所以这应该不是他的本意，我想，这是不是你对孙明的授意呢？孙明本来想明哲保身，置身事外，但是你通过你那个眼线获悉了警方对刘建华的怀疑和追查，也知道了警方认为电棍是作案凶器，于是你就借此机会强迫孙明在警方面前嫁祸刘建华，你想借孙明把所有的罪名都推到刘建华身上，然后自己就可以清白脱身。

“可是你万万没想到，警方随后又很快怀疑上了孙明，你再一次提前得到消息，那天在孙明的休息室里，我遇见你们三人的时候，你跟李韦虎是在商量让他逃亡的事情吧？可惜你们还没有让孙明走掉，我就带人赶到了，孙明被我们传唤之后，也是你迫不及待地找省城的大律师来捞他。另一方面，你和李韦虎都知道警方还会对他进行盯梢，所以你又让李韦虎策划了孙明的逃亡，我说得对吗？

“孙明在你们的帮助下逃跑了，可我们还是很快发现了他的下落，但我们找到他时，他却已经死了。当时我就很疑惑，为什么每一次当警方要接近孙明的时候，就功亏一篑？唯一的解释就是，你的眼线把警方每次的行动都提前通知你。我们出发去金海县的时候，你们已经得到了消息，为了让孙明永远闭嘴，你让李韦虎快马加鞭杀了他，还不忘把连环杀人案的罪名都推到他头上！”

“胡说八道！你简直就是一派胡言！”王辰贵扬着脖子，一脸不屑。

“我们赶到金海县县城那晚，本来可以直接去孙明家抓他，但是我们当中有一个人提议说，先去旁边的超市里找到孙明的情人了解情况，再让他情人带我们去他家。”路彦闭上了眼睛，表情颇有不忍，“现在想来，他当时应该是想帮李韦虎再争取一点时间吧。”

王辰贵冷冷地看着路彦不说话。

“孙明死后，李韦虎又被你送走，连环杀人案结案，你终于长出一口气，你以为杀了三个女孩的罪名再也没有人可以证实。”路彦咬牙切齿地说，“可你没想到，有一个叫路彦的警察特别冥顽不灵，见到孙明死了还不作罢，竟然还在偷偷调查辰风公司。于是，你只好派人再次警告他，甚至是暗杀他，对吗？

“那次我抓到刘建华之后回房间休息，感觉有人悄悄走进我的房间，等我追出去时那人却不见了；第二次是在孙明死后，我躺在床上，分明感觉有人潜伏在我的房间外，追出去的时候，那个人又逃得无影无踪。现在想起来，那两次都是你派来暗杀我的杀手吧！”

“慢慢地，我变成了你的眼中钉和肉中刺，不管你怎么威逼、利诱、暗杀、恐吓，我都没有停止调查，后来还把你抓了进去。你知道我还会穷追不舍，所以你终于忍不住了，你终于下定决心要彻底结果我的性命，是吗？”路彦心中涌起滔天怒火，看到王辰贵低下头，不敢直视自己的眼神，他继续道，“你想借黑道之手把我杀人灭口，那个掌掴你两次的女警察，你想用折磨那三个女孩的方法来折磨、报复她，对吗？”

“跟我走！今天我非让你把李茵的下落交代出来不可！”路彦上前一把拽住王辰贵，拉开手铐铐住王辰贵的双手。

王辰贵拼命反抗，周围的黑衣保镖见状就要上前，阻挡他们的警察眼看就要抵挡不住，蓦地，路彦掏出了自己的手枪，躁动的黑衣保镖们瞬间安静下来。

路彦用枪指着屋顶，看着众人厉声道：“我看谁敢动？！”

“没有证据，违规抓人，野蛮执法……”被路彦按住的王辰贵抬起头，恶毒地看着他，“呵呵，你有本事就今天弄死我，弄不死我，我迟早会……”

“你给我闭嘴！”路彦弯下腰，手枪抵到王辰贵的后脑勺上。

被枪指着脑袋，王辰贵吓得脸色青白，他动了动嘴唇，最终什么话也没有说。

在几个贺县刑警的包围保护下，路彦押着王辰贵走出办公楼。他将王辰贵铐在警车上，又找来两个人在警车上看住他。

李正的援军已经到了，赶到的警察们配合着路彦的工作，把工人和高管们集中起来后，又对辰风的每个地方进行了细致的搜查。

路彦阴沉着脸站在广场中间，看着一千多名工人排着长龙从自己的面前一一走过。

他对昨晚袭击自己的那些人印象太过深刻了，那些人长着一张张凶神恶煞的面孔，粗糙黝黑的皮肤，凶恶阴沉的眼神，从走路跑动的姿势来看，明显是受过一些训练的。既然交通部门没有在各大交通要道上发现他们的踪迹，那他们有可能还藏在辰风公司里，甚至就隐藏在这些员工之中。

可是，这一千多个工人里，一大半是女工，剩下的男工也大多体形瘦弱、面色枯柴。路彦看着他们穿着清凉的短袖上衣从自己面前走过，脸色越来越阴冷，他要找的那些人一个都不在这里面。

很快，四处搜查的刑警们回来汇报了，跟案子相关的车辆、枪支、电棍、化学用品，还有李茵的踪影，他们一样都没发现。

“王辰贵住的那个别墅，仔细搜查过了吗？”路彦问面前的蒋旭飞。

“仔细搜过了，还是上次的那些东西，任何跟案件相关的都没有……”

“每个房间都仔细检查过了吗？没有地道、密室什么的？”

“这个，暂时没有发现，可能还需要再找找。”

路彦不禁皱起了眉头。

王辰贵的办公室，自己刚才已经搜查过了，其他人的办公室里也没有发现什么异常。什么有用的东西都没有发现，难道这一次辰风之行又要无功而返？

低头看看手机，三小时的时间所剩不多了，难道要这样把人撤回去吗？袭击自己的那些人不在这里，那绑架李茵的人呢？李茵毕竟学过格斗，普通人肯定是不能制伏她的，王辰贵会派出什么样的人绑架她？

烈日下，路彦闭上了眼睛。李茵在同学聚会之后开车离开，却没有回到家，那她中途遇见了谁？如果她不停车，那个人如何成功地上车她？如果她停了车，那又是什么人能让她停车？

路彦睁开眼睛，看向王辰贵所在的警车，又看一下不远处那十几个膀阔腰圆的保镖和那些西装革履的高管。他想了想，做了一个大胆的决定。

“张进，你带人留在这里继续搜，我和其他人先把这些人押回去。”

“这样会不会……”张进正要说什么，看到路彦坚定的神色，又想到生死不明的李茵，马上喝道，“好！”

路彦带着众多刑警把王辰贵秘书等人全部押上了警车，接着联系上李正：“去李韦虎家，提取李韦虎的DNA，与李茵遇袭现场那根头发的DNA进行对比！快，赶时间！”

“你是怀疑李韦虎没有出国逃走？可是光检查他一个人的也不够啊！”

“我现在把王辰贵和他的保镖亲信这些人带回公安局，到时候一个一个地查！”

“好！我知道了！我马上回公安局等着！”李正似乎被路彦的情绪感染了，杀气腾腾地说着，声音都有些颤抖。

路彦挂掉电话，踏上警车，呼啸着驶出辰风公司。

把王辰贵再次带回公安局后，路彦迅速找人提取了他们的DNA进行化验。李正对王辰贵等人进行了一番激烈的审问，然而还是没有从他们嘴里问出任何有用的东西。

“王局，时间紧迫！让测谎专家上吧！”路彦急忙找到王局长。按照程序要求，测谎是需要王局长批准签字的。

“你们这些年轻人，干事冲在最前面。”王局长皱着眉头看着路彦，“出了事还要我给你们顶着啊！”

“王局，事急从权啊！”

事已至此，王局长盯着文件心想：王辰贵要是没有嫌疑，路彦绝不会这么急迫，如果检测结果显示王辰贵说谎，或许可以顺藤摸瓜，找到王辰贵犯罪的切实证据，如果显示他没有说谎，也可以名正言顺让路彦放人。毕竟路彦是省厅的人，自己也没有处理权限，按照程序走才不会陷入被动。

于是，在王局长的批准下，测谎专家上阵对王辰贵等人进行了测试，大半天的时间过去后，路彦和李正垂头丧气地从审讯室走出来。

“测谎结果是什么？”

“测谎结果是4……”李正晦气地摇摇头。

王局长眉头一紧，测谎结果小于4是没有说谎，4是不能确定是否说谎，大于4则是基本说谎。

“我审了他大半天，什么结果也没有。”李正一脸焦急地摇摇头，看了看手表上的时间，“那根头发的化验结果已经快出来了，现在就是等他们的结果出来进行比对，现在才下午6点多，还要好几个小时才能出结果。”

“测谎结果显示他没有问题，就先放人吧！等DNA鉴定结果出来，如果确定是他们中的某一人所为，我们再去抓！”王局长严肃地说。

“王局，不能放！”路彦急道，“测谎结果是4，说明很有可能是他在有些问题上说了真话，有的问题上说了假话，并不能代表他无罪啊！”

“可是也不能代表他有罪！你们两个这么做，真是太鲁莽了，你们对得起你们的警服吗？”王局长生气地说道。

“可是他们都敢绑架、敢袭警了！”路彦压抑着怒气说道，“我的同伴中了好几枪现在还躺在医院里，李茵被人袭击下落不明。我们才放了王辰贵几天，他就敢这么做了！”

“是，你是遭遇枪击了，李茵也被人袭击了，可是你说这些都是王辰贵做的，有证据吗？”

“贺县除了王辰贵，谁还有这个动机和能量，找来一批黑道埋伏我！”

“你说得有道理，可是没有证据证明就是他雇用的人啊！”

路彦深吸一口气，极力地按捺自己的焦急情绪：“王局长！我们说句实话，在你心中，你也是认为王辰贵是凶手，对不对？”

“我认为谁是凶手不重要，重要的是我们得有证据！没有证据，难道我认为谁是凶手，就能把谁抓回来吗？”

“我们不是正在查吗？我们不是刚提取了他们的 DNA 去检验吗？”

“那就等结果出来再决定吧！先把人放了！”

“DNA 匹配结果今天晚上就能出来了，几个小时都等不了吗？”路彦大声说道。

“不能等！现在的做法已经很冒险了，我们不能再授人话柄！”

空气里一阵剑拔弩张，路彦死命盯着王局长的眼睛，想从他眼里找到问题的答案，但是他看到的还是那个不容置疑的眼神。

路彦挪开目光。那天晚上在渡仁湖边，张霖对他说的那些话在耳边响起，他不禁一阵垂头丧气。

看到路彦服了软，王局长转过身，下达了放人的命令。

“王局，既然用警车送他回去的话，那我在车上护送他吧，”路彦在王局长身后追上了他，“这样我回去了也好写报告。”

王局长转过身端详着路彦，表情高深莫测起来。他想了想，挤出了一点微笑：“好，你跟着警车一起送王辰贵回去吧。”

路彦赶紧点点头，他走向一旁的李正，轻轻地说：“我会让车开慢一点，你去等 DNA 的检测结果出来，有结果了记得第一时间告诉我！”

李正明白了路彦的意思，快步转身离去。

路彦、蒋旭飞和另外两名刑警，四个人带着王辰贵踏上警车，而他的秘书、保镖等人也被释放。

警车在田间小路上行驶了很久，路途中一阵颠簸。在路彦的叮嘱之下，开车的刑警故意将车开得很慢很慢。

车上的王辰贵显然也察觉到警车不正常的速度，他恼怒地盯着路彦：“你让警车开这么慢有什么用？你以为你还能找到我的证据吗？”

一听到王辰贵说话的声音，路彦就感觉怒火噌噌地涨，他强行压抑着不让它爆发。

“哎，你说话呀？怎么变得这么没种？真可惜啊，那个李茵不知道哪里去了，你们白白在我这里浪费那么多时间，结果连人影都没发现，耽误了最宝贵的救援时间，现在人家是死是活，真的不知道了……”王辰贵喋喋不休道。

天色渐渐阴沉了下去，很快就乌云密布，雷声暗响。警车行驶到了一片田野上，远处时不时地传来火车鸣笛的声音，道路开始变得崎岖不堪，车身不停地晃动着，路彦和王辰贵的身体也跟着左摇右晃。

“我早说过了，你是斗不过我的，无论在哪件事情上。可你偏偏不信，你非要不撞南墙不死心，你也不想想，你是什么人？我又是什么人？就凭你也能动我？”

路彦捏紧了拳头没说话，突然，他的手机响了起来，是老陈从省厅刑侦总队办公室打来的电话。

路彦心情变得更加沉重。老陈一定是质问自己怎么还没回去，现在是8月15日上午，本来这是自己回省厅的底线时间了。老陈已经给自己放宽了时间，如果现在还不回去，自己不仅会再次授人话柄，还会连累一直护着自己的老陈。

电话还在继续，王辰贵喋喋不休的声音在耳边环绕，路彦闭上了眼睛，绝境之下，无法前进也无路可退，自己该何去何从？难道真如张霖所说，自己只是盛世蝼蚁，妄助天下海清河晏？路彦捏紧拳头，克制着心中的焦急和怒火。

心里窝着火的王辰贵却不想作罢：“来，凑近点，别紧张，在你们的警车上，我还敢反抗吗？”

看到路彦一动不动，王辰贵凑近了一些，在路彦耳边以只有他能听见的声音轻轻地说道：“你知道林依芸的滋味吗？我告诉你，那可真是享受，还有她的声音，别提有多……”

“停车！”路彦骤然睁开眼睛，猛地大喊一声，吓得车内其他几人身体一颤。

开车的刑警猛地刹住了车，急忙问道：“怎么了？”

路彦狠狠地按下关机键，一言不发地把手机塞进兜里，然后站起来掏出手铐，在王辰贵反应过来之前就拉起他，把他的双手铐在了背后。

“你要干什么？”王辰贵惊怒道，“你们领导下令把我放了的！你是活腻了吗？”

路彦面沉似水，二话不说地拉开了警车的车门，一把将王辰贵拽到了车下。

“路彦，你干什么？你冷静点！”后座上的蒋旭飞连忙上来，拉住路彦的胳膊想制止他。

路彦一声不吭地提着王辰贵向远处的田野走去，车上的另外两名刑警也急了，连忙跳下车要阻止他。

蒋旭飞看着路彦的样子，拉住了身旁的两位刑警：“我们还是先打电话联系局里吧！”

“不管出了什么事，都算在我头上。”

路彦平静的声音从前方传来，蒋旭飞和旁边的两个刑警愣住了，看着他拽着挣扎的王辰贵在田野里越走越远。远处杳无人烟，膝盖高的荒草渐渐遮挡住他们的身体，从背影看去，路彦就像是一个毅然赴死的末路侠客，在落日的余晖中渐行渐远。

云层背后雷声暗响，渐渐开始有雨滴落下来，啪嗒啪嗒地落在路彦的脸上和身上，他却恍然不觉。

“你要干什么？我警告你，你别乱来啊……”王辰贵双手被铐在身后，被路彦拖着走了好远，此刻看着面无表情的路彦，他不由得一阵惊慌，“我要是出了什么意外，你可知道你是什么下场？”

“你给我闭嘴！我是什么下场我不知道，但我知道现在的你会是什么下场！”

路彦猛地扇出一巴掌，打到了王辰贵的左脸上。王辰贵被打得眼冒金星，想要反抗但又因为双手铐在身后反抗不了。路彦又猛地一脚踢在王辰贵的小腿上，将他踢倒在田野间的草地上。

路彦低着头，看着躺在草地上龇牙咧嘴的王辰贵，闭上眼睛极力地平复着自己的呼吸。他知道自己在做什么，萧瑶说过，自己在15日之前不回去的话，很可能要受处分。如果自己接下来对王辰贵做些什么，没准处分更严重，撤职都有可能。

可是李茵被绑架的时间越长，她遭遇不测的可能性就越大，继续这么拖延下去，只会让她越来越危险。

三个被害女孩的尸体，陈依梦中枪的画面，李茵离奇的失踪，路彦发现这些女孩接连遭遇的不测，把事态推向了失控的地步。那种从来未有过的挫败感、无力感和怒火积压在心头，难道自己只能为了前途眼睁睁看着凶徒猖狂？

不，我偏偏不信这个邪了！

骤雨已至，路彦拽住王辰贵后脑勺的头发，蹲了下来，把他的脑袋狠狠地朝地上按去，然后又提了上来。路彦瞪着他沾满雨水和泥土的脸，冷笑道："你不是很厉害吗？怎么现在没有人来救你了？"

王辰贵浑身都在颤抖，沾着血的泥土从嘴角掉落："我看你是在找……找死！"

"你个畜生！"路彦怒喝道，"说！你到底把李茵弄到哪里去了！"

滂沱大雨击打着满脸血污的王辰贵，他嘴角还溢着血。大雨中，他不甘地挣扎着，吐了一口血沫，无比恶毒地看着路彦："你不就想知道她在哪儿么？行，你跟我说实话，我就跟你说实话。"

"你要我跟你说什么？"

王辰贵猛地又吐了一口血沫："姓路的，老子问你，你来到贺县后，有没有收到文件一类的东西？"

"文件一类的东西？"路彦皱紧眉头，居高临下地看着王辰贵，一时搞不清他葫芦里卖的是什么药。

"前些日子，有人暗地里通知我，你会收到一份文件……"看着路彦茫然的表情，王辰贵残忍地笑了笑，"看来，那个人骗了我。"

来不及思索王辰贵的话到底是什么意思，路彦猛地拎起王辰贵，咆哮道："李茵在哪儿？"

"你想知道我就告诉你吧！"王辰贵脸上挂着残忍的笑容，"她在我房间的床下，不过已经死了。"

"什么？"如同天降霹雳，路彦一脸不敢置信，"这不可能！"

"怎么不可能！"王辰贵趁路彦不备，猛地站起身，用肩膀将路彦撞倒在地，然后挣扎着朝远方逃去。

路彦从地上爬起来，连忙追了上去，不料王辰贵跑得飞快，路彦追着他穿过一片荒草，冲到了田野的深处。

天上的雷声轰轰作响，大雨如同泄洪一般倾泻而下，脚下的草地变得湿滑无比，四周一片蛮烟瘴雨。王辰贵一个趔趄差点滑倒，路彦跟了上去，从背后踢向王辰贵，王辰贵扑倒在地，脸撞到了地上的石块，路彦冲上去制住了他。

“你房间早就搜过了，那里根本就没有人。说！李茵到底在哪里？”

王辰贵冷笑了一下：“我不知道……”

王辰贵恶狠狠地看着路彦，说不出话来。路彦愣了愣，随即气极而笑，他掏出钥匙解开了王辰贵的手铐：“我给你一个反抗的机会，我倒要看看你能在我手下坚持多久。”

王辰贵面色狰狞，解脱了双手之后，立刻朝路彦挥出一拳。路彦身体后仰，躲过了他的一拳，他又猛地一口血沫吐到路彦脸上，路彦一把抹去，狂怒之下，朝他的胸口又踹了一脚，王辰贵再次被踢倒在地。

路彦扑了上去，两个人像野兽一样倒在泥坑里缠斗起来，从泥坑里打到草丛里，从草丛里又打到泥坑里，最终还是路彦占得上风，将王辰贵死死地压在身下，把他的脑袋紧紧地压在泥坑里。

“你以为你很厉害吗？你就是个两只脚的畜生！你根本不配做人！”

路彦从王辰贵身上站起来，白衬衫在打斗中已经沾满了泥水，他一把扯下脸上的创可贴，抹了抹自己脸上的雨血混合物。他掏出了 92 式手枪，居高临下地看着刚爬起半个身子的王辰贵，黑魆魆的枪口顶上了他的额头。

“昨晚是你让李韦虎帮你找了一批黑道的不法分子袭击我，对不对？”大雨中，路彦紧握着枪，对着王辰贵喝道，“是你派人绑架了林依芸、陈怡和吴蝉，然后杀了她们对不对？”

“你给我老实交代！”路彦咬牙切齿道，食指扣到了扳机上面，“李茵打过你，所以你又派人绑架了李茵是不是？”

王辰贵满嘴是血，恶毒地看着路彦，微微动了下嘴唇，却没有发出任何声音。

“不说是吧？”路彦带着一脸复仇的残忍，抹了一把脸上的雨血混合物，扣在扳机上的食指弯了弯，“那你就下地狱去给她们谢罪吧！”

王辰贵惊恐地瞪大眼睛，看着路彦的食指在扳机上扣了下去，却只听到一声清脆的咔嗒声，并没有子弹喷射而出。

“你不是挺厉害吗？这就怕了？”

没有子弹，路彦也没有感到意外。他本来也没想杀王辰贵，何况昨晚他就已经打完了所有的子弹。

他把枪在手上转了转，握住了枪管，用枪托在王辰贵脸上狠狠一砸。王辰贵一声惨叫，猛地朝地上倒去，空中飞溅起两颗带血的牙齿。

王辰贵伏在地上一动也不动，路彦从背后走过来查看他的情况。不料刚刚走近，王辰贵猛地一抬脚，踢中了路彦的手腕，92 式手枪被踢落在地，滚入了一旁的草丛中。

路彦再次冲上前，把王辰贵压倒在地，一拳接一拳地打到他的脸上。王辰贵被打得血液直溅，鼻涕眼泪横流。渐渐地，路彦已经分不清自己脸上、嘴角边的液体到底是什么，他连说话都语无伦次起来。

“你说不说？你这个畜生！”

“路彦！怎么你一直关机？”

不知过了多久，远处传来呼喊声。路彦抬头一看，只见李正举着一个文件袋从远处跑来，冲着他喊道：“DNA 匹配结果已经出来了！”

路彦看了一眼朝自己奔来的李正，又看向身下的王辰贵，像是没听到李正的呼喊一般，继续着手中的动作：“你觉得我们很好玩吗？你当杀人是取乐吗？”

李正跑到了路彦身边，看着他身下一身是伤的王辰贵，颤抖着身体问道：“怎么，他招了吗？”

路彦停下了动作，空洞的眼神望着前方，不停地喘着粗气，沉重地摇了摇头。看着路彦摇头，李正顿时两眼失神，手中的大信封也掉落在地。路彦连忙捡起泥泞里的信封，起身走到一旁拆开。

李正在恍惚中醒来，把躺在地上的王辰贵揪到自己面前，悲愤地喊着：“你把小茵弄到哪里去了？！”

王辰贵轻蔑地看着李正，怒吼道：“老子不知道！”

李正愣了愣，极力压抑着怒火，咬牙道：“你现在老实交代，还可以争取从宽处理。”

见雨势太大，信封都已经被打湿，路彦快步跑到不远处的一棵树下，快速拆开信封，拿出里面的检测报告，放到眼前仔细查看。

他觉得自己的心脏停止了跳动，周围的风声、雨声、打斗声，早已消失，脸上的雨水带着血污滴落到纸上也浑然不觉，整个世界只剩下面前的那一行行黑色的中英文印刷字体，又小、又黑，又冷血、又无情。

那一行行密密麻麻的黑色字体中，路彦找到了王辰贵的匹配结果，找到了李韦虎的匹配结果，找到了王辰贵秘书的匹配结果，也找到了他们几个高管的匹配结果，还有他的那些打手的匹配结果，但无一人的DNA与李茵遇袭现场发现的那根男性头发DNA相匹配。

路彦拿着报告，双手颤抖起来，混杂着雨水的眼泪止不住地落下，将报告上的一面彻底打湿。这不是真的，肯定是哪里出了问题，要么就是检测错了，要么就是报告哪里印错了。

路彦茫然地看向远方的雨幕，辛辛苦苦地调查了这么长时间，一切仍在原点，没有一点证据。陈依梦身负重伤，警方还损失了一个女警察，太荒唐可笑了，这个世界真是太荒唐可笑了。

路彦愣愣地抬起头，看到不远处的李正对着王辰贵好说歹说，王辰贵仍然死不开口，而李正不知道什么时候已经跪在了地上，老泪纵横。

李正拽着王辰贵的衣服，脸上的愤怒早已不见，取而代之的是低声下气的哀求："算我求求你了，告诉我小茵在哪里，好吗？"

在雨水的拍打下，王辰贵微眯着眼睛看着李正，没有说话。

"我就这一个女儿啊！"雨水冲刷在李正满是沟壑的面庞上，跟着他的泪水一同滑下，他伏低身子，"求求你了！她打过你，我替她向你道歉，你放过她行吗？"

"现在知道求我了？"看到李正求饶的样子，王辰贵又露出那种轻蔑的笑容，"你女儿失踪了，跟我有什么关系？就算她被人干死了，又关我什么事？"

李正再次愣住了，他静静地看着辰贵，脸上的哀求慢慢变成了冰冷。像是下定了决心一般，李正挺直了身子站起来，从腰间拔出了自己的枪。

"说不说？不说我毙了你！"李正额头上青筋暴起，拿着枪对准了王辰贵的脑袋。

刚刚才被路彦用没有子弹的枪威胁过，王辰贵此时已经没有那么害怕，他眯着肿胀的眼睛，从牙缝里挤出几个字："老子，不！知！道！"

不远处的路彦听到空气中响起了一声熟悉的咔啦声，那是手枪保险栓解开后的声音，赶紧朝着李正走了过来。

李正解开了手枪的保险栓，又重新对准了王辰贵："你到底说不说？！"

王辰贵眯着眼睛，看着又悲又怒的李正，咬牙切齿地道："我说了，不知道！"

李正咬咬牙，豁出去了一般，手指毅然地扣住扳机往后拉去，紧接着一声巨响，一股不可阻挡的力量在枪响的一刹那抬起了李正的胳膊，子弹飞向了天空。

李正回过神来，失魂落魄地看到路彦站在他旁边，刚才枪响之际，是他抬起了自己的胳膊。

路彦看着从未如此失态的李正，心中一阵叹息，轻声道："我们没有证据，你不能这样……"

李正不敢置信地看着路彦，只见他的眼神中充满了悲怆和无奈，但又坚定无疑。

"你看过报告。"路彦举起手中的报告，无奈地说道，"你知道的，没有一个人的 DNA 跟那根头发相匹配。"

"这不是真的，这不是真的，凶手肯定在那些没被检测的人中……"李正喃喃道，扭头看向王辰贵，再次举起了自己的枪。

"别杀我！"

被巨大的枪响吓得魂飞魄散的王辰贵，眼见李正又举起了枪，忽然蜷缩成一团，头抵着地面，声音里第一次带上了哀求："我真的没有绑架那个李茵！我真没有！"

"说！你到底把小茵弄到哪里去了！"李正歇斯底里地喊着，脸上老泪纵横，食指再次伸向了扳机。

"住手！"

路彦忽然站到了王辰贵的面前，用胸膛挡住了李正的射击路线。

"路彦你走开！"李正大吼着。

"我原以为我们能拿到他犯罪的确凿证据，所以我把他带到这里，可是现在，"路彦静静地站在原地，悲怆无奈地说道，"我们既没有他雇凶袭击我的证据，我们也没有他绑架李茵的证据。"

"你不是认定是他雇凶谋杀你吗？你不是恨死他了吗？"

"是，我认定是他干的，我比谁都想亲手抓住他！但是我们没有证据！”路彦语气平静，白衬衫上的血和泥顺着雨水一起滴落，“能审判他的只能是法律，不能是我们！”他静静地跟李正对峙着，一动也不动。

世界仿佛凝固了一样，除了风雨的呼啸声，和王辰贵的呻吟声，其他的声音好像都消失了。不知道过了多久，李正渐渐放下了手枪，他双膝跪倒在地，在大雨中痛哭起来。

不远处传来了机动车的轰鸣和人群的呼喊声，几辆车停了下来。蒋旭飞和其他警察，以及王辰贵的十来个保镖，正快步朝这边赶来。

路彦转过身，看着坐在地上爬不起来的王辰贵，他弯下腰，揪住了他的衣领：“我知道你今天不会有事，迟早有一天，我会抓住你。”

王辰贵的保镖已经跑了过来，他们搀扶起王辰贵，虎视眈眈地看着路彦。王辰贵被人扶了起来，看着路彦残忍地笑了起来：“我要把你今天对我做的，数倍地还给你……”

路彦看着渐行渐远的王辰贵，握紧了拳头，什么也没有说。天色已经完全黑了下来，但是雨丝毫没有小一点的样子，荒芜的草地间，李正还跪在地上痛哭着。

蒋旭飞等刑警站在一旁尴尬地看着路彦和李正，路彦低下头，他说不出自己是怎样的一种心情，天色渐渐黑暗下来，空气中凝固着绝望，笼罩在人们心头的黑暗让人愈发难以呼吸。

案件走到了一个死胡同里，如何走出下一步，快点找到李茵？

路彦茫然地看着四周，半晌，他走到了草地间，弯下腰找到了自己的枪，正当他要把枪收起的时候，旁边草丛里忽然响起手机铃声，是李正的手机。刚才李正激动之下，手机也掉到草丛里了。

路彦捡起手机，手机铃声仍在焦急地响着，来电显示是贺县公安局的电话。路彦看了一眼李正，他还是失魂落魄地跪在地上，对周围的一切都毫无反应，蒋旭飞和旁边的刑警怎么拉都拉不起他。路彦想了想，接通了手中的手机。

刚接通，里面就传来一个焦急的女声——

“喂！李队长吗？我们发现公安局之前的嫌疑人档案里有个人的DNA，跟李茵遇害现场的那根头发的DNA匹配上了……”

第二十章
亲密杀手

路彦又回到了这里，一排矮小的平房映入眼帘，破旧褪色的水泥墙依稀如故，生了锈的红铜色铁门伫立在眼前，一切跟他之前来过的时候一样，但是自己此时的心情已经截然不同。

打开那道铁门，路彦走进院子，迷茫地看着屋子的大门，身后尾随的蒋旭飞和张进等人都把枪攥得紧紧的。路彦停下了脚步，透过门玻璃看向里面。

蒋旭飞向他投来疑问的目光，路彦看到那个眼神里充满渴望，那是急不可待的渴望，他轻轻地点了点头。

蒋旭飞和张进会意，带着其他刑警蹑手蹑脚地走到微掩的大门边，在门边倾听一会儿后迅猛地推开门冲了进去，快速地检查每个房间。路彦愣了愣，抬起脚穿过大门走进客厅，刑警们已经快速地把一楼搜查完毕了，蒋旭飞带人已经上了二楼，剩下的刑警正在大厅里，路彦从他们的表情里已经知道了搜查的结果。

路彦的目光缓缓扫过客厅，白漆粉刷的墙上还是贴满了电影海报，一切跟当初相比都没有变化，它们的主人好像很长一段时间都没关心过它们了，上面的灰尘比以往看上去更厚重一些。路彦轻轻走到墙壁面前，他的目光前方，贴着四张熟悉的电影海报，一张是《非常嫌疑犯》，一张是《沉默的羔羊》，一张是《地下》，还有一张是《美国往事》，它们紧挨在一起，占据着整个墙壁最显眼的位置。

路彦伸出手，抚摸着那三张泛黄积灰的海报，指尖轻轻划过聚乙烯的表面，他找到了《非常嫌疑犯》海报右下方的缺角，那里的胶水似乎没有粘牢固。他轻轻地拉住那个缺角，《非常嫌疑犯》的海报被掀起来了，那底下却不是粉刷的墙壁，而是一张照片。

一张四寸的照片上，林依芸正对着自己笑着，她的脸上被画了一个大大的黑色的“×”。路彦盯着那张照片和那个黑色的“×”，心跳猛地加快起来，他又伸出手，拉下了《沉默的羔羊》的海报，陈怡的照片慢慢地露了出来，她正微微低着头，眼神抑郁地看着前方，在她的脑袋上，同样也有一个黑色的“×”。

不敢置信的路彦又拉下了《美国往事》的海报，吴蝉的照片赫然出现，那个黑色的“×”遮住了她的眼睛，沿着她的鼻梁顺延下来。

“这不可能……这不可能……”路彦看着墙壁上的照片喃喃道。

他的举动吸引了其他刑警的注意，众人纷纷聚集在他的身边，看着那些照片议论纷纷。

路彦几乎是求救式地把目光投向最后一张海报，他急不可待地撕下了《地下》，然而那后面什么也没有贴，有的只是白色的粉刷墙壁。

一旁的张进抚摸着《地下》海报下的那片空白的墙壁，不敢置信地喃喃道：“他是不是准备在这里放小茵的照片？”

另一边，蒋旭飞带着两个刑警从二楼的楼梯走下来，焦急地对路彦说道：“怎么办？他和小茵都不在这里！”

路彦转过身，走进了张霖的卧室。房间里的样子跟他前两次来的时候并没有什么不同，地上桌子上还是摆满了凌乱的书，桌子和三个书架孤零零地矗立在房间里。路彦来到床头柜边，一番摸索后，墙壁里那个带着机关的空心盒子再次弹了出来。路彦在里面仔细地搜寻着，然而那个盒子里面空空如也，什么都没有。

路彦沉默地走出卧室，又回到客厅的墙边，盯着墙壁上的那四张海报，一个人陷入沉思。他一直自认为是世界上最了解张霖的人，此时却对张霖的行踪和动作一无所知。怎么办？时间每多拖一秒，李茵的危险就可能增加一分。他没有别的住处，他能把她带到哪里？

路彦又站回电影海报前，他太了解张霖了，张霖是个做什么事都要追求意义的人，他把女孩们的照片放在这些海报之下绝不是没有理由的。路彦闭上眼睛，仔细地回想着这四部电影的剧情，《沉默的羔羊》里那个以食人为乐的汉尼拔，在电影的结尾欺骗过警方成功越狱，并试图找他的仇人报复。《非常嫌疑犯》里，那个一路上扮猪吃老虎的瘸子最后竟然是最大的主谋，在电影结尾成功地消灭了同伙并逃脱了警方的追捕。他把照片放到这两张海报之下，放到这两部电影的海报之下……分尸，食人，欺骗过警方，报复寻仇，扮猪吃老虎，消灭同伙，逃之夭夭……

一道火花在脑海中闪过，路彦猛地睁开眼睛，《地下》！

库斯图里卡导演的《地下》里，男主马高在自己家房子下面挖了一个地下室，二战结束了，他仍然欺骗包括自己好兄弟在内的很多人，说德国人还在侵略南斯拉夫，成功地让他们在自己家的地下室里居住了二十年。

路彦忍不住苦笑起来，转过身开始疯狂地寻找，像个无头苍蝇一样在客厅里乱转。众人围在路彦的旁边，看着路彦陷入了一种忘我的搜寻状态，他时而敲敲地板，时而敲敲墙壁，但什么也没有发现。

路彦走进卧室，目光扫过卧室里的床、桌和书架，那书架上还是摆满了书，三个书架旁边的地上，也摆着散乱的书，好像张霖回到这里后也没有怎么收拾过它，还让它变得比以前更乱了。路彦慢慢地走上前，把书架上的书一一拿下，旁边的刑警上来帮他。很快，他们把原本堆满三个书架的书全部挪到了室外。

路彦仔细端详着书撤走后的光秃秃的墙壁，他伸出手，敲了又敲，终于，那个他期待的咚咚声出现了。

路彦让墙壁里的机关盒再次弹了出来，但这次的盒子里没有任何纸质文件，有的只是一个冷冰冰的把手。路彦不假思索地蹲下来，抱着书柜的腿，把书柜往外面拉，身后的刑警见状也上来帮忙，很快又把三个书架搬离了原地。

路彦阴郁地盯着书架搬离后那块空地和墙壁，发现靠近地面的那块白色墙壁竟然干干净净没有一丝灰尘。

路彦伸出颤抖的手，握住了盒子里冷冰冰的把手，用力地扭动了一下。时间仿佛在此时凝固了，房间里的人们纷纷屏住了呼吸，空气里响起让人牙酸的刺耳嘎啦声，墙壁跟着颤抖起来，原本挨着地面的那一块墙壁竟然慢慢地翻起，露出一个黑漆漆的长方形的洞。

路彦蹲到洞前，直视着里面那伸手不见五指的黑暗，整个身体控制不住地颤抖起来。他不是恐惧眼前的这片黑暗，而是恐惧黑暗里那个自己不敢面对的真相。

深吸一口气，路彦接过旁边警察递过来的手电，他握着已经没有子弹的 92 式手枪，打着手电钻进了黑洞。洞里面是一个向下的台阶，台阶坡度很陡，路彦小心翼翼地朝下走着，蒋旭飞和张进紧跟在他的身后。

路彦感觉到自己的双脚稳稳地踏在了地面上，借着手电的光芒，他看到这是一个面积不小的地下室，层层灰尘在空中飘浮游荡，空气污浊得让人透不过气来。

地下室的四个角落都放着木桶、架子之类的杂物，同样布满灰尘，地上脏兮兮的，满是尘埃的墙壁上挂着一些血腥的碎尸照片，照片上那些被割碎的人体器官触目惊心。地下室中间摆放着一张手术台一般的小床，床上躺着一个衣衫不整的女人，她的双手双脚都已经被紧缚在床上不能动弹，但是她好像没有知觉。

灯光打到头上，路彦看到了那张熟悉的面孔，李茵双眼紧闭，对路彦等人的到来没有任何反应，脸上只是安详和平静。在床脚边的地上，散落着两根黑漆漆的电棍和几个使用过的注射器，电棍下压着几张照片，照片上印着几个折磨到满身伤痕甚至扭曲的女人肉体。

“李茵！”路彦冲上前，他已经来不及管魔鬼是否还隐藏在这个房间里的某个角落。他放下了枪，检查着她的生命气息。身后，蒋旭飞和张进也连忙冲了上来。

“怎么样了，小茵她没事吧？”

路彦想起他刚来贺县的时候，李茵就提醒他好几次张霖可能是凶手，为此两人还争论过，现在想想，其实她说得很有道理。如果真的是因为自己这种无法原谅的错误导致李茵出了意外，路彦觉得他一辈子也不会原谅自己。

路彦微颤的手指急匆匆地摸到了李茵的口鼻和脉搏，还好，她还活着。路彦把手电光照向李茵的身体，仔细地检查她的身上是否有伤痕，只见她手臂上分布着几个针眼，身上倒是没有明显的大伤口。

“只是昏迷过去了！快，我们快把她送医院吧！”

蒋旭飞和张进面露惊喜，长舒一口气。两人抬起李茵往台阶上走去，路彦则留在原地继续观察着四周。

地下室里安静了下来，路彦直起身子，提着手电慢慢走到墙角，光线射到了布满灰尘的角落，那里放着一个木桶和一个架子。路彦走上前，发现木桶里放着几个盖上盒子的罐子。路彦把目光聚集到木桶里的白色罐子上，犹豫了下，小心地揭开了罐子上盖，里面装的是一种无色的液体。路彦把它拿起来嗅了一下，一股淡淡的刺鼻味清晰可闻，里面装的是乙醇。路彦又把目光投向另一个罐子，刚打开，一股浓浓的刺鼻气味迎面而来，路彦不禁一惊，他很熟悉这个气味，这是浓硫酸的气味！

路彦放下手上的东西，又把目光投到了木架上，看到木架上放着大试管、木塞、橡胶管、烧瓶一类的实验工具。他挪开目光，发现木架旁边还藏着一个小小的桌子，桌子上摆放着铁架台、铁圈、石棉网、酒精灯还有分液漏斗，跟累积着灰尘的地面不同，它们大多比较干净，看样子最近还有人使用或擦拭过。

路彦走回小床边，蹲下身子，手电光照向地面上的电棍和注射器，那几支注射器里分明还有残留的液体，黑色电棍就跟当初他从孙明和王辰贵那里搜来的一模一样。路彦仔细端详着黑色电棍，它是那么似曾相识，又是那么陌生，路彦忍不住伸出戴着橡胶手套的手握住它，上面的纹路清晰依旧，连握在手中的冰冷触感都如出一辙。

路彦突然很想砸烂这个电棍，这个世界真的太魔幻了。残酷的事实说来就来，还快得让人措手不及，路彦不能接受这个意外。当他接到那个电话时，当他来到这个房子时，甚至当他看到那黑漆漆的秘道时，他都在幻想着，是不是哪个地方搞错了，但是眼前发生的一切在提醒他，事实就是如此，容不得他不相信。

握着电棍，路彦不知道想哭还是想笑，就在这时，楼上骤然传来一阵嘈杂的脚步声和怒吼声。

路彦迈开沉重的脚步，踏上了台阶，他回到卧室里，却发现卧室里已经一个人都没有了。刑警们都在客厅里，纷纷举着枪围住了客厅大门口的张霖，只见他手上提着一个挎包，挎包的缝隙露出刀刃的一角。

“不要动！”

“放下你的东西！”

“蹲下！”

路彦慢慢走上前，穿过刑警间的缝隙，看到了那张熟悉的脸。

张霖脸上虽然布满了慌张的神情，但动作从容不迫。路彦看到他慢慢地把手中的挎包放到地上，视线游移着，那如海般深奥而不可测的眼神，慢慢地游移到自己的身上。

路彦看着他，只见他眼神里的慌张慢慢退散，慢慢地变成了平静。

“是你？”路彦艰难地嚅动嘴巴，悲伤让身体失去了知觉。

张霖放下东西，慢慢直起身子，面无表情地看着路彦。他就那样看着路彦，慢慢地，嘴角泛起涟漪，勾起一个自负的笑容。

“这不可能！”路彦不敢置信地大喊道。

张霖看着路彦不敢置信的模样，不禁轻蔑地笑出声来。他慢慢举起双手，刑警们立马凶猛地扑了上去，将他压倒在地，手铐铐住他的双腕。张霖想挣扎却被刑警们压得动弹不得，刑警们揪住了他脖子处的衣服，像拎着一条败犬一样把他的身子拎直。

张霖那轻蔑的笑容让路彦平静下来。他愣愣地看着张霖，艰难地张开嘴巴：“这不可能……这不可能……为什么？为什么？”

“什么为什么？”张霖被刑警们控制着身体，喘着粗气道。

“你在那些电影海报下面贴着她们三人的照片是要做什么？把她们作为你的计划目标？李茵是你绑架的？那地下室里一堆碎尸的照片是你贴的？”路彦不敢置信地看着张霖，“你当年把汉尼拔博士当成你的偶像，现在你是想学他来杀人？你大学里崇拜罗杰·金特能把警方玩弄于股掌之间，所以你现在就想效仿他来玩这种游戏？”

被压倒在地的张霖努力地抬起头：“我听不懂你在说什么……”

“到底是为什么！”路彦大喊一声。

张霖放弃了挣扎，现场变得出奇的平静。

一阵汽车的轰鸣声打破了沉默，一辆车飞一般冲到院子门前停了下来。李正从车上跳下，风一般地冲了进来，他好像没有看见被一群人围住的张霖，只是慌忙地从蒋旭飞和张进手里接过李茵，把她抱在怀里冲回自己的车上，开着车飞驰而去。

“你对她做了什么？”李正的突然而至，也让路彦恢复了几丝冷静，他开口质问道。

张霖冷冷地看着李正离去，才把目光移了回来，看着路彦："李茵出现在我家，又不一定是我把她弄来的！"

"你还狡辩！李茵的车里，有一些在打斗中扯下的头发，其中一根的DNA跟你当初留在贺县公安局档案里的DNA完全匹配！"

"什么？"张霖脸上闪过一丝震惊。

不待他说话，一旁的刑警已经提起张霖放在地上的挎包，打开它仔细检查着，不到片刻，他们就把挎包里面的东西拿出来，那一把长长的水果刀直贯而下，两个结实的麻袋呈现在众人眼前。

"你买刀回来，是想用它砍下李茵的双手或双脚，然后用麻袋包起来处理？"路彦呆呆地从张霖的挎包上收回自己的目光，"如果不是DNA鉴定结果让我们找到你，你还要继续这样下去？"

"继续什么下去？"

"继续杀人！你还要杀第四个？第五个？"

"你有没有搞错！连环杀人案凶手不是王辰贵吗？"张霖残忍地笑了笑，"是，我绑架了李茵，可她不是好好的吗？你凭什么说我是凶手？"

路彦心中涌起一阵深深的无力感，他痛苦地闭了闭眼睛："这个地下室的木桶里放着浓硫酸和乙醇！你把它们和一堆实验器材放在一起，就是为制作乙醚用的吧？而林依芸尸体的口鼻处检测出了乙醚……"

"我制作乙醚就是犯罪吗？制作乙醚的人多了去了，你凭什么说林依芸尸体上的乙醚就是我弄的？"张霖满脸的不屑，"你可别忘了，你自己说过的，所有证据指向的都是王辰贵！"

"可是你收到的那封匿名信，真的是王辰贵寄来的吗？"愤怒和痛苦燃烧着心智，路彦感觉自己终于跳出了之前的思维局限。

"以他的手段，杀死林依芸有一千种方法，为什么还要画蛇添足给你送什么匿名信？"路彦死死地盯着张霖，"你在之前就认识王辰贵，会不会是你自己拿着他的银檀木纸写上了这些话，然后跟我们说这是你收到的匿名信？"

"你说这种话不觉得很荒谬吗？为什么他要给我送那份匿名信？"张霖忍不住喊道，"因为他要用那封信把我引到渡仁湖边，然后把杀害林依芸的罪名嫁祸给我！”

“真正荒谬的是你！”路彦加快了语速，“王辰贵派人杀孙明，几乎一点证据都没给警方留下；派几个人来袭击我，片刻之后就把现场的痕迹清除掉了；那他派去给你送匿名信的人，怎么就蠢到用上了他们公司那种独一无二的银檀木纸？这不是明摆着找死吗？”

面对路彦的质问，张霖哑口无言，他脸上的疯狂一点一点地淡去，只剩下阵阵的阴冷。

“捆住陈怡的那根绳子，也是你弄来捆住陈怡再去栽赃王辰贵的，对吗？”路彦深吸一口气，努力地降低自己的音量。

“你有证据证明你的话吗？”

“是，我没有证据，但是我已经想明白了，其实你早就为我铺垫好了一切，就等着我跳进你挖好的坑里来。”

“哈哈哈！”张霖突然站在原地笑了起来，“你真会异想天开……哈哈哈……”

路彦绝望地看着一脸不屑的张霖，那种无可奈何的痛苦简直快让他窒息而亡。

“你早就认识刘建华，专门找刘建华的学生下手，就是想把罪名嫁祸给他吧？林依芸和刘建华的那张合影，是你故意放在林依芸奶奶家的老房子里的，目的就是为了让我查刘建华。

“吴蝉的尸体是你放在孙明那里的，你也知道陈怡在孙明的秘密诊所里做过手术，所以让我通过陈娟找到吴蝉的尸体，从而让我把孙明当成连环杀人案的凶手。孙明自杀以后，贺县警方准备结案，你又督促我继续调查下去……”路彦皱着眉头盯着张霖，“你只是怕我就这么放过王辰贵，是吗？”

张霖不屑又狂妄的笑容渐渐停止了，他平静地看着路彦：“你说了这么多，不过都是猜测，你有证据吗？”

“你瞒不过所有人，林依芸身上的指纹、海报底下的照片、地下室的浓硫酸和乙醇、地上的电棍和绳子，还有醒来的李茵也会作证……”路彦瞪着张霖，忍不住红了眼眶，“这些全都是证明你是凶手的证据！”

张霖的脸上风云变幻。

一旁的蒋旭飞忍不住怒斥道："你不承认有什么关系？就凭这些证据，就已经可以给你定罪了……"

张霖的眼神里不知道什么时候已经填满了深深的遗憾和不甘，伪装的外衣好像一瞬间就被他从身上撕去。他癫狂地笑了起来："除了当年那件事之外，我从来没有在任何地方输过你，我步步为营、处处算计，想不到今天竟然被一根头发打败了……哈哈哈……"

"为什么？"路彦绝望地看着张霖，声音哽咽起来，"你跟我说你那么爱林依芸，结果你却杀了她，为什么？"

"路彦，你这么多年，从来没觉得女人是一种很虚伪的动物吗？"

"虚伪？"

"对！虚伪！"张霖抬起双手，看着自己双腕之间的手铐，"那个林依芸，跟我同居了几个月都不愿意跟我上床，她跟我说她是个保守的女孩子，她说希望把跟我的一切都留到婚后，我一开始还真的相信了她……哈哈哈……"

"真可悲啊！你知道当我发现她吃过紧急避孕药的时候，我是什么感觉吗？"张霖整个脸涨得通红，五官扭曲着，浑身激动得颤抖，"她早就跟刘建华上过床了，却碰都不让我碰！她说她以前没谈过恋爱，可是她跟刘建华、孙明还有那个王辰贵都有着说不清道不明的关系！你能想象，我知道了这一切的时候有多么恶心、多么痛苦吗？"

"所以你就要杀她？"

"对，不杀她不解我心头之恨！"

"可是陈怡和吴蝉呢？"

"当我开始策划整个杀人计划的时候，我发现我内心的某种冲动竟然难以自抑。"张霖残忍地笑着，"这两个女孩，正好是林依芸的同学，于是我就打定主意，等我从她们身上得到了足够的快感，再来对林依芸下手……"

路彦痛苦地摇头："其实，有宫崎勤那样变态人格的不是刘建华，而是你吧？"

张霖轻蔑地抽了抽鼻子："我还有多重人格你信吗？这些年来，我体内那个叫雨林的人格自主思想越来越强，甚至有些时候，他还想跳出来控制我的身体。"

“所以你就要去杀人吗？”路彦皱紧眉头，难道天才和疯子真的只是一线之隔？

“那个雨林的人格，他时时刻刻都在告诉我，我是个一无是处的失败者，没有女人没有金钱，什么都没有！”张霖脸上挂着残忍的微笑，“他告诉我，他不想和我一样软弱，他要抗争、要发泄……”

“你个禽兽！”路彦绝望地打断了张霖的话，“既然都是你杀的人，你找我来贺县干什么？”

“我一时大意被警方抓住了，还想着你来了可以为我洗脱嫌疑。”

路彦两眼瞪着张霖：“就是因为这个？”

“当然，还有别的原因，一箭双雕，你明白吗？”

一箭双雕？路彦急促地喘着粗气。慢慢地，他变得平静了，脸上的迷惑全都消失，剩下的只是恍然大悟后的呆滞。

“你是想……报复我？因为当年……的事？”

“哈哈哈……”张霖仰天长笑起来，他狂笑着，“路彦你终于不傻了，怎么样，我厉害吗？”

“为什么？我那么相信你，把你当成我最好的兄弟！可是你为什么要这样对我？”

但是张霖好像没有注意到这些，只是看着路彦，恶毒地笑着。

“为什么？理由太多了，一整夜都说不完，不过，就凭六年前那一件事，足够了！”

“可是那已经过去了！已经过去了很多年了……”

“你以为过去了很多年，那些伤痛就能恢复吗？你太天真了！因为你动手打了我！因为你背弃了我们当初的诺言！因为你为一个女人要和我绝交！因为你一直过得比我好！所以我憎恨你！诅咒你！即使你到了坟墓里，我也依然唾弃你！”

扑面而来的恶意和仇恨让路彦失去了最后一点思考能力，他呆若木鸡地看着张霖，感觉自己的心已死若灰烬，大脑也只剩一片空白。他浑身瘫软坐倒在地，一句话也说不出来。

“我本来就一无所有，牢底坐穿我也没什么遗憾，但你不一样啊，路大警官！”张霖讥讽又狂妄地笑着。

“当初我还怕你查到孙明就收手了，还好你在我的指引下查到了王辰贵，哈哈哈……李茵失踪，你肯定已经找过王辰贵了吧，看你现在的状态，说不定你已经对他做了什么。哈哈，省厅警察没有证据乱抓人，你就等着受处分吧！我以公安为盘，三小人为子，以我的老命为赌注，换来你跟我下这盘棋，最终你输得一败涂地，身败名裂！哈哈，王辰贵不会放过你的，路彦你完蛋了，哈哈哈……”

“这不可能……”路彦继续喃喃着，呆呆地摇着头。

屋子里的刑警都沉默了，他们看着路彦和张霖，仔细听着两人的对话，张进甚至打开了手机的录音功能，生怕错过了张霖交代的某个重要的犯罪情节。

张霖自顾自地举起戴着手铐的双手，转身对着院子外的天空狂笑道：“哈哈哈！我这一条老命，葬送你路大警官的大好前程，哈哈哈……真的好值啊！”

“我曾经毫无条件地相信一个人，最后却变得一无所有，遍体鳞伤……”张霖转回身，俯视着坐在地上的路彦，朝他轻蔑地笑道，“现在，我终于让你尝到了，这种遍体鳞伤的感觉……”

“不……不……”

路彦喃喃着，忽然，他猛地朝张霖的身体撞去。电光石火之间，路彦感觉到鼻血从自己的鼻孔中溅出，紧接着一阵头晕目眩，他倒在地上，视线渐渐模糊。

意识退散前，他看到的是张霖轻蔑而狂妄的笑容……

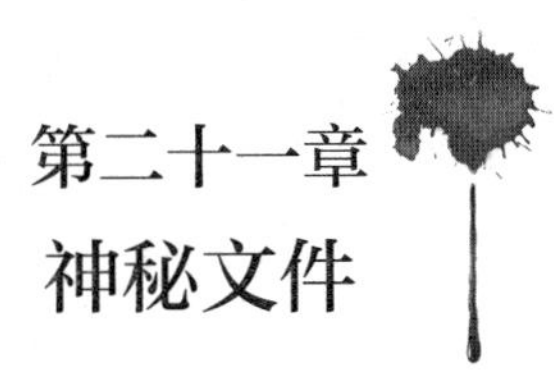

第二十一章
神秘文件

清晨的微光洒进了医院的走廊，陈依梦病房门外的金属长椅上，一个穿着灰色T恤浑身邋遢的男人蜷缩在上面。他旁边的地板上，东倒西歪着几个空酒瓶，他喝得醉醺醺的，一头乱发犹如草窝。在微弱的灯光下，可以看到他通红的面庞，和太阳穴附近颤动的青筋。

他不省人事地躺在上面，对时间的概念早就一无所知，满是褶皱的衣服上沾满脏东西，一身浓烈的酒气，连路过他身边的护士都避而远之。

忽然，他怀里的手机响了。他浑然不觉地睡着觉，但是手机铃声配合着振动依然不屈不挠，终于，他睁开发红的眼睛，拿起手机放到耳朵边。

“路彦，你电话不接，到时间不回！你到底想干什么？”话筒里传来老陈恼怒的声音。

路彦没有吃惊，一切都在他的意料之中，该来的一切都会来。自从昨天没有接那个电话，而是关机再把王辰贵拽到车下，他就知道自己接下来的结局。

电话那端，老陈怒吼道：“吃错了什么药啊你？没有证据，你就对辰风集团那个姓王的暴力执法？谁教你这么做的？包庇真凶，暴力执法！好几家媒体都报道了你的事情！你新闻头条都不知道上了多少次，现在都快成明星了！”

“这个案子交给别人就行了，你不要再掺和了！厅里已经决定了，你现在记一次大过，停职处理！”老陈深吸了一口气，“已经有人强烈要求对你进行撤职处理了，还是我和几个领导说了好久才暂时保住的！”

“对不起……”路彦拿着手机低声说道。

“行了！”听到路彦诚恳的声音，老陈的声音也放缓了一些，“你遇袭的事情我也知道了，省厅的调查人员明天就到，到时候你跟他们对接一下，让他们好好查查这个事情。”

“谢……”路彦还没说完，电话那头已经挂断了，他呆呆地拿着手机，手机里传来连绵不断的嘟嘟声。

路彦把手机抛到一边，摇摇晃晃地站起来，扭头一看，左边的长椅上，那个贺县公安局的警察正微笑着看向自己。

路彦感激地朝他点点头。这两天，路彦一直害怕王辰贵又找人对陈依梦下手，毕竟她也算路彦遭遇枪击的目击证人，幸亏这位警察和另一个同事在这里轮班守着，他才敢放心让陈依梦在这里住院休养。

透过门上的玻璃看过去，陈依梦已经睁开眼睛，醒了过来，护士正在给她换新的输液罐。

路彦机械地推开门走了进去，他不知道现在该怎样去面对陈依梦。这个女孩帮他挡了两颗子弹，把他从死神的镰刀下救了下来，她是自己这辈子至今为止最亏欠的人。在此之前，路彦一直把她所谓的喜欢当作小女孩不懂事的冲动，发生了那么多事情之后，路彦猛地察觉，生活在这样冷酷的人间，这个女孩的真心分外可贵。但是，他内心的那份羞愧也变得更沉重了。

路彦走到陈依梦的床边，陈依梦也在回望着他。他有些狼狈地低下头，不敢迎接她的目光。

“对不起……”路彦觉得词穷，一时之间竟然找不到语言来表达自己的愧疚。

陈依梦却良久没有回应，她的表情有些痛苦，皱着眉头看着路彦。

路彦轻声道：“之前那些人应该是王辰贵找来的杀手，他们是冲我来的，跟你没关系的，你不应该这样做……

“还有，连环杀人案告破了，凶手就是最开始的嫌疑人张霖。我们从他家里搜到了很多跟案件相关的证据，他还绑架了李茵，幸好我们及时抓住了他，李茵也从鬼门关脱险了……

“虽然王辰贵不是凶手，但是他雇了杀手行凶，折磨过林依芸，也打伤了你，公安部门不会放过他的。

“出了这样的事，我真不知道怎么跟你的父母交代。”

路彦不知道自己为什么要说这么多，他只是觉得，陈依梦应该很想知道案件的进展，所以自己现在就把这些都告诉她。而且，杀害林依芸的凶手已经找到，陈依梦知道了心里也会好受一些。更重要的是，当他把这些一股脑儿地说出来，他觉得心里似乎好受了许多。

陈依梦依旧沉默。路彦忍不住苦笑起来，他晃了晃脑袋继续说道：“我给你父母打电话吧，这件事情我得告诉他们……不管他们怎么骂我都没关系，都是我应得的……”

“别……”陈依梦吃力地说道，看着路彦眼睛里满是不愿。

路彦低下头，看到陈依梦努力地抓住自己的手，指甲都轻微地抠到了自己的肉里。

“等我恢复好了回去了，再告诉他们，我……不想让他们担心……”

路彦摇头，还想再说些什么，病房门外传来一阵脚步声，是李正带着蒋旭飞赶来了，路彦连忙起身迎接。

李正简单询问了一下陈依梦的状况后，就带着路彦前往李茵的病房。劫后逃生，李茵脸色苍白地坐在病床上，路彦跟在李正身后仔细地观察着她的状态，几人一阵寒暄。

了解到李茵的身体并无大恙后，路彦这才问道：“前天晚上你到底遇到了什么？”

“前天晚上同学聚会结束后，我开车回家，在路上遇到了张霖，他问我能不能搭个便车去菱湖公园，我想着既然他是你的朋友，我就顺便送下他。他当时坐在我右边的后座上，等我开到菱湖公园停车的时候，他突然用电棍袭击了我，我被他击中的地方都又酸又麻，一点力气都没有。我一边挣扎，一边问他是不是连环杀人案的凶手……”

“他怎么说？”

“他就是冷笑，没说话，我当他默认了，想着他估计没打算让我活着回去。我大声呼救，但是他掏出手帕蒙住了我的嘴巴和鼻子，并从背后制住了我的四肢。他力气比我大太多了，我反抗不了……”李茵轻声说着。那个晚上，她真真切切地感受到了死神的威胁，直到如今依然心有余悸。

“慢慢地，我昏了过去，不知过了多久才醒过来。我发现我的双手双脚都被捆在床上难以动弹，处在一片黑暗之中，我不知道我在哪儿，我喊叫着，但是没人回应。后来，他回来了，还拿了一盏灯，掏出注射器不知道给我注射了什么东西，还说女人的手和脚是上帝创造的艺术品，然后他就脱掉了我的鞋，对我的脚舔来舔去，舔完了又来舔我的手，我骂他死变态，可是他依然……”李茵满脸恶心地回忆道。

“我不停地骂他，他却没什么反应。他说要去买刀，要砍断我的双手双脚，然后再把我双手双脚包起来，晚上抱着睡觉，等到烂得差不多的时候，再扔到渡仁湖里。”

蒋旭飞闻言面露愤怒，李正则气得浑身发抖。

“这个畜生，他根本就不配做人！”他转向李茵急切地说，“闺女，听话，以后不要再做警察了！这样的事情你还想有下次吗？”

“要不是没有防备，我是不可能让他得逞的！”李茵不服气地说。

李正无奈地摇摇头，叮嘱了几句，朝路彦递了个眼神，就带着蒋旭飞走出了病房。

偌大的病房只剩李茵和路彦两人，一下子就安静了下来。李茵打量着穿着灰色T恤弓背坐在床边的路彦，低呼道：“你竟然没穿白衬衫了？”

“我被停职了，”路彦笑笑，“这个案子我无权再管了。”

“什么？”李茵震惊地端详着路彦。

仅仅两天没见，路彦就完全变了一个样子。他不再穿着他那笔挺修身的白衬衫，眼睛里满是血丝，脸上挂满疲惫，身上满是酒气。第一次，李茵想着，这还是她第一次看到这个男人脱下白衬衫，刚来贺县时的意气风发完全不见了，此时他身上满是颓废和沧桑。

“对不起，当初你还提醒了我很多次，说那些证据很可能是他伪造的，我却……”路彦闭上眼睛，痛苦地摇着头。

“这事不怪你，我们都是被他骗了嘛！他太能伪装了，谁也不会想到他会是个变态凶手。”

李茵顿了顿，关切地道：“虽然我躺在这里，但我怎么感觉你更像一个病人？”

“是吗？”

李茵端详着路彦：“你少喝点酒吧，看你一身酒气，眼里都是血丝！”

路彦沉默了，李茵也没有再开口，病房里安安静静的。良久之后，路彦起身准备离去。

“你再住院观察几天吧，”路彦转身向门外走去，“有时间我就来看你。”

“好。”李茵担忧地看着路彦离开了。

刚刚走出李茵的病房，路彦就觉得空气变得阴冷起来。他扭过头看向右手边走廊的尽头处，蒋旭飞正一个人在焦虑地看着手机，在他身后不远处，走廊尽头的阳台上，李正在烦闷地抽着烟。

路彦走上前去，接过李正递过来的烟，大口大口地抽起来。良久，两人沉默无言，只有浓郁的烟圈焦虑地席卷过他们的脸。

“他现在是个什么情况？”路彦盯着阳台下的路面。

“一开始他还死不开口，后来关队长亲自上去连夜地审，他终于交代了一些情况。”

“交代了什么？”

“我们在他家里找到了砍刀、电棍、尼龙绳等作案工具，而且你也在他家发现了制作乙醚的那些实验器材，他不得不招了他的犯罪手法。他交代他先用电棍让这些女孩丧失了反抗能力和行动能力，然后，再用乙醇涂在毛巾里捂住她们的口鼻使其窒息死亡，最后用电动切割刀砍下她们的手和脚……他交代了详细的犯罪经过，跟林依芸、陈怡还有吴蝉的尸体情况完全吻合。还有一点……”李正深吸一口烟，夹着烟的两根手指颤抖了一下，“你抓到他那天，他不在家是因为他买刀去了，准备回来之后对小茵下手，幸好你们那时候已经找到了他，要不然……”

“他有交代那些断手断脚处理到哪里了吗？”

“那个畜生说，他把陈怡和吴蝉的手脚砍下来之后，在家里保存了几天，等到腐烂得差不多的时候，扔到了渡仁湖里……至于林依芸，他说因为当时警方怀疑到了他，所以他当天就把林依芸的断手扔到了渡仁湖。”

“有去核实吗？”

“市局的关队组织了大批的人马，连夜对渡仁湖进行了打捞，找到了三双断手和两双断脚，它们是和石头一起被放到麻袋里的，沉在渡仁湖的水底，虽然已高度腐烂，但其中两双手两双脚与陈怡尸体和吴蝉尸体骨架相匹配，DNA也跟那三个女孩的DNA相匹配，确定是她们的断手断脚无疑，这也构成了张霖犯罪的完整证据链。”

路彦大口抽着烟，低头没说话。

“那个畜生还说他偷了一辆车在贺县作案。据他交代，他开车运送过吴蝉的尸体，在杀死林依芸之后，他担心受到怀疑，就把车开进了渡仁湖里沉了，打捞队在渡仁湖底发现了那辆车。”

原来如此，这样说来，倒也能说得通，路彦追问道：“他开车运送过吴蝉尸体？”

“他说他杀死吴蝉后就开车把吴蝉的尸体送到了孙明的秘密诊所，他用开锁工具打开了孙明那个秘密诊所的门。”李正顿了顿，接着说，“至于他家那个地窖，据他交代，是他爷爷在世的时候就修建了，后来他父亲和他又对那个地窖进行过改造，以前那个地窖就是存放他们家农作物用的，现在被他拿来行凶犯罪了……”

路彦苦笑摇头：“想当初，他还跟我说他收到了一封匿名信……”

“他找你来贺县就是想让你帮他洗脱嫌疑，他自己交代了，那张匿名信实际上是他伪造的，就是为了捏造出一个不存在的杀人凶手……”

“那纸怎么是辰风能源科技公司的？”

“关队长也很好奇这个问题，张霖说是他今年初去辰风能源科技有限公司的废品处理处拿到的，陈怡身上的那个绳子，是他从垃圾箱捡回来的两条之一，我们在他家里发现了另外一条同牌子的绳子，他说是他亲眼看到王辰贵随手扔在垃圾箱的，这个跟王辰贵在口供里说的情况差不多吻合。”李正把烟头摁在阳台栏杆上狠狠地压灭，“至于这么做的原因，他还是死也不肯说，但是没关系，我已经猜到很多了……”

路彦闭上眼睛，张霖那天对他嘶吼的画面如同毒蛇一样在他的脑海里缠绕。

“我以公安为盘，三小人为子，我的老命为赌注，终于换来你来跟我下这个棋，最终你输了！”

原来这些所谓的线索证据都是张霖特意留在那里，等着自己去查的。

辰风公司的纸、王辰贵的绳子，自己在孙明死后陷入困局的时候，是张霖引导自己转向王辰贵调查，他设下那么多证据针对王辰贵，就是想让自己跟王辰贵爆发激烈冲突，然后借王辰贵的手来毁灭自己吗？

要何等歹毒的恶意才能想出来这样的诡计？要何等聪明的头脑才能布下这样的棋局？换作别人，路彦绝对不信，可他偏偏是张霖，对各种推理和刑侦知识了如指掌的张霖。张霖知道路彦肯定会一头扎在他伪造好的证据里，肯定会不顾一切地去抓王辰贵，然后掉进他设计好的圈套。

路彦皱起眉头："所以，很快就可以结案了吗？"

"他还有一些地方没交代清楚，市局那边再审一段时间应该就差不多了吧。对了，你想不想再去见见他或者审审他？"

"我不想再见到他。"

"唉，想不到我们费了那么大的力气，调查了那么多的人，最后还是被真凶耍得团团转……"

"都怪我，如果不是我，从一开始就……"

"不管怎样，谢谢你……"李正拍了拍路彦的肩膀，"不过你被袭击的事情应该跟张霖无关吧，估计是王辰贵派人动的手。"

"在贺县只能是他派的人。"

"那他又是为什么要派人袭击你？"

一直以来，路彦也是死活想不通这个问题。那些亡命之徒，能请动的只能是王辰贵，可既然王辰贵不是连环杀人案的凶手，那他为什么要雇凶来刺杀自己？如果他不是凶手，为什么又要杀了孙明，还把罪名推到孙明的身上？孙明被杀，基本可以认定是李韦虎动的手，那这一切到底该怎么解释呢？

张霖说，以三小人为棋子，说的应该是刘建华、孙明和王辰贵。难道他早就知道王辰贵对林依芸的折磨和侵犯，所以在杀死林依芸之后，再用这种方式嫁祸给王辰贵？

路彦脑子里一阵混乱，他摇摇头："我不知道。"

李正思索一下，开口道："会不会那些人不是王辰贵派的，而是别人找来的？"

"还能是谁呢？"路彦苦笑着。

李正没有再说话，只是低头抽着闷烟。阳台上安静下来，路彦盯着楼下的街道，那里人来人往，车水马龙。

其实还有一点路彦也没有想通。陈怡尸体被发现的时候，按照自己的推理，应该是不久前才有人弄断绳子把陈怡的尸体放了出来。可是，那时候张霖还被警方关着。是自己的推理错了，还是他有其他帮手？

他不禁想到一种最坏的可能，那就是张霖其实早已认识王辰贵，他们俩互相配合做成了这些事情，在张霖被关押的时候，是王辰贵派人去放出了陈怡的尸体。可是王辰贵这么做，对他有什么好处？路彦皱紧了眉头，丝毫头绪都没有。

想不出所以然，就干脆不想了，路彦有些泄气。李正深深吸一口烟，长叹一口气道："你也别太自责，毕竟当局者迷，这都是人之常情，唉……只要涉及自己的感情，总是很容易判断失误……"

路彦听出李正不仅仅是在说他一个人。李正接着说道："对了，这次的事情不小，下一步我怕是也要被停职了，不过他想报复的不仅是我，还有你……"

"你被停职跟他有关？"

"这样的结果也在我的意料之中……我听说过他是睚眦必报的人，倒不怕他来找我麻烦，只怕他对小茵动手脚。"李正皱着眉头，吸了口烟，"那小子肯定还有别的违法事情，只要有一天被我逮到把柄，有他好受的……"

"你要停职了，贺县刑警大队谁负责？"

"高伟诚。"

"那次去金海县抓孙明，是高伟诚主动提出先去超市找严晓慧的。按照目前的情况来看，他最有可能是王辰贵的人，你看看能不能找到证据吧……"路彦看着李正平静地说。

李正惊愕地张大嘴巴，脸上疑云密布。过了一会儿，他才沉声道："你说得有道理，我先暗中查一查。但是高伟诚在刑警队这么多年了，一直很尽职，现在没有证据也不好轻举妄动。抓错了人事小，伤害了兄弟感情事大啊。"

路彦长长地吐了一口烟雾："行，从明天开始，你把值班的那两个兄弟撤回去吧，我现在能在这儿保护她了。"

“你怎么能一直在这儿呢，不出去查案吗？”

“不，不用我查了……”

“连环杀人案虽然结束了，但是王辰贵谋杀你的案子还没完哪！”

“不查了，我已经被停职了，可能还会被撤职……”路彦苦笑着，摇了摇头，“这个案子会有更厉害的人来处理的。”

李正张大嘴巴看着路彦，哑口无言。

看着李正和蒋旭飞驱车离开，路彦站在阳台上，久久没有挪步。李正的话在他脑海里徘徊，挥之不去，张霖那天的话语宛如毒蛇，盘旋脑后。

路彦感觉自己的脑袋里跳出一个小人，大声指责着自己：“你被他耍了，他欺骗了你，玩弄了你！”

天空不知道什么时候堆满了火烧云，路彦形单影只地游荡在贺县街头，两边大楼的阴影投在身上。路彦苦涩地认输投降，那个指着他怒吼的小人终于退了下去，他心中掠过一阵痛苦。

曾经，他们一起把酒言欢高谈阔论，当自己把低血糖昏迷的他送到医院的时候，分明看见了他眼神里的感动。他还告诫自己，平凡百姓家的孩子要离情怀远一点，难道这些都只是他伪装出来的？

好像有什么地方不对，但是他确实想不出来了。每次想到那天张霖对自己说的话，路彦就感觉心里阵阵刺痛，他感觉到自己的大脑很排斥这个案子。他死活没有想到，曾经最好的兄弟竟然是最恨自己的人，张霖身上涌出的那滔天恨意，令他不寒而栗。

他像一具没有灵魂的行尸走肉，一个人在贺县的街头和田野里毫无方向地游荡了很久很久。夜幕已经沉沉地压在了大地上，街道上亮起了万家灯火，县城里的KTV、超市、饭馆的霓虹也纷纷从轻柔的褐黑色夜幕中探出头来，那些明亮的、黑暗的、静谧的、喧闹的，都打在他孤独的剪影上。他突然发现自己站在了熟悉的街道上，吴老伯亮着灯火的房子就在眼前。

他想到自己已经很多天没有回到这里了，也不知道吴老伯担心不担心。他走到院子前，门没有上锁，稻草人依旧站在墙边，屋子里传来电视剧人物说话的声音。路彦走到门前，轻轻敲了敲门。

“谁啊？”里屋响起吴老伯的声音，接着是拖鞋在地上摩擦的声音，大门被打开了，吴老伯一脸惊诧地看着路彦。

“哎呀！你回来啦！”吴老伯把路彦让了进去，“这些天你都去哪儿了，也没个人影。”

“有事去忙了，真不好意思……”路彦低沉地说道。

“现在的年轻人真是，工作起来也不晓得休息的……”

路彦低着头，不知道该说什么好，他无声地穿过楼梯楼道，走进自己的房间。

几日没回，房间里一股霉味。路彦没有开灯，径直走到自己的床边坐下，黑暗从四周而来爬满了他的身体，宁静抚慰着他布满裂纹的灵魂，这些天发生了太多太多的事情，多到已经超出他的承受能力。

想不到再回到这里，就已经到了要离开的时候了。路彦想着，走到衣柜前，机械地把衣柜里的衣服整理出来，把桌子上的杂物一件一件地扔进行李箱。

没多久他就累了，他轻轻地躺下，身体隔着衣服亲吻着熟悉的床铺，那种少有的轻松感觉轻轻抚来。结束了，在贺县的日子结束了，等陈依梦恢复得差不多，自己就可以远远离开这里了。

突然，他感觉到有什么地方不对劲，自己的枕头比平时高出了一截，他诧异地爬起来，拿起枕头，借着窗外朦胧的灯光，看见枕头下安安静静地躺着一个淡黄色的文件袋。

一阵阵诡异爬上心头，这文件是什么人放在这里的？

等等，文件！路彦忽然想起那天，王辰贵在大雨里对自己说的一番话。

“姓路的，老子问你，你来到贺县后，有没有收到文件一类的东西？”

“前些日子，有人暗地里通知我，你会收到一份文件……看来，那个人骗了我。”

路彦一阵恍然，当时的自己只顾着逼问李茵的下落，却没有深究这两句话背后的深意。看来有人曾经通知过王辰贵会给自己送一份文件，那人会是谁呢？

路彦来贺县这么长时间，一直觉得有人在暗处窥探着他，本以为那都是王辰贵派来的人，但现在看来问题似乎没有这么简单……

想了想，路彦拿起文件袋，下楼找到吴老伯：“最近有人来找过我吗？”

吴老伯正躺坐在床上看着电视，一脸疑惑地看着路彦："没有啊。"

"那这个文件袋您见过吗？"路彦扬了扬手上的文件袋。

吴老伯茫然地摇摇头："完全没有！怎么啦？"

路彦默然地走回自己的房间，打开了房间里的灯，房间里的装饰跟他走之前一模一样，连桌上的物品摆放的位置跟之前也没有区别。路彦寻思着，看来要找痕检师检查一下这个房间里的脚印和指纹了。

路彦低头，克制着手指微微的颤抖，慢慢拆开线口，抽出了里面的东西。那是一沓纸质文件，上面写着"疾控中心检查报告"几个大字，路彦连忙往下看，下面是一个又一个人的名字，旁边写着一个又一个的血液中铅元素的含量数据。

盯着那些数据，路彦猛地想起李正那天在会议上说过的一段话——

"辰风年初确实传出过一个问题，在辰风厂区附近，有居民家的孩子腹泻呕吐，当时有人怀疑这些孩子是血铅超标，并怀疑是辰风的违法排放导致的。后来由辰风出资出面，组织一百多名孩子去省立儿童医院检查，检查结果显示那些孩子体内的铅含量完全符合标准，所以这件事也很快就过去了。"

路彦仔细看着那一行行数字，渐渐恍然，看来是有人想躲在暗处借刀屠龙。

这份文件，落到不同人的手中，绝对会有着不同的作用和后果。只可惜它来得太晚了，已经发生了那么多事情，自己也被停职了。

路彦恍悟之后又疑云丛生，自己苦求不得的犯罪证据如今竟然有人主动送上门来，这其中是否隐藏着什么样的阴谋？到底是谁一直在暗处偷窥着自己？

后脊背阵阵发凉，路彦左手死死地攥紧手中的文件，右手指甲深深地扎进手心的肉里。

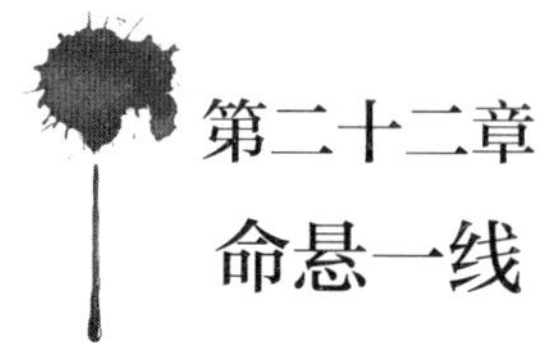

第二十二章 命悬一线

“那个，我想跟你说个事。”手臂上还绑着绷带的陈依梦站在病床边上，直勾勾地看着路彦的眼睛。

“什么事？”

“我救了你一命，你得答应我一件事情来补偿我。”

“说，你要我答应你什么？”路彦本来想问问是不是以身相许，但此时又觉得，开这种玩笑不太合适。

“暂时我还没想好，等我想好再告诉你。”

“好！”路彦点点头，“那我今天先送你回家。”

陈依梦默然，低头收拾着自己的东西。

突然，路彦的手机响了，接通后传来了李茵的声音：“连环杀人案的案件材料准备得差不多了，最近就要移交检察院……”

心脏被一把攥住，路彦控制着声音：“嗯？”

“所以张霖今天要转移去市里的看守所了……”李茵迟疑地说道，“你……你要不要见他最后一面？”

“不用了！”路彦干脆地回答道。然后，他挂断通话，把手机扔到旁边的病床上。

“怎么了？谁的电话？”

“李茵的电话，问我还要不要见张霖最后一面。”路彦抬起头，窗外的阳光火辣辣地射在他的脸上，他闭上了眼睛。

陈依梦沉默良久，开口道：“去吧，去和他聊聊吧。”

铁窗内外，路彦和张霖两人面若冰霜地对视着，冷漠隔着玻璃依然寒气逼人。

两人对视了很久，路彦看到张霖的眼睛里除了冷漠，就只有嘲讽。

张霖慢慢地露出玩世不恭的笑容，轻轻地说道：“你是来侮辱我的吗？”

“不是。”

“那你是来嘲笑我的？”

“不是！”

“那你站在铁窗之外做什么？难不成你以为你还能可怜我？哈哈哈！其实是我在俯视你，是我在可怜你……”

路彦看着张霖神经兮兮地冲着自己大笑，感觉到一种莫名的悲哀。

“你杀了那么多人，你难道就没有一丝忏悔吗？”

“我感觉很舒服……为什么要忏悔？”

“你强奸了吴蝉？”

“对，还有陈怡。”

“那为什么没动林依芸？”

“本来是想的，但是还没来得及，就被人发现了……”

“你是说……你处理完那些断手断脚后再回来准备强……强奸？”路彦难以置信地看着张霖，说话也变得结结巴巴。

“嗯，我现在对死人比较感兴趣。”

“你还是人吗？”

“文明社会总喜欢把疯子当正常人，把正常人当疯子，所以你这么说我，我不会生气。”

路彦一阵气急，他压抑着怒火问道：“这个案子里我还有个没想通的地方，你是不是还有同伙？”

“同伙？”张霖轻蔑地笑了笑。

“陈怡的尸体是被人藏在河里，然后割断绳子顺着河水漂到渡仁湖的。可是绳子被割断的那些天，你分明被关在贺县公安局里，除非你有同伙，否则我想不出第二种解释。”

“路彦啊路彦，事情到了这么一步，你还在相信你那所谓的推理吗？”张霖怜悯地看着路彦，摇了摇头，“推理只不过是大脑在某些前提下，结合具体情境给出结论的一种行动，要是你的前提都是错的，结论又怎么能站住脚？”

路彦皱起了眉头。眨眼之间，张霖就从神经兮兮的魔头变成了逻辑缜密的聪明人，连遣词用句都完全不同。

难道，天才和疯子真的只有一线之隔？

如果真如他所说，自己的推理最开始的前提都是错的，那么所谓的结论自然也是完全错误了？

路彦低头沉默了，张霖开口追问道：“你最近应该过得很开心吧？”

“开心？”

“你的乌纱帽丢了，你开心吗？”张霖的脸上又恢复了神经兮兮的残忍微笑，“你不是最在乎你那一身警服吗？现在，我夺走了你最心爱的东西……”

路彦再次皱起了眉头，眼前的张霖又开始天马行空了，他到底出了什么问题？

“临死之前，我成功地将你变得一无所有，复仇成功，我死而无憾了……”张霖摇头晃脑地说道，“路彦，你还记得我跟你说过那个古希腊神祇阿特拉斯吗？”

“什么？”

“那个永生永世都要在世界最西处用头和手顶住天地的主神阿特拉斯，你要是他的话，你觉得你会怎么做？”

“我会怎么做？”路彦皱着眉头，看着张霖瞪大了眼睛，“阿特拉斯耸耸肩？”

张霖耸了耸肩膀，说道：“反正我要是他，我会耸耸肩膀的。”

路彦一脸的莫名其妙：“你到底在说些什么？”

“时间到了！”两旁的警察催促着两人。

张霖最后看了一眼路彦，一言不发地跟着他们起身向外走去。

路彦走到关队长和李茵的面前，忍不住开口："那个张霖，他精神上有没有找人看过？"

"我正想跟你说呢！"关队长拿着一份报告递了过来，"这是张霖精神状况的检测报告。"

路彦接过那份报告，关队长在一旁补充道："我们安排了专家对张霖进行了精神鉴定，发现张霖有明显的人格障碍，这种病也叫人格变态。他的心理长时间呈现出紊乱不定的特点，时常表现出偏执、怀疑等特征，在人际关系方面难以与他人正常相处。他自己会感到痛苦，但同时也很容易做出对他人和社会不利的举动。"

路彦盯着报告，皱起了眉头："他得这种病的原因有哪些？"

"原因很复杂，有可能是因为他童年时候有过多的心理阴影，或者他孤僻敏感的性格，还有可能是他后天生活中的一些遭遇，总之一两句话说不清……"

路彦闭上了眼睛："能够治疗吗？"

"很难，这种偏离常态的内心体验和行为模式，用医疗、教育或惩罚措施都很难从根本上改变。"

李茵在一旁问道："以前有过这种案例吗？"

"日本的变态连环杀人犯宫崎勤就是这样，日本警方抓住他后，发现他患有严重的人格障碍，他的律师还想以这个为辩护理由为他脱罪，当然也没有成功。"

路彦想起他跟张霖聊过刘建华，当时他怎么也想不到刘建华杀人的动机，张霖提示他，刘建华可能会因为人格变态而杀人。现在路彦才明白，其实真正患有人格变态的并不是刘建华，而是张霖……但是，张霖既然那么说，他应该已经意识到自己是患有这种病的……

"患者知道自己患有这种病，也不能调整或改正自己的行为吗？"路彦看向关队长。

"专家的看法是，作为人格变态者，他把社会和外界对自己的不利及所遇到的困难等，都归结于别人的错误或自己的命运所致，这种外在归因的思维使其不承认自己的缺点，当然也谈不到行为上的改正。即使他意识到自己是人格障碍者，也很难调整，而且还会为自己的犯罪行为提供辩解与袒护。”

路彦无奈地摇摇头，一旁的关队长接着说道：“专家还给出了结论，张霖尽管接受过高等教育，但是有些时候已经完全失去判断能力，很有可能是因为他在日常生活中很难接近年轻女性，虐杀女性身体才能发泄他心中的压抑，他砍掉受害人的手脚，则投射出他心理的某些阴影和残缺。另外，人格变态也很容易发展成多重人格，看张霖目前的表现，很有可能就有这个趋势……”

“如果确认得了精神疾病，他是不是就不会被判死刑了？”李茵在一旁疑惑地问道。

关队长解释道：“人格变态不等于精神疾病，现在，没有证据支持他在杀害那些女孩的时候患有精神疾病，我觉得法院绝不会轻判的。”

路彦缓缓放下手中的报告，只觉得一股深深的疲倦。关队长的意思很明显了，其实他也很明白，犯下连环杀人大案，基本上是死刑。

路彦想不通，他和张霖当年那么默契地一起查案，还发誓做一辈子的好兄弟，为什么现在会变成这样？此时，那些往事遥远得像是上辈子的事情，一切都跟着那个决然的背影一起远去了，永远也不会回来了。

路彦茫然地走出办公室，走廊上人来人往，他却感觉到无比孤独。

那些关于青春的回忆，因为张霖而来，又因张霖而去，路彦觉得自己早就应该明白，那些属于青春的微光早已经逝去，自己带着找回那些青春印记的希冀来到贺县，完全是徒劳的。这个世界上根本就没有高山流水和八拜之交，他们曾经聊过的人生、谈过的未来，都彻底成为可笑的往事。

他机械地下了楼梯，走进了公安局一楼的大厅，看到陈依梦正戴着帽子守着行李箱，安安静静地等着自己。路彦呆呆地走上前，打开自己的行李箱，找到了张霖那个绿色日记本。他刚拿起它走到垃圾桶边，门外就传来一阵警车发动机轰鸣的声音。下意识地，路彦抬头看向门外，一辆重重武装的警车从楼后驶出，正缓缓地朝院子大门外的街道上驶去，透过汽车尾部的玻璃窗，路彦看到了张霖冰冷的背影。

路彦忍不住冲到院子的大门边，看着警车缓缓地从自己的旁边驶过，那个背影在窗子里面半隐半现。

那警车在视线里渐行渐远，逐渐变成了视线里的一个小点，张霖从一开始到最后，没有一次回头。

张霖走了，离开了，这次的分别与六年前完全不同，这次是生死永别，他们接下来的生命里都不会再见到对方了……

警车从视线里彻底消失，路彦把日记本收进兜里。他看向门口的方向，陈依梦正站在阳光下关切地看着自己，她走过来抓住了自己的手，一丝丝温暖传到自己的手心。

路彦看着她浅蓝色的牛仔裤和粉红色的T恤，感觉灰暗的世界里添上了一抹彩色。

“别伤心了……”陈依梦轻轻地说，“都过去了……没事的，一切都过去了……”

不知道过了多久，路彦觉得自己稍稍恢复了平静，他带着陈依梦走到自己的车边。

“我们该上路了……”

陈依梦没有回答，而是看向路彦的身后：“茵姐来送你了，你不去跟她打个招呼吗？”

路彦转过身，正好看到李茵从身后望过来的眼神。他看向陈依梦：“你有什么想跟她说的吗？”

陈依梦摇摇头：“你先去跟她告别吧。”

路彦点点头，拉开车门，陈依梦无声地坐了进去。

贺县公安局大楼前，路彦走到李茵面前。李茵打量着路彦，道：“开心点吧……”

“这些天，你是不是在心里嘲笑我太傻了？”

“你不是太傻，你只是太善良了。”李茵的眼睛充满了笑意，看向路彦，“因为你善良，所以你太相信人性美好的那一面了，可你要知道，有阳光的地方就有阴影的……”

路彦低头思索着李茵的话，苦笑着：“我想让阳光驱散阴影，没想到最后被阴影遮掩了阳光……”

“别灰心，”一阵风吹来，李茵轻轻地抚了下鬓间的乱发，“对了，有件事你要跟我老实交代！”

“什么事？”

“当初你是不是怀疑过我？”

路彦一愣，看到李茵盯着自己的表情，扯了扯嘴角笑起来：“你是问，我有没有怀疑过你喜欢我？”

“去你的！”李茵脸上一红，“你自己心里有数，事到如今还不肯说实话吗？”

路彦的笑容渐渐消失了，没有说话。李茵接着问道：“孙明死后，你独自行动，为什么连我也不肯透露半个字？”

路彦深吸一口气，沉声道：“孙明消失的时间太奇怪，死的时间也太奇怪，我怀疑警局里有人把消息透露给孙明或者孙明背后的人，而那天晚上我去陈娟的KTV问话和从孙明的妻子嘴里问出地址，你都是最先知晓甚至是唯一知晓的，所以我……”

“我要是内鬼你早就没命了！”李茵气得掐住路彦的胳膊，狠狠瞪着他，“那你后来又是怎么打消对我的怀疑的？”

“还不是因为……”路彦半开玩笑半认真地说道，“我太过相信人性美好的那一面了。”

看着路彦，李茵不由得愣了。半晌，她长叹口气：“算了，反正都是过去的事情了……”

两人面对面站着，一阵沉默。

李茵想了想，又问道：“我后来才知道，我失踪那天，你和依梦遭遇到袭击，而且我爸和你一起去抓了王辰贵，但是失败了，到底发生了什么？”

路彦想了想，把当时发生的事情简单地描述给李茵。听到李正失态的表现，她脸上似乎浮现出了一丝动容。

“没想到为了我搞得……”

“当时所有的嫌疑都指向了王辰贵，无论如何我们都是要去抓他的，只是没想到DNA的鉴定结果跟我们想的大相径庭……不过话说回来，虽然不是连环杀人案的凶手，王辰贵还是有很多别的犯罪行为的。”

“但是当时因为没有证据，所以拿他没有办法对吗？”

“对，就是这样，特别无奈……”

“那你遇袭的那个事情，省厅来的人在查吗？”

“他们问了我很多情况，但一时半会儿估计也找不到证据，也不能贸然抓人。”

李茵冷笑道：“原本连环杀人案以张霖结案后，他就不用再被警方监视了，但是我听说因为这次袭警的案子，他又被省厅的人列进了监视名单，哼……我想他也逍遥不了多久了……”

路彦沉思了一会儿，苦笑道：“李茵，你有没有感觉到，正义很多时候是一把无力的刀？”

“所以才需要我们这样的人去挥动它、去捍卫它啊！”李茵微笑着说。

路彦看着李茵：“你为什么这么想当警察？”

“你之前不是说我心里有阴影吗？”李茵移开目光看向远处，神情和语气都变得沉重起来，“我上初二的时候，有次在上学路上，一个歹徒从草丛里钻出来把我按倒在地，他一手拿着刀，一手撕扯我的衣服……我当时害怕极了，拼命反抗却一点用都没有。正在他快要得逞的时候，路边一个拾荒的老爷爷发现了我们，冲上来跟那个歹徒搏斗起来，我赶紧从地上起来逃走了。我拼命跑、拼命跑，直到跑不动的时候，我才想起报警。我爸和他的同事们到了事发地点，那个歹徒早已不在了，剩下的只有那个老爷爷的尸体……”

“后来那个歹徒抓到了吗？”

李茵闭上眼睛，摇了摇头。

“正义是一把无力的刀，但是，如果我们做警察的都不去挥动它、捍卫它，这个世界岂不是要变得更糟？”李茵看着路彦，顿了顿，又问，“所以，什么时候能看到你再穿起白衬衫？”

路彦笑了笑：“我想或许没有机会了吧。”

李茵还是第一次看到路彦这样的笑容，那笑容无欲无求，分明透着历经磨难后的淡然。她有些吃惊：“那你接下来有什么打算？”

“先把陈依梦送回家再说。”

李茵抬起头，越过路彦的肩膀看向陈依梦，接着问道：“然后呢？”

“我想去国外待一阵子，或许会去戛纳的海滩卖饮料吧。”

“咯咯咯……”李茵忍不住捂着嘴笑了起来，“你去卖饮料，真是太浪费人才啦！”

“我觉得挺好……”

李茵的笑容蓦地凝固了："你是认真的？"

"你觉得我像是在开玩笑吗？"

李茵怔怔地看着穿着灰色T恤的路彦，他脸上的创可贴没有了，脸上趴着一个淡淡的疤痕。

她发现路彦从一开始的玩世不恭到后来的正义热血，再到现在的心灰意冷，昔日的神采已经在他的眼眸里逝去。她突然觉得，原来这个男人也有很多不为人知的地方。

"路彦，我知道张霖的事情对你伤害很大，我也知道这个世界上有太多让我们感到无奈的事情，可如果我们不努力、不坚守，正义的刀只会更加无力。"李茵朝路彦走近一步，近到他可以闻到她身上那股清香的气息。

"但是你要记住，我们一路奋战，不是为了让正义彻底地消灭黑暗，而是为了不让黑暗彻底消灭我们身上的正义。

"还有……你不做警察真的太可惜了，我希望你再考虑考虑……"

李茵盯着路彦的眼睛，看到他眼睛里闪烁着挣扎的神色，她正高兴着，但是很快就失望了，因为路彦的眼神又恢复了平静和黯然。

"行吧，我的大警官……"李茵红了眼眶，抽了一下鼻子，连声音也变得哽咽起来，"那你多保重吧！"

"嗯，你也保重。"

"那青山不改，绿水长流！"李茵张开手臂轻轻地抱住了路彦，"我们后会有期！"

路彦开着车，带着陈依梦驶上了省道，这次他们没有遇到任何阻碍。车窗外，农田和荒野飞速地退去，荒芜和寂静伴随在左右。陈依梦戴上耳机听着歌，好像那场可怕的枪击噩梦已在她的心里渐渐远去。

但是路彦清楚没那么简单，年纪尚幼的她遭遇了枪击，很可能成为伴随她一生的阴影和噩梦。每当想到这里，路彦总是感觉心痛和愧疚。

天公不作美，很快又天降暴雨。汽车开了很久，路彦还是提心吊胆的，他不确定王辰贵的人会不会跟过来。不知道是不是自己的错觉，他看到一辆黑色别克跟在后方，正待仔细观察的时候，它又消失在雨幕中。

路彦回过头，看向窗外的街道，风和雨都已经小了一点。他寻思着，那辆车是来跟踪自己的吗？

保险起见，路彦还是想换辆车。他联系老陈帮忙，很快在附近的临平市找了一辆安全的大众车。赶到临平市市区的时候，他把自己的桑塔纳扔在一个停车场，带着陈依梦奔上了大众车。

从市区开到郊区附近，天色已经全黑下来，路彦带着陈依梦走进一家酒店，开了两个房间。

陈依梦的房间里，路彦忧心忡忡地站在窗帘边，透过两扇窗帘之间的缝隙看着窗外。

夜色犹如浓稠的墨汁，重重地涂抹在天际，天上星光全无，放眼望去，整个市区都寂寥无光。连环杀人案都已经结案了，王辰贵还在紧咬着自己吗？难道说，他们知道自己拿到了那个文件？

陈依梦在路彦身后拿着毛巾擦头发："我们干吗要换车啊？"

"我的车有可能被人跟踪了。"

陈依梦瞪大眼睛："不会吧？"

"只是可能，"路彦笑着说，"我已经不是警察了，所以要更加小心点。"

"有你在，肯定没事的！"陈依梦轻轻地说着，有些依恋地伸出手，握住了路彦的手指。

路彦低头打量着陈依梦，她没有自己想象中那么慌张，上次中弹受伤之后，她就变得比以前勇敢了。他抽回自己的手，努力平复着思绪："我就在隔壁，手机随时保持联系，一有状况我马上就过来！"

路彦回到自己的房间，躺在床上揉着太阳穴，明天要不要找人来保护自己和陈依梦呢？也不知道为什么，他总有一些不好的预感……

尽管很疲惫，但是路彦毫无睡意，不知过了多久，他的手机再次响了，是萧瑶打来的电话。

"路彦，我们拿着你的那份血铅报告跟贺县警方碰头了。"

路彦从床上坐起来："然后呢？"

"我们在那个报告上找到了一个指纹，"萧瑶意味深长地说，"奇怪的是，匹配之后，我们发现那竟然是个死人的指纹。"

死人的指纹？路彦瞪大眼睛，正要追问，门外响起一阵敲门声。他匆匆地挂断电话，奔到门边拉开门，却看到陈依梦一只手捂在肚子上，面色苍白如纸。

“打你电话打不通……”

“你怎么了？”路彦焦急地问道。

陈依梦脚下一软整个人往地上倒去。路彦连忙冲上前抱住陈依梦的身体，把她抱进隔壁她自己的房间，轻轻地放到床上。她双手捂着肚子，躺在床上来回打滚。

“我……那个来了……痛死了！我要死了！”几颗豆大的汗珠从她的头上滑落，那些疼痛好像抽光了她说话的力气，“帮我买止痛药……”

“我马上回来。”

路彦关上陈依梦的房门，开着车冲到大街上，大雨拍打在车身上，雨水模糊了他的视线，他只觉得心乱如麻。

雨还在继续下着，街上黑漆漆一片，已经没有几个商店亮着灯火。一阵焦急的寻找后，路彦终于找到一家还在营业的药店，他买了一盒止痛药奔回酒店，刚到门口，便看到了令人震惊的一幕。

一群戴帽子的男人挟持着陈依梦冲出酒店大门，不顾陈依梦的哭喊，把她塞进一辆黑色的SUV，赶上来的酒店保安也被他们踢倒在地。

路彦驾着车狂奔过去，盯着前方的三辆黑色别克，它们正在疯狂逃窜着。又是下午的那些人！可是自己已经换了车，之后也是百般小心，他们是如何找到自己入住的酒店的？

路彦瞥了一眼那个黑色的手机，如果不出意料，问题应该就出在这个手机上。可这部手机是自己遇袭之后找李正要来的，难道李正跟王辰贵有联系？

脑子一片杂乱，路彦来不及理清思路了，他全神贯注地盯着前面的车子，狂踩油门。黑压压的雨幕里，他的车越追越近，近到好像能听到陈依梦声嘶力竭的呼喊声。

三辆别克先后驶出市区，直奔郊区的方向，车子开得飞快，快到他已经无暇顾及其他。终于，三辆黑色别克在一个废弃的老工厂前停了下来。

路彦看向那废弃的老工厂，它犹如一头蛰伏在雨夜里的怪兽，正朝自己张开血盆大口。尽管这是设计好的天罗地网，但路彦知道自己毫无退路。

路彦再一次联系萧瑶，说明了情况之后，让萧瑶迅速联系当地警方，又小声地交代了好几件事。挂断电话之后，路彦跳下了车，快速地扫视着周围的地面，在一堆废铜烂铁里捡起一根生锈的铁棍，把它紧紧握在手上，向着工厂狂奔而去。

他拿着铁棍穿过厂房破败的门，放眼望去，十几个大汉拿着棍棒站在原地对着自己虎视眈眈。他们中间放着一张折叠凳，一个戴着面具、体形粗壮的光头坐在上面，脚边放着一个大麻袋，麻袋里，一个瘦小的身躯正在挣扎着，不时传出呜咽声。

路彦知道，这是针对自己布下的局。他们在酒店房间搜查了一遍，绑架陈依梦不过是为了引自己踏入这个准备好的坟墓，这个废弃的工厂是一个绝好的行凶场地，在这里杀掉自己，证据也很容易抹掉，外面的荒野更是绝好的埋尸之地，等到别人发现，自己可能也只剩白骨了。

路彦握紧手中的铁棍，临平市警方应该在赶来的路上，不管怎么样，自己都要给陈依梦争取到足够的时间。

那光头对路彦的到来反应并不强烈，他只是弯腰打开麻袋上的绳结。陈依梦的嘴巴被毛巾紧紧塞住，苍白的脸上布满了豆大的汗珠，此时正焦急地看向路彦，恐惧的泪水从她的眼里滚滚滑落。

“放了她！”路彦的内心一阵抽搐。

“这是你的妞？”光头开口了，声音粗重沙哑，“还挺漂亮，难怪你要死要活地追了过来。要我放了她也行啊，拿你的命来换她吧！”

“我的命就在这里，就看你有没有本事拿走。”路彦冷冷地说道。

“哈哈，谁给你勇气让你这么狂妄啊？”

“想找我的麻烦，让你的老板来，你又算个什么东西？”

光头从椅子上站起身来：“有人花两百万买你一条胳膊，两百万买你一条腿，一千万买你的脑袋，你觉得我该怎么办呢？”

“你先放了她！”

“你先卸一条胳膊给我，我再考虑考虑！”

“放了她！”路彦一声怒吼，声音震耳欲聋。

人群一阵骚动，光头也像是受到了一点惊吓。路彦没给他说话的时间，提着铁棍犹如猛虎下山般冲了过去，光头周围的打手们连忙拿着棍棒刀具迎了上来。

短兵相接，路彦已经完全没有了畏惧和胆怯，他不顾一切地挥舞着铁棍，把长时间以来积压在心中的愤怒全都宣泄出来，他已经忘了自己，忘了身在何处！

路彦双眼血红，凡是被他的铁棍击中的人，都在清脆的骨裂声后倒地不起。打斗间，他的衣服被钢刀划破，肩膀被铁棍打到，腰上也因为躲避不及被砍了一刀，鲜血飞溅。他浑身是伤，但依旧挥动着铁棍，他的脚下已经倒下十来个人，剩下两三个尚未倒地的打手，也被他的气势震慑住，不敢上前。

路彦满脸血污，整个人犹如嗜血魔神一样，一步一步朝陈依梦挪动着。

见到路彦逼近，光头把陈依梦从麻袋里拖出来。陈依梦的手脚都被捆住，路彦低头，看到她蓝色的牛仔裤上浸满了血。

“想不到你还挺能打的……”光头从怀里掏出一把枪，抵到了陈依梦的太阳穴上，“把你手上的家伙放下，要不然我就开枪了！”

路彦停在原地，看到陈依梦脸上惊慌的表情，他手中的铁棍落到地上，发出沉闷的一声重响。

光头连忙向旁边的两个打手示意，但路彦的气势实在太可怕了，两个打手只是拿着武器，在路彦的周围战战兢兢地徘徊。

“怕什么，快给我上！他要是敢反抗，我就毙了这个妞！”

两个打手壮着胆子冲上去，将路彦扑倒在地，摁在地上一阵拳打脚踢。路彦一声闷哼，喷了一口鲜血。

光头见状，把陈依梦甩到一边，拿着枪一步步走到路彦跟前，两个打手控制住了路彦挣扎的四肢。光头看着路彦血糊糊的脸，用枪抵住路彦的额头。

“拿了你的脑袋，一千万我怕我也是无福去花，不如这样吧，我卸你两条胳膊两条腿，加起来就八百万了，跟拿脑袋的价格也差不了多少……”

路彦死死地盯着光头没有说话，趁光头起身的一瞬间，他迸发出惊人的能量，将压住他的两个打手弹飞，一个拳头直奔光头而去。

光头反应过来，想扣动手中的扳机，但是路彦的拳头来得更快一点，光头手中的枪被打飞到空中，落在陈依梦身边。

光头恼羞成怒，再次朝路彦扑了过去。路彦一个躲避不及，被光头一脚踢中，整个人仰面倒地。

两个打手把路彦架起，光头掏出一把弹簧刀，死死地抵在路彦的脖子上，割出一道深深的血痕。

“我本来不想杀你的……”

“放开他。”

不知道什么时候，陈依梦已经解开了手腕的绳子，正战栗地站在众人面前。她手上握着光头刚才掉落的枪，此刻正对着光头：“放开他，要不然我就开枪了。”

光头不敢置信地看着柔弱的陈依梦，试探地说道：“我不相信你能打中人……”

“是吗？那你就试试。”陈依梦的枪握得很稳，她看着光头，眼神冰寒彻骨。

光头怔了半天，终于慢慢挪开了匕首，路彦则踉踉跄跄地朝陈依梦走来，陈依梦忍不住冲了过去，光头和打手们也抓住时机扑了上来。

路彦眼明手快地接过了陈依梦手中的枪，转身对着光头的方向扣动扳机。砰的一声巨响，墙壁上溅起火花，光头被惊在了原地。

路彦抱住陈依梦，低头看向陈依梦牛仔裤上的血，从自己的兜里摸出一个东西：“给，止痛药……”血花模糊了他的视线，他努力地睁着眼，把药递给陈依梦。

看着路彦身上的伤口，陈依梦很焦急：“你受了这么重的伤……”

路彦摇了摇头，见陈依梦吞下了药，才把她护在怀里，两个人步履蹒跚地朝大门挪去。

陈依梦惊恐地发现，路彦失血太多，整个人都已经摇摇欲坠了。她吓得紧紧地抱住了路彦的腰：“你没事吧？”

“没事……”路彦喘着粗气答应着，感觉头脑一阵晕眩。他不知道自己还能坚持多久，也许下一秒钟他就会倒在地上，但他想，至少得带着陈依梦安全地离开这里。

路彦和陈依梦互相搀扶着向外走，两人后方一阵骚动，在光头的指示下，几个打手挣扎着冲了上来。

砰！又是一声巨响，路彦对着天花板开了一枪：“谁要是不怕死，尽管上来。”

一时间无人敢迈步上前，打手们只能眼睁睁看着路彦和陈依梦消失在视线里。

路彦带着陈依梦坐进车里，把枪搁在一边。他艰难地发动汽车，拼命地踩着油门，却发现双腿都没有了多少知觉。

陈依梦伏下身子整理着自己的衣服，看到自己牛仔裤上的血，正和路彦腿上的血交融在一起。她看着刺目的鲜血，轻声道："让你看到我这么狼狈的样子……对不起……"

路彦没有说话，他只是紧握着方向盘，凶狠地盯着前方。

终于，前方的荒野响起了警车的警笛声。看到远处闪耀的警车灯光，路彦长舒一口气，停下汽车打开了双闪。

做完这些，路彦整个人瘫倒在座位上，浑身的伤口流淌出来的血染红了整个驾驶座。

他感觉自己的生命力在缓慢流失，连呼吸都非常困难。他看向陈依梦，吃力地说道："临平市警方的人到了，你安全了……"

"路彦！"看着路彦的生命气息越来越弱，陈依梦焦急地大喊，"你没事吧？"

"听我说……临平市警方会安排人送你回家的。"路彦露出了一丝笑意，"今晚都是王辰贵找来的人，不过你不用再担心还有危险了……那个王辰贵，他的丧钟很快就要敲响了……"

惨白的月光照在路彦血污的脸上，陈依梦的泪水忍不住地哗哗流下。

路彦吃力地说道："虽然连环杀人案的凶手是张霖，但是王辰贵对林依芸做的事情，我一直没有忘记，我答应过你，我绝对不会放过他，现在，我终于做到了……"

路彦咳嗽了几声，努力地把咳到嘴里的血咽了下去："还有一件事情要拜托你……我那个手机，你带回去，几天后会有个叫萧瑶的省厅警察来找你，到时候你交给她……就说，这个手机是李正给我的……"

"好，我记住了，还有吗？"

"还有……我家养了一只小猫，要是我醒不过来了，能不能托付给你？萧瑶会告诉你地址。"

"不，不会的！你别担心，你一定能回家的！"

路彦想在生命的最后一些时间里，补偿这个女孩，哪怕只是言语上的补偿。他努力地挤出一点笑容："以后你在欧洲，要好好学习……"

"我不管！你欠了我一条命，你说会答应我一个要求的，我那时候没想好，现在我想好了……"陈依梦泪如雨下，连说话都变得模糊不清，"你不准死！我要你陪我去圣托里尼！"

警车行驶到路彦车前，后面还跟着一辆救护车，几个穿着警服的警察飞快地跑过来。

路彦又咳嗽了几声，身体的颤抖带着新的鲜血从脖子上伤口里蜿蜒而出："这次我要是没死，我就陪你去……"

一阵虚空中的无力感袭来，路彦感觉自己的意识在慢慢地退散，一股无法抵抗的疲惫涌上心头，他疲倦地闭上了眼睛。

汽车的门被打开了，三名警察吃惊地看着路彦和陈依梦："请问是路彦先生和陈依梦小姐吗？"

陈依梦赶紧点头。

那名警察连忙向救护车招手示意，两个抬着担架的护士和一个医生赶到，把路彦移到担架上。

"天啊！他怎么这么多伤？快让医院准备输血！"看着浑身是血的路彦，那个医生惊呼道。

"医生，他没事吧？他肯定能好的对吧？"

医生探了探路彦的脉搏："他的心脏还在跳，不过受了这么重的伤，能不能救真的不能保证。"

陈依梦吓得瘫软在地，愣愣地看着那些人将路彦抬上救护车。

"你好！"刚才那个警察走到陈依梦的面前，"我叫吴杰，是临平市公安局的。"

陈依梦呆呆地看着渐行渐远的救护车，没有说话。

吴杰追问道："你能讲一下刚才你和路彦先生发生了什么吗？"

陈依梦这才回过神来，断断续续地交代了他们的经历。很快，几辆警车重新启动，一群人冲着废弃工厂的方向呼啸而去。

看着泪流不止的陈依梦，一旁的吴杰关切道："陈小姐，不如我先送你回家吧？"

听闻此言，终于放松心神的陈依梦，忽然大哭起来：“你们现在才来有什么用？呜呜呜……”

“这个……路先生应该是到了废弃工厂才报的警，然后直接进去救你了。”吴杰一阵慌乱，赶紧解释着，“我们接到通知就立即出发了，我们是按最快的速度赶来的，但毕竟路远，我们也是没办法……”

“他没有等我们，一个人就闯了进去，孤零零地面对那么多歹徒，再能打的人也……”吴杰看了看瘫坐在地的陈依梦，把剩下的话咽了回去。

陈依梦静静地看向前方，幽暗深长的马路上，那辆载着路彦的救护车已经不见了踪影。

夜空之上，惨白的月亮散发着微弱光亮，那道微渺的救赎之光，正安静地落在她身上。

陈依梦回家的第二天，有人敲开她家的门。

那是一个身材高挑的女警察，一身笔挺的警服，冷艳的表情让陈依梦感到莫名的畏惧。

正在陈依梦准备说话的时候，她率先开了口：“陈依梦是吧？我叫萧瑶，是路彦让我来的。”

“路彦他……怎么样了？”

“赶时间，他的事情待会儿再说！路彦是不是有东西让你交给我？”

“对对！他的手机，”陈依梦连忙去掏自己的衣服口袋，把路彦的手机递给了萧瑶，“他要我跟你说，这个手机是李正给他的。”

“路彦进那个废弃工厂前给我打过电话，说他被人跟踪了，还交代我过来找你，现在我总算明白他的意思了……”萧瑶收起手机，“还有一件事情，路彦托我转告，省厅已经成立了专案组对贺县的辰风公司的企业犯罪行为立案侦查，辰风的资产被冻结，他们多名高管都已经被控制。不过辰风能源的主要负责人王辰贵，在警方抓他之前从贺县逃脱了……”

“什么？”陈依梦瞪大眼睛。

萧瑶看着陈依梦担心的神情，安慰道：“不过，这是由大领导发话、公安部督办的大案要案，现在全国都布下了天罗地网，无论他逃到哪儿都会被绳之以法的！

“昨天绑架你并把路彦打成重伤的那些人，是王辰贵找来的，不过整个辰风集团现在都在公安的重点监视之下，他们肯定不敢再轻举妄动。为了你家的安全，这段时间，临港市公安局会对你家进行安全监控。另外，省厅的人这两天会来找你做下笔录。”

“谢谢你们……”陈依梦低下头，“他没事吧？”

“中间醒过一次，但是又昏迷了，医生说还没有完全脱离危险……”

“那我能去看看他吗？”

“不能！”

“为什么？”陈依梦不解地看着萧瑶。

“这个案子特别重大，路彦向警方提供了重要证据，也是关键的证人，他现在被警方层层保护起来。除了医生，谁也不能见他。”

“这样啊……”陈依梦转眼间就眼眶通红。

萧瑶看着陈依梦纠缠的双手，不为所动地接着道：“哪怕他出院了，也要配合公安的调查，短时间内不能和外界有联系的。”

“我知道了。”陈依梦垂下脑袋，大颗大颗的泪水从脸颊滑落。

“还有一件事，”萧瑶紧紧盯着陈依梦，问道，“除了这个手机，路彦还交代其他什么东西给你了吗？”

陈依梦愣了一下，才轻声道：“还有那只猫……”

萧瑶皱了皱眉：“就这个？没有别的了？”

“没有了……”陈依梦的眼眶又红了，她极力忍着泪水，不让它落下来。

萧瑶点点头：“猫不用担心了，路彦不会死的。那就先这样吧，告辞了！”她简短地说完，转身向警车走去。

突然，她身后又传来陈依梦带着哭腔的喊声：“我还能见到他吗？”

萧瑶转过身，看着站在门口的陈依梦，她正咬着嘴唇泪流满面地看着自己，神情又是期待又是害怕。萧瑶突然笑了，看向陈依梦的眼睛里多了几丝怜悯。

“或许吧。”说完，她便坐上警车，飞驰而去。

第二十三章 尘埃落定

火车的隆隆声中，陈依梦穿着长筒靴走进火车站前面的广场。她披着一件墨绿色的薄风衣，给自己化了妆，第一次擦上了口红。她拎着自己的行李站在广场上约定的地点，身旁人来人往，她茫然地看着四周，寻找那个熟悉的面孔。

她特意精心打扮一番，早早地赶到火车站广场，因为那个人告诉她要在这里见面。她仔细地扫视着视线范围中的每一个人，但是她失望了。

时间一分一秒地过去，陈依梦变得急躁和担忧起来，列车进站的声音响起，陈依梦看着人群走进车站。那辆即将载着自己通往另一个世界的火车已经到站了，带着沉重和落寞迎接着自己。

她放下行李，站到了旁边的长凳上，借着高度向整个站台望过去，极力地去分辨目光中的人影，那个人并不在。

火车的一声汽笛，响彻在天地之间，半晌之后，那辆火车顺着铁轨驶向了远方。陈依梦没有挪动步伐，她抱着腿坐在长椅上。

她掏出那张照片，那是自己和他在汽车上拿着烟花做背景拍摄的照片，前些天已经被她洗印了出来。正在她准备动手撕掉的时候，身后响起了一个温和的声音。

“嗨！”

陈依梦连忙回头，那个人静静站在自己的面前，正冲着自己笑着。他脸上、脖子上、手掌上都带着伤痕，还是穿着笔挺的白色衬衫，脸色苍白，整个人显得很弱不禁风。他伫立在原地，夕阳的光线在他后背和肩上打转。

初秋时节的夜上海，路彦把车停到南京西路一个商场的停车场，带着陈依梦走了下来，感叹道：“好漫长的旅程……怎么不坐火车来？”

“我就喜欢让你开车带着我。”

“好吧。”路彦笑了一下，领着陈依梦走向金碧辉煌的商场门口，“出国之前，我送你个礼物吧，想要什么尽管挑！”

一番闲逛后，陈依梦选了一小瓶香水，打开后对着路彦喷了喷。

“小雏菊！”路彦笑着夺过香水看了看，又还给陈依梦，“带到意大利慢慢用吧。”

带着陈依梦走出商场，在南京西路随意逛着，路彦又想起了什么：“对了，上次萧瑶去找过你了吧？”

“嗯，我把你的手机给了她，她还告诉我辰风能源科技有限公司已经被查了。”

“对，确实是这样，这次的事情连公安部都惊动了，新闻上也报道了很多。我说过，正义可能会迟到，但绝对不会缺席。”

“是吗？”陈依梦捏着香水，眼神空洞地看着马路。

“英国的《金融时报》还报道了这个事件，辰风和贺县都名扬天下了，我倒想看看，他们还能继续隐藏哪些罪恶？”路彦顿了顿，不屑地笑了，“那个王辰贵，犯下的罪罄竹难书，哪怕逃到国外，也会被国际刑警给抓回来的。”

“不聊这个啦！”陈依梦转移话题道，“我们明天就要去圣托里尼，聊点开心的吧！”

路彦点点头，两人一路聊着天，片刻之后，走到了陈依梦预订好的酒店前台，不料被工作人员告知他们只剩一个单人间了。

“什么？那别的什么套间、标准间还有吗？”

“都没有，只剩这一个单间了。”看着焦急的陈依梦，酒店的工作人员也很无奈。

路彦皱起眉头，看向陈依梦：“我们换个酒店吧。”

“不行！”陈依梦坚定地摇摇头。

“你非要住在这里吗？”

“对！”

路彦注视陈依梦的眼睛，那黑色眼眸里分明写满了坚定。他脸上堆起了意味深长的笑容：“你对我就这么放心？”陈依梦转过脑袋，没有回答，路彦只好翻翻钱包，把身份证一起递给了工作人员。

单人间不算宽敞，浴室里传来哗哗的水声，是陈依梦在洗澡。路彦看着窗外一阵沉默，不久之前，陈依梦站在房间门口那平静淡定的样子，仍旧在他眼前浮现。没过多久，陈依梦从卫生间里出来，一边用皮筋扎着头发，一边朝床边走来。

“睡觉还要扎头发？”路彦率先开口，打破了沉默。

“嗯。”

“为什么啊？”

“因为怕你会压到我的头发……”

路彦失笑，看着陈依梦坐上了床的另一边。房间里静悄悄的，陈依梦从包里翻出一本书来，坐在床边开始看起来。两人的距离很近，近到路彦似乎能感觉到她砰砰的心跳。

几丝少女的气息传来，路彦忍不住有些尴尬。他咳嗽了两声，想找点话题：“你在看什么？”

“纳兰性德的词，”陈依梦挥了挥手中的书，“人生若只如初见，何事秋风悲画扇。”

“怎么突然读起词了？”

“我一直有这个爱好啊！”陈依梦放下手中的书，看了看手机，“早点睡吧，明天要早起。”

“啊？”路彦一阵发愣。

陈依梦关掉了灯，一言不发地钻进被窝。路彦静静地坐着，没过多久，也贴着床铺边缘躺了下来。不知过了多久，路彦感觉陈依梦靠了上来，她的身体异常柔软，脑袋大剌剌地枕上自己的手臂，少女的体香萦绕在口鼻之间，他能感受到她的呼吸和心跳，不由得僵住了身体。

路彦瞪着天花板，时间一点点地流逝，渐渐地，耳边传来陈依梦熟睡的呼吸声。

房间里一片寂静。不知道过了多久，路彦悄悄移动着身体，轻轻地把手臂从陈依梦的脑袋下抽了出来。他从床上爬起，走到窗边，点燃一根烟静静地抽了起来。

窗帘被他拉开了一道缝隙，上海的夜色繁华妖娆，天空的月光却依然惨白，他回头看着床上熟睡的女孩，犹豫了很久，还是拿出了手机。

他艰难地敲着键盘，打了几个字，顿了顿，又按住了删除键，再打几个字，再删除……如此反复良久，那几个字还是发了出去——

帮我去找个人。

路彦呆呆地看着屏幕，十几秒之后，李茵就回了短信，路彦快速地回复过去，然后关掉了手机。他把烟扔掉，手机屏幕如一面反着光的镜子，他看到自己的脸上惨白的月光，和不知什么时候悄然流下的泪水。

陈依梦还在酣睡，路彦轻轻地走回床上，在她的身侧躺下。借着月色，路彦看到她双眼紧闭、眉头紧皱，呼吸虽然均匀，身体却在战栗。路彦叹了口气，将那个瘦小的身体揽进怀里，黑暗中，女孩的睫毛似乎在颤动。

盛夏的暑气尚未完全退去，陈依梦却全身冰凉，路彦用自己的体温温暖着她的身体，温柔地拍着她的后背。终于，那个瘦小的身体，渐渐地温暖起来……

“各位旅客请注意，各位旅客请注意，您乘坐的由上海飞往雅典的荷兰皇家航空公司CA8158次航班将在三十分钟后开始登机，请带好您的随身物品，准备好登机牌，从22号登机口登机。”

机场大厅里回荡着动听的女声，临近黄昏的阳光里，一架波音747已经在停机坪上等候着旅客。金色的阳光洒在它的身上，它伸展着漂亮的双翼，像是在张开双臂等着拥抱自己，路彦不禁看出了神。

路彦扭头，看着陈依梦坐在离自己不远处的椅子上，正低头画着什么。阳光镶着她的发梢和脸的轮廓，晶莹剔透的皮肤闪烁着象牙色的光晕。她的眼睛专注地看着自己的画板，脸上明暗交杂，偶尔会看着画板笑靥如花，不知道在开心什么。

路彦心中微微一暖，以后的时光，等待着自己和她的，会是什么？

“待会儿就上飞机了，你在画什么啊？”路彦忍不住凑到了旁边，依稀看到那是一幅彩色的素描画。

“就是一幅画啦！”陈依梦慌乱地抱起怀里的画，“待会儿我要用机场的快递把它寄到圣托里尼！”

路彦皱皱眉头：“干吗不自己带？”

“你不懂！”陈依梦挥挥手，把路彦赶走，埋头加速画着。不一会儿，她画完了，拿着自己的画册去找机场的快递点。

陈依梦的身影消失在人群中，路彦扭头看向周围，大厅里都是候机的人们。一对夫妻坐在他的右边，在讨论着这次旅行的花费；一个中年妈妈带着一个男孩坐在他左边，男孩正抱着平板电脑看《蝙蝠侠：黑暗骑士》，他的妈妈在打电话说着什么。

路彦想起自己曾经和张霖一起看过这个电影。一想到张霖，路彦就觉得自己的心隐隐作痛。法院那边可能半年左右就会宣布张霖的审判结果吧，路彦长叹一口气，时间应该能治疗一切，过去那些让自己伤痛的、懊悔的，都将成为往事。

“你在想什么？”寄完快递回来的陈依梦打断了他的思绪。

“在想一部电影。”

“什么电影？”

“《蝙蝠侠》，”路彦笑了，露出回忆的神情，“其实是三部电影，在《蝙蝠侠》系列的第一部和第二部里，蝙蝠侠努力地保护着哥谭市，他每个夜晚出门打击犯罪，搞得自己伤痕累累。所以在第三部里，他的老管家对他说了一段话。”

“什么话？”

“他说：‘佛罗伦萨的阿诺河边有个咖啡馆，每年我都会去那里，我最大的期盼就是，有一天我能在那个咖啡馆里看到你，带着你心爱的姑娘一起。’”

“那蝙蝠侠去了吗？”

“去了……”

“带上他心爱的女孩了吗？”

“嗯。”

“那不是很好吗！”陈依梦拽着路彦的手臂摇晃，笑容甜美地道，“圣托里尼的行程结束后，我们也可以一起去佛罗伦萨的那个咖啡馆，你觉得怎么样？”

路彦正要说话，手机忽然响起来，是李茵发来的短信。路彦看了一眼屏幕，忽然陷入沉默。

那个他一直以来都没有想通的地方，终于有了答案。路彦听见自己的心在静谧的黑暗中，响起了一声悠长无奈的叹息。傍晚的阳光打到自己的身上，候机大厅的窗边洋溢着金黄色，他看向窗外那架沐浴在金光之下的波音 747，感觉整个世界都安静下来了，好像只剩下他一个人。

静默了一会儿，路彦把手机放进了口袋，沉思着看向窗外。这架飞机将载着自己和陈依梦，飞到地球的另一端，这些年的忙碌时光，终于可以结束了，等在彼岸的，将会是面朝大海，春暖花开。

路彦在口袋里摸索到手机的关机键，狠狠地按了下去。夕阳将他的脸染得昏黄，他闭上眼睛，在心里默念：故事到这里，就让它结束吧。

“唉！都快上飞机了，怎么还在看电影啊！”男孩的妈妈突然开口，打断了路彦的沉思。

“正是精彩的地方呢，马上就要结束了。”

路彦看向平板电脑的屏幕，蝙蝠侠已经找到被小丑毁掉的检察官……确实，要结束了，自己的梦也要结束了。

嘈杂的大厅里，路彦听到平板电脑里传来一个模糊的声音——

“You either die a hero，or you live long enough to see yourself become the villain.”

那是电影里的经典对白：“要么舍生取义，要么长生久视，看着自己与恶人为伍。”

叹息之后，路彦想起那个无数次被提起的命题：是法大于情，还是情大于法？

“走啦，该登机啦！”陈依梦催促着。

路彦忽然转过头，他的声音异常坚定：“我们不能走。”

第二十四章 生死抉择

夕阳笼罩大地，浦东机场附近的农田边，一片荒烟蔓草和满目荆棘里，路彦表情木然地拉开车门走下车。前方的地面布满粗粝的沙石，一条条深沟横在地上，看起来无比凄凉。

路彦靠着车门，白衬衫沾满了灰尘，他恍若不觉地点起一根烟，看向远方。秋风吹过，四周一阵沙沙作响。他若无其事地抽着烟，心里却很清楚，虽然那些话还未说出口，但是一切都已结束。

陈依梦从车上走下来，目光沉静："你突然决定不走了，就是为了带我在这里晒太阳？"

路彦迷茫地朝远方的天空望去，浦东机场的上空，一架架飞机腾空而起。他看着阳光下那个女孩，感觉心里一阵麻木。

"是你杀了林依芸对吧？"

阳光下的陈依梦停住脚步，慢慢转过身，好半天才说出一句话。

"你开什么玩笑？"

路彦闭上了眼睛："去自首吧！"

陈依梦走到路彦跟前，没好气地推了他一把，没有防备的路彦被推得连退几步。她又气又笑："你这个笑话一点都不好玩！"

"我没有开玩笑，你就是连环杀人案真正的凶手。"路彦抽着烟，眼神空洞地看着前方。

陈依梦的脸色也黑了："你凭什么说我是凶手？"

“林依芸的死亡现场，除了她的脚印就只有张霖的脚印，起初我一直想不通为什么，后来我才想明白，现场那些脚印不是死者留下的，而是凶手留下的！”路彦抬起头看着天空，“凶手和她身高体重几乎一模一样，连步伐间距也很接近，因为穿着同样的鞋子，所以凶手的脚印才会被当成死者的脚印！凶手杀完人之后跳进了旁边的小溪离开，而之后，又有一个人赶到了现场。他发现尸体和凶手的脚印后，应该意识到了什么，然后破坏了凶手留在现场的其他痕迹。再加上雨水的破坏，警方在现场就几乎找不到凶手的痕迹了。”

“符合我所说的，就只有一种情况，那就是凶手和死者是双胞胎。死者是陈依梦，而真正的林依芸，其实是你！”路彦摇摇头，“偷天换日，又加上天公作美，简直就是完美……”

“你说的这些也太匪夷所思了！”陈依梦皱着眉头。

“排除了所有的不可能，留下的那唯一的可能，无论多么匪夷所思，都是真相！”

“可这只是一种很小的可能性，你根本没有证据能够证明那脚印是我留的。”

路彦苦笑起来：“多亏了后来赶到现场的那个人，你才能制造出让警方头疼的完美犯罪……”

陈依梦逐渐失去了耐心：“不要再做这种毫无依据的猜……”

“如果你不是凶手，那你在死者死后，伪装成她的身份生活又是为什么？”路彦深深地吸了一口气，打断了她的话，“林依芸？”

女孩僵着秀气的天鹅颈，张口结舌，一句话都说不出来。夕阳温暖的余晖笼罩在她身上，还是之前的音容笑貌和打扮穿着，路彦却觉得她浑身上下弥漫起逼人的寒气。

“只有你有能力让死者从陈依梦变成林依芸，也只有你能伪装成陈依梦继续生活，所以只要确定你不是陈依梦，真相自然就浮出水面了。”

“你什么意思？”

“7月26日上午在班上上课的就是你林依芸，但根本就没有被绑架失踪这回事，是你自己主动选择了消失。下午陈依梦赶到贺县跟你会合之后，你就对她下手了。你应该还特意要求她坐不需要登记身份信息的大巴车，以致我一直查不到陈依梦当天的任何出行记录。至于林依芸借钱看病那件事，其实也是为了把线索指向孙明。你跟陈依梦也不是一年见一次的交情，你们私下的联系应该很多，只有这样，你才能在杀了她之后代替她！也只有这样，那个单纯的女孩，才会毫无条件地相信你的话，最终被你杀害！”

“你又凭什么说我不是陈依梦呢？”

“尽管一直以来你都在极力地掩饰，但你还是露出了太多的马脚……第一次在葬礼上见到你，你表现得极其淡定，当时我以为你的性格就是如此，但现在想来，那应该是你刻意伪装出来的吧。

“你很早就听张霖说过我，知道我是一个什么样的人，当时你所要做的不过是保持平静，然后观察考验我破案的决心，看看我是否真的如张霖所说的那样……

“后来我去临港市找你，我才刚进门你就说要去洗澡。虽然确实有人喜欢早上洗澡，但是一个年轻的女孩子，家里没有别人，让一个刚刚认识并不熟悉的男子走进家门，然后转身去洗澡，这多少有点说不过去。”路彦直视着她身后的夕阳，眼睛一阵刺痛，“起初我以为是你年纪小，对人没有防备之心，但现在想想，你应该是故意借洗澡之名，然后穿着无袖T恤，向我展示你那没有文身的手臂吧？”

女孩看着路彦，第一次露出了冷笑：“太可笑了！我为什么要向你展示我没有文身的手臂？”

“你太谨慎了，谨慎到有点此地无银三百两。你希望我帮你查案，但你又生怕在我面前露出马脚，所以从一开始你就想通过展示你那没有文身的手臂，让我知道你不是林依芸。”

女孩没有说话，路彦继续说道：“那个罂粟花文身，你和陈依梦应该都有，而且文的是相同的位置。你是几个月前文上的，陈依梦应该是案发前几天被你拉着文上的，所以没有几个人知道。你杀了她以后就洗掉了自己的文身，于是，陈依梦的尸体成了林依芸，而你摇身一变成了陈依梦。”

“既然你早就怀疑我了，为什么现在才说？”

“我当时想到了这个可能，但只是在脑海中一闪而过，因为这种毫无根据的怀疑实在是太匪夷所思了。紧接着你又让我发誓一定要找到杀害林依芸的凶手，我便打消了对你的怀疑。我当时想，如果你是林依芸，那你多半就是凶手，怎么可能要我一定找到凶手呢？”

女孩盯着路彦的眼睛：“但是你还是一直在怀疑？”

“不，我没有怀疑你。我第一次去酒店找你，你也穿得很暴露，起初我想着是因为你刚洗完澡，其实，你只是想让我对你的手臂留下更深的印象……

“废弃工厂里，你举着枪对着那个光头的时候，身上的杀气、冰冷的眼神，绝不是正常的女孩子能有的……”路彦痛苦地闭上眼睛，“只有历经过生死的人，才能把杀人的枪握得那么坚定决然。”

女孩转了转眼珠，尖锐地说道：“你可别忘了，当初我是和我妈妈一起参加林依芸的葬礼的，如果我不是陈依梦，她怎么可能会分辨不出？”

“那应该是你找来的托儿，是你教她在我们面前演戏，并且，你在说出关键信息前，让她开车把你从我的面前带走。我和李茵分别跟她通话的那次，你也早教过她如何应对吧。”

“听你这么一说，我好像很神通广大嘛。”女孩轻笑。

“我记住了她的号码。我当时想着，万一日后你在贺县遇到了什么事情，紧急情况下我还可以联系她。后来，我查了那个号码，注册人王萍丽根本不是外贸公司的法人，而是临港市一个传销团伙的成员。”

女孩依旧神色不动：“像你这么说，怎么贺县警方没有发现死者不是林依芸？”

路彦痛苦地闭上眼睛：“这就要从你混淆视线的犯罪手法说起了。第一次见到那些被砍掉手脚的尸体时，我们还以为凶手有收藏人体器官的癖好，其实我们被误导了……”路彦的声音也变得难过起来，“你费尽心思砍掉陈怡和吴蝉的手脚，只是为了让陈依梦的手脚被砍变得理所当然。事实上，你真正想砍掉的只有陈依梦的双手。因为只有这样，警方才无法通过指纹核实那具尸体的真实身份。DNA 鉴别不出同卵双胞胎的差异，指纹也没有了，还有文身作为证据……这个替身计划，完美无缺。

“而且，三具少女的尸体被发现时都是赤裸的，吴蝉的尸体上还有疑似性侵的痕迹，这不由得让人们以为，凶手是以性为作案动机的，谁也不会怀疑到一个少女身上。”

“这些都是你的猜想罢了，根本算不得数！”

“出动警力，把贺县周边每一家文身店都搜一遍，只要找到给你们文身的那家店，就能找出你和陈依梦调包的直接证据。”

“行啊，那你们就去找吧！”女孩赌气地说。

“就算找不到又怎么样？把陈依梦父母找来跟你对质一下，你就漏洞百出了……”

“可如果我是凶手，我应该躲得远远的，怎么会跑到贺县，待在你的身边？”

“起初，我也疑惑你留下来的原因是什么。按照你的讲述，你和林依芸的接触很少，按理说不应该有那么深厚的感情。但也正是因为你不顾一切地留下来，让我打消了对你的怀疑，如果你是林依芸伪装的，不可能这么积极地催促我破案！”路彦不停地摇头苦笑，“现在想想我又错了，你留在我身边，其实是想及时了解案件的进展，好实行你接下来的计划！”

一口气说了那么久，路彦激烈地喘着气，胸口一起一伏的。

女孩呆了好久后，终于凄艳地笑了：“既然从一开始你就怀疑我，那后来我们……你都是装出来的？”

路彦心神一颤，连忙避开目光：“不，曾经对你的身份是深信不疑，我也难以想象像你这样单……单薄的女孩，能够制造出这样的连环杀人案。直到现在，那些疑点都连成了线，我才想通……”

“你可别忘了，连环杀人案的凶手是张霖，人证物证口供都在的！”

“张霖对警方交代的那些犯罪细节跟事实完全吻合，但我们都忽略了另外一种可能，那就是张霖与凶手认识，凶手告诉了他所有的犯罪细节。”

女孩冷笑：“你说他不是凶手他就不是，你把证据当什么了？”

“推翻他是凶手的结论，只需一点，当捆绑陈怡的绳子被割断的时候，他还在贺县公安局关着。”

“不能是同伙帮他做的吗？”

“那个同伙，除了你还能是谁？”路彦苦笑着，“我猜你杀害陈依梦之后，张霖就已经发现了凶手是你，他从你的口中了解了所有犯罪细节，然后把自己代入进去。他甚至还去绑架了李茵，故意在现场留下他的头发，好让警方根据头发找到他。他制造了一个完美的证据链，自愿成为连环杀人案的凶手，就为了成全你……”

“张霖的欺骗和背叛，让我很长时间里都不愿再去想这个案子。”路彦痛苦地闭上双眼，“可是他忽略了，他很了解我，但我也是最了解他的人，当我冷静下来，自然能想到这个问题所在。

“他说他恨我、唾弃我，我都信，但是他说他杀了他深爱的女孩，我不信。我曾经见过他爱上一个女孩的样子，我知道他内心的柔软和善良。当他了解到女朋友之前的私生活，第一反应肯定是调查事情的真相，他不可能把一切都埋在心里，然后默默筹备着他的杀人计划，更不可能去杀害无辜的陈怡和吴蝉！”

女孩面若冰霜地看着路彦，桃花眼里燃烧起一股火焰：“如果我真像你说的那么厉害，我就不会让你发誓一定要找到凶手，我这不是找死吗？”

“因为你的最终目的不是杀人，连环杀人案只不过是你计划中的一部分而已！”

“一部分？”

“对，连环杀人案只是你的第一步，你的最终目的是——复仇！”

女孩看着路彦，不禁瞪大了眼睛，慢慢地，又眯成了弯弯的月牙。

“你要复仇！他们三个毕竟是男人，你一个女孩子很难袭击成功，何况王辰贵还有那么多保镖，所以你只能借警方的手去完成你的复仇。

“跟着张霖的那段时间，你已经知道了警方破案的依据和程序，你也听张霖提起过我，知道我会为了查明真相而不顾一切……所以你想借我的手，去复仇。”

“太可笑了！我怎么知道你一定会来贺县？”女孩斥道。

“你和张霖的计划里，已经埋好了指引警方查案的线索，我不来也没关系，换成别的省厅市局的警察，也会按照你的那些线索查到刘建华、孙明和王辰贵。”路彦脸上满是不忍，“你之所以要杀三个人，就是想制造社会轰动，只有连环杀人案才会得到市局和省厅的关注，只有更厉害的警察来查案，你才相信他们会打败王辰贵。”

女孩沉默着没有说话，好像已经承认了路彦所说的一切。晴朗干燥的初秋里，路彦看着她的眼睛，原本的清澈和澄亮里，如今多了许多粗粝和阴郁。

“在我和张霖的计划里？”女孩垂着眼皮，低语着。

“人是你杀的，但埋下那些线索指引警方调查，都是张霖教你的吧？”

“线索？”女孩低喃。

“第一个线索，合影跟药的粉末，你藏得不深，为什么别人没有找到？那是你去参加葬礼的那一天才放到那里的吧？你想利用这个线索让我去调查刘建华，这是你复仇的第一步！

“你知道警方迟早会根据那些药粉查到孙明，所以早就把吴蝉的尸体放到了孙明的秘密诊所。当时你坚持要跟着我和李茵一起去秘密诊所查案，就是因为你要确保你的证据发挥作用。

“你还偷偷从酒店溜出去，去藏尸的地方弄断尼龙绳，让陈怡的尸体漂进渡仁湖里。”

“你忘了吗？你看过监控的，我从来没有独自离开过酒店！”女孩淡淡地指出事实。

“我第一次去酒店找你的那个晚上，不小心把果汁喷到了自己身上，当时我拿来擦果汁的那块布，就是你要换洗的黑色T恤。那件衣服上有明显的汗味，和一种似曾相识的香味。当时你把衣服抢走，红着脸骂我是臭流氓，我也没想太多。现在想来，你是害怕我在衣服上发现什么吧……”

女孩忍不住笑了：“一件衣服竟然能被你联想出来这么多东西？”

“当时我确实没有多想，但是第二天陈怡的尸体被发现，在调查藏尸地的时候，我不小心摔了一跤，闻到了地上九里香残花的味道……”路彦看着面前的女孩，苦涩地笑着，“和你上衣的那个香味一模一样……”

“仅凭两种相同的味道，是不是太缺乏说服力了？”

“当然不止这个，你早上洗澡，晚上也洗澡，洗得是不是太多了？而且你房间里空调温度明明很低，酒店也到处都有中央空调，你的衣服上却有汗味，说明你走出过酒店，还有过不小的运动量！

“至于监控录像，我想你早就买通了酒店的保洁员，保洁车的空间足够藏下一个年轻女孩的身体，你躲在清洁车里让保洁员把你送出房间，瞒过楼道的监控，成功地离开了酒店。”

“聊了这么久，都是猜测而已。别说是我，换作其他任何人，都不会相信你的！”女孩不耐地说道。

路彦摇摇头，叹了口气："虽然你给那个保洁员钱让她回家了，但是李茵还是在贺县乡下找到了她。就在刚刚，李茵给我发了短信，那个保洁员全都交代了，事实跟我的猜想完全一致。"

"你！你竟然让她去调查这个！"女孩脸上闪过一丝惊怒，"就算你说的是真的，我为什么要跑去割断你说的那条绳子？"

"因为你一直在监控整个案子的进展，你要了解整个案子好让它能按照你接下来的计划进行！

"当你确定我是个负责任的警察之后，你就明白放出陈怡尸体的机会来了，你知道只有当这个案子升级成连环杀人案，警方才会重视它，省厅和市局才会投入更多的注意力，那个叫路彦的傻瓜才有可能抓住王辰贵。只有它变成了更大的社会事件，那些有权势又想隐藏自己罪恶的人，才会被放到阳光下审判！"

面前的女孩张口结舌。路彦继续说道："从一开始，你就给我调查王辰贵送上了线索。张霖从辰风弄来了那种特殊的纸，并用来制作匿名信，张霖知道警方肯定会顺着这纸查到王辰贵。而捆住陈怡的那条绳子，我想也是你从王辰贵那里拿来的。"

"张霖对我说，他以公安为盘，三小人为子，以他的老命为赌注，终于换来我跟他下这个棋，其实，真正以公安为盘，三小人为子，以性命为赌注下棋的人，是你。"路彦平静地说道，"张霖说得没错，你是个天才，你从他那本刑侦笔记里学来了极强的反侦查能力，当张霖指导你这一整个计划的时候，你很快领悟到了并执行得很好，很多人都被你蒙在鼓里，包括我。你早已知晓在调查中我会遇到很多困难，甚至是生命的威胁，所以你让我发誓，不管遇到什么困难，都要抓到杀害林依芸的凶手。实际上这句话的意思就是，无论遇到什么危险和阻碍，都要帮你抓住王辰贵。

"孙明被警方认定为连环杀人案的凶手时，你的复仇计划就只剩最后一步，可是你没想到，王辰贵会提前杀掉孙明。所以那次我劝你回家的时候，你才那么生气。后来你发现我的后备厢被人涂上了威胁的话，你忽然很愤怒。我还以为，你是因为我骗你回家而愤怒，但现在想想，你应该是见到王辰贵仍在猖狂活动而愤怒吧？

"那一次在香山上，你知道我查到王辰贵，露出了感激的神色。我以为你是因为我这么努力地帮你查案而感激我。现在看来，你是感激我终于按照你的指引，走到了复仇计划的最后一步。”

路彦抬起头，他看向那刺眼的落日：“当我认为凶手不是王辰贵的时候，有个问题一直让我很费解。我刚刚到贺县的时候就有人跟踪我，那是王辰贵派的人无疑，可既然他不是连环杀人案的凶手，那他为何要对我的到来这么紧张？

“这些天我只想到一种可能，那就是——他不是担心我查到他性侵林依芸的事情，而是担心我拿到了那份血铅化验报告。”

“王辰贵担心我查到他们企业违规排放的事情，所以我刚来贺县，他就派眼线盯上了我。但他又不确定我什么时候会接触到那份报告，所以他只好派人跟踪我，不停地警告我，想让我自己离开贺县。我第一次去抓王辰贵的时候，他得知我只是为了杀人案来查他，竟然露出了如释重负的神色。我还以为是他太狂妄……想必那份报告，是你拿走的吧！王辰贵甚至还派人去张霖家里搜查过……”路彦想起了第一次去张霖家，见到的那副乱象。

“可是王辰贵太草木皆兵了，甚至引起了我的警觉。果然，在我的逼问下，他问我有没有收到过文件一类的东西，所以我想，一定有人秘密警告过他。”路彦顿了顿接着说，“我想那人是张霖或你吧！这又是一着一石二鸟的妙棋，等王辰贵发现的时候，你已经死了，他怎么也找不到那份报告，接着又听说一个名叫路彦的省厅警察来了贺县，他坐立难安，只能派人跟踪我、威胁我。

“张霖这么做，应该是因为担心如果我不来，别的警察不一定能认真负责地调查。所以，他故意让王辰贵在我刚来贺县的时候就主动来攻击我，让我在重重恶势力的逼迫面前没有任何退路，确保我和王辰贵之间从一开始就是一个你死我活的游戏。”

“我想张霖和王辰贵都很清楚这份报告的威力，它能证明一百多个孩子因为辰风的违规排放受到伤害，还能顺着查到辰风公司行贿、私通省立儿童医院医生伪造检查报告等一系列问题。孩子们的家长知道了真相以后，肯定也会把这个事情闹大，闹到省城甚至是首都去，到时候辰风集团也不一定能捂得住。子公司出了这样的事情，辰风集团的股价跟名誉也会一落千丈，到时候王辰贵身败名裂不说，可能还要坐牢……”路彦带着几丝嘲讽的笑容，接着说，“所以这个不知天高地厚的家伙，一见我查到他的家门口，就按捺不住地找那些亡命之徒来杀我。

“张霖应该跟你说过，必须把它交到信得过的有能量的人手中，所以我是他和你的不二选择。你认识我之后，就一直在等待合适的机会，把那份报告交到我手上。”

“你到贺县的第一个晚上，有人偷偷进了我住的地方。我一直以为那是王辰贵派来暗杀我的人，其实那人是你吧？你来到贺县接近我，就是为了深入了解我的一切，所以你要查看我的住处，为你的下一步行动做准备。”路彦顿了顿，苦涩地笑着，“孙明死后，我再一次察觉有人在我的房间外面，当我拿枪追出去的时候，那人却不见了。那其实也是你。我想，因为我要送你回家，还说凶手就是孙明，所以你很心急，担心王辰贵会逍遥法外。于是你想趁我休息的时候把那份血铅报告放到我房间，让我去调查辰风公司。但是我被惊醒了，所以你只能仓皇地逃走。”

“我根本就不知道什么血铅报告，这种事情和我也没关系。”女孩面无表情地说。

“你肯定非常小心，避免在那份报告上留下痕迹，但你还是失算了。省厅痕检中心的人在报告第八页的右下角，找到了一个指纹，并和张霖家提取的林依芸指纹进行比对，发现竟然是一模一样的……”

“还有，你潜入我房间时也不可避免地留下了痕迹。省厅的痕检师在那个房子的院子、客厅、楼道里，都找到了一个身高一米六五、体重四十八公斤的女性的脚印。如果你坚持说自己不是凶手的话，想必也不介意和那个脚印比对一下。”

女孩低头笑了起来，声音依旧清脆，却带了几分涩然：“想不到啊，想不到……”

在血淋淋的真相面前，路彦找不到言语来形容自己内心的感受：“你的最终目标是王辰贵，但是那个叫路彦的傻瓜却让你失望了。尽管他查到了王辰贵，却无法抓住他，甚至还让你遭遇了种种危险。你知道这样下去是抓不到王辰贵的，只好冒着身份暴露的危险，给这个傻瓜送上能毁灭王辰贵的证据——那份能证明辰风企业违规排放的血铅报告。”

“其实就算你有办法抓住王辰贵，我也会把那份报告交到你手上的。因为我要彻底地毁灭他，我要把他在乎的东西和他本人一起毁灭得干干净净！”女孩已经无意隐瞒，她沐浴在阳光下，发梢反射着太阳的光晕，但浑身气息像是坠入了寒冬冰窖。

“张霖没法再指导我，是我自己决定要把报告拿给你，即使可能会暴露我的身份，但我……”

“但是你还是用了。”路彦接过了她的话。

“对！你知道为什么吗？”她扭头看向路彦，笑得淡定而残忍，那个名叫林依芸的罂粟花女孩终于浮出水面，“因为我根本不怕被发现，我害怕的只是那个计划无法完成。”

“你不害怕？”

“大不了就是一死。”林依芸侧过身，看着悬在半空中的太阳，声音不带任何感情。

路彦看着林依芸，这个跟他同床共眠过的女孩，此时此刻却变得无比陌生。她还是笔挺的站姿，优美的天鹅颈，但在那雪肤之下、体骸深处，伪装出来的娇蛮和自信一瞬间完全消失，那被世界伤害过的冰冷和坚硬全然复生，她全身上下都弥漫起一股如罂粟花般美丽又危险的气息。

周身宛如坠入了无尽深渊，压抑徘徊在左右。他们注视着对方，沉默就像两人身体间一根绷紧的弦。

“都到这一步了，我们俩就再坦诚一点，如何？”林依芸忽然说道。

“再坦诚点？”路彦疑惑地看着林依芸的脸，发现她此刻已经一脸释然，刚才那种紧张的情绪好像从来没有存在过。

“你还有什么疑惑的，都可以来问我，作为交换，你也要老实回答我的一些问题。”

路彦点点头。他犹豫了下开口问道：“从你杀第一个人开始，你就为后面所有的事情做好了铺垫，如果不是杀陈依梦的时候时间不够，你也会制造出强奸的痕迹，并且砍掉她的双脚，对吗？”

“其实时间足够，我也不会那么做……当时我已经下不了手了……”林依芸眼神闪烁了一下，声音也低了下来。

“你是用电动切割机砍断她们手脚的？”

“对，所以根本不用费什么力气……”

“吴蝉的尸体是怎么送到孙明诊所里的？”

“张霖开车带着我送去的，我们把她裹在袋子里，拖进冰柜之后，再把袋子收了回来。”

“那陈怡呢？她的尸体怎么会在那个山林？”

“我本来想在山下杀了陈怡，工具也准备好了，没想到她求生欲挺强，逃到了山林里，我只能追上去把她杀掉，把尸体放在那个林子里。”

“把尸体捆住放在河里，是张霖做的？”

“嗯。”林依芸轻轻点头。

“陈怡、吴蝉……我们还以为是变态犯罪……”路彦顿了顿，“今年初，刘建华在下班路上，遇见了衣衫不整、浑身是伤的你，以为你被人强暴了。你杀死陈怡和吴蝉，是不是跟这个有关？”

“地狱不是一天建成的，”林依芸努力压抑着声音，胸口一阵激烈的起伏，“她们是一切的开始！”

林依芸深深地吸了一口气：“今年1月份，考试结束后，陈怡突然约我，说有话要跟我说。等我见到她们的时候……她们对我动手，我打不过她们……”

路彦猜中了那个故事的开始，不由得感到一阵深深的悲伤和无奈：“我记得你的同桌陈玲说过，陈怡喜欢刘建华？”

“她们俩都喜欢那个无耻之徒！她们觉得我跟刘建华走得太近，担心刘建华会喜欢上我……”林依芸控制不住地冷笑起来，那笑容让路彦毛骨悚然，“所以她们威胁我，让我从此以后离刘建华远点……”

“之后你就遇到了刘建华？”

“我当时大脑一片空白，刘建华把我带回他的家里，但是比起感动，那时候我心里想得更多的是复仇，我要狠狠地报复她们。”

“所以你就答应了刘建华？”

“一念之差，地狱天堂。”林依芸的冰冷笑容瞬间凝固了，“发生关系完全是他强迫我的，事后他说会对我负责，可是后来他极力隐瞒着他和我的一切，怕我会影响他的前途和名声。”

林依芸的声音里没有任何感情波动：“我身体开始不舒服，只能去吃各种乱七八糟的药……

“看清了他真正的嘴脸，我再也不想理会这种人。后来我去孙明的诊所看病，一开始我觉得孙明是很好的医生，他免除了我很多的医药费。但是有一次我去开药的时候，他非要带我去参加一个朋友的聚会，出于对他的信任和感激，我答应了。”

“他把你带到了王辰贵那里？”路彦沉声问道，感觉自己的心脏在慢慢地收缩。

“如果不是孙明，我是绝不可能走进那座房子的。他们给我下药，等我晕倒后，王辰贵把我带到他的房间……你能想象我经历了什么吗？”林依芸冷冷地说着，她的眼睛里已经没有一丝生气。

路彦回想在王辰贵房间里看到的那些东西，直觉内心一阵痉挛，一股无法言说的悲凉和心痛笼罩在他的心中。

“还有李韦虎和孙明，你知道他们帮着王辰贵对我做了什么吗？”

“为什么不去报警？”

“因为李韦虎跟我说，他们会派人一直监视着我家，如果我去报警，他们就会折磨我奶奶。孙明也说，报警是没有用的，因为根本不会有证据，他还劝我想开点。”

路彦忍不住骂道：“这个禽兽！”

林依芸却仿佛没有听到一样，继续说道：“你不会明白我那时候的感觉，你们所有人都不会明白的。

“那种无尽的绝望和痛苦，那些巨大的恐惧和耻辱，每个夜晚都像毒蛇一样缠绕着我，我没有办法睡着，因为一睡着就会做噩梦！你知道我有多么想死吗？

“我好多次想过自杀，但是担心我死了以后，奶奶没有人照顾，所以我放弃了。可是后来，我奶奶去世了，她本来心脏就不好，又一直被那些人恐吓……奶奶就是被他们害死的！”

“很多天后，我还是去报警了，可是我没有证据，警察问的那些话，我也无法回答，警察说没有证据就是诽谤。”林依芸面无表情地说着，“从那之后，我完全就是一具行尸走肉，是复仇的念想让我留在这个人间，我在心里发誓，我一定要让王辰贵下地狱！那些伤害过我的人，我要让他们得到报应！”

尽管已经推测出很多事情，但是真相真正揭开的那一刻，路彦还是心痛不止。

从陈怡和吴蝉的霸凌开始，发展到刘建华的感情欺骗，再到孙明的助纣为虐，最后是王辰贵让她痛不欲生。这一切环环相扣，最终把林依芸推到万劫不复。

看着那个命运沉沦的女孩站在自己面前，路彦努力地张开嘴，却发不出任何声音。

林依芸轻轻地甩了甩头发：“我一直在想，怎么样才能报仇，可是我一直都想不出来，直到我遇见张霖，他的刑侦笔记帮我解答了很多问题。”

“从始至终，张霖到底参与了多少？”

“他对我的杀人计划一无所知，原本这一切和他也没什么关系。但是他发现了尸体不是我，也发现了我留在现场的痕迹……”

“他还帮你处理掉了留在陈依梦死亡现场的痕迹？”

“嗯……”

“然后呢？”

“那天晚上警察走后，他就找到了我，他逼问我，我没办法……”

顿了顿，林依芸继续说道：“我跟张霖说我不后悔，我还要用陈依梦的身份继续找刘建华他们报仇……张霖知道前因后果之后，要我逃得远远的，他说他可以帮我。”

“有一点你其实没说对。我虽然杀不了王辰贵，但是刘建华和孙明，如果我豁出性命去动手，也不是没有机会。但是，”林依芸脸上浮起一抹冷笑，“张霖不要我这么做，他说他有一种更好的办法去复仇。”

“所以合影和那些粉末、绳子、匿名信都是他设计的……”路彦苦笑着，“他早就对事情的原委一清二楚，他在我面前的那些表现，从一开始就是伪装和表演……难怪每次我跟他在审讯室聊天，他都不露痕迹地把怀疑方向往刘建华等人身上引……”

林依芸没有说话。

路彦苦笑着摇头：“这个混账家伙把我骗得团团转，他怎么不亲自帮你复仇？”

“张霖虽然懂刑侦，但他不可能像你那样调查抓人，他没有背景，即使拿着那份血铅报告，也很难撼动王辰贵的根基……”林依芸平静地说。

“所以他要借助我的力量，让我来按照他埋下的线索抓人……”路彦苦笑起来，“而且他早就准备好了自投罗网，整个计划一环扣一环，几乎完美无缺。”

“他说会帮我复仇，他说他有办法把警方的调查方向引到刘建华他们身上，但他没说过会替我背下罪名……”林依芸的声音渐渐地低了下去，直到低不可闻，“我没想到他会那样做……他是天底下最善良、最好的人……”

“他要我按照他的吩咐埋下那些线索，然后就立刻去国外，远走高飞，再也不要回来，是我没有听他的。”林依芸低下了头。

路彦静默了一会儿后开口问道：“那天晚上我和张霖在渡仁湖喝完酒，你和李茵一起来接我们，那个时候张霖肯定也看见了你，后来发生了什么？”

“他发现我竟然还留在贺县，他很吃惊，还说你不追查到真相是决不会罢休的，这样下去你迟早会发现真凶是我。他要我立刻离开贺县，我答应了，但我没想到的，那晚之后，他竟然选择主动……”

“所以他才迅速地把罪名引到自己身上……”路彦苦笑着，“说到底，是你打乱了他原先的安排，可你为什么选择留在贺县？”

“为什么？”林依芸面色平静地道，“本来在葬礼上，我对你还有点不放心，但我没想到你会连夜开车赶到临港市找我，那一次，我确信了我没有看错人。你告诉我，你已经初步有了一个嫌疑人，我就知道你已经怀疑上了刘建华，但当时我仍然很迟疑……”

路彦皱紧眉头，沉默地听着林依芸的话。

“原本在张霖的计划里，我只需要躲在暗处给你提供线索，让你去追查刘建华、孙明和王辰贵就行了。我知道我留在贺县很危险，所以我最开始根本没打算露面！

“但是，当你连夜赶到我家的时候，我的想法又改变了，我想和你一起去贺县，可是我又担心被你发现。我很纠结，接下来我到底应该怎么做……”

“当时你一直咬着嘴唇，心事重重的样子，原来是思考这个……”路彦哭笑不得。

“这对我来说很重要……不，这是最重要的事情！你知道是什么让我下定决心，要和你一起回贺县查这个案子吗？”

“是什么？”

林依芸直视着路彦的眼睛：“是你听完我讲的故事，知道林依芸被强奸过之后，你愤怒地一拳打向了墙壁。”

路彦愣住了。

“这个世界真的太冷漠了，所有人都很冷血，没有人真的关心我到底遭遇了什么，但是你跟他们都不一样……你打出那一拳的那一刻，我就下定决心了……”

“所以我提出带你回贺县做笔录，你就答应了？”

“你第一次抓捕王辰贵的时候，我的计划其实就已经完成了，接下来我只需要看着你和王辰贵斗得你死我活就好。要是那个时候我就离开贺县，远远地躲起来，还有谁能查到我呢？可是我还是留下来了，你知道又是为什么吗？”林依芸面若冰霜，声音里透着寒意。

“为什么？”

“因为你！”林依芸突然大吼一声，“你以为我不知道留在你身边会有多危险吗？”

林依芸深吸一口气，昂起了头，她那修长优美的天鹅颈看起来惊人的美丽。

“路彦！若不是我爱你，你根本就不可能赢我，根本不可能！”

听到这话，路彦顿时目瞪口呆。

尽管他猜到了原因，但是当这一切从她的口中说出来的时候，他还是被震撼得无言以对。

“奶奶死后，我像行尸走肉一样飘荡了很久……”林依芸低下头，“本来，死对我来说是一种解脱……因为你，我才修改了计划的后半部分。”

路彦闭上眼睛，叹息着：“那你对张霖呢？你只是因为能从他身上得到一些东西，才选择跟他在一起的吗？”

林依芸无声地点点头。

“如果我跟你走的话，张霖会代替你成为连环杀人犯，他会被法院判处死刑。如果他这么死了，我无论在哪里都不会安心的，这样太自私了，真的太自私了……”

“我没有要求他这么做！是他自己选择的！”林依芸大声地说道。

“他若不是爱你，又怎么会心甘情愿地赴死？你这是在以爱情的名义利用张霖！”

“他不会怪我！”林依芸似乎还想说服路彦。

“可是我会怪我自己！”路彦提高了音量，“他甚至都不知道我们……”

“他知道！”林依芸尖声道，“他全部都知道！渡仁湖边他看到我的那个晚上，我把我对你的心思全都告诉了他，所以他才那么选择的！”

路彦看着林依芸，忽然说不出话来。

原来这才是真相，原来张霖不仅仅是为了林依芸而牺牲，他也是为了自己这个他口口声声说的最憎恨的人。

长久的沉默之后，林依芸回到车边打开后备厢，拿起她的挎包挎在身上。路彦这才想起，刚才过机场安检的时候，她没有带上这个包。

挎着包，林依芸又回到路彦面前：“该我了，我的问题只有三个。第一个，当你知道了这所有的一切，你有没有觉得我是坏女孩？”

路彦看着林依芸，想起了当初她拉着自己发誓的画面，一时间不知道该如何回答。

林依芸似乎早已料到路彦的沉默，她扯起嘴角笑笑：“你不回答就算了吧！第二个问题，既然你很早就开始怀疑我了，那你之前对我做的一切，是不是装出来的？”

路彦摇了摇头。

“最后一个问题，”林依芸深吸一口气，低声问道，“你喜欢我吗？”

路彦看着林依芸，她身子微微前倾，吃力地仰起秀气的脑袋，咬着嘴唇看向自己，一副故作坚强的样子。

路彦感觉脸上的肌肉在颤抖。他移开目光，眼神空洞地看向远方，没有说话。

见路彦沉默，林依芸焦急地上前一步：“我们一起去欧洲好不好？”

“可是对那个人太不公平了！”

“我说过了，张霖完全都是自愿的！”

“我说的是陈依梦！”

林依芸张张嘴，却窒息着说不出话来。

“如果说你杀陈怡和吴蝉是因为复仇，那你杀陈依梦是因为什么？因为只有她死了，你才能取代她拥有一个全新的人生？为什么你为了达到自己的目的，就要以牺牲别人为代价？

“这太自私了，对于那个死去的无辜姐姐，你真的太自私了！”想到陈依梦躺在冰柜中的惨状，路彦觉得心中仿佛压上了一块巨石。

“我自私？”林依芸兀自笑了起来，“那些黑暗得见不到头的夜晚，谁想过我的感受？在我喊破嗓子的时候，又有谁大公无私地来救救我？在他们对我进行百般折磨的时候，有谁说过那些人太自私？”

“这些我都知道……”路彦摇摇头，“可我不能跟你走，那样对死去的陈依梦来说，太不公平了……”

“那我不用她的钱了，我也不做陈依梦了，我以后再也不做坏事，我重新做人，行吗？”看到路彦不说话，林依芸泪流满面地上前一步，“只有你知道我的身份，你不说，没有人知道，对不对？”

林依芸忽然靠近，紧紧地抱住了路彦，脑袋贴在他的胸膛上，泪水打湿了他胸口的衣裳。

她抬起头一脸哀求地看着路彦，整个人保持着屈膝的姿态，声音很低，仿佛低到了尘土里。

“我们一起去圣托里尼，一起去佛罗伦萨的咖啡馆好不好？”

路彦知道他在女人面前一向耳根子都很软，但是此时他在努力抗拒着林依芸楚楚可怜的眼神和声音，艰难地开口：

“对不起，我是警察……”

“这个案子已经结案了，你也已经不是警察了！”林依芸猛地推开路彦，尖锐地喊道。

路彦注视着林依芸，他的表情很悲伤，但眼神异常坚定。

“你是嫌我脏吗？”林依芸伏下身子，惶恐地问道。

路彦摇了摇头。

“那你为什么还要伤害我？我可是救过你命的人！”

“我做了一个很长的梦……”路彦艰难地开口。

想起她曾经救过自己，路彦感觉身体里有一块玻璃摔得粉碎，锋利的玻璃碎片扎在自己心上、脾上，反射着冷酷又冰冷的光芒。尔后，又像是谁的手狠狠地握紧了自己的心脏，于是那些碎片就全部扎进了心脾里面。

“……现在梦该醒了。”

听到路彦没头没脑的话，林依芸正想追问，远处的田野上，却突然响起一阵警笛声。

她不敢置信地看向路彦：“你报警了？”

那遥远的警笛声正在逐渐靠近，分外刺耳。路彦动动喉咙，他听见了自己的声音：“跟我去自首吧……”

“你这个骗子！你是在利用我？”

“我没……”

“为什么！为什么你要这么做？他们骗我，现在连你也骗我！”林依芸失控般地大喊着，忽然朝路彦汽车的方向奔去。

还没等她冲到汽车旁边，路彦已经站到她的面前。

“你不能走。”

林依芸伸出手，在自己的挎包里快速地摸索着，很快就掏出一把枪。路彦认出，那是废工厂遇袭时，从光头手里夺过来的枪。

临平市警方抓捕光头和他的打手时，有一些漏网之鱼逃脱了，至于那把枪，整理现场并没有发现，谁也没想到会被当时吓到近乎崩溃的她拿走。

“滚开！”

看到林依芸对着自己举起枪，路彦苦笑着摇摇头，站在原地一动不动。

“这个世界所有人都在欺骗我！去死吧！你们这些骗人的家伙，你们这些全世界，全都去死吧！”林依芸歇斯底里地大喊，握枪的手不受控制地晃动着。

远处的警笛声越来越响，似乎已到耳边。透过那漆黑冰冷的枪口，路彦看到林依芸已经泪流满面，脸涨得通红。

她的情绪很激动，手枪不受控制地晃动着，爆发出惊人的怒吼，第一声，第二声，两枪都击中了路彦。路彦感觉自己的身体正不可阻挡地向后飞去，向身后的深渊里倒去。

身体撞到了坚硬的地面，天空赤裸地呈现在他的眼前。黑暗从四周涌来，路彦的意识也在慢慢地消散。远处的警笛声，和近处林依芸的尖叫声，都在慢慢地远去。其实看到她去掏那个没有带上安检的包，路彦就已经猜到了结局。

但他早就想通了。如果可能，他希望林依芸能有个完全不同的人生，从此再也不用在那些梦魇般的夜晚中躲在被子里颤抖，再也不用在这个人间饱受痛苦和折磨。

圣托里尼，爱琴海上的璀璨明珠，柏拉图笔下的自由之地，那里应该没有寒冷、没有黑暗，有的只是爱琴海、阳光、温暖、鲜花……还有微笑。他希望她能在那里拥有一份美好、幸福的人生，他也相信她一定可以做到。

林依芸近乎疯狂地冲上前来，跪倒在路彦的身边，紧紧地捂住他的伤口。汩汩的鲜血从路彦的腹部涌出，很快就染红了他的衬衫。

她突然想说悔恨，但已经来不及了。那刺目的鲜血蜿蜒着流到地上，流到她跪着的膝盖下面，粘满了她白色的连衣裙。

不远处的天空上，一架波音 747 轰鸣着飞过，它跟荷兰皇家航空公司的那架飞机很像很像。路彦和林依芸看着那架飞机从他们的头顶飞过。十几个小时之前，他们一起开心地漫步在南京西路；十几个小时之后，他们从天堂跌入地狱。

不可能再回头了，一切都不可能再回头了。一念天堂，一念地狱，当路彦选择通往地狱那道门的时候，那扇通往天堂的门就永远地关上了。

但是路彦明白，从始至终，他都只有一个选择。

林依芸抬起头，天空已经彻底暗了下去，黑沉沉的看不到边际。远处的浦东机场在苍茫夜色里亮起了灯，这个荒芜的世界此时很配合地，突然热闹了起来。近处草丛里传来野猫的呜咽，荒草枯木在无助地摇曳，发出“沙沙”的哀鸣。头顶的天空，飞机上那三色的航行灯失神地闪烁着。不远处那几辆警车，奔驰的速度似乎也慢了下来。萧瑟的秋风抚过林依芸满是疮痍的灵魂，空气中凝固着绝望，整个世界似乎都集中起了注意力，看着她的命运走向最后的结局。

林依芸收回目光，低下头，看到路彦的腹部血流不止。他的生命力正在不断流逝。

一瞬间，她顿悟了。

她救了他的命，他还了他的血。他们一起历经生死，一起渡过黑暗，但这份跨越生死的羁绊，仍旧战胜不了他们正邪两不相容的宿命，反而要把他们一起毁灭，让他们一起奔赴黄泉。

这就是他们的结局，这就是他们的宿命。

模糊的视线中，路彦看到林依芸缓缓举起枪，对准了她的胸口。他极力呼喊，发出的声音却被封在了他的喉咙里。他的嘴唇极力地颤抖着，却只能发出徒劳的闷哼声。

“我总听人们说，还有明天啊，但是我从不觉得这个世界明天会有什么不同。”林依芸轻声说道。

她看到路彦沾满鲜血的手朝着自己挣扎、晃动，忍不住伸出另一只手握住它，那粗砺的手指，磨着她的掌心。林依芸看到了他的挣扎，看到了他望向自己的濒死的眼神。

原来他还是在乎我的，心里砰的一声。

可是太晚了。

她知道，其实他们都不可能赶上那架通往雅典的飞机。雅典、米兰、佛罗伦萨、圣托里尼，那些美好的目的地，也不曾存在于他们的世界。那个理想的人生只是镜中月和水中花，是他们永远都拥有不了的人生，也是他们永远都达不了的彼岸。

临别之际，林依芸在心里对着自己小声地道歉——

你来这人间一趟，原谅我没能带你欢笑。这一世生为林依芸，真的对不起啊……

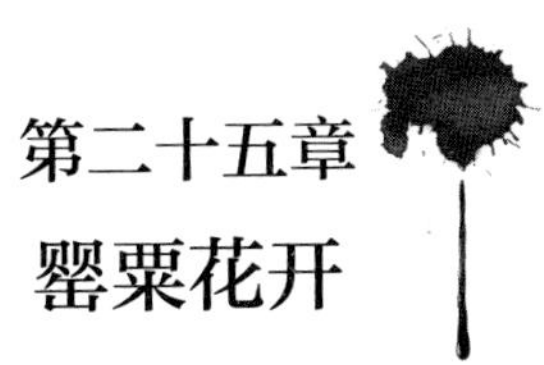

第二十五章 罂粟花开

林依芸出生在20世纪90年代贺县的一个农村里。在她出生十几天后，她的爷爷和爸爸在双胞胎中挑选了她，凌晨3点，带着一家老小赶到了村长的家门口。

熟睡中的村长被一阵震耳欲聋的鞭炮声惊醒了，他披着衣服恍惚地打开门，惊愕地看着自家门前杵在夜幕里的林依芸一家老小。看到村长出来，林依芸的父亲举着林依芸带着一家老小一齐跪了下来。

“村长，您家只有男孩，我家这小女……”

他话还没说完，村长便已经明白了他的意思。村长上前几步，端详着他怀里襁褓中的林依芸，很快就皱起眉头：“你这个孩子看着呆呆的啊！”

“不，不会……”

村长又打量了一会儿，还是摇了摇头：“你抱走吧。”

林依芸父亲身后的众人哭成一团，一时间不肯挪动脚步。村长顿时有些不耐烦了，厉声说道：“再不走我报警了啊！”

送人失败，林依芸的一家人只好抱着林依芸回到家里，又把她放到她的双胞胎姐姐旁边。几年里，她们的父母多次想送走双胞胎中的一个，后来，一番犹豫后，她的父亲送走的是陈依梦。

这个世界很冰冷，很冷漠，这是林依芸小时候对世界的印象。母亲在她很小的时候就缺席了她的人生，父亲又长年在外务工，几个月才能回一次家。小时候的林依芸最常做的事情，就是站在家门口，向远方的路口张望父亲的身影，期待着他带回来的五毛钱一包的旺仔QQ糖。

及笄之年，站在人生的十字路口，林依芸看向自己，一个皮肤蜡黄、穿着土气的女孩，看向世界，那是一个凋敝萧条、十年一日的县城。她不知道自己未来会有什么，也不知道这个世界能给自己什么，甚至都不知道自己活着是为了什么。直到有一天，林依芸经过贺县县城的一家花店，她看到花店的窗子上，贴着一张大大的风景海报，那海报上是白色的教堂和蔚蓝色的爱琴海。她惊呆了，她忽然找到了自己人生的意义，她在心里暗暗发誓，迟早有一天，自己要离开贺县，去往圣托里尼。

林依芸找奶奶讨来一些钱，课余时间报班认真学着画画，如果这个世界还有一些美好的事物，她希望能用自己的笔记录下来。她想快点结束高考，她想快点改变自己的命运，然后离开贺县这个地方，去往更大的世界。

就在她即将迈向人生的重要关卡时，冬季里的期末考试之后，陈怡和吴蝉约林依芸去校外，说是有事情要谈。见同学相约，林依芸便欣然前往。

不料她刚走进校外的松树林，陈怡和吴蝉就不由分说地走上前，拽住她的长发，把她推倒在地，撕她的衣服，吐她的口水，踩她的脸蛋。林依芸慌乱之间极力地反抗，但已经被两人占尽优势，无法翻身。

“以后离刘老师远点知道吗？”

“看看你这眼睛！天生狐狸精！”陈怡看着瘫倒在地的林依芸，狠狠地朝她脸上补上一脚。

许久以后，缓过神的林依芸艰难地爬起来，痛哭流涕地走到松树林外，遇见了下班途中的刘建华。刘建华连忙上前扶住她，把她带回了家。

在刘建华家中，失神的林依芸看着刘建华给自己端上牛奶，他半跪在自己面前，哆哆嗦嗦地拉住自己的手，昏暗的灯光下，他的样子熟悉而又陌生。正在林依芸恍惚的时候，刘建华冲上来抱住了自己，惊恐、慌张席卷过脑海，林依芸猛地推开刘建华。

愤懑之间，林依芸的力气很大，刘建华被推倒在地，林依芸看着他，不知为什么，陈怡和吴蝉践踏自己的样子闪现在眼前，满腔的愤怒很快冲昏了她的头脑。

你们不是希望我离刘建华远点吗？那我就跟他在一起给你们看。

林依芸其实也说不清自己喜欢刘建华什么，但从那之后她就一直在尝试着学习和适应恋爱，她开始学着打扮自己，开始注意自己的穿着。她看向镜子里的人，原本略显蜡黄的皮肤越来越白了，五官也慢慢变得鲜活起来，就连脖子也好像越来越修长好看起来。

然而她没想到她做的一切，点燃了刘建华对她身体的觊觎之火。被权力伤害过，因权力被迫向他人屈服的刘建华，终于尝到了拥有权力的感觉，他开始使用权力让他人为自己屈服。利用林依芸对他的信任，再加上权力和武力，刘建华征服了她的反抗和挣扎。虽然少女的身体没有妖惑和妩媚，但刘建华在她青春鲜活的肉体上，似乎找回了自己被岁月抽干的激情和生命力。

那天晚上，刘建华伏在林依芸的身上，脑子里却是高中时代对自己笑的那个女孩的脸。林依芸看到他射向自己的眼神，那里面充满着狠戾和怨毒，那以爱为名的谎言泡沫一戳就破，尽管她还不知道什么是爱情，但她知道那分明不是爱情。

林依芸猛地推开刘建华："我在吃毓婷……我每月那几天都很疼很疼，够了！我不想和你这样！"

刘建华的胸脯剧烈地起伏着，他在恼怒林依芸对他权力的反抗，更是在憎恨自己为什么不能拥有一个属于自己的完整女人，他愤怒自己渴求好久的"时间的公正裁决"仍还没来。

"有什么稀奇的，以前你就没吃过？你以为那天放学路上我遇到你的时候，不知道你被人怎么了吗？"

刘建华觉得他瘦弱的手臂此时充满了力量，他不顾林依芸那拼命的挣扎和反抗，重新把她按了下去。结束后，林依芸拉开门逃了出去，一次也没有回头。

林依芸没有去举报刘建华，虽然刘建华把她的自尊捅破，但又把世俗定义的羞耻、不洁、罪恶一起注入她的身体里。那是她不能跟任何人说的秘密，哪怕她的同卵双胞胎姐妹也不能说。

林依芸再看向镜子里的自己，她感到尤为恶心，更为恶心的是那缠身的妇科病，好在久仁诊所的孙医生十分和蔼体贴，每次见林依芸来，总是很细心地指导她用药。林依芸觉得世界在欺骗自己之后又给予了自己信赖。

有一天在孙明的诊所，孙明拉着林依芸亲切地说，他想带她去参加个聚会。因为很信任孙明，林依芸跟着他坐车来到王辰贵的聚会。她看到好多男人和女人围在那个大别墅里，她觉得眼前一切都很新奇。

到了深夜，游戏开始了。林依芸不敢相信眼前发生的一切，她努力反抗着那些男人的举动，尖叫着想找孙明一起逃出去，却已经找不到孙明的踪影。那个叫李韦虎的人猛地制住了自己，一阵晕眩袭来，她昏了过去。

等到她醒来的时候，发现自己的手臂和腿都被捆在环结上，整个人完全动弹不得，她惊恐地发现自己全身一丝不挂，浑身上下像是火烧一样难受。然后，王辰贵走了进来。

王辰贵很享受林依芸，虽然她不像那些女人那样配合他，但是王辰贵从少女的挣扎中，感受到占领童贞的愉悦和庄重。那侵略的快意，动作的狠戾，他感觉自己在隔着肉体和时空在膺惩着那个女人。

不知道过了多久之后，林依芸再次醒来，微微睁开眼睛，看到自己正躺在一张床上，身上披了一层薄薄的轻纱。她感觉浑身上下都在疼痛，而王辰贵正在一旁对李韦虎说话。

"你从美国搞来的这药，不怎么样啊，没几下她就昏过去了。"

"让孙明给她检查下吧，最好没有弄死。"李韦虎说。

"这妮子手劲真大，打得他们几个鬼哭狼嚎……谁叫她的眼睛天生勾人……算了，叫孙明进来看下吧。"

孙明从房间外面走了进来，蹲在床边仔细地检查林依芸的心跳和脉搏，然后扭头冲李韦虎和王辰贵点了点头。

"就是用药过度了，没有生命危险。"孙明轻轻地说道。

"那就好。"王辰贵摆摆手，"孙明你帮我清理下，不要留下什么痕迹。"

"好！"孙明低声说道。

王辰贵走了，孙明抱起林依芸，把赤身裸体的她放进装满水的浴缸里。他打开了自己的行李包，那里装了一堆瓶瓶罐罐的清洗工具，他有条不紊地开始工作。

林依芸躺在浴缸里，努力地睁开眼睛。

"孙医生，救我，求求你……"

孙明伸向林依芸的手定住了，他感到脊梁骨处一阵疼痛。他想起自己免费帮助过的那些早孕女孩，他的这双手救过很多人，救过很多女人，但此时，他只能忍着内心的疼痛。

“对不起，我不能救你。”

孙明工作完毕，抱着林依芸出来给李韦虎做最终检查。李韦虎发现按照孙明的介绍使用的那些玩具，果然没有在林依芸的身上留下多少外部痕迹，而内部的痕迹在孙明的处理下消失无踪。这样，李韦虎相信，即使林依芸去公安局告他们，也没有什么证据了。

李韦虎对孙明工作非常满意，他们又把林依芸留了很久。结束后，孙明开车送她回家，在路上，孙明苦口婆心地反复劝林依芸不要报警，因为她是不可能斗得过他们的。

“这是他们给的钱，拿去吧……”孙明关切地看着林依芸，把一沓厚实的钞票塞进她的包里。

林依芸不记得是怎么从那些白日和夜晚中活过来的，那些羞辱和受难，缠绕在身体和灵魂之间。林依芸很厌恶自己，很厌恶自己的身体。晴天走在街上，那阳光分明要把她的罪恶和耻辱一起剥开皮撕开肉来拷问。雨天晃荡在校园，每一颗从头顶淋下的雨珠都在鞭笞着她的毛皮和血肉。

正在她想寻死的时候，李韦虎带人来到了她的家里。这一次，他们以她奶奶的性命相威胁，逼她再入魔窟。她和奶奶抱在一起，面对着凶神恶煞的李韦虎众人，吓得蜷缩在院子里的角落里。日复一日，林依芸奶奶的心脏病在惊吓之下复发，老人很快就离世了。这次林依芸没有哭很久，因为她发现自己心里那些伤疤和硬痂都已麻木，已毫无知觉。

很快，王辰贵对林依芸兴趣变淡，他转向别的目标，林依芸得以从地狱里解脱出来。

林依芸感觉自己像行尸走肉，那无尽的仇恨把她的身体拽在人间。那一天，她蹲在菱湖岸边思索着，死亡真的是一件坏事吗？既然人死了之后什么都没有了，那怎么能定义为一件坏事呢？如果自己现在跳下去，是不是就都解脱了？

一个声音打断了林依芸的想法，她惊讶地发现，喊住她的人竟然是她一直很喜欢的作家张霖。想到张霖的写作内容和教育背景，一个大胆的想法渐渐地浮现在她的脑子里。

张霖带着林依芸来到自己家，热情洋溢地把自己《最长的离别》的手稿拿给她，还把自己记录刑侦手法的笔记拿给她看。张霖在她面前就像个话痨，一直兴高采烈地喋喋不休。

“哈哈，这些是我以前大学时候随手记的东西啦，乱七八糟的不成系统。”

“没有啊，我觉得你很厉害啊，懂得那么多。”林依芸看着张霖刑侦笔记，轻轻地说。

“纸上谈兵有什么用？”张霖苦笑道，“我以前有个好朋友叫路彦，他是省厅的警察，是真能实践理想的那种！”

林依芸放下笔记看着张霖，眼神一阵闪烁，随后的日子里，那个的复仇计划逐渐成型。她来到文身店里，开始她的第一步。

文身师递过一张表：“你想文什么？”

林依芸目光搜索一番后，指着一个艳丽的红色花朵图案：“就这个罂粟花吧。”

数月的精心准备，步步为营的仔细策划。杀吴蝉时候很轻松，比林依芸想象的要轻松很多。杀陈怡的时候，她跌跌撞撞地逃进了山林。林依芸追了上去，仇恨强大了她，狠戾武装了她，林依芸发现自己宛若超人，陈怡拼了命都逃不出她的手掌心。林依芸举起了手中的电棍，她要把她的仇恨和恐惧对陈怡悉数相还。

但这些都没有让林依芸开心起来，她不确定自己以后还会不会有开心的情绪，她甚至不知道自己以后还能不能有人类的正常情感。成功复仇和岁月流逝，以及作家张霖，都救赎不了她那踏入坟墓的灵魂。死掉了，却还活着，这是一种什么样的体验？林依芸知道自己已经无药可救，她也没想过找药去救，对于一个早就死掉的人，谈医救有什么意义呢？自己要做的，是继续让世界偿还它给予自己的痛苦。

林依芸觉得陈依梦真的太懵懂无知，让她去文身时她竟然答应得异常爽快。林依芸下手的时候，突然很嫉恨陈依梦，嫉恨她身上的天真，那是没被世界伤害过才有的天真。凭什么她就不用经历这世界的黑暗，而自己却要经历所有？

林依芸本想继续复仇计划，但被张霖发现并阻止。林依芸带着陈依梦的各种证件，踏上了去洗文身的路。她知道陈依梦的父母这段时间都在外地，起码这些天，她不用担心会被发现。车窗外，风一阵阵地吹进来，林依芸低头看着自己的手臂，那上面的罂粟花鲜红欲滴，妖艳异常。

张霖被抓后，她为了完成计划重返贺县。在自己的葬礼上，火堆前的林依芸听到一个声音说“我叫路彦”，她转过身，看见一个身穿白色衬衫的高大警官，站在自己面前。

片刻之后，在松树林里，她看到他踩着松树枝，强壮有力地朝自己走来。听到他激动地对自己说出的那些话，她突然发现，这个人跟她之前遇到的那些人都不一样，这个人没有满身膻腥，倒是有一种与这个冰冷世界格格不入的滚烫热血，他那股单纯的正义感像炙热的太阳一样，散发着耀眼的光芒。

林依芸仰头看着他刚毅的面庞，她的目光跟他的目光碰撞了，如飞蛾不顾一切想扑向火焰，林依芸发现自己稍有不慎就要坠入深渊。忽然，她觉得自己早就死掉的灵魂开始颤抖起来，竟又有了生命痕迹，它挣扎着要从坟墓里爬起来。她感觉某个温暖的东西在自己的心里生长扩散，逐渐蔓延，暖洋洋地流遍全身。

“看到那个棺材没？那里躺着一个女孩，原本她的青春才刚刚开始，原本她有希望考出这里去拥抱外面的世界，原本她有机会改变自己被上一代连累的命运，可是现在她被黑暗吞噬，跟着泥土一起腐烂。那个剥夺花季少女青春的恶魔，我一定要亲手把他送进监狱！为了达成这个目标，我可以不惜一切代价！不管遇到什么，我都会竭尽全力去寻找凶手，我一定要为林依芸主持公道！”

林依芸看到他对着自己激动地大喊，她突然发现原来世界还有让她留恋的东西，她突然很想大哭一场，她突然很想冲上前抱住他，她突然很想活下去——

啊，我的世界，出现了一道光。

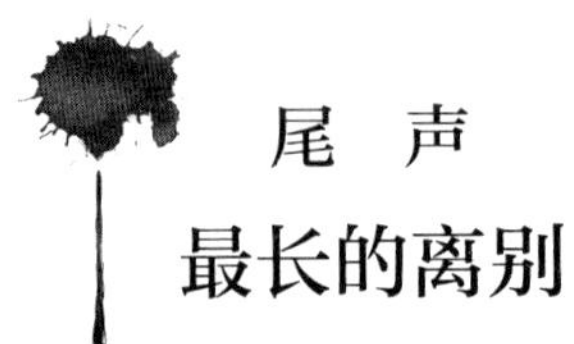

尾　声
最长的离别

荒凉的松树林，深秋时节已荒草遍地，杂叶丛生，到处都是一片枯黄。秋天好像把这里的生命力都抽走了，一阵风吹过，杂叶和枯草呜呜作响。

李茵扶着他慢慢地走进松树林里。他看到眼前已没有了坟墓，只有个触目惊心的废弃大坑，里面的棺木已经迁移到别的地方去了。

“终于出院了！”李茵看着他歉疚地笑笑，“幸好子弹没打到你的重要器官，真是老天保佑。”

李茵看到了他的目光的方向，连忙补充道：“陈依梦的棺木被重新开棺检查了，陈依梦父母前些天也来了贺县，他们把陈依梦的棺木迁走了。”

他沉默着上前，在土坑里往外翻开的土壤边蹲下身，忍者枪伤处一阵疼痛，他在草丛里找到了那块倒在地上的矮小墓碑，伸出手，抚摸着那墓碑上的“林依芸”的名字，他闭上了眼睛，让手指去感觉那石碑上的纹路。

“这些天发生了很多事，王辰贵已经被捕了。”李茵站在他的身后，声音里略带着一点激动，“雇凶袭警、雇凶杀人、非法经营，那些跟随王辰贵和李韦虎参与涉黑活动的家伙，现在都已经被我们抓住了！就像你以前说的那样，正义的审判可能会迟到，但绝不会缺席！

“据王辰贵在审讯交代，他因为担心你把他们血铅的事情捅出来，他会去坐牢，这样他不可能再有机会去接班家族的产业，所以才在李韦虎的怂恿下雇人去袭击你……”

王辰贵终于被彻底打败了，他却高兴不起来。正义的审判可能会迟到，但绝不会缺席。可这个迟到的代价，也未免太……

“在贺县枪袭你的团伙和临平市袭击你的团伙也都被抓了起来，他们也都承认是受雇于王辰贵和李韦虎对你动的手。不过，这些犯罪分子里，还有个李韦虎仍然在逃，但是警方已经发现了他的踪迹。”李茵看到他眼里的恨意，接着说道，“不过我想也要不了多久了。

“还有一个事情，高伟诚并不是辰风的内鬼，公安对他进行了严密的调查，最后发现他没有泄密行为。其实问题是出在我这里，我的手机被人安装了跟踪器和窃听器，所以王辰贵才能知道警方的行动，并且总能走在我们前面一步……”

他扭头，不敢置信地看向李茵。

“我们逮捕了辰风公司一个叫吴慈仁的人，就是他在为王辰贵对别人实施监控。他是和我家的一个远房亲戚贾樟一起配合作案的。贾樟在贺县开手机店，因为沾点亲，我家从他那里买手机也能便宜点。但没想到，他给我的手机被吴慈仁改装过，里面装了很高级的跟踪器和窃听器，一般的探测设备都检测不出来，而且我也没想过检测，这个是我们的工作失误……

“据吴慈仁交代说，你刚到贺县的那个晚上，跟踪你的人和后来收到的那张威胁的纸条，也是他配合辰风搞的鬼。抓捕孙明，是吴慈仁通知辰风的，你车上的血红标语，是他在孙明被杀的那天晚上找人涂上去的。

“你遭遇枪袭后，找我爸要一个新手机，我爸为了照顾亲戚的生意，就让贾樟送了一个过来。其实那部手机也被吴慈仁安装了跟踪器，正是那个手机，才让你在离开贺县后被人追上。”李茵一脸愧疚，“我也没想到我家会有这样的亲戚，在利益面前什么底线都没有了……”

真相大白，原来李正和高伟诚都是清白的。他转过头，看着那座墓碑。

“对了，你已被省厅恢复职务了，恭喜啊！而且由于你在连环杀人案的侦破中立了大功，我们贺县好多单位都给你送了锦旗呢！”李茵顿了顿，转身走到松树林外的警车边，从车上拿了一堆锦旗又走了回来。

他看向那些锦旗，只见上面写着“为民除害”“包拯再世”“除暴安良”“天降神探”“替天行道，侠之大者”之类的标语。

李茵笑道：“我放你车上？”

他摇摇头，第一次开口：“帮我扔了吧，或者你拿回去……”

李茵皱起眉头："干吗这样？"

"我配不上这些。"

"不，是这些配不上你。"李茵看着他认真地说道，沉默了一下，她转身走到自己车边，又把锦旗放了回去。

"还有，张霖刚开始满口拒绝翻案，直到我们把林依芸自杀的事情都告诉他之后，他才勉强交代事实。"李茵走回来接着说道，"他根本就没想伤害我，但他当时绑我的时候装的那样子……这种甘愿为爱情赴死的男人，这年头快绝种了吧？"

"他虽然不是凶手，但他绑架警察、伪造证据也是不小的罪名。当然，不管是出于我自己的原因还是看在你路彦的面子上，他都已经取得了我这个受害人的谅解。我想这样他的量刑要轻很多吧。"李茵眨眨眼睛。

他面无表情地盯着墓碑，一觉醒来，恍若隔世。他默默地听李茵讲了很多，却觉得那些事好像跟自己毫无关系，闭上眼睛，再睁开眼睛，眼前都是自己中枪倒地后，那个举起枪的绝望身影。

路彦想起他们遭遇枪袭的那个夜晚，她躺在病床上向自己呻吟求救。他原以为她是在呼唤着自己把她从枪袭的噩梦中解救出去，现在想想其实并不是，她分明是在呼唤自己把她从这个人间解救出去。

"那天，"他再次开口道，胸前的伤口一阵作痛，"是你报的警吧？"

李茵小心翼翼地看着他的背影，紧咬嘴唇，很久，还是说了出来："是，可我没想到她会……"

一阵久久的沉默。

"我真的不敢相信，她竟然是连环杀人案的凶手。"李茵低声说道，"到底是什么，逼她做出了这一切？"

路彦看向草丛里那株罂粟花，那株当初他和张霖争执不休的花，已经衰败地垂下脑袋，它的美丽跟着8月的花期一齐枯萎了。是啊，到底是什么逼她做出了这一切？

回到贺县公安局里，李茵对路彦说："张霖被带回来重新审了，你进去就能见到他。对了，这些天国内的好多媒体都报道了张霖，说'痴情作家为了爱情替女友扛下惊天死罪'之类的，因为这些报道，张霖备受关注，他的五本书疯狂畅销起来！"

路彦苦笑起来，想不到张霖苦写多年无人问，一朝热点却天下知。

坐在会见室里一阵等待之后，路彦又见到了被铐着双手的张霖。张霖面容枯槁地朝自己走来，这次他脸上布满的不是憔悴，而是呆滞和绝望。

他以为张霖会冲自己发火，但没想到张霖只是呆滞地说："她不在了……"

"只要她好好活着，我就死而无憾了！"张霖声音哽咽着，两行泪从眼中滑落，"可是你连这个机会都不给我。"

慢慢地哭了一会儿，张霖又苦涩地说："之前我以为随着时间的流逝，能让她慢慢对我产生感情，但留给我的时间还没开始，就结束了。"他声音里满是懊悔，"怪我被爱情冲昏了头脑，要不然……她也不用那样……"

"要不然也不用找我来是吗？"路彦低沉地问道。

"肉体消灭简单，绳之以法难。刘建华、孙明、王辰贵，要是没有你，我抱着必死的决心也不一定能把他们都绳之以法。"张霖凄凉地笑了笑，"盛世蝼蚁，偏偏就妄想助天下海清河晏。对于我们来说，这是唯一可行的路。"

"唯一可行的路？"路彦摇摇头，但他不想再同张霖争执下去，"你怎么愿意看到她和我……"

"你们之间的事情，我一开始并没有想到。我这辈子，最难预料的就是女人的心……"张霖摇摇头，言语间，他的神情十分落寞。

"我之所以那么做，还有一个原因是因为你！"张霖顿了顿，像是终于下定了决心要说出一个秘密，"你懂什么是最长的离别吗？我们每个人在世界上相遇的那一刻，就开始不可阻挡地奔向离别。人生在世，迟早有一天，所有与我们相遇的人，父母、配偶、孩子和朋友都会离开我们，那些长久的相遇和快速的离别总是贯穿着我们生命的始终！所以我想，如果用一生来和一个人离别的话，那才是最长的陪伴，你懂吗？"

路彦默然。果然，《最长的离别》就是他写给自己的。

"渡仁湖边的那个晚上，看到依芸看向你的目光，我就明白了。我能理解她……"张霖闭了闭眼睛，恼怒地说道，"我知道你接着查下去，很快就会发现真凶是她，我知道你知道真相是不会放过她的，所以我拼了命来提前实行计划，为此不惜把李茵也绑过来。我做了那么多，结果还是前功尽弃，都是因为你的顽固和愚蠢，让我所有的努力都化为泡影！这个秋天，你本来能收获一份感情，奔赴美好的生活，可是你毁了她！你毁了所有！”

他能感觉到，张霖身体里对林依芸逝去的悲伤，慢慢地转化成了对他的恼火和愤怒。他怔怔地看着张霖，一句话也说不出来。

“你想得到的东西太多了，可是我们只有做出取舍才能幸福地生活！上次见面，我跟你提到《阿特拉斯耸耸肩》，就是希望你能抛下一贯束缚你的那些东西，重新做出选择。可是你冥顽不灵！顽固至极！”

“可是！”路彦抬起头，坚定地说道，“如果我是神话里那个肩扛世界的阿特拉斯，我是绝不会耸动肩膀的！这就是我跟你，最大的区别！”

“你别以为我在里面你在外面，会有什么不同。对你来说，外面的世界才是真正的牢笼。”张霖缓缓地说道，“况且，她的死不是意外那么简单。”

“你说什么？”路彦疑惑道。

“我说的不是依芸，我说的是那个只做了你一天女朋友的人，吴思凉。”张霖露出嘲讽的笑容，“当年法医的尸检存在很多问题。”

路彦怔住了，猛地想起王倩之前对他说的那些话。

吴思凉，一个曾经在路彦心中一直盘旋不去的名字。她是路彦的前女友，本科毕业时死于一场意外，路彦认为张霖对此负有责任。一番激烈的争吵后，路彦对张霖大打出手，从此两人老死不相往来。后来他终于从阴影里走出来，也反思过自己对张霖的过激行为，他以为这次来贺县能和张霖重修旧好，没想到对方又把这个伤疤揭开了。

“这怎么可能？”

“你在怀疑我的判断力吗？”

难道之前的一切，真的是自己弄错了？

路彦难以置信道：“那你为什么不告诉我？你怎么不去查……”

路彦还想说话，两个警察走了进来，打断了他们的谈话：“时间到了！”

“你想知道到底发生了什么，那你就自己查去吧，”张霖站起身来，跟着两名警察向外走去，他冷冷地说道，“直到你找到真相为止。”

看着张霖决然的背影，路彦忍不住开口问道：“你为什么现在又突然告诉我这些？”

“因为有时候，人活着比死了更折磨……”张霖走到门口，转过身，挂着两行泪冷笑着，“我就是想看你陷入折磨……你记住，我不会原谅你……永远不会。”

说罢，张霖重新迈开脚步，走出房间。

和张霖聊完，路彦情绪低落地走进贺县刑警大队办公室。刚推开门，一阵刺耳的爆炸声和震耳欲聋的欢呼声迎面而来，彩花在头顶上散落，气球在耳边飞舞。恍惚间，路彦以为自己走错了地方。但是很快他就发现并没有错，李正迎面走上前来，庄重地把一束花塞进他的怀里。

“这次多亏你了，要不然我们就搞成冤案了！”李正拍拍路彦的肩膀，表情凝重地说，“这个案子，也暴露了我们工作上存在的很多不足，市局和我们都要开会总结检讨……”

路彦僵硬地接过李正的鲜花，他看向李正身边的人们，蒋旭飞、张进、李茵、高伟诚，还有一些他认识或不认识的警察，都看着他微笑。大家纷纷上前同他握手拥抱，表示致意和祝贺，路彦僵硬地一一回应。

李正又抱了两束花，走到路彦面前：“这个是陈娟和吴蝉的家长送给你的，他们说让我替他们好好谢谢你，找到了杀害他们女儿的真凶。”

路彦盯着那两束花，没有伸手。一旁的李茵上前，接过了李正的鲜花。

“说点开心的吧！”一旁的高伟诚上前一步喊道，“正好今天是星期五了，我提议，待会儿下班后我们没有任务在身的，一起去聚餐吧！”

“好！”众人拍掌欢呼。

“吃完饭去唱歌！”高伟诚上前拽住路彦的胳膊，大声喊道，“今晚一定好好庆祝！要让路彦唱好玩好！”

“好！”众人又拍掌欢呼。

高伟诚凑到路彦耳边，低声笑道：“KTV 的下半场也都安排好了，就等我们……”

路彦抱着怀里的花，对高伟诚的话并没有什么反应。他在众人的围观下无声地垂下了头。

“那个，我有话跟路彦说。”李茵拉开了高伟诚，挡在路彦身前。

高伟诚露出了会意的笑容。

李茵把路彦拉到一个角落里，轻声问道：“刚才和张霖聊得怎么样？”

路彦摇摇头，没有说话。李茵也没有追问，她转身出去，片刻之后抱着一个纸箱回到路彦面前。

“这些，都是从你车上搜出的林依芸的重要物品，你的手机也在这里面，跟案子有关的枪支和她的手机我们留下了，这里面的东西都是跟案件无关的，不知道能把它们还给谁，所以就给你吧。”

李茵静静地把路彦手中的花拿了过来，把纸箱子放到路彦怀里。路彦盯着纸箱，他没有伸手打开，只是端着它低头端详。

“快走吧！”

猛然间，路彦被李茵推到了门外走廊上，房间里的喧闹一下子变得无影无踪。路彦抱着怀里的纸箱，一步一步向走廊的另一端走去。

傍晚的阳光洒在路彦的身上和脸上，他步履蹒跚地走出贺县公安局的大门。他在楼下找了个残破的台阶坐了下来，把那个纸箱放到自己腿上，轻轻地撕开上面的封条，慢慢地打开。

里面的东西并不多，一小瓶洗面奶，一张希腊地图，一些换洗的内衣，还有自己给她买的鸭舌帽、止痛药、小雏菊香水，以及她随身携带的纳兰性德的诗词本。除此之外，就是一个黑色的手机。

路彦认得那是自己的手机，不知道为什么也被归在了林依芸的物品箱里。他机械地拿起它，按下了开机键。手机屏幕亮了，很快，一阵振动传了过来，手机里竟然有几十条未读短信，还都是一个号码发过来的。

路彦下意识地给那个号码拨了回去，电话那头响起了一个男人焦急的声音：“哎哟！路先生，你总算是回电话了！”

“你是……”

“我是送快递的，负责托运一件从上海发给您的快递，请问您现在在哪儿呢？”

上海发来的快递？路彦握着手机，呆呆地说道：“我在贺县公安局门口……”

“好嘞！您稍等！我马上就到！”对方迅速地挂掉了。

路彦呆坐着，没过多久，一辆车停在了公安局的院门口。一个戴着工作帽的小伙子抱着一个包裹从车上蹦了下来，朝路彦快速地跑了过来。

“请问您是路彦吗？”

“我是。”

“我在贺县等您电话开机等了好多天呢！”小伙子开心地把包裹放到路彦的手上，“好极了！签收一下吧！”

路彦抬起头，愣愣地看着他灿烂的笑容：“为什么要等这么久？”

“寄东西的陈小姐给物流公司多付了物流费，说必须送到本人手上。”

“你说……什么？”路彦接过那个快递箱子，低头看着上面的寄货人信息和寄货时间，觉得心脏猛地停止了跳动。

这不是她要寄到圣托里尼的快递吗？这是她在机场寄出去的，难道她那个时候就已经知道后面会发生的事情了？

“没听清？需要我再解释一遍吗？”

“不用了……”路彦疲惫地摇摇头，“让我一个人静静吧。”

人生若只如初见，何事秋风悲画扇。何如薄幸锦衣郎，比翼连枝当日愿？路彦忍不住苦笑了起来。当初林依芸坐在自己的旁边，念出这一句诗时，自己竟然没有听出她的潜台词。原来她早就预料到了他们之间的结局，早就知道他们迟早会站在命运的对立面，兵戎相见。

可是既然已经知晓那个故事的结局，为何她还毅然前往？

小伙子知趣地离开了，留下路彦一个人坐在夕阳下。良久，他慢慢打开手中的快递包裹，他拆得很慢，好像每个动作都要耗尽他全身的力气。也不知道拆了多久，快递里的插画册终于映入眼帘，他把那画册拿到手中，只见灰白色的硬纸封面上，有一行手写的娟秀字迹。路彦认真地看着，指尖轻轻抚过那冰冷的笔迹，那个逝去的灵魂在隔着时空对他说话——

我在这个世上努力地活了很久，却一直寻不到我的人间。我从来没有活过，所以也从不会害怕死去。

路彦怔怔地看着它很久很久，他没有立即打开画册，只是把它放在自己的膝盖上，手掌捂住眼睛，十指插入头发。

她那个心愿，那个唯一的心愿，我承诺了，我应允了，我答应了。

但是我却没能做到。

手机里响起了五月天的《步步》，路彦怎么关也关不掉。身后传来人声的呼唤，但是他已经听不见了。他捧着箱子和画册，茫然地走到大街上，在深秋飘舞的梧桐树叶中，在人声鼎沸的贺县街头上，他走了很远很远。

不知道过了多久，路彦才翻开画册。第一张是一幅黑色铅笔的素描画：松树林边，一个男子手指着远处的坟墓，看着面前的女孩，在激动地说着什么。

第二张，同样是一幅铅笔素描：沙发上坐着一个女孩，白衬衫男子站在窗子边，迎着阳光愤怒地捶向墙壁。

从那些笨拙的线条间，明显看得出她的画功还不娴熟。原来当初她偷偷在小本子上画的就是这个，原来她那么在意他们在一起的每个瞬间。

桑塔纳车边，男子在给身旁俏皮的女孩戴上鸭舌帽。

废弃的工厂里，浑身是伤的男人和女孩互相搀扶着，从一片黑暗里走向光明。

《步步》唱到了结尾，路彦也翻到画册的最后一页，那是一幅独一无二的画，因为只有它，是用彩铅画成的——

一个小岛上，一大片白色的教堂坐落其中，每座教堂顶部是蓝色的穹顶，墙壁上挂满红色的鲜花。远处，则是一片蔚蓝色的大海，在遥远的地方和蓝天相接。在一座最显眼的教堂下，一个穿白衬衫的高大男子拉着一个身穿紫色波西米亚长裙的长发女孩。他们沐浴着阳光，正一起眺望着远处的海天相接和碧蓝一色。

（本书完）

激发个人成长

多年以来，千千万万有经验的读者，都会定期查看熊猫君家的最新书目，挑选满足自己成长需求的新书。

读客图书以“激发个人成长”为使命，在以下三个方面为您精选优质图书：

1. 精神成长

熊猫君家精彩绝伦的小说文库和人文类图书，帮助你成为永远充满梦想、勇气和爱的人！

2. 知识结构成长

熊猫君家的历史类、社科类图书，帮助你了解从宇宙诞生、文明演变直至今日世界之形成的方方面面。

3. 工作技能成长

熊猫君家的经管类、家教类图书，指引你更好地工作、更有效率地生活，减少人生中的烦恼。

每一本读客图书都轻松好读，精彩绝伦，充满无穷阅读乐趣！

认准读客熊猫

读客所有图书，在书脊、腰封、封底和前后勒口都有“**读客熊猫**”标志。

两步帮你快速找到读客图书

1. 找读客熊猫

2. 找黑白格子

马上扫二维码，关注“**熊猫君**”

和千万读者一起成长吧！

畅销巨著《藏地密码》系列全套

一部关于西藏的百科全书式小说
了解西藏，就读《藏地密码》

从来没有一本小说，能像《藏地密码》这样，奇迹般地赢得专家、学者、名人、书店、媒体、世界知名的出版机构以及成千上万普通读者的狂热追捧，《藏地密码》是当下中国数千万“西藏迷”了解西藏的入门读本，也是当下畅销的华语小说。

《藏地密码》被广大读者誉为“一部关于西藏的百科全书式小说”。

翻开《藏地密码》，犹如进入一幅从未展开过的西藏千年隐秘历史画卷……从横穿可可西里到深入喜马拉雅雪山深处，从藏獒“紫麒麟传说”到灵獒“海蓝兽传奇”，从宁玛古经秘闻到格萨尔王史诗，从公元838年西藏黑暗时期的“朗达玛禁佛”到1938年和1943年希特勒两次派人进藏之谜……跟随《藏地密码》的脚步，您将穿越西藏深不可测的千年历史迷雾，看尽西藏绵延万里的雪域高原风光，走遍西藏每一个传说中永不可抵达的神奇秘境。

从《藏地密码》中，您还可以了解到不可思议的古格地下倒悬空寺、西藏极乐之地香格里拉，以及西藏历史上突然消失的无尽佛教珍宝去向之谜……雪山、圣湖、墨脱、象雄、布达拉宫、密修苦僧、传唱艺人、帕巴拉神庙、古藏仪式、千年兽战、神秘戈巴族、死亡西风带……一切都如此神秘、神奇、神圣。通过《藏地密码》，您将与西藏这一千年来所有隐秘的故事和传说逐一相遇。

《清明上河图密码》全国热卖中！

全图824个人物逐一复活
揭开隐藏在千古名画中的阴谋与杀局

《清明上河图》描绘人物824位，牲畜60多匹，木船20多只……5米多长的画卷，画尽了汴河上下十里繁华，乃至整个北宋近两百年的文明与富饶。

然而，这幅歌颂太平盛世的传世名画，画完不久金兵就大举入侵，杀人焚城，汴京城内大火三日不熄，北宋繁华一夕扫尽。

这是北宋帝国的盛世绝影，在小贩的叫卖声中，金、辽、西夏、高丽等国的间谍和刺客已经潜伏入画，死亡的气息弥漫在汴河的波光云影中：

画面正中央，舟楫相连的汴河上，一艘看似普通的客船正要穿过虹桥，而由于来不及降下桅杆，船似乎就要撞上虹桥，船上手忙脚乱，岸边大呼小叫，一片混乱之中，贼影闪过，一阵烟雾袭来，待到烟雾散去，客船上竟出现了二十四具尸体，所有人都目瞪口呆……

翻开本书，一幅旷世奇局徐徐展开，错综复杂，丝丝入扣，824个人物逐一复活，为你讲述《清明上河图》中埋藏的帝国秘密。

《暗黑者四部曲》全国热卖中！

中国高智商犯罪小说扛鼎之作
让所有自认为高智商的读者拍案叫绝

要战胜毫无破绽的高智商杀手，你只有比他更疯狂！

凡收到“死亡通知单”的人，都将按预告日期，被神秘杀手残忍杀害。即使受害人报警，警方以最大警力布下天罗地网，并对受害人进行贴身保护，神秘杀手照样能在重重埋伏之下，不费吹灰之力将对方手刃。

所有的杀戮都在警方的眼皮底下发生，警方的每一次抓捕行动都以失败告终。而神秘杀手的真实身份却无人知晓，警方的每一次布局都在他的算计之内，这是一场智商的终极较量。看似完美无缺的作案手法，是否存在破解的蛛丝马迹？

所有逃脱法律制裁的罪人，都将接受神秘杀手Eumenides的惩罚。

而这个背弃了法律的男人，他绝不会让自己再接受法律的审判……

《终南山密码》全国热卖中！

一部带你探寻终南秘境背后的隐士群体、民间传说和文化宝藏的奇妙小说

神秘莲社、活死人墓、千年神树、终南捷径、地狱变相图、诗文暗语……

“天下修道，终南为冠。”作为道家思想的发源地，终南山同时也孕育了佛、寿、仙、财神、钟馗等传统文化和民俗文化。数千年来，赵公明、姜子牙、老子、孙思邈、王维、吕洞宾等先后来此隐居，他们或避世修行，或寄情山水，或访仙求药，至今没有人知道他们的真实目的。

公元1219年，成吉思汗召见全真掌教丘处机，希望求得长生不老之术。临行前，一个名为乾坤的小道士突然打乱了丘处机的精心布局，无意揭开了惊天秘密——终南山深处一直存在着一片神奇秘境，秘境中有老子、赵公明等人留下来的巨大宝藏。通往秘境之路布满重重机关和考验，而守护宝藏的神秘组织，则同历史上众多隐士有着千丝万缕的联系！

翻开本书，带你进入千年隐居圣地终南山中的奇妙世界！